ONDE DEIXAREI *meu* coração

SARRA MANNING

ONDE DEIXAREI *meu* coração

Tradução de
FABIANA COLASANTI

1ª edição

Galera
RIO DE JANEIRO

2014

CIP-BRASIL. CATALOGAÇÃO NA PUBLICAÇÃO
SINDICATO NACIONAL DOS EDITORES DE LIVROS, RJ

Manning, Sarra
M246o Onde deixarei meu coração / Sarra Manning; tradução Fabiana Colasanti. – 1ª ed. – Rio de Janeiro: Galera Record, 2014.

Tradução de: Nobody's girl
ISBN 978-85-01-09516-9

1. Ficção inglesa. I. Colasanti, Fabiana. II. Título.

14-10681 CDD: 823
CDU: 821.111-3

Título original em inglês:
Nobody's girl

Publicado originalmente na Grã Bretanha em 2010 por Hodder Children's Books

Texto revisado segundo o novo Acordo Ortográfico da Língua Portuguesa.

Direitos exclusivos de publicação em língua portuguesa somente para o Brasil adquiridos pela
EDITORA RECORD LTDA.
Rua Argentina, 171 – Rio de Janeiro, RJ – 20921-380 – Tel.: 2585-2000,
que se reserva a propriedade literária desta tradução.

Impresso no Brasil

ISBN: 978-85-01-09516-9

"Les temps sont durs pour les rêveurs…"

"Os tempos estão difíceis para os sonhadores…"

Obrigada a Rosie Proudlove e a sua lista do iTunes pelo título.

Prólogo

Eu fiquei totalmente louca. Esta é a única explicação que faz algum sentido.

Normalmente, não sou do tipo de garota que faz coisas loucas, idiotas ou irresponsáveis. Olho para os dois lados antes de atravessar a rua. Bebo dois litros de água e como pelo menos cinco porções de frutas e legumes todos os dias. Tento dormir oito horas por noite. Respeito os mais velhos. Não dou respostas atrevidas. Eu me comporto. Passo fio dental duas vezes diariamente.

Vamos encarar, ninguém pode ser entediante e perfeita como eu e não enlouquecer pelo menos uma vez. Mas eu não podia enlouquecer em um ambiente seguro e controlado. Não, eu tinha que enlouquecer em uma estação de trem em Málaga.

Fiquei ali olhando para o quadro de destinos e esperei que a palavra espanhola para aeroporto fosse fácil de traduzir como *aeroporte* ou *la aeroporta* ou algo assim.

Aí me ocorreu que eu estava na Europa. E a Europa era essa gigantesca massa de terra formada por todos esses países diferentes, e teoricamente você deveria ser capaz de ir de um para o outro de trem. Eles provavelmente nem a fariam saltar da composição e passar pela fronteira a pé. Eu tinha certeza de que vira um filme uma vez no qual um cara da alfândega com dragonas e um quepe entrara no trem e simplesmente olhara o passaporte de todo mundo

Portanto, se eu estava na Espanha, então a França era ao lado da Espanha. E eu provavelmente poderia pegar um trem para Paris. Paris! Onde meu pai morava! Assim que pensei isso, não consegui parar de pensar. Na verdade, não queria parar de pensar porque naquele momento pareceu ser a melhor ideia que eu já tive.

Sério, não dava para competir. Cinco semanas presa em casa fazendo atividades aprovadas-pela-mamãe escolhidas especificamente para que eu não entrasse em contato com nenhum garoto adolescente, engravidasse e arruinasse a minha vida para sempre. Ou ir para Paris onde eu poderia me sentar em cafés na Margem Esquerda do Sena bebendo *café noir* e comendo croissants folheados enquanto me aproximava do pai que jamais conheci porque, de acordo com a minha mãe, ele fugiu da cidade no instante em que o teste de gravidez deu positivo. Além disso, meu professor de francês, Monsieur Bradley, sempre dizia que a única maneira de aprender uma língua era indo para um país e mergulhando nela. Portanto, uma pequena temporada não planejada em Paris seria boa para as minhas notas também.

Eu estava decidida. Peguei minha mala e me dirigi através das multidões agitadas de viajantes em férias até a bilheteria e ao meu destino.

Só não percebi que o meu destino teria um sotaque espanhol muito pesado.

Capítulo 1

Mas primeiro temos que voltar ao momento quatro meses antes de eu encontrar meu destino, quando saí da Wilson's e encontrei Ayesha esperando do lado de fora. Tecnicamente ela não estava do lado de fora, mas a algumas portas abaixo porque ninguém com menos de 75 anos de idade gostaria de ser visto do lado de fora da Wilson's.

Porque eu sou a adolescente mais tediosa do mundo, tenho o emprego mais tedioso do mundo aos sábados. A Wilson's é uma loja elegante de fachada dupla na High Street que está lá desde 1907. É o lugar aonde as roupas vão para morrer, mas depois que chegam ao interior escuro e com cheiro esquisito, elas decidem ficar por mais alguns anos. O Sr. Wilson, neto do proprietário original, não parecia notar que quase não havia clientes para suas blusas florais de tecido misto de poliéster, capas de chuva de plástico colorido e calcinhas enormes, ou talvez ele simplesmente não se importasse.

Não é preciso dizer que era um emprego aos sábados totalmente aprovado-pela-mamãe. Havia zero chances de encontrar qualquer garoto pegável enquanto eu escrevia cartões para prender nos manequins na vitrine que diziam coisas alegres como "Perfeito para o Dia das Mães" e "Linda em Lilás". O Sr. Wilson era legal, em geral eu mantinha seus níveis de chá lá no alto e ele ficava nos fundos fazendo caça-palavras. Ele entrou na loja enquanto eu estava baixando o preço de umas meias-calças cor da pele antigas que provavelmente haviam se desintegrado dentro de suas embalagens, precisamente às 13h03, e me disse que eu podia ir almoçar, como sempre fazia todos os sábados.

Segurando três libras em moedas para o sanduíche de salada de frango ao curry do Sr. Wilson, chocolates KitKat "e compre algo bonito para você com o troco", eu finalmente abri a porta e mal havia conseguido dar algumas inspiradas de ar fresco quando ouvi alguém gritar "Bea! Aqui!".

Ayesha estava parada do lado de fora da loja de Pesquisa do Câncer vestindo uma túnica minúscula, leggings pretos e um par de óculos escuros enorme, apesar de o dia estar nublado e cinzento.

Caminhei lentamente em sua direção, dolorosamente consciente do meu vestido azul-marinho até o joelho porque eu era proibida de usar calças na loja ou qualquer coisa que estivesse remotamente na moda. Eu esperava que o meu vestidinho formal beirasse o estilo secretária sexy, mas, pela forma com que Ayesha me deu uma olhadela de cima a baixo, e então engoliu em seco visivelmente, ele beirava o careta.

— Vamos almoçar — falou ela alegremente, como se não fosse a primeira vez que falava comigo em seis meses, três semanas e cinco dias. — Deus, não acredito que você ainda trabalha aqui. Há uma roupa vermelha horrível na vitrine. Parece que foi feita de lã fervida.

Ayesha já havia passado seu braço pelo meu e pareceu surpresa quando deu um passo e eu fiquei exatamente onde estava.

— Na verdade, vou almoçar com a Ruth — balbuciei, meu rosto se contorcendo em uma careta de desculpas, apesar de eu não ter do que me desculpar. Com um timing perfeito, vi Ruth atravessando a rua, as pontas de seu lenço agitando-se na brisa e uma carranca feroz no rosto quando viu com quem eu estava.

— O que ela está fazendo aqui? — perguntou Ruth, conforme chegava mais perto para poder invadir o espaço pessoal de Ayesha e forçá-la a dar dois passos rápidos para trás. — As suas novas amigas a largaram porque perceberam que você é uma vaca de duas caras?

As pessoas acham que a Ruth é muito tranquila por causa de todo o negócio de o lenço-fazer-parte da Casa de Oração, mas não podiam estar mais enganadas. Se Ruth e Ayesha fossem sair no tapa, eu não acreditava nas chances de Ayesha. Esperava que não chegasse a tal ponto, mas estavam rolando umas encaradas bem pesadas.

— Eu e a Bea vamos almoçar — informou Ayesha friamente a Ruth. — E só porque não ando mais com vocês, não significa que eu seja falsa. Significa que eu... evoluí — finalizou ela com uma satisfação presunçosa, como se Ruth e eu ainda estivéssemos brincando de Barbie. — Venha, Bea. Vamos ao Planet Organic.

— Nós vamos ao McDonald's — rosnou Ruth, aumentando seu olhar fixo alguns pontos na escala ameaçadora antes de se virar para mim. — Você prometeu. Sabe que eu passei a maldita semana sonhando com um Big Mac.

— Eu prometi mesmo — falei para Ayesha, encolhendo desanimadamente os ombros, porque ei, cruz, caldeirinha, meu nome é Bea. — Sinto muito, Ayesha, mas não sei nem por que você está falando comigo, muito menos me convidando para almo...

— Está bem! Tudo bem! — explodiu Ayesha. — Vamos ao McDonald's então.

Não foi nada disso que eu quis dizer. Mas apesar de Ruth ter cerrado os dentes e seus olhos terem faiscado, nada iria ficar entre ela e um Big Mac, mesmo que significasse comê-lo na companhia da Ayesha, que ainda estava de braço dado comigo e praticamente me arrastando.

Para um almoço, foi bem horrível. Ruth e Ayesha vociferaram e rosnaram uma para a outra como dois pitbulls puxando suas coleiras com tachinhas.

Os pais da Ruth não a deixam comer nada frito ou açucarado porque aparentemente fazer parte da Casa de Oração significa não poder ter nenhum tipo de diversão, então ela não parava de olhar furtivamente por cima do ombro enquanto pedia seu Big Mac com batatas fritas extragrandes e Coca e via todas as caretas que Ayesha estava fazendo pelas suas costas.

Eu achei que Ayesha fosse tomar só um café preto para mostrar como estava totalmente sofisticada agora, mas ela pediu exatamente a mesma coisa que a Ruth.

— Tenho tanta sorte por poder comer o que quiser e nunca ganhar peso — falou ela pausadamente, com um olhar intencional para os quadris tamanho 46 da Ruth.

Eu pedi uma salada de frango.

— Coma batatas fritas — pediu Ruth. — Eu vou parecer uma porca enorme se comer tudo isto e você só comer alface.

— Ayesha vai comer batata frita.

— Ela não conta; é uma intrusa indesejável. Veja bem, ela deve estar acostumada com isso se está andando com Ruby Davies.

— Com licença! Estou bem aqui, garota de lenço na cabeça — vociferou Ayesha. — E eu faço parte do grupo de amigas íntimas da Ruby. Não que seja da sua conta.

— Se você fizesse parte do grupo de amigas íntimas, não precisaria sair por aí dizendo que faz parte do grupo de amigas íntimas.

As pessoas estavam se virando para olhar. O menino atrás do balcão precisou me pedir para que repetisse meu pedido três vezes.

— Será que vocês podem não ser tão agressivas uma com a outra? — sugeri, enquanto abríamos caminho pelo restaurante até a única mesa livre, que tinha uma pilha de bandejas vazias e restos de McLanche Feliz. — Nós costumávamos nos dar bem.

Ayesha e Ruth ficaram paradas e observaram enquanto eu colocava minha salada na cadeira e limpava rapidamente a mesa. Então elas se sentaram.

— Nem todas nós nos dávamos bem — falou Ayesha, espremendo cuidadosamente ketchup em suas batatas fritas. — Nós acabamos juntas porque não éramos esquisitas o bastante ou nerds o bastante ou populares o bastante para fazer parte de nenhum dos outros grupos no nosso ano escolar. Quero dizer, é, nós costumávamos ser amigas, Bea, mas você é muito imatura.

— Não sou, não — disse eu, roubando uma batata da bandeja da Ruth, embora ela tivesse batido na minha mão para tentar me impedir.

— Ei! Vá pedir a sua — falou ela, com a boca cheia de hambúrguer.

— Mas vou comer batatinhas hoje à noite — disse eu. — *Pommes frites*; é um tiquezinho nervoso que eu tenho, traduzir palavras e frases aleatórias para o francês. Não me pergunte por quê.

— Viu? — observou Ayesha triunfantemente. — Você faz isso desde que eu a conheço. Você é emocionalmente lesada ou algo assim.

— Isso não prova nada — protestei. — Só que gosto de dizer coisas em francês.

— Está bem, o que vai fazer hoje à noite, então? — perguntou Ayesha, com as sobrancelhas arqueadas.

Desejei desesperadamente fazer algo emocionante ou ter a habilidade de mentir sem gaguejar e piscar rapidamente.

— Bem, vou bancar a babá — admiti. — Mas as avós não conseguem lidar com os gêmeos quando eles estão dando um ataque, e mamãe não gosta de...

— Achar que você pode sair de casa e conversar com garotos de verdade porque pode terminar transando com eles cinco minutos depois — terminou Ayesha por mim. — E, de qualquer modo, com quem você sairia? Ruth provavelmente tem leitura da Bíblia, Polly estará polindo seus arreios, e Lydia vai estar com seus amigos poloneses que não frequentam nossa escola. Então você vai ficar em casa e inventar histórias idiotas na sua cabeça a respeito de garotos com os quais nunca nem conversou porque você não é uma garota normal de 17 anos.

— Isso não é justo — disse eu aborrecida, empurrando minha salada para longe porque de repente não estava com muita fome.

— Você se transformou em uma escrota — falou Ruth, dando tapinhas na minha mão. — E eu não posso fazer nada se nasci em uma seita religiosa maluca.

— Não estou sendo escrota, só estou dizendo como as coisas são.

Fiquei imaginando de novo, pela décima milionésima vez, se Ayesha e eu ainda seríamos amigas caso ela não tivesse subitamente ficado bonita no verão anterior e subido de nível social.

Eu nunca tive um namorado, então não sabia como era ser abandonada por um. Mas imaginava que fosse parecido com a forma como Ayesha havia me tratado quando decidiu que eu não era boa o bastante para continuar sendo sua amiga. Nós havíamos sentado uma ao lado da outra durante todo o ensino fundamental e parte do ensino médio. Aí, um dia, ela estava sentada na última fileira com a Ruby Davies, indo almoçar com a Ruby, voltando para casa a pé com a Ruby. Quando estava comigo, arrumava brigas e via erros em tudo que eu dizia, fazia e vestia. Ela parou de me telefonar, parou de me mandar e-mails, me bloqueou no chat do Google, mas só depois que eu soube que ela havia ficado com o Jack foi que finalmente discutimos.

Eu sabia que não podia realmente me declarar dona do Jack, ele era só um menino lindo por quem eu tinha uma paixonite enorme; mas Ayesha sabia o que eu sentia por ele. Sabia o quanto eu ficava vermelha quando o via do outro lado da rua e sempre me cutucava para garantir que eu o visse perambulando pela Broadway, seu cabelo dourado cintilando sob o sol. Ela sabia como eu me alimentava durante semanas da lembrança dele me servindo no Burger King.

Na verdade, Ayesha havia autorizado totalmente minha paixão pelo Jack. Antes de se tornar legal, nós passávamos horas inventando essas fantasias longas e detalhadas sobre eu sair com o Jack e ela sair com o amigo dele, Col. E quando digo detalhadas, quero dizer que descrevíamos nossas roupas e o que iríamos pedir do cardápio quando eles nos levassem ao Pizza Express em um encontro de casais e como seria segurar suas mãos enquanto caminhássemos até o Ally Pally para ver as estrelas.

Então, quando eu soube que Ayesha havia sido vista com a língua enfiada na goela do Jack e a mão dele por baixo da saia dela, aquilo me atingiu em cheio. Levei muito tempo para confrontar Ayesha, porque eu não sou de confrontos e ela estava me evitando ainda mais que o normal. Quando finalmente a vi depois de ficar vigiando a sala dos casacos, ela ficou ali com os braços cruzados e uma cara de tédio no rosto enquanto eu fazia as acusações. Na verdade, as acusações consistiram em eu choramingando "Como você pôde? Com o Jack? Por que fez isso quando sabe do que eu sinto por ele?".

Ayesha não disse nada até eu ficar tão tomada pelos meus "Como você pôde?" que comecei a chorar. Aí ela me lançou um olhar que era mais de pena que de crueldade.

— Você está tão molhada que está praticamente pingando — falou friamente. — Você inventa todas essas idiotices e, como não tem vida própria, começa a acreditar que é verdade. Bem, não é, e o Jack nunca foi seu namorado e, de qualquer forma, ele beija muito mal.

— Por que está dizendo isto para mim? — implorei a ela. — Por que está sendo assim? Você devia ser a minha melhor amiga.

— Pelo amor de Deus, Bea, quando você vai enfiar nessa cabeça dura que eu não sou mais sua amiga? — Ayesha quase gritou. — Você age como uma criança de 12 anos; uma criança de 12 anos bem chata com o mesmo cabelo sem graça que tinha aos 12 anos, e eu não aguento isto!

Foi o pior momento da minha vida até então. A dor simplesmente me rasgou, e só o que consegui foi prender a respiração.

Ayesha e eu éramos amigas desde o maternal, e os 14 anos que havíamos passado com nossas vidas entrelaçadas não significavam nada para ela. Não valia a pena lutar por aquilo, não valia a pena salvar aquilo, porque eu havia deixado de ser sua amiga e passara a ser um constrangimento.

Pelo menos eu não fiz um papelão maior implorando a ela que repensasse sobre o meu papel em sua vida. Eu simplesmente saí da sala de casacos sem nenhuma palavra, e não trocamos um olhar amigável desde então. Mas agora ali estava eu com Ayesha no McDonald's, quando devia simplesmente ter dito a ela para ir embora assim que a vi do lado de fora da Wilson's. Talvez devesse até ter dito alguns palavrões.

— Eu não invento histórias idiotas — informei à Ayesha desdenhosamente. — Chama-se ter uma vida íntima rica.

— É a única vida que você tem — falou Ayesha zombeteiramente. — Jesus! Fique zangada comigo! Xingue-me por ser uma megera horrorosa, mas não fique só sentada aí com o lábio tremendo, Bea.

Tive de usar todas as minhas forças para manter minha boca imóvel.

— Nós já estabelecemos que você não gosta de mim, então por que de repente achou que era uma boa ideia me encontrar para almoçar?

Ayesha deu de ombros do seu jeito elegante e despreocupado projetado para fazer seus longos cabelos negros ondularem sob as luzes fluorescentes, e seus seios deram uma balançada incrível que fez com que o pai perturbado na mesa ao lado se virasse para olhar.

— Eu gosto de você — insistiu ela. — Mas você me deixa louca. Você é tão... tão... Qual é a palavra?

Esperei ansiosamente para ouvir essa palavra prodigiosa que resumia tudo o que havia de errado comigo.

— Passiva — falou Ruth. — Você só segue a maré, mesmo que a maré não esteja na direção em que você quer ir.

Ayesha assentiu, e foi engraçado (engraçado peculiar, não engraçado do tipo ha-ha-ha) que as duas só conseguissem se dar bem quando estavam me botando para baixo.

Eu me levantei e olhei para um ponto em algum lugar acima de suas cabeças.

— Tenho que ir agora — falei com uma voz que eu esperava transmitir uma dignidade tranquila. — Tenho que comprar um sanduíche para o Sr. Wilson e talvez tomar algumas garrafas de cidra antes de voltar para o trabalho. Acham que isso seria apropriado o bastante para a minha idade na opinião de vocês?

— Você não consegue nem dar uma resposta atrevida — suspirou Ayesha. — Olhe, te vejo na segunda-feira, a não ser que esteja livre amanhã. Há uma boate que abre às 15h em Camden.

— Não posso — murmurei. — Vou à aula de pilates com a minha avó.

Não havia nada que nenhuma das duas pudesse dizer para fazer eu me sentir pior. Porque eu não tinha uma vida, eu era monótona. Tudo a meu respeito era sem graça. Eu tinha até o número de sutiã mais sem graça do mundo, tamanho médio. Mas o negócio era que eu não queria fazer o que as outras garotas da minha idade faziam, que era ficar bêbada, dar uns amassos nos garotos e arrumar problema com os pais. Quero dizer, para quê? Você só acabava de ressaca, com chupões e sem mesada.

Sentindo-me sobrecarregada pelo halo acima da minha cabeça, que estava praticamente brilhando de bondade, tentei sair do McDonald's com a cabeça erguida.

Mais tarde naquela noite, enquanto ignorava os lamentos vindos da babá eletrônica (Alfie sempre choraminga até dormir) e me forçava a comer meu bife malpassado como uma pessoa francesa o faria, as palavras de Ayesha ecoavam na minha cabeça.

Eu estava em casa em um sábado à noite porque não tinha nada para fazer, e mesmo que as ofertas houvessem aparecido aos montes e existisse um fluxo constante de meninos esperando para sair comigo, minha mãe nunca me deixaria sair de casa. Não sem um cinto de castidade e horário máximo para voltar às 21h30.

Precisava encarar os fatos; eu era uma droga como adolescente.

Ter de confrontar minha extrema droguice e como eu era tão feita de fracassos estragou o restante do fim de semana. Aos domingos eu vou à aula de pilates com a Vovó Minor, aí nós vamos à casa da Vovó Major para o almoço de domingo, como sempre fazemos. Ela é a mãe da Vovó Minor. Antes do James e dos gêmeos chegarem, éramos um clã muito feminino.

— Você vem de uma família de mulheres fortes. — Vovó Major sempre diz, porque ela dirigiu uma ambulância durante a Segunda Guerra Mundial e Vovó Minor foi uma estudante ativista nos anos 1960 e marchou para banir a bomba. E mamãe ainda conseguiu tirar um diploma universitário comigo a reboque, então eu acho que ela se qualifica. Ainda estou esperando que o meu gene de mulher forte apareça.

— Você não é de ficar com a cara triste — disse Vovó Minor, enquanto eu descascava batatas taciturnamente como a boa menina que era. — Qual é o problema?

— Nada — falei, porque como poderia dizer a ela que eu não queria estar ajudando com o almoço, mas fazendo coisas bacanas no domingo à tarde tipo ir ao Camden Market ou procurar vestidos vintage em brechós ou assistir a filmes estrangeiros com legendas em cinemas independentes ou beber café preto e ler livros usados da Penguin em cafeterias pequenas que vendiam bolos caseiros, e no geral andar com pessoas artísticas e interessantes com cabelos muito bonitos e roupas ecléticas que nunca passariam seus domingos cortando os talos das couves-de-bruxelas, o que eu comecei a fazer depois que terminei as batatas.

— Ah, querida, não seja uma adolescente emburrada — falou Vovó Minor lentamente, trocando um olhar divertido com a

Vovó Major, que estava dirigindo os procedimentos de seu lugar à mesa da cozinha. — É tão previsível. Esperamos mais de você.

— Não sou, não! — protestei. — Só sinto como se, sei lá, não estivesse aproveitando todo o meu potencial.

— Há muito tempo para isso — decretou Vovó Major. — Você deve aproveitar a juventude enquanto pode. Nenhuma responsabilidade, nenhuma pressão, nenhuma expectativa.

Ela só podia estar brincando comigo. Olhei de soslaio através da passagem para a sala de estar onde mamãe brincava com os gêmeos e provavelmente inventava novas maneiras de me encher de responsabilidade, pressão e expectativas. Ela já dissera às avós que ia ter uma reunião com a diretora da minha escola a respeito da minha inscrição em Oxbridge. Apesar de ela não precisar se preocupar, já que seria uma reunião muito curta.

— Ei, eu tenho muitas pressões — falei de maneira emotiva, mas as duas riram.

Aí a Vovó Major pegou sua cópia de *A arte da culinária francesa* e me perguntou se eu estava a fim de fazer uma mousse de chocolate, ou *pot au chocolat*, e, como distração, esta foi a opção campeã.

Capítulo 2

Roubei o restante do *pot au chocolat* para o meu almoço no dia seguinte. Polly, Ruth, Lydia e eu sempre nos sentávamos no mesmo lugar na beira da grama perto das quadras de tênis quando estava quente o bastante para nos sentarmos do lado de fora. Era um bom lugar — dava para ver tudo e todos.

Nos filmes adolescentes, eles sempre fazem uma longa panorâmica do refeitório ou da cafeteria ou o que quer que seja, e há algum narrador onisciente dando ao espectador um resumo sobre as diferentes panelinhas. Mas não era assim na nossa escola. É, havia grupos sociais diferentes. Tipo, as meninas emo que desenhavam logos da banda My Chemical Romance no braço com esferográfica e as alunas extremamente inteligentes que passavam sua hora de almoço debruçadas em cima de suas matérias, e até o grupinho das meninas do último ano que estavam todas namorando garotos da escola de arte e usavam vestidinhos de balé da American Apparel e meias-calças coloridas. Mas no geral, se você não estava com Ruby Davies, então você não era ninguém. Ruby era a única coisa sobre a qual todo mundo na nossa escola falava, até as garotos do último ano, porque Ruby e seu bando caíam na farra, roubavam os namorados umas das outras e faziam intrigas. Eu sempre fiquei impressionada que não fossem assunto de posts diários no perezhilton.com.

Enquanto isso, eu me sentava na Sibéria social comendo minha *baguette avec Brie*, bem, na verdade era pão francês com cream cheese, e deixava a conversa flutuar por cima de mim. Nós quatro sempre falávamos somente sobre nosso dever de casa, a lição que tínhamos acabado de ter, a aula que estávamos prestes a assistir e o que tínhamos visto na TV na noite anterior. Quando esses assuntos se esgotavam, Ruth não parava de falar sobre como era completamente idiota fazer parte da Casa de Oração, Polly tagarelava sobre Dancer, seu pônei, e Lydia nunca dizia nada. Jamais. Minha tarefa era impedir que caíssemos no silêncio fazendo perguntas fúteis, tipo "O que a Srta. Demetrius estava usando?" e "Você diria que faz mais estilo Blair do que Serena?".

Polly não parava de falar sobre alguém que por acaso estava andando a cavalo em algum drama de época na BBC1 e como eles usavam os arreios errados, quando vi Ayesha se afastar das meninas descoladas e começar a andar na nossa direção.

— Sua nova antiga melhor amiga está vindo para cá — sussurrou Ruth, e apesar de eu realmente não querer um repeteco da Ayesha me dizendo que merda a minha vida era, ainda parecia uma distração bem-vinda das aventuras com equipamento de cavalaria de época. Larguei meu sanduíche quando Ayesha chegou até nós e fez um sinal com a cabeça na direção de onde viera.

— Ruby disse que você pode almoçar com a gente — falou ela casualmente.

Enquanto minha boca ficava tão aberta que meu queixo roçava no chão, Ruth já estava de pé.

— Você não — falou Ayesha com sua melhor voz "tipo, dã". — Só a Bea.

Quatro pares de olhos me encararam sem piscar, o que era esquisito. Normalmente as pessoas me ignoravam e se esqueciam de mim.

— Não posso — disse eu, porque o que mais eu poderia dizer? — Estou almoçando com as minhas amigas.

— Você está louca? — arfou Polly. — Não se preocupe conosco. Vá até lá e traga umas fofocas para nós. Eu soube que Emma ficou com o namorado da Chloe na sexta à noite.

— Alô! Estou bem aqui — lembrou Ayesha, mas eu podia ver pelo brilho em seus olhos que ela adorava fazer parte de um grupo que era assunto central das outras pessoas. — Não está acontecendo nada entre a Emma e a Chloe. Somos todas amigas, e está tudo legal.

Eu olhei para Ruby. Ela captou meu olhar por uma fração de segundo, e depois desviou os olhos.

— Não tenho certeza — falei. — Por que a Ruby iria querer que eu almoçasse lá? Ela não me conhece.

— Conhece, sim — insistiu Ayesha despreocupadamente enquanto pegava minha garrafa de água e minha merendeira. — Você é minha amiga, e isso é bom o bastante para a Ruby. Sério, por que todo mundo acha que ela é tão assustadora? Ela é legal.

— Vá — estimulou Lydia, e ela nunca dizia nada quando havia mais de duas pessoas presentes, e Ruth e Polly pareciam que iam começar a chorar se eu não fosse para lá e ficasse escutando qualquer migalhinha de fofoca.

— Está bem — suspirei, como se não me importasse de um jeito ou de outro e não fosse nada de mais. Porém era um grande lance e os meus joelhos tremiam, minhas mãos suavam e olhei para baixo e vi que meu peito havia ficado manchado. Eu nunca ficava apavorada de uma maneira bonita como as meninas nos filmes franceses, que mordiam o lábio inferior e faziam seus olhos ficarem arregalados e suaves. Também desejei desesperadamente estar vestida como uma garota em um filme francês e não usando calças capri pretas e uma blusa com pregas, que devia aludir a Audrey Hepburn, mas simplesmente parecia antiquada como sempre porque eu não tinha nenhum estilo.

Chegamos ao local à sombra debaixo do carvalho no centro do gramado, onde o bando de Ruby sempre se sentava. Parecia que Ayesha não ia fazer nenhuma apresentação, porque ela fora sentar ao lado da Ruby e estava sussurrando em seu ouvido, daí eu encontrei um pedaço de grama vazio na periferia do grupo e forcei meus joelhos a se dobrarem.

Pelo menos afundei graciosamente no chão, o pilates estava obviamente dando resultado. Não havia a menor chance de eu tirar um pedaço do meu pão francês ou comer meu *pot au chocolat* na frente da Ruby, cujas coxas eram do mesmo tamanho da parte de cima do meu braço, então dei golinhos na minha água e fiquei sentada ali com uma careta congelada no rosto que deveria ser um sorriso contido. Era estranho porque elas não sabiam nada sobre mim e eu sabia tudo sobre elas. Como a vez em que Ruby forçou Chloe a roubar um par de brincos na TopShop. Ou que a Emma teve uma discussão com o namorado no inverno anterior e o botou para fora de sua casa de cueca. Ou que a Ruby convenceu o mesmo namorado a largar Emma, aí ficou cansada dele depois de uma semana e ele começou a sair com Emma de novo.

Mas talvez essas coisas tivessem sido fofocas sem fundamento porque ninguém dizia nada remotamente interessante. Elas estavam falando sobre uma garota chamada Shauna, que não frequentava a nossa escola, que usara uma roupa particularmente horrorosa no último sábado à noite, e eu estava só admirando como a reputação da Ruby era mais poderosa que a realidade em si, quando ela de repente olhou direto para mim com um sorriso felino.

— Então, Bea, quem é o seu pai? — ronronou ela.

Eu derramei água na minha blusa e o sorriso da Ruby ficou ainda mais parecido com o de um gato. Percebi que ela não era realmente tão bonita. Ayesha tinha ficado tão linda no último verão que nem parecia a garota de aparelho e acne que eu conhecia, e a Chloe era provavelmente a menina mais linda que eu já vira na vida real... ela parecia uma pin-up dos anos 1940 de jeans skinny.

Mas a Ruby? Era mais como se ela conseguisse hipnotizar as pessoas para acreditarem que era deslumbrante porque, no que dizia respeito ao carisma, Ruby tinha aos montes. Era muito magra, naturalmente magra, e sempre usava roupas que eram grandes demais para ela. Na verdade, tudo parecia ser grande demais para ela; seus olhos azul-claros, o talho para baixo na boca em seu rosto anguloso. As outras garotas tinham cabelos superbrilhantes e superlisos, mas o da Ruby era muito fino e nem liso nem cacheado, portanto sempre parecia pegajoso, mas ela trabalhava naquela aragem como se sua vida dependesse disso. Ela era meia cabeça mais baixa que eu, uns 15 quilos mais leve e me apavorava completamente.

— Como disse? — perguntei eu.

— O seu padrasto — esclareceu Ruby, e eu quase soltei um suspiro porque pelo menos Ayesha não estivera tagarelando sobre estudantes franceses de intercâmbio que deram no pé e voltaram para Paris cinco dias depois que a menstruação da mamãe deveria ter vindo. — Ele está em boa forma.

— Ah, o James? É, ele joga futebol duas vezes por semana — balbuciei, e sabia que não era o que a Ruby queria dizer, mas a suposta boa forma dele não era algo sobre o qual eu queria falar.

— Ele é inacreditavelmente gato — continuou Ruby, de forma sonhadora. — Sério, se ele fosse meu padrasto, eu sempre caçaria desculpas para passar por ele só com uma toalha que poderia escorregar acidentalmente alguns centímetros cruciais.

Foi muito difícil não franzir o rosto horrorizada e soltar o "Eca!" mais alto já ouvido.

— O James não é tão bonito, e ele arrota muito — guinchei.

— Os homens fazem isso — Ruby me informou gentilmente. — Eles são animais, na verdade. Feras selvagens e indomadas. Então, que tipo de carro ele dirige?

Eu queria muito ter ficado com Ruth e as outras.

— Sei lá — menti, porque eu sabia muito bem que era um BMW híbrido, e mamãe quase engasgou com o chá quando ele o comprou porque ela ainda estava acostumada a ser uma mãe solteira pobre. — É azul.

— E a sua mãe é muito bonita. — Ruby fez uma pausa para olhar intensamente para mim como se estivesse verificando e confirmando que a beleza não havia sido passada adiante. — Então, o que vai fazer neste fim de semana?

O desfecho viria logo, eu tinha certeza.

— Não sei direito.

— Nós todas vamos ver uma banda, aí tem uma boate depois. Montes de garotos do Christ's College vão estar lá — acrescentou Ruby, e meu coração pulou alguns compassos porque o Jack frequentava o Christ's College e agora que ele não trabalhava mais no Burger King eu nunca o via. — Não que a gente ainda ligue para os rapazes do Christ's College. Eles são tão inexperientes. Você deveria vir.

Ayesha conseguiu dar um sorriso encorajador.

— É, deveria mesmo. Poderia dormir na minha casa depois.

Eu tinha quase certeza de que se me deixasse sugar para dentro do campo gravitacional de Ruby, nada de bom surgiria. Tipo, se eu concordasse avidamente em ir a uma boate com ela no sábado à noite, eu chegaria na hora e no lugar marcados e ninguém mais iria aparecer. Pior, elas provavelmente iriam se esconder na esquina e rir até não poder mais ao me observarem verificar meu relógio e meu telefone enquanto os minutos passavam e meus ombros ficavam cada vez mais caídos.

— Provavelmente vou fazer alguma coisa no sábado à noite — falei vagamente, como se meus planos para o sábado à noite não envolvessem bancar a babá e comer mais uma fornada de bombas de creme.

— Faça outra hora — exigiu Ruby, largando seu ar desafeiçoado de sempre para poder se sentar ereta e me alfinetar com seus olhos. — Nunca percebi como você é legal. É tão tranquila. Você medita?

Era um charme poderoso o que Ruby estava jogando sobre mim. Eu não confiava nela, nem um pouquinho, mas era difícil resistir ao olhar suplicante em seu rosto e ainda mais difícil resistir à esperança de que um pouco do pó de carisma da Ruby caísse em cima de mim.

— Eu faço pilates — falei.

— Por isso você é tão tonificada — elogiou Ruby. — Deus, estudamos na mesma escola esse tempo todo e eu não sei nada sobre você. Tem camadas ocultas, dá para ver.

— Na verdade, não. — Estiquei os braços para mostrar que não estava escondendo nenhum segredo e dei meu sorriso pesaroso e retardado que sempre parecia um ataque de paralisia cerebral. — O que você vê é tudo o que há.

— Não acredito em você — falou Ruby, sacudindo a cabeça. — Nunca erro em relação a essas coisas. Vamos trocar números de telefone.

Meio estupefata, dei rapidamente o número do meu celular — e não era só a Ruby digitando em seu iPhone, mas todo mundo estava puxando seus iPhones (eu tinha o Nokia velho da minha mãe que ela me deu quando fez um upgrade no ano passado) e gravando o meu número.

— Você deveria mesmo vir com a gente no sábado à noite — murmurou Emma enquanto ligava para o meu telefone para eu ter seu número guardado. — Sempre nos divertimos, e vai haver um monte de gatos lá. Está saindo com alguém?

Sacudi a cabeça estupidamente.

— Ah, bem, em breve vamos mudar isso — disse Ayesha de forma animada. Ela se levantou, deixando os restos de seu almoço no chão porque, quando você é descolada demais para a escola, você definitivamente é descolada demais para andar dez passos até a lata de lixo. — Vamos, vou acompanhá-la até sua próxima aula.

Ruby me deu um sorriso tão brilhante que deveria ter seu próprio pedestal na vitrine da Tiffany.

— Então é melhor eu vê-la no sábado à noite, ou você vai ter sérios problemas.

Capítulo 3

Se eu tivesse camadas ocultas como a Ruby insistira, elas estariam enterradas tão no fundo que seria preciso uma equipe profissional de escavação para tirá-las de lá, eu pensava de maneira tristonha enquanto caminhava até a casa da babá para buscar os gêmeos. Não era algo de que eu gostasse especialmente. Lidar com o carrinho duplo pelas ruas ao mesmo tempo que as classes mais favorecidas saíam das escolas para meninos era uma lição diária de humilhação. Todo dia um deles gritava: "Então você ainda não recuperou sua silhueta?" Isso sem contar os olhares de desaprovação de completos estranhos que achavam que Alfie e Ben haviam saído da minha perereca menor de idade.

Quando chegava em casa, eu brincava com Ben e Alfie por meia hora. Brincar com eles envolvia na maior parte imitar macacos e balançar o traseiro exageradamente ao som das Pussycat Dolls. Depois que a brincadeira acabava, eu os colocava no cercadinho para que não enfiassem os dedos em nenhuma tomada e começava a preparar o jantar.

Parece que sou uma criada contratada em vez da primogênita, mas eu não me importo. Meu padrasto James me dá fantásticas cinquenta libras para pegar os gêmeos e fazer o jantar porque mamãe meio que só consegue fazer torradas sob supervisão. Era irônico que meu talento com a língua francesa fosse uma porcaria quando minha culinária francesa estava ficando muito boa. Na noite anterior, eu havia começado a marinar um *boeuf bourguignon* que estava na geladeira e ia fazer mais uma tentativa de aprimorar a arte de confeccionar bombinhas de creme (porque a outra jogada de mestre ao cozinhar a refeição noturna é sempre fazer pudim) quando mamãe chegou do trabalho.

Eu pude ouvir gritinhos frenéticos vindos do cercadinho antes de ela entrar na cozinha.

— Olá, você — murmurou ela, bagunçando o meu cabelo. — Teve um bom dia?

Mamãe se empoleirou em um dos banquinhos e começou a contar uma história longa e complicada sobre Lisa, sua arqui-inimiga no escritório. Mamãe é editora em uma empresa que publica muitos livros sobre gatos para mulheres de meia-idade que gostam de olhar fotos de gatos e ler sobre gatos e colecionar coisas sobre gatos.

— E no final eu disse a ela que tenho mais o que fazer do que ficar aqui discutindo se o maldito gato é listrado ou malhado — terminou mamãe com uma fungada, seus olhos dançando malevolamente e, mesmo sob a luz baixa da tarde, ela estava muito linda. Meu rosto era só um eco fraco do dela, seu nariz e queixo delicados embrutecidos quando finalmente chegaram a mim, meus olhos não tão azuis, meu cabelo sugado de todos os tons castanho-avermelhados, meu corpo mais baixo e mais atarracado e simplesmente algo a menos, principalmente os 95 por cento de mim que eram cobertos por sardas. Não era de espantar que as pessoas perguntassem se éramos irmãs e então seus olhos se demoravam na mamãe como se ela tivesse sugado até a última gota do que era bom do reservatório genético e me deixado com os restos.

Também perguntavam se éramos irmãs porque mamãe está bem para sua idade. Muito bem — como se estivesse no final dos 20 em vez de 34. Quando eu nasci mamãe tinha a mesma idade que eu tenho agora — 34 anos é velha o bastante para ser uma adulta de verdade com uma hipoteca e um plano de aposentadoria e uma paixão doentia por Cath Kidston, mas é jovem demais para ser mãe de uma pessoa de 17 anos. Não que ela jamais deixe que algo assim atrapalhe seus deveres maternos tais como se assegurar de saber o que estou fazendo durante todos os segundos nos quais não estou com ela.

— Então telefonei para a Barb — disse ela casualmente, os olhos baixos enquanto soprava seu chá. — Não para saber de você, mas para lhe perguntar a respeito do grupo de bebês e ela falou que você chegou atrasada para pegar os gêmeos. — Ela lançou seu olhar patenteado de raio laser, embora a voz estivesse tão neutra que chegava a ser bege. — Onde você estava?

— Precisei conversar com o Monsieur Bradley depois da escola. Sobre o meu dever de francês e o quanto estava ruim. Mas ele disse que o meu sotaque era *très formidable.*

— Francês — murmurou ela sombriamente. — Talvez seja hora de suspender. Ainda vai estar fazendo quatro matérias de nível A, isso é o suficiente para entrar em Oxbridge.

Só que eu não ia para Oxbridge. Eu não tinha a cultura de livros ou a cultura de rua ou qualquer outro tipo de cultura.

— Eu não vou para Oxbridge, mamãe. Você conversou com a Sra. Chambers sobre isso e ela disse que, se eu mantivesse minhas notas e não fizesse nada idiota nas minhas provas do nível A, *provavelmente* conseguiria uma vaga em algum lugar que não fosse Oxbridge.

— Mas muita coisa pode acontecer entre agora e junho do ano que vem. Você provavelmente só vai desabrochar tarde, e largar o francês tiraria um pouco da pressão. — Mamãe tinha um tom de peremptoriedade na voz, como se estivesse tudo decidido e encerrado. Vamos em frente. Não há nada para ver aqui. — Além do mais, esse negócio de francês não vai fazer seu pai aparecer na porta da frente em um passe de mágica, você sabe. — Ela sempre se encolhe quando diz a palavra com P, faz com que pense em seu primeiro amor e meu pai ausente, Pierre, o deslumbrante aluno de intercâmbio que voltou para Paris e nunca mais entrou em contato com ela.

— Eu sei disso — falei calmamente. — Mas se ele aparecesse...

— Ele não vai, Bea. Nunca.

— Mas, se aparecesse, ele ficaria felicíssimo por eu estar *parlez vous*ando como uma nativa. E, de qualquer modo, eu gosto de francês. Gosto de tudo o que é francês. Não posso evitar. Eu sou metade francesa.

— Só estou dizendo que talvez você pudesse usar o esforço extra em suas outras matérias. Você pode ser capaz de melhorar seu conceito em História para A.

— Mamãe, por favor... — Nós nunca brigávamos. Usar uma nota bem aguda e choramingar com a voz era o máximo que eu fazia. — Eu realmente, realmente não quero abrir mão do francês.

Mamãe suspirou. Eu não sabia se era em derrota ou porque recebera o fardo de ter uma filha que não era inteligente o bastante para ser tudo o que poderia ser e direcionar seu potencial ilimitado.

— Então, o que mais aconteceu hoje?

Pulei a história emocionante de como eu tinha tirado meu B- de sempre em Psicologia e comecei a contar a ela sobre ser convocada para almoçar com a Ruby. Eu já havia contado a respeito do meu almoço com Ayesha, e ela não tinha ficado muito contente com aquilo. Agora suas sobrancelhas iam se aproximando cada vez mais até parecer que o Botox seria a única coisa capaz de separá-las.

— Então, não acha que é esquisito Ayesha estar sendo toda simpática e tal como se nada tivesse acontecido, e que agora a Ruby esteja fazendo a mesma coisa? — perguntei. — Eu fiquei popular de repente e ninguém se deu o trabalho de me contar?

— É claro que você é popular e já lhe disse, eu não daria a menor bola para ela — vociferou mamãe. — Ela a tratou como lixo, e alguns almoços não vão mudar isso. — Uma das coisas boas em ter uma mãe jovem é que ela não precisa voltar muito no tempo para se solidarizar com as minhas angústias de adolescente.

— É, eu sei, mas eu sinto falta dela. Ou sinto falta de ter uma melhor amiga.

— Você tem amigas! Polly e Lydia e a religiosinha que sempre usa um lenço na cabeça...

— Ruth. E ela não pode fazer nada se sua família é da Casa de Oração. E nós andamos juntas na escola, mas não somos melhores amigas. Não como a Ayesha era.

— É melhor você ficar longe dela, Bea — disse mamãe como advertência, pulando do banquinho para poder ficar de pé com as mãos nos quadris, o que ela simplesmente adorava fazer. — Ela é má influência para você. Eu vi a Sra. Singh na Tesco's, e Ayesha a está levando à loucura. Ela até achou cigarros e camisinhas em sua bolsa.

Estava na ponta da minha língua defender a Ayesha e dizer que pelo menos ela estava fazendo sexo seguro, mas aí percebi que um dos garotos com quem ela provavelmente fizera sexo seguro era o Jack. O *meu* Jack. Cada pensamento era pior que o outro, até eu ver mamãe dando uma olhada desconfiada para a minha mochila de escola.

Aquele negócio que eu disse de que ter uma mãe jovem era legal? Eu retiro. Ela ainda é mãe e tem uma cópia do manual das mães que diz que vasculhar as propriedades pessoais da sua filha não é errado e deveria na verdade ser feito regularmente.

— Eu sei que Ayesha não é mais a mesma pessoa — falei, surpresa pela vibração na minha voz, porque achei que tinha superado aquilo, mas simplesmente falar sobre Ayesha fazia doer tudo de novo. — E ela não pode ser má influência para mim porque eu sou sensata demais para isso. Ei, sou eu! A adolescente mais chata e sensata do mundo!

— Ah, não comece isto tudo de novo. Você não é chata ou sensata. Eu só fiz um trabalho sensacional criando você — provocou mamãe, e acho que ela havia decidido não me revistar atrás de camisinhas ou cigarros ou pedras de crack. — Só não quero que você cometa os mesmos erros que eu cometi quando tinha a sua idade...

Fui salva pelo som de uma chave na fechadura, e então James apareceu no vão da porta da cozinha.

— Deixe a pobre da Bea em paz — disse ele para mamãe enquanto dava um beijo no topo de sua cabeça.

— Não estou fazendo nada com a Bea. — Mamãe fez beicinho. — Só estamos tendo nossa dose diária de papo de meninas. Meninos não são permitidos.

James baixou os olhos para mamãe com uma mistura de exasperação e ternura. Era por isso que eu gostava tanto dele e não tinha nenhuma das angústias de enteada que deveria ter, e por isso estávamos usando a cópia do James de O *guia para idiotas de como ser um padrasto* para prender a porta porque realmente não precisávamos dela. James amava minha mãe e a fazia feliz, então estava bom para mim, e o Mac brilhante da Apple com drive de DVD que ele havia comprado para mim antes de me contarem que os gêmeos estavam a caminho havia encerrado a questão.

Neste momento ele estava tirando algo da sua bolsa de homem, a qual eu a mamãe zoávamos diariamente.

— *Gossip Girl* em francês — falou ele, me entregando alguns DVDs. — Pedi para um dos rapazes no trabalho fazer o download ilegal da internet para você.

Apertei o braço do James porque não fazemos esse lance de abraçar e corri para a escada no instante em que o Ben soltou um berro assustador, o que provavelmente significava que Alfie havia lhe dado uma chave de braço. No entanto eles não estavam mais sob os meus cuidados, e eu provavelmente podia ver alguns episódios de *Gossip Girl* enquanto os gêmeos estavam sendo alimentados e banhados. Eu não tinha mencionado o convite para o sábado à noite porque não havia a menor chance de a mamãe me deixar ir, e provavelmente era só uma sacanagem de meninas más. O melhor a fazer era simplesmente esquecer.

Acabou que ficou impossível esquecer sobre sábado porque Ruby, Ayesha e até Chloe e Emma mencionavam isso toda vez que eu as via na escola. "Não se esqueça de sábado à noite", elas não paravam de falar. "Vai ser sensacional."

Na quinta-feira, quando eu ainda não havia me comprometido dizendo que sim nem que não porque era covarde demais para dizer à Ruby que minha mãe nunca me deixaria sair para brincar, elas começaram a me mandar mensagens de texto. Na verdade, era menos mandar mensagens e mais perseguir com mensagens.

Enquanto eu estava sentada na cozinha com mamãe e a Vovó Minor depois da aula, meu telefone não parava de tocar e de vibrar.

— Você está muito popular hoje — disse Vovó Minor enquanto eu abria a última mensagem da Ayesha: VC VEM SÁB À NOITE OU O QUÊ?

— Ah, algumas garotas da escola querem saber se eu posso sair no sábado à noite — murmurei vagamente. As sobrancelhas da mamãe sinalizaram que algo não agradava nem um pouco. — Lembra-se da Ayesha? Bem, ela e algumas de suas amigas.

— Bem, é bom que ela a esteja procurando novamente — falou vovó, enquanto vasculhava nossa lata de biscoitos; nós sempre guardávamos os de creme para ela. — Provavelmente viu o erro que cometeu.

— Acha que eu devia sair com ela e com suas amigas no sábado à noite, então? — perguntei, incerta. — Ayesha disse que eu podia dormir na casa dela.

— Não pode, não — disse mamãe rapidamente. — Você vai ficar de babá, lembra?

Eu não me lembrava porque ela não havia pedido. Ela simplesmente havia suposto.

Se eu fosse uma adolescente normal, aquela teria sido a minha deixa para dar um ataque de proporções épicas e gritar que eu ia sair e que ela não podia me impedir porque não sabia usar o trinco na porta da frente e eu tinha 17 anos e de qualquer modo ela não mandava em mim. Ayesha gritava com a mãe dela ao telefone diariamente, portanto eu vinha pegando dicas. Mas eu não era uma adolescente normal e, de qualquer maneira, a Vovó Minor chegou primeiro.

— Eu fico de babá — ofereceu ela serenamente. — Vai fazer bem à Bea sair de casa.

— Ela sai de casa...

— Bem, ela vai e volta da escola e da babá das crianças e vai ao pilates e ao seu trabalho aos sábados depois de dar a você um cronograma de seus movimentos. — Vovó fazia parecer que eu estava em cárcere privado até completar 18 anos. Não era *tão* ruim assim.

Mamãe cruzou os braços e deu um sorriso fraco. Não chegou aos seus olhos, que pareciam muito apertados.

— Está bem, saia no sábado, mas não vai dormir fora...

— É claro que vai — interrompeu vovó. — Dê o endereço da Ayesha e eu a pego e a levo direto para o pilates. É melhor você subir e pegar seu colchonete.

No momento em que elas ouviram meu pé no primeiro degrau, houve vozes altas. Algo sobre se intrometer na criação do filho dos outros dito por mamãe, e aí vovó gritou sobre o discurso ser diferente das atitudes. Eu não tinha certeza do que queria dizer, mas mamãe parecia saber e não gostou nem um pouco.

Eu me escondi no meu quarto até a gritaria acabar, aí enfiei a cabeça para fora da porta.

— Já acabaram de bater boca?

— Não estamos batendo boca — vociferou vovó —, só estamos tendo uma saudável troca de opiniões.

Mamãe estava polindo copos furiosamente quando me aventurei a descer, mas vovó era toda sorrisos porque havia ganhado a discussão. Ela sempre ganhava, a não ser que estivesse discutindo com a Vovó Major, que empunhava sua idade como uma arma.

— Bea é uma boa garota, com uma cabeça sensata no lugar — anunciou ela. — Ela não vai se meter em encrenca.

Capítulo 4

— Só vire de um gole só — ordenou Chloe, enquanto me entregava uma caneca cheia até a borda com muita vodca e não muita Coca Diet. — Sinceramente, não faz sentido ir à boate se não estivermos completamente bêbadas primeiro.

Eu não desconhecia o álcool. Tivera permissão para tomar o copo ocasional de vinho no jantar, então era mais como se o álcool e eu fôssemos conhecidos casuais, mas enquanto eu levava cuidadosamente o copo aos lábios, fui quase asfixiada pelo fedor do álcool puro que atacou minhas narinas e fez meus olhos se revirarem. Uma fungada e eu já me sentia completamente bêbada. Emma e Chloe estavam observando atentamente, então eu dei um gole e fingi saborear o rico buquê e não tendo todas as minhas papilas gustativas arrancadas da boca.

— Humm. — Elas ainda estavam observando, como se esperassem que eu me acovardasse. — A Ruby está fumando no jardim? Vou filar um cigarro dela.

Eu não tinha a menor intenção de filar nada da Ruby, mas no instante em que botei o pé para fora da porta dos fundos da gigantesca cozinha em estilo Shaker da Ruby, virei minha caneca na cerca viva.

— Bea?

Tirando algumas velas, o pátio estava bastante escuro, então eu esperava que Ruby e Ayesha não tivessem me visto. Ainda

tive um sobressalto de nervoso antes de andar até as cadeiras de ferro fundido onde estavam sentadas com a mãe da Ruby, estrela dos palcos, das telas e de inúmeras entrevistas no jornal local. Se fosse uma atriz famosa, eu teria coisas melhores para fazer em um sábado à noite do que ficar dando um tempo com um bando de adolescentes completamente determinadas a ficar bêbadas.

Mas a mãe da Ruby, Michelle, não parecia se importar. Ela deu um gole em um copo enorme de vinho branco e sorriu brilhantemente para mim. Na verdade, nós nos conhecíamos havia muito tempo — eu sempre cuidava da mesa dos aperitivos nas reuniões de pais e mestres —, e todas as mães me adoravam. Eu era a criança-modelo para o que suas próprias filhas podiam ser, em vez do que na verdade eram.

— Está se divertindo, Bea? — perguntou ela gentilmente. — Espero que a Ruby não a esteja levando para o mau caminho.

— Não enche, mãe — falou Ruby sem nenhuma emoção. — A Bea é madura demais para ser levada para o mau caminho por alguém como euzinha.

— E como vai a sua mãe? Eu a vi na Marks no outro dia. Ela recuperou a silhueta bem rápido depois dos gêmeos. Quem é o personal trainer dela?

— Ela não tem — disse eu. — Mas faz ioga no Wii Fit. — Eu ouvi Ruby fungar porque conversar com a mãe dela sobre a minha mãe não era uma coisa descolada a fazer. Nem puxar para baixo o vestido emprestado da Ruby a fim de não mostrar minhas partes íntimas, mas fiz isso mesmo assim.

Ruby ficou horrorizada quando apareci com a roupa que havia passado duas horas escolhendo.

— Ninguém mais usa vestido por cima de jeans — exclamara ela cortantemente. — E não vestidos como esse! É da Primark. Eu já vi milhões de outras garotas usando esse vestido. E jeans de boca larga? Ah. Meu. Deus. Não.

Ruby havia começado a usar jeans de cintura alta e pernas retas quando todo mundo ainda estava tentando entender os skinny, então me submeti sem dar um pio quando ela puxou um punhado de tecido roxo stretch de uma gaveta e me disse para vestir.

Ele não me favorecia em nada, e eu tinha quase certeza de que você podia ver a marca da minha calcinha através dele, mas não ousei dizer isso para Ruby porque ela provavelmente me faria tirá-lo. Assim, quando nos empilhamos na van grande, barulhenta e inimiga do meio ambiente da Michelle, ela me atacou com o conteúdo de sua bolsa de maquiagem.

Houve um momento doloroso quando a mãe dela passou em um quebra-molas rápido demais e eu achei que a Ruby ia arrancar meu olho fora com o pincel de seu rímel. Ela fez Ayesha pentear meu cabelo para trás, apesar de ele ser liso demais para ficar no lugar, enquanto segurava meu queixo com uma pegada firme conforme passava pó compacto no meu rosto.

— Vai servir — suspirou ela enquanto sua mãe encostava diante de uma boate na Chalk Farm Road, que ficava na frente da rua de Camden Market. — Só subtraia um ano da sua data de nascimento, se perguntarem.

Ninguém perguntou. O cara da porta estava ocupado demais tentando olhar dentro do top da Chloe para prestar muita atenção em mim ao final da fila.

— Bar — decidiu Ruby assim que largamos nossos casacos e bolsas. — Bea, seja boazinha e nos traga uma garrafa de vinho, por favor? Chloe, vá arrumar uma mesa para nós. Ayesha, venha comigo até o banheiro.

Emma fez beicinho.

— E eu?

— Você pode ajudar a Bea com as bebidas — sugeriu Ruby. — Deus, tenho que pensar em tudo?

Emma e eu lutamos para chegar até o bar. Havia uma multidão de pessoas quentes e suadas até o fundo, mas Emma agarrou a minha mão e serpenteou pelo meio até ficarmos apertadas contra o balcão grudento.

— Não se preocupe com a Rubes. Ela está meio estressada porque pode encontrar seu ex hoje à noite. Eles terminaram mal — acrescentou ela de soslaio.

Eu concordei com a cabeça como se tivesse tido minha quota de rompimentos ruins.

— Pobre Ruby.

— Então, está de olho em alguém? — gritou Emma por cima de um ruído capaz de perfurar o tímpano vindo das caixas de som conforme uma banda subia no palco minúsculo ao lado do bar.

— Na verdade, não. — Eu não conhecia Emma tão bem assim. Ela era pequenininha e loura, como uma fadinha, o que me fazia sentir automaticamente como uma garota pesada e bruta, embora ela parecesse realmente simpática. — Eu gostava de um cara no verão passado, mas não aconteceu nada e acabou que ele gostava de outra pessoa, afinal.

Alguém como a Ayesha...

— Há muito mais garotos gostosos para pegar — falou Emma, revirando os olhos quando eu fracassei em chamar a atenção de qualquer um dos atendentes do bar. Ela se içou no beiralzinho que havia no nível do tornozelo e então empinou o peito. Em dois segundos, os garotos atrás do bar estavam caindo em cima de nós.

Emma não disse uma palavra ou se ofereceu para rachar enquanto eu abria mão de vinte das minhas libras suadas por uma garrafa de vinho branco. Mas, pensando bem, Ruby havia fornecido pizza e quantidades copiosas de vodca para nós, e talvez Emma tivesse rachado isso.

Ruby, Ayesha e Chloe estavam sentadas em volta de uma mesinha no fundo da boate conversando intensamente. Ruby ergueu os olhos conforme nos aproximávamos, e seu olhar cintilou sobre mim por um instante e então se afastou rapidamente; o rosto absolutamente inexpressivo, do mesmo jeito que ela havia feito uma semana atrás, antes de concluir que eu era profunda. Eu podia sentir meu estômago se afundando até minhas sapatilhazinhas de balé com lantejoulas, que também não haviam recebido a aprovação da Ruby.

Mas eu devo ter imaginado isso porque ela olhou de novo e então sorriu para mim.

— Obrigada por pegar o vinho, Bea. Você é o máximo. Na verdade eu queria tinto, mas acho que posso forçar isto pela garganta. Sério, Emma, você sabe que eu só gosto de vinho tinto.

Emma murmurou desculpas e ficou pairando ao lado da mesa enquanto Ruby me puxava para baixo, entre ela e Ayesha. Ela começou a apontar garotos para mim.

— Ele não sabe beijar nada. Está fazendo de novo todas as matérias de nível A que repetiu. Gay. Devia ser gay. Não consegue levantar o negócio. Tem cheiro de cachorro molhado...

Eu ri porque eram mais garotos do que eu jamais havia conversado, e Ruby sabia as intimidades de todos. Ela acenou energicamente para alguém do outro lado do aposento, e parei por um instante para me admirar diante do fato de estar sentada ao lado de Ruby Davies. Perto o bastante para sentir o almíscar forte de seu perfume e o chiclete de hortelã, vodca e cigarros quando ela abriu a boca para falar comigo e estava agindo como se eu fosse sua nova melhor amiga.

— Não se preocupe, vou apresentá-la a espécimes muito melhores de meninos quando chegarmos à festa. Eu sei como vocês do tipo quietinho ficam quando botam um pouco de álcool para dentro. Beba.

Tomei um gole entusiasmado do meu vinho, que havia diluído com um pouco de água da garrafa que tinha na bolsa. Eu sabia que Ruby só estava tentando fazer com que eu me soltasse, mas eu não queria me soltar demais. E não queria voltar para a casa da Ayesha nem um pouco de pileque, porque a mãe dela ligaria para a minha às 7h da manhã de domingo em ponto.

— Devemos ir ver a banda? — perguntei para Ruby e Ayesha, conforme o ruído do retorno parava e algo que quase parecia uma melodia podia ser ouvido. Eu não ia a um show havia séculos. James e eu fomos a um dia do Reading Festival no verão anterior, e mamãe tinha me levado para ver o Arcade Fire no Ally Pally, mas eu nunca assistira a uma banda desconhecida em uma boatezinha onde você podia ficar bem na frente.

— Deus, não! — Ruby arfou como se eu tivesse sugerido chutar uns cachorrinhos.

— É, eles são uma porcaria, de qualquer modo — acrescentou Ayesha. — Todas as bandas que tocam aqui são uma porcaria. Temos uma mesa, podemos ver todos os meninos, então só relaxe, está bem?

— Beba o seu vinho — mandou Ruby, observando com os olhos estreitos enquanto eu dava um pequeno gole. Seus olhos desceram para onde meu sutiã médio lutava contra o decote baixo de seu vestido. — Sabe de uma coisa? Na verdade, você é muito quente, Bea.

Eu *era* quente. E estava começando a suar ligeiramente. Soprei a minha franja, que estava grudando na testa, e tentei rir daquilo.

— É, bem, acho que eles não têm nenhum ar-condicionado aqui dentro.

Tanto Ruby quanto Ayesha reviraram os olhos.

— Cara, aprenda a receber um maldito elogio — vociferou Ayesha, me cutucando nas costelas e sorrindo para tirar a ferroada de suas palavras. — Nós com certeza vamos arrumar alguém para você depois do show.

As palavras dela me encheram de terror, como se nós fôssemos a um dentista que queria arrancar todos os meus dentes sem anestésico, e então esfregar algo abrasivo nas minhas gengivas ensanguentadas.

— Já ficou com alguém antes, não é? — sussurrou Ayesha no meu ouvido, e fiquei muito grata por ela não ter simplesmente soltado para que Ruby pudesse ouvir. — Em algum momento no ano passado? Deus, Bea, você tem 17 anos, tem que ter dado pelo menos uns pegas na vida.

Eu sacudi a cabeça.

— Não tem importância — afirmei.

— Tem muita importância — afirmou Ayesha de volta. — O seu primeiro beijo, Bea. A minha menininha vai virar gente grande.

Ayesha estava certa. Tinha muita importância. Mas quando você chegava à idade avançada de 17 anos sem nunca encostar a boca em outra, aquele primeiro beijo tinha de ser especial. Na verdade, precisava ser espetacular, acompanhado pelo êxtase. O único elemento sobre o qual eu não tinha certeza, apesar de ter passado horas aprimorando os detalhes, é quem seria o meu beijado. Bem, ele seria francês de malar proeminente e de cabelo despenteado, mas tirando isso eu não conseguia realmente imaginá-lo, apesar dos fogos de artifício serem muito claros já que o meu primeiro beijo aconteceria no Dia da Bastilha na Pont Neuf em Paris.

A banda havia terminado, e mais garotos estavam aparecendo. Garotos suados que haviam ficado pulando em uma grande massa contorcida e agora estavam úmidos e brilhando enquanto vinham cortejar a Ruby, como se ela fosse o sol em volta do qual todos orbitavam. Nem as namoradas dos garotos suados criaram nenhum problema para ela, mas sorriam e acenavam quando Ruby olhava para elas.

Enquanto a banda seguinte entrava, Ruby se levantou antes que qualquer um dos garotos em volta de nós pudesse convergir para o palco.

— Este lugar é uma droga — disse ela. — Nós vamos embora.

Achei que aquilo estivesse aberto a discussões, e estava prestes a abrir a boca e perguntar se podíamos ficar um pouco porque uma garota com um cabelo curto dramático e um vestido vermelho curto adorável havia acabado de pegar o microfone — a aparência que eu gostaria de ter, se não parecesse comigo —, mas Ayesha me lançou um olhar de advertência e fez um gesto para eu ficar de boca fechada.

Nós todas nos amontoamos na rua. Ninguém havia me apresentado a nenhum dos meninos suados e suas namoradas, que me ignoravam quando eu tentava sorrir para elas. Ruby, Ayesha, Chloe e Emma saíram marchando pela rua, e eu me vi no fim do aglomerado de pessoas desconhecidas.

Havíamos subido o caminho todo pela grande colina na direção de Hampstead, até que Ruby parou abruptamente do lado de fora de uma loja de conveniência que ficava aberta até tarde.

— Bea! — gritou ela e espiou pelo meio dos garotos suados, que se afastaram obsequiosamente. — Aí está você! Precisamos comprar birita.

Ruby passou o braço pelo meu e me guiou para dentro da loja bem iluminada.

— Você não vai ter problemas em ser atendida, do jeito que os seus peitos estão pulando para fora do vestido. Acho que ninguém vai olhar para o seu rosto.

Horrorizada, eu puxei o decote caído para cima enquanto Ruby erguia dois pacotes de seis latas de cerveja.

— Seja boazinha e compre isto, por favor — disse ela, largou-os no balcão e saiu. Eu contei mais dez libras suadas e cambaleei para fora da loja para ser recebida com gritos entusiasmados das outras.

Começamos a caminhar outra vez, serpenteando por ruas estreitas e parando de vez em quando para ouvir atentamente, procurando sons de música e diversão, já que ninguém parecia realmente saber onde a festa seria dada. Eu estava um pouco passada por ninguém ter me dado dinheiro algum pela cerveja que eu não ia beber de jeito nenhum, mas se pedisse algum, aí todo mundo ia pensar que eu era pão-dura.

Eu me irritei por mais um tempinho até me lembrar de que a Ruby era rica e que o pai da Ayesha fazia algo no distrito financeiro e tinha montes de dinheiro e que as pessoas que têm muito dinheiro só presumem automaticamente que todos os outros também têm. Tipo, quando mamãe começou a sair com o James — que tem sua própria firma de software — e não tinha certeza se era sério, ela insistia em dividir a conta do jantar e ficava zangada porque ele sempre a levava a esses restaurantes muito caros. Embora ela tivesse se casado com o James e o que era dele tivesse passado a ser nosso, mamãe insistia que eu devia ter consciência financeira e não me dava mesada a não ser que eu trabalhasse. Ela até me fazia guardar no banco o dinheiro que as avós e James me davam, a não ser que eu conseguisse esconder um pouco e gastar em livros e DVDs antes que ela descobrisse a respeito.

Quase trombei nas costas de um dos meninos suados quando paramos de repente do lado de fora de uma casa grande e esparramada com todas as luzes acesas, música aos berros e várias garotas largadas nos degraus do lado de fora da porta da frente aberta. Parecia que havíamos chegado ao nosso destino.

Ainda fazendo ajustes no decote do vestido e admirando a ideia de que, para variar, meus seios pareciam grandes demais, fui atrás das garotas. Eu não ligava para o que a Ruby pensava, minha primeira prioridade foi encontrar um banheiro para me trancar e trocar a roupa pela que eu estava usando antes, mesmo que fosse da Primark.

Ruby estava trocando beijinhos no ar com uma garota bêbada que perguntou a ela se alguém tinha vomitado nos canteiros, obviamente nossa anfitriã, e eu me esgueirei escada acima para entrar na fila para o banheiro. Era uma casa grande e chique cheia de estranhos chiques que estudavam em escolas muito chiques. A garota na minha frente tinha até uma bolsa Chanel e não parecia ser o tipo de pessoa que a comprara em uma barraquinha no mercado em Holloway.

Quando finalmente consegui entrar no banheiro, havia um cheiro de vômito, que era quase preferível ao fedor enjoativo de perfume muito sintético que alguém havia espargido para se livrar do cheiro de vômito. O vestido da Ruby era mais justo que uma atadura e tive que rebolar bastante para me livrar dele. Enquanto eu estava de pé ali de calcinha de arco-íris e sutiã combinando, alguém esmurrou a porta.

Tive de me segurar para não gritar de susto. Enfiei-me no meu jeans adorável e confortável e no retrocesso da moda, e o vestido de renda preta do Primark. Aí molhei os dedos e enxuguei cuidadosamente debaixo dos meus olhos esfumaçados, que pareciam mais com os de um guaxinim do que qualquer outra coisa, e concluí que eu não estava mais parecendo tanto uma prostituta adolescente.

— Jesus! O que diabos você está fazendo aí? — As batidas na porta aumentaram de volume e frequência. Enfiei rapidamente o vestido da Ruby na minha mochila, dei uma respirada funda e centralizadora e puxei o trinco da porta de volta para ser confrontada por uma garota de cara emburrada que estava enroscada em volta do Jack... O meu Jack.

Só que ele não era realmente o meu Jack e nunca fora, a não ser por aqueles poucos momentos fugazes meses atrás, quando eu pedi dois McLanches Felizes e um cheesebúrguer pequeno com fritas e recusei sua oferta gentil para pedir a porção grande. E a vez antes disso quando ele tropeçou no meu pé no correio e pediu desculpas, não só profusa, mas lindamente também. Ele ainda era bonito. Sempre me fazia lembrar desse poema de John Betjeman que havíamos estudado na aula de inglês sobre uma menina chamada Joan que *"era iluminada pelo sol de Aldershot"*. Era assim que o Jack parecia para mim; como se estivesse sempre banhado pela luz do sol, com seu cabelo dourado e sua pele dourada e seus olhos azuis sonolentos.

Agora ele olhava para mim sem interesse ou até mesmo uma centelha de reconhecimento, mas por cima do meu ombro, para dentro do banheiro vazio.

— Vamos? — disse ele para a garota largada, como se estivesse pedindo a ela que valsasse com ele sobre alguma pista de dança altamente encerada enquanto uma orquestra tocava ao fundo e meninas em vestidos de tafetá cor de limonada bebericavam champanhe.

— Saia da minha frente, então — falou ela para mim, antes de enfiar a língua na orelha do Jack.

Eu me esgueirei por eles e fiquei imaginando se aquela sensação de afundamento no meu peito era o meu coração se partindo um pouquinho, bem a tempo de ouvir duas garotas esnobes e meio largadas dizerem:

— Argh! Aquela garota está usando um vestido da Primark. A Amy devia ter posto alguém na porta para manter os suburbanos fora.

Eu não era suburbana. E, de qualquer modo, suburbano era só uma palavra que as pessoas esnobes usavam para se referir à classe trabalhadora. E não havia nada errado em ser da classe trabalhadora. Ou em comprar roupas em cadeias de lojas de rua com preços competitivos, a não ser que você fosse uma garota má e cruel, com pais ricos e uma noção superinflada de sua própria importância. Engoli a onda de autocomiseração que subia enquanto me sentava na escada e começava a vasculhar minha bolsa à procura do meu telefone para poder ligar para o James. Mesmo que ele e mamãe estivessem no meio do jantar, eu sabia que ele viria e me resgataria das horríveis garotas de escola pública e de seus garotos suados. E se a mamãe não parasse de dizer "eu avisei", então eu teria de carregar essa minha cruz particular.

Meus dedos estavam posicionados em cima do teclado quando Ruby se jogou do meu lado.

— Eu estava procurando por você em todos os cantos — queixou-se ela, como se a falta de Bea ao seu lado fosse uma coisa muito ruim. — Você trocou de roupa.

— É, sabe, foi muito legal da sua parte me emprestar o seu vestido, mas ele era um pouco justo demais.

— Era essa a intenção — suspirou Ruby. Ela aprumou os ombros. — Ah, bem, agora é tarde demais para fazer alguma coisa a respeito. Eu realmente tentei achar um bom amasso para você, mas foi muito em cima da hora...

Eu segui o olhar dela até o pé da escada onde uma Emma e uma Chloe às risadinhas estavam arrastando um garoto alto atrás de si. A cara dele caiu no chão quando Chloe apontou para mim.

— Não acho que ele esteja tão a fim de mim — falei baixinho, mas Ruby já estava com a mão enfiada debaixo do meu braço enquanto me içava de pé e começava a subir a escada.

— Não diga bobagem. Ele está babando por você — falou ela, me fazendo marchar mais um lance de escada. — A Amy disse que você podia usar o quarto dela. Mas não deixe nada pegajoso em sua colcha.

— Eca, isso é nojento!

Ruby tirou vantagem do meu choque para me empurrar pela porta. Eu me virei, só para sentir o garoto quase me derrubando no chão enquanto também era empurrado para dentro. A porta bateu detrás de nós enquanto eu tentava soltar meus membros desordenados e estava quase com os dedos em volta da maçaneta quando ouvi uma chave ser girada.

— Não faça nada que nós não faríamos — brincou alguém, e eu não tinha opção a não ser me virar para poder dizer àquele garoto que tinha certeza de que ele era uma pessoa muito legal, mas que não ia fazer nada com ele e que tinha um alarme antiestupro na minha bolsa (a Vovó Major o havia comprado para mim através de um anúncio na contracapa da revista *Saga*) e sabia usá-lo.

— Nem uma palavra! — ordenou ele, antes que eu pudesse até mesmo abrir a boca. — Você não faz absolutamente o meu tipo.

Eu devia ter me sentido aliviada. Em vez disso, me senti arrasada. De novo. Havia um limite de vezes que uma garota podia se sentir arrasada em uma noite.

— Você não sabe nada sobre mim! — soltei acaloradamente.

— Qualquer amiga da Ruby Davies é minha inimiga ferrenha — disse ele.

— Ela não é minha amiga. Bem, não exatamente. Ela é amiga de alguém que costumava ser minha amiga mas que pode ser minha amiga de novo... é complicado. — Olhando ansiosamente para ele, concluí que provavelmente era seguro me sentar na cama sem que ele tentasse violentar minha carne relutante.

Não que ele parecesse ser do tipo que violenta. A violação teria exigido um esforço grande demais da parte dele porque ele não era um dos garotos suados. Não estava suando, seus jeans skinny e suéter largo de praxe pareciam bem passados e ajustados, em vez de estarem sendo usados por ele como se fossem roupa de gala. Ele era alto e magro e tinha cabelo castanho-escuro brilhante e lambido que não parava de empurrar para trás para que não caísse nos olhos. Tinha olhos bonitos, pelo menos.

— Então você é só uma vítima inocente nisto tudo? — perguntou, incredulamente.

— Eu estava prestes a ligar para o meu padrasto e pedir a ele para me salvar desta porcaria de festa — funguei, porque ele foi muito arrogante ao pensar que eu mal podia esperar para pular em cima dele.

O garoto suspirou e não pareceu muito convencido, mas sentou-se na cama também, um metro respeitável entre nós.

— Você realmente não faz o meu tipo — repetiu ele, como se eu não tivesse entendido o recado da primeira vez em que ele dissera. — Eu sou o Harry. — Ele esticou a mão. — Sou um homossexual não assumido.

— Eu sou a Bea — falei, apertando sua mão, e mais tarde ficaria muito orgulhosa pela forma como eu não hesitara. — Sou uma romântica não assumida.

Harry fez uma pausa por um momento como se não tivesse certeza se eu estava tirando uma onda, e acho que eu estava só um pouquinho, mas aí ele sacudiu a cabeça e deu uma risadinha.

— Acho que este pode ser o começo de uma bela amizade.

— Por que você está no armário? — perguntei, enfiando as pernas debaixo do meu corpo. — Por que simplesmente não assume?

— Meu pai é conselheiro do Tory e já ameaçou me colocar no exército por não ter passado nas minhas matérias de nível A.

— Sério? O meu tio é gay. Eu fiz cupcakes para a recepção quando ele formalizou a união civil com seu namorado, e ele disse que minhas duas avós o apoiaram muito quando ele se assumiu. Aparentemente, elas sempre souberam. — Eu nunca soube encontrar um meio-termo entre ficar muda e não ser capaz de calar a boca. Nunquinha.

Porém, o Harry não parecia se importar.

— Acha que elas me adotariam? Tudo vai ser diferente se, *quando*, eu for para a universidade — murmurou ele taciturnamente, como se estivesse tentando convencer a si mesmo em vez de a mim.

— Deus, espero que sim! — aquilo saiu com fervor à beça.

Harry olhou para mim com muito menos desconfiança, aí tirou um baralho do bolso de trás de seus jeans.

— Suponho que você não jogue gin rummy?

Ele supôs errado.

— Na verdade, eu jogo. E uíste, canastra e bridge, apesar de não ser muito boa no bridge.

Harry começou a embaralhar as cartas.

— Então, por que você está no armário? Suas avós pró-gay são antirromance?

Eu ganhei as duas primeiras partidas, porém, conforme ficava mais exaltada, minha concentração desaparecia.

— Não quero beijar garotos estranhos em quartos estranhos — discursei. — Eu quero romance. Quero ser louca por um garoto e que ele seja louco por mim também, assim, mesmo que a gente acabe cometendo um erro, ele não me abandone num piscar de olhos. Mas romance parece estar tão fora de moda quanto usar vestidos da Primark.

— Eu gosto do seu vestido — insistiu Harry, mostrando um grupo de ases e acabando com a minha raça. — Parece vintage, em vez de Primark. Eu sou gay, entendo dessas coisas.

Era uma pena que Harry fosse gay, porque acho que ele era a primeira pessoa que eu havia conhecido que realmente me entendia. Ou talvez fosse bom que ele fosse gay e não houvesse possibilidade de me apaixonar por ele porque não satisfazia os critérios de um herói romântico; tinha o rosto corado demais. E estava ganhando de mim no gin rummy.

Jogamos mais algumas rodadas e conversamos a respeito de coisas sobre as quais eu jamais conseguia conversar, livros que eu havia lido, filmes que tinha visto, músicas que eu amava. Eram coisas comuns, mas eu não conseguia balbuciar a respeito normalmente antes que os olhos revirados e o "Deus, você gosta de alguma coisa que não seja francesa ou se passe na França?" começassem.

Eu estava tentando convencer Harry a me deixar ensiná-lo a jogar canastra quando ouvimos uma batida à porta.

— Vocês dois estão sozinhos aí?

Parecia ser Chloe ou Emma; elas eram bastante intercambiáveis.

— Vá embora! — gritou Harry. — Vamos sair quando estivermos prontos.

— Posso deixar um chupão em você, se quiser — ofereci, apesar de não ter certeza sobre os detalhes técnicos. — Só para não estragarmos nosso disfarce.

— Realmente não estamos com cara de quem deu uns beijos — concordou Harry, esticando a mão para passar o polegar por cima dos meus lábios e borrar o meu gloss para que o observador casual achasse que eu vira um pouco de ação. — Sabe, foi um prazer não pegar em você.

— Igualmente. — Eu me arrastei para fora da cama e tentei sacudir o amassado do meu vestido. — Talvez a gente possa fazer isto de novo alguma hora?

— Se você vai se tornar um acessório permanente nestas festas, então acho que pode contar com isso — falou Harry, andando até a porta e esmurrando-a. — A não ser que encontre a resposta para todos os seus sonhos românticos.

— Acho que ele não mora no norte de Londres.

Nós podíamos ouvir risadinhas e, finalmente, o som de uma chave e a porta abrindo-se lentamente para revelar Chloe e Emma ali de pé com telefones celulares posicionados. Harry passou o braço em volta de mim e nós posamos obedientemente para uma foto, uma daquelas fotografias fora de foco, de olhos arregalados e ângulos esquisitos que as pessoas colocam em suas páginas do Facebook.

— Bem, obrigado pelos beijos, então, Bea — falou Harry, me beijando na bochecha, e ele estava de costas para Chloe e Emma, então elas não viram a piscada gigantesca que me deu — Eu a vejo por aí.

Ele perambulou corredor abaixo e eu fui deixada com duas não-realmente-amigas cheias de expectativa.

— Então, como foi?

— Foi ótimo. Parece que nos demos muito bem — falei. Nenhuma palavra era mentira.

— Era para você ter pego ele, não escolher desenho de louças — desdenhou Chloe. — De qualquer modo, a Ruby quer vê-la para poder ouvir todos os detalhes sórdidos.

Eu não entendia por que a Ruby não podia vir me achar sozinha em vez de mandar outra pessoa para pedir uma audiência, mas eu as segui humildemente escada abaixo e para dentro de uma cozinha enorme onde Ruby estava sentada entretendo sua corte. Ela ergueu os olhos, e um sorriso insinuou-se em seu rosto. Não era um sorriso especialmente bonito, mas botei isso na conta da iluminação fluorescente e dura. Ela me convocou com um dedo dobrado.

— Venha cá. Eu quero saber de tudo — exigiu em voz alta.

— Não há muito o que contar — fui vaga porque havia dez pessoas na cozinha, e eu só conhecia quatro delas.

— O que aconteceu?

— O que normalmente acontece quando você tranca dois adolescentes dispostos juntos em um quarto — disse eu, e podia ver pela tensão no maxilar da Ruby que aquilo não era bom o bastante. — O edredom ficou seriamente amarrotado.

Não era para a Ruby saber que qualquer amarrotado ocorreu por nos sentarmos de pernas cruzadas e de sapatos na cama, mas seus olhos se iluminaram.

— Até onde vocês foram? Uns beijos ou uns amassos?

— Qual é a diferença?

— Uns beijos são uns beijos, e uns amassos são uns amassos — intrometeu-se Emma.

— Estou surpresa que você tenha feito qualquer coisa com o Harry — disse Ruby. — Ele passa uma vibração bem gay.

— Eu não acho — falei, e aquilo me rendeu outro olhar duro. — Ele não foi especialmente gay quando estávamos juntos na cama.

Normalmente eu achava difícil mentir, mas Ruby era o meu maior desafio até então. A coisa realmente idiota era que nos últimos cinco minutos minha mente tinha voltado a não confiar nela, mas mesmo assim eu queria que ela gostasse de mim. A Sra. Wilson, nossa orientadora, estava errada quando disse que nada fazia mais mal do que metanfetamina; a pressão social era muito, muito pior.

— Obrigada por armar para mim, Ruby — falei, segurando as mãos nas costas para não começar a torcê-las nervosamente.

— Está me zoando?

— Não! Não. Eu agradeço por cuidar de mim e, tipo, armar para mim.

Houve um momentinho minúsculo em que eu achei que Ruby poderia ficar toda irritada de novo, mas, aleluia, um sorriso doce (muito melhor que a versão anterior) lentamente se insinuou em seu rosto.

— Bea, você é uma porra de uma gracinha — elogiou ela. — Quer ficar com o Harry no fim de semana que vem ou devemos encontrar para você alguém novinho em folha?

Fingi levar a pergunta em consideração por um tempinho e tentei sufocar a sensação meio frívola, meio apavorada porque eu estava oficialmente andando com a galera. Íntima da turma maneira, descolada demais para a esco... você entendeu.

— O Harry serve por enquanto — decidi, como se só o estivesse usando para treinar até alguém melhor aparecer.

Capítulo 5

Poucas pessoas pareciam felizes com o meu novo círculo social. Na verdade, eu também não tinha certeza de que estava feliz com ele.

Eu me assegurei de andar com a Lydia, a Polly e a Ruth por pelo menos um intervalo por dia e em horários de almoço alternados porque não há nada mais caído que largar suas antigas amigas por amigas novas. Eu sabia exatamente qual era a sensação, e não era muito divertido. Mas elas ainda foram duras comigo porque eu estava fazendo um péssimo trabalho em falar delas com Ruby & Co., para que de repente as recebessem de braços abertos.

Ruby tinha outras ideias. "Não sei por que você anda com aquele bando de ninguéns sociais" era só uma das coisas mais gentis que ela havia dito sobre Ruth, Lydia e Polly. Isso quando não estava me dizendo que eu precisava "ser mais sexy com as roupas, Bea, pelo amor de Deus". De vez em quando eu ficava imaginando o que estava fazendo quando Ruby me disse para nunca mais botar os pés na Primark de novo ou me interrogando sobre até onde eu havia ido com o Harry.

Mas todas as vezes que eu pensava seriamente em escapulir de volta para Ruth, Lydia e Polly com o rabo entre as pernas, Ruby sorria para mim, passava o braço pelo meu e dizia algo que me fazia gostar dela de novo. "Alguém já lhe disse que você parece uma Audrey Hepburn jovem?" sendo uma das minhas favoritas.

E Chloe, Emma e Ayesha eram muito legais comigo Acho que era porque me viam como uma terceira opinião imparcial ou talvez covarde demais para dar uma resposta atrevida, mas elas me contavam todo tipo de coisa que eu podia ter feito sem saber.

Eu sabia que a Chloe havia ficado com o namorado da Emma três vezes. Emma estava fazendo sexo via mensagem de texto com um garoto de quem Ayesha estava correndo atrás. Ayesha havia beijado o garoto que partira o coração da Ruby e vivia com medo que a Ruby pudesse descobrir, e parecia haver uma centena de outras combinações delas quatro agarrando, ficando e em geral sacaneando umas às outras com vários garotos que elas ou haviam namorado, estavam namorando ou pensavam em namorar. Era bem difícil acompanhar tudo, na verdade. Fiquei tentada a desenhar um pequeno fluxograma e também eternamente grata por ter o Harry. Ele sempre aparecia durante as noites de sábado, como se tivesse alguma espécie de aparato eletrônico que apitava no exato instante em que Ruby avaliava uma festa atrás de prováveis candidatos a serem trancados em um quarto comigo. Eu sabia que ela só estava cuidando de mim, mas sempre ficava aliviada ao ver o Harry abrindo caminho pela multidão.

— Você está bem, Bea? — perguntava ele, daí, antes que eu pudesse responder, ele pegava a minha mão e dizia, enquanto Ruby fungava descrente porque ela ainda insistia que Harry tinha conflitos a respeito de sua sexualidade. — Vamos para algum lugar tranquilo para eu poder me aproveitar de você.

Então, quando somei todos os diferentes fatores envolvidos em ser amiga da Ruby (e de Ayesha e Chloe e Emma, porque elas vinham juntas), concluí que estava ganhando. Eu estava saindo mais, conhecendo pessoas e fazendo coisas de adolescente. Na realidade, eu estava bem feliz.

Minha mãe, porém, não estava nada feliz. Ela era como a definição de nada feliz. Acho que as avós e o James haviam se juntado contra ela e lhe dito que estava na hora de cortar o cordão umbilical, porque ela não falava nada mas havia muita sobrancelha franzida e batidas desnecessárias com a louça quando estava enchendo a máquina de lavar. "Ah, você vai sair *de novo*?", ela dizia quando eu chegava da Wilson's no sábado e começava a me arrumar para sair.

Ainda tínhamos nosso tempo diário de mãe e filha, mas ela não falava mais nada engraçado sobre gatos e capas de livros. Ficava constantemente no meu pé sobre minhas notas estarem sofrendo por eu estar na rua o tempo todo. E quando eu observava que uma noite por semana não era o tempo todo, ela ficava muito durona. Eu sentia saudades da minha mãe maneira.

Então eu estava toda pronta para mais suspiros e resmungos quando ela bateu à porta do meu quarto enquanto eu me arrumava para sair em uma noite de sábado, algumas semanas depois de ter começado a andar com Ayesha e Ruby.

— Entre — gritei, mas minha cabeça estava em outras coisas tipo tentar fazer uma linha contínua perfeita de delineador líquido preto, portanto fiquei surpresa quando olhei além da minha pálpebra borrada no espelho e vi mamãe se empoleirar nervosamente na beira da minha cama.

— Sabe, se você colocar um pouco de pó compacto na pálpebra antes de começar, não borra tanto — disse ela. — E não aperte os olhos. Aqui, deixe-me fazer.

Aquele era o tipo de conselho maternal que eu podia aceitar. Entreguei alegremente o delineador para ela poder trabalhar.

— Eu consigo fazer minha pálpebra direita, mas a esquerda parece ser mais enrugada — reclamei, enquanto mamãe apoiava uma das mãos na minha testa para me manter imóvel e desenhava uma linha contínua.

— Eu acho a mesma coisa da minha pálpebra esquerda — falou mamãe, sorrindo enquanto fazia pequenos ajustes, então chegou para trás. — Acho que está bom. Você queria o look da Amy Winehouse, certo?

Eu estava prestes a gritar de horror quando ela começou a rir, e soltei um grande suspiro de alívio.

— Muito engraçado, mamãe — disse eu, enquanto pegava meu rímel e passava o pincel de um lado para o outro como ela havia me mostrado.

— Você está ficando tão crescida — murmurou ela, sentando-se de novo. — Não acha que esse vestido está um pouco curto?

Meu vestido novo com raminhos de crisântemos acabava três centímetros muito decentes acima do joelho.

— Vou usar meia-calça preta opaca com ele.

— E suas sapatilhas?

— Não, meu All Star vermelho.

Eu podia ver mamãe sorrir para si mesma porque All Star e vestidos com raminhos de crisântemos não iam atrair nada sexy para o meu entorno.

— Então, eu estava pensando que precisamos marcar uma consulta médica — falou ela casualmente.

— Por que, os gêmeos precisam de mais vacinas?

— Bem, não. Acho que está na hora de você começar a tomar pílula, antes de arrumar problema.

— O quê?! Deus, não! — Eu girei para ficar de frente para ela. — Não preciso começar a tomar pílula de jeito nenhum.

— Sei que você realmente acredita nisso, mas é muito fácil ser arrebatada no calor dos acontecimentos. Aí você tem que lidar com as consequências daquele momento pelo resto da sua vida. — Mamãe não olhou para mim, a consequência em carne e osso com a qual ela precisava lidar pelo resto da vida, só continuou passando o dedo pela beirada do meu edredom. — Você tem falado muito em alguém chamado Harry.

— Eu devo ter mencionado o nome dele uma ou duas vezes — protestei, enquanto vestia a meia-calça. — Ele é só um amigo, que por acaso é um garoto. Não um namorado. — Eu podia ter contado a ela que o Harry era gay, mas o segredo era dele, não meu para eu sair contando só para tirar a mamãe do meu pé.

— Vou ficar totalmente furiosa se você *estiver* transando. Mais que furiosa. — Mamãe fez uma pausa, aí deu de ombros. — Mas se você está transando pelas minhas costas, apesar de tudo o que eu lhe contei... Bem, é melhor prevenir que remediar.

— Eu sou prevenida! Não estou fazendo nada com ninguém que signifique que eu preciso tomar pílula, a não ser que você possa engravidar só olhando para garotos. — Você pensa que não seria possível calçar os All Star agressivamente, mas eu consegui. Houve muitos puxões nos cadarços. — Acho que, se é este o caso, então pode haver algo no noticiário sobre essa descoberta científica.

Era o mais duro que eu já fora com a mamãe, e ela não gostou nem um pouco. Ela estreitou os olhos, mas estava ocupada demais bufando para dizer algo logo de cara. Infelizmente, isso não durou muito.

— É por isso que eu não gosto que você seja amiga de pessoas que são obviamente tão má influência para você — ela me informou, bufando. — Você nunca falaria assim comigo há alguns meses.

— Olhe, sinto muito, eu não pretendia explodir, mas não estou fazendo nada que signifique que eu preciso tomar pílula, juro. — Agarrei a bolsinha de festa de contas que a Vovó Major havia me deixado pegar emprestada indefinidamente e enfiei batom, rímel e telefone celular dentro. — Vou sair agora. Te vejo amanhã de manhã.

— Não terminamos de conversar — insistiu mamãe, de pé em um instante para me seguir de perto enquanto eu descia apressadamente as escadas.

— Mãe! Por que você não pode ter um pouco de confiança em mim? Eu sei o que estou fazendo e o que não estou fazendo.

— Você tem 17 anos! Não sabe nem passar delineador líquido direito!

Às vezes era inútil tentar argumentar com a mamãe. E também era irritante como ela conseguia se infiltrar por debaixo da minha pele e sempre saber o que dizer para causar o máximo de putice-da-vida. Fiz um barulho esquisito de frustração que era meio um grito, meio um grunhido, enquanto lutava contra o trinco da porta da frente.

— Achei que o James fosse lhe dar uma carona — falou mamãe, calma agora porque ela dera a última palavra.

Abri a porta e descobri que estava chovendo. Não a chuva normal de abril, mas uma chuva torrencial que encharcaria a sola do meu All Star. No entanto, eu não podia deixar que isso atrapalhasse minha primeira saída batendo portas. Só que ela havia me criado bem demais para sair sem me despedir primeiro.

— Não me incomodo de andar — insisti, preparando-me para o dilúvio inevitável. — Te vejo amanhã.

— Está bem, mas não vamos deixar esta discussão cair no molhado, com perdão do trocadilho. — Mamãe deu um sorriso largo. — Te vejo amanhã, garota. Comporte-se. Nada de bebida, nada de cigarro, nada de beijar, nada de transar...

Ela ainda estava listando todas as coisas que eu não devia fazer enquanto eu chapinhava pelo caminho do jardim.

Ruby elogiou minha roupa pela primeira vez na vida, o que devia ter me deixado exuberantemente feliz, mas meu cabelo estava caindo em volta do rosto em rabos de rato e, quando peguei o secador de cabelos emprestado, ele ficou cheio de estática.

— Parece que você enfiou o dedo na tomada — reclamou Ruby quando eu finalmente estava pronta para sair de sua casa e me amontoar em uma caminhonete de algum pai para ser levada até Camden. — E nos atrasou.

Ruby sempre nos atrasava. Ela sempre decidia beber mais uma taça de vinho ou tinha de arrumar confusão com a Ayesha, porque sabia que se fizesse com que nós nos atrasássemos, então poderia fazer uma entrada triunfal. Aparentemente chegar em qualquer lugar na hora era mais caído que jeans de boca larga e vestidos da Primark.

— Bem, está bem — falei impertinentemente. — Eu teria saído com o cabelo pingando e pegado pneumonia se soubesse que você estava com tanta pressa.

Era a primeira vez que eu dava uma resposta atravessada, mas o último ardil da mamãe para impedir que meu útero usurpasse esperma havia me deixado de mau humor.

Estávamos no hall da Ruby, apesar de ser suntuoso demais para ser um hall — estava mais para um salão de teatro ou vestíbulo —, e dei um passo nervoso para trás enquanto Ruby olhava para mim boquiaberta. Aí esse olhar estranho passou por seu rosto e por um instante eu achei que ela poderia chorar, antes de ela sorrir tremulamente.

— Desculpe — balbuciou ela, os olhos baixos. — Sei que posso ser uma megera, mas você nunca chama a minha atenção. Devia.

— Você não está sendo uma megera — disse eu rapidamente, porque ela não estava. Não de verdade. — Eu *estava* sendo uma megera. Tive uma discussão com a minha mãe antes de sair, e isso me deixou fora de mim.

— Estou falando sério, Bea. Se eu der um ataque de Paris Hilton, Deus me livre, então você tem que me avisar, porque, bem, eu gosto muito de você e não quero que minha ceninha de Miss Diva afaste você — revelou Ruby, ainda com a cabeça baixa, como se fosse perder a coragem caso me olhasse nos olhos.

Eu queria dizer a ela que era uma honra ser retirada da obscuridade e catapultada direto para o círculo dos íntimos, mas teria soado extremamente meloso. Então só peguei a mão que ela estava esticando e nós corremos para o carro, ambas gritando e nos acotovelando enquanto lutávamos para entrar antes de ficarmos ensopadas.

Ruby quase não saiu do meu lado a noite inteira enquanto ficamos sentadas em um pub em Hampstead. Eu podia ver Chloe e Emma lançando olhares amargos na minha direção, o que era ridículo. Elas não estavam sendo destituídas, Ruby só gostava da minha obediência.

— É tão fácil falar com você, Bea — arfou Ruby quando chegou ao fim de seu discurso sincero sobre como ela não era realmente a ditadora metida da escola de elite que as pessoas achavam que era... só tinha uma personalidade muito forte. Ela apertou o meu braço. — Posso só ser eu mesma com você. Não tenho como lhe dizer o quanto isso é um alívio.

Eu *era* boa ouvinte. Você meio que precisa ser quando nunca teve nada interessante para dizer, então eu apenas corei e contemplei meus All Star encharcados. Quando olhei para cima de novo, Ruby bateu palmas.

— Acabei de ter a ideia mais sensacional — exclamou ela. — O que você vai fazer nas férias de verão?

— Bem, sei lá — falei. — Nós normalmente vamos para Cornwall por algumas semanas em agosto, mas o James falou algo sobre ir à Toscana.

Ruby franziu o rosto como se tivesse acabado de engolir um pote de iogurte que tinha passado havia muito do prazo de validade.

— Você não pode sair de férias com a sua família — disse ela, parecendo estarrecida. — Eles vão arruinar o seu estilo. Não! Você tem que vir para a Espanha com a gente.

Ayesha estivera conversando com um dos garotos suados de cabelo desgrenhado que ainda pareciam todos iguais para mim, mas fez uma pausa em sua conversa para poder cutucar o meu braço.

— Você devia mesmo. Nós vamos nos divertir tanto.

Até Chloe e Emma estavam concordando entusiasmadamente, os olhares feios de meia hora atrás esquecidos. De novo, eu tinha uma voz chatinha na minha cabeça insistindo que era tudo uma pegadinha muito elaborada e que, no momento em que eu concordasse, elas todas iriam rir e me dizer que estavam só brincando.

— Bem, é muito gentil da sua parte, porém é mais provável que a minha mãe me deixe virar stripper do que sair de férias sozinha.

— Ah, Bea, não seja tão derrotista — exclamou Ruby rispidamente. — Você tem quase 18 anos...

— Não por séculos e séculos. Não por mais dez meses.

— Deus! Diga a ela que você quer sair de férias com a gente e que não há nada que ela possa fazer a respeito. Ponto final — explodiu Ruby, e pode ser que as coisas funcionassem assim na casa dela, mas com certeza não era como funcionavam na minha.

— Ou você pode pelo menos perguntar a ela — sugeriu Ayesha, porque a mãe dela também gostava de pegar no pé. Não sem um bom motivo, pelo que a sua mãe havia contado para a minha mãe. — Diga que você não vai mais bancar a babá, cozinhar e trazer notas perfeitas para casa se ela não deixar você sair de férias com a gente.

— Eu tiro muito B — falei sem convicção porque eu nem tinha certeza se queria sair de férias com elas. Sábados à noite eram legais. Mas uma semana de sábados à noite?

— Jesus, Bea! São 15 dias da sua vida inteira — falou Ruby. Correção. Duas semanas de sábados à noite. — E você vai estar na faculdade nesta época no ano que vem. Diga a ela que é um ensaio.

— Bem, acho que não custa perguntar — disse eu evasivamente, enquanto tanto Ayesha quanto Ruby ficavam de braços dados comigo, como se fôssemos nos levantar naquele exato segundo para poderem marchar comigo para casa e me forçar a pedir permissão na frente delas.

— A minha madrinha tem esse apartamento incrível de frente para a praia em Málaga — contou Ruby, e as quatro começaram a conversar sobre piqueniques na praia e um trenzinho que subia por colinas salpicadas por limoeiros e um café que servia peixe pescado meia hora antes... e realmente parecia adorável. Muito melhor que no ano anterior, quando fomos acampar e choveu o tempo inteiro.

Eu podia ver o Harry abrindo caminho através da multidão para chegar até mim enquanto Chloe insistia que ia ter um romance de férias com um garçom de piscina.

— Acho que seu nome vai ser Pedro, e ele vai me ensinar a dançar salsa — ela estava dizendo, quando Harry finalmente alcançou a nossa mesa, ergueu minha mão e a beijou.

— Quer dançar, gata? — perguntou ele, e eu prontamente o deixei me puxar para me pôr de pé porque não queria ouvir mais nada sobre a maldita Espanha.

Capítulo 6

Eu ainda estava em conflito em relação ao assunto Espanha enquanto empilhava batatas assadas no meu prato no dia seguinte. Quando liguei meu telefone após o pilates naquela manhã, eu tinha duas mensagens por cabeça de Ruby, Ayesha, Chloe e Emma exigindo saber se eu já havia perguntado para a minha mãe.

Parecia que elas realmente, genuinamente gostavam de mim como eu era. Ainda não sabia por quê, mas isso me preenchia com uma sensação boa o suficiente para que eu esperasse que mamãe se servisse de novo de torta de maçã, pois assim eu sabia que ela estaria cheia de açúcar e de bom humor, antes de soltar:

— Então, posso sair de férias para a Espanha com a Ruby e as outras meninas neste verão? Elas vão sair por 15 dias, mas, tipo, uma semana está legal, e é o apartamento da madrinha da Ruby, então eu só teria que pagar pelo meu voo e tenho montes de dinheiro no banco. Então, eu posso? Tipo, ir?

Na minha cabeça parecia muito mais razoável. Racional, até. Mas saiu aos tropeções da minha boca em amontoados desajeitados como o creme solidificando na minha tigela de pudim. Ambas as avós estavam olhando para mim, James largou a colher, até os gêmeos olhavam com os olhos arregalados em vez de arremessar pedaços de comida pela mesa.

Só mamãe manteve os olhos em sua xícara de café.

— Sério, Bea, não seja ridícula — disse ela despreocupadamente. — Deixá-la ir à Espanha sozinha? Até parece!

— Eu não estaria sozinha...

— É como se estivesse. — Ela mexeu o café cuidadosamente, seus movimentos lentos e intencionais como se ela os estivesse fazendo pela primeira vez na vida. — Talvez no ano que vem. Se você se sair muito, muito bem nas suas matérias de nível A.

Não fiquei decepcionada. Não exatamente, porque ainda não tinha certeza se queria ir, então eu dei de ombros.

— Está bem, não se pode culpar uma garota por tentar, não é? Mamãe me deu um sorriso de aprovação porque, se houvesse um concurso de filha mais perfeita no mundo, eu levaria o ouro todas as vezes.

James franziu as sobrancelhas.

— Eu fui para a Grécia com os meus amigos quando tinha 16 anos — observou ele, e abriu bem os braços. — Viu, ainda estou inteiro.

— E no verão em que eu tinha 17 anos, passei um mês maravilhoso na Ilha de Wight — intrometeu-se Vovó Minor. — Houve um festival de rock. Jimi Hendrix tocou.

Mamãe revirou os olhos com tanta convicção que, por um segundo, suas pupilas desapareceram completamente.

— Isso foi naquela época, isto é agora.

— O que exatamente você está achando que a Bea vai aprontar? — perguntou Vovó Major, removendo habilmente a colher do Alfie antes que ele pudesse dar com ela na cabeça do Ben. — Quando eu tinha 17 anos, ficava dirigindo uma ambulância durante o dia e dançando com soldados americanos pela noite adentro.

— Não é com a Bea que eu estou preocupada — disse mamãe. — É com suas novas amigas sobre as quais eu não sei nada, a não ser pelo que a mãe da Ayesha me conta, que não é nada bom. Aí, há os garotos que ela provavelmente vai conhecer com suas drogas de estupro e suas DSTs. E eu só gostaria de lembrar a todos vocês de que, quando eu tinha 17 anos, já estava grávida da Bea e gostaria de me assegurar que essa história não se repita, muito obrigada.

Tinha isso. Houve olhares solidários mas todo mundo ficou calado porque mamãe tinha duas manchas vermelhas nas bochechas, o que significava que ela ia perder a cabeça se ouvisse mais uma opinião não solicitada.

Achei que Ruby fosse chorar quando eu lhe contasse que ela teria de ir para Málaga sem mim. Lágrimas reais, genuínas.

— Ela acha que, no minuto em que me deixar sair do seu campo de visão, eu vou engravidar — admiti de má vontade no dia seguinte durante o almoço.

— Bem, tome pílula, então! — sugeriu Chloe. — É muito fácil não engravidar.

— Não tem só a ver com engravidar — balbuciei, meu rosto corando enquanto as quatro olhavam para mim como se eu fosse uma aberração de circo. — É ser estuprada em um encontro ou entrar em coma alcoólico ou um zilhão de outras coisas que ela está convencida de que vão acontecer no minuto em que eu sair do avião.

— Você não faria nada desse tipo — insistiu Ruby veementemente. — É quadrada demais. Tipo, com todo o respeito.

— Sem problema — falei pesarosamente, porque eu era quadrada. Era tão quadrada que podia mudar meu nome para losango. — Sabe, significa muito que vocês queiram que eu vá, mas não vai rolar. Quando a minha mãe decide alguma coisa... — Deixei minha voz sumir antes que pudesse partilhar qualquer um dos incidentes similares, como quando ela não me deixou ter um perfil no Facebook ou um par de shorts de inverno para serem usados *por cima* de meias-calças de lã ou um pônei. É, nem um pônei. Porque aparentemente garotos nojentos andavam em estábulos de equitação e seriam levados a atos inomináveis de luxúria diante da mera visão de mim usando botas de montaria. Eu sabia que a mamãe só estava sendo protetora, mas se ela não fosse tão legal em relação às coisas que não tinham a ver com garotos, tipo ficar acordada até tarde e me deixar pegar suas roupas emprestadas, a vida seria muito triste.

— Você devia, tipo, se divorciar total dela — murmurou Emma sombriamente. — Sob alegação de diferenças irreconciliáveis. Foi isso que a minha mãe falou para o juiz quando chutou meu padrasto para a sarjeta.

— Está mais para crueldade emocional — disse Ayesha. — Não sei por que você engole tanta merda dela. Eu não deixo mais a minha mãe me dizer porcaria nenhuma.

— Vamos deixar para lá — implorei, pegando minha bolsa porque era meu dia de almoçar com Lydia, Ruth e Polly. — E não vou ficar bufando se vocês quiserem falar sobre suas férias. Estou animada por vocês, sério. — Eu esperava ouvir o halo acima da minha cabeça fazer ping, mas só o que escutei foi Ruby amassando seu pacote farfalhante.

— Não tem férias — disse ela inexpressivamente. — Se você não pode ir, então nós não vamos.

— Isto é ridículo! Sério, eu realmente não me importo — falei, mas estava secretamente megafeliz por ouvir a Ruby dizer aquilo. Eu estava dentro. Eu era de ouro. — Você está sendo tão boba. Vá para a Espanha mas volte e me conte tudo a respeito para que eu possa viver através de vocês até ter 18 anos.

Ruby deu um sorriso sem graça, mas não parecia estar realmente falando sério.

— Se você acha que ter 18 anos vai causar uma transformação na atitude da sua mãe, então está muito enganada — insistiu ela, erguendo os olhos para mim de debaixo de seus cílios. — Aonde você vai?

— Prometi que almoçaria com as outras — disse eu, apontando com a cabeça na direção da minha outra galera (eu era uma garota com duas galeras, quem imaginaria?) que estava esperando perto das quadras de tênis. — Vejo vocês mais tarde.

E foi isso. A Espanha não passava de um devaneio preguiçoso sobre limoeiros e acrescentar *paella* ao meu repertório de receitas. Sério, eu não estava tão chateada por não ir. Eu podia esperar mais um ano.

Ninguém mencionou a Espanha em momento algum nos dias seguintes, mas na noite de quinta-feira, enquanto eu lutava para entender um livro de francês para crianças a partir de 10 anos, alguém tocou a campainha da porta.

Nada de incomum nisso; a nossa campainha tocava o tempo todo. Ouvi mamãe abrir a porta e então sua voz gritando escada acima.

— Bea! Posso alugá-la por um segundo?

Eu podia ouvir uma nota aguda de pânico em sua voz enquanto esticava a cabeça por cima dos balaústres e quase caía de cabeça por cima dela. De pé no nosso hall estava Ruby olhando para o carrinho duplo dos gêmeos como se nunca tivesse visto um antes e sua mãe, Michelle, olhando fixamente para o quadro na parede. Era um cartaz emoldurado de *Encontros e desencontros*, o filme que mamãe e James tinham ido ver em seu primeiro encontro. Eu achava que era romântico, e não havia motivo para Michelle olhar tão fixamente para ele com um sorrisinho divertido.

— Bea — falou mamãe sem convicção quando eu apareci no topo da escada. — Veja quem está aqui!

Ela soava realmente afobada, enquanto removia o cabelo do rosto. Não era sempre que tinha uma pessoa genuinamente famosa no nosso hall, e Michelle estava usando um vestido preto elegante enquanto a camiseta *Eu ♥ nerds* da mamãe (emprestada de mim) estava úmida grudando em seu corpo porque ela havia acabado de dar banho nos gêmeos.

— Olá, querida — falou Michelle, me pegando para um abraço e alguns beijinhos no ar quando cheguei ao pé da escada. — Espero que não se incomodem por passarmos aqui sem avisar.

Por cima do ombro da Michelle eu podia ver tanto mamãe quanto Ruby fazendo caretas.

— Não, tudo bem. É um prazer vê-la.

— Ela é motivo de tanta honra para você, Alison — falou Michelle, virando-se para mamãe. — A Bea é sempre tão educada quando vai lá em casa. Não como uma certa pessoa que eu poderia mencionar.

Ruby revirou os olhos novamente.

— Eu sou educada — protestou. — Só que você nunca está lá para ver. Vocês têm uma casa adorável, é muito aconchegante. Viu? — acrescentou ela para Michelle. — Posso bancar a educada.

Mamãe as guiou para a sala de estar, que estava coberta pela parafernália dos gêmeos, onde James estava jogando o Xbox. Ele o desligou bem rapidamente quando viu que tínhamos visitas e, depois das apresentações, murmurou algo sobre fazer chá.

Michelle sentou-se, a bolsa Gucci no colo, e sorriu para mamãe, que estava empoleirada nervosamente na beira de uma poltrona como se estivesse em uma entrevista de emprego.

— Aqueles são gemeozinhos adoráveis na cama? Nossa. Tenho que dizer, Alison, você recuperou sua silhueta muito rápido.

— Bem, está mais para eu não ter tempo para comer. — Mamãe cruzou os braços. — Então, o que a traz...

— Eu praticamente tive que parar de comer depois que tive a Ruby — continuou Michelle como se mamãe nem tivesse falado. — E a Bea também tem uma graça de corpo. Não dá para ganhar de bons genes. Ah, que foto fantástica — acrescentou ela, enquanto seu olhar pousava sobre a foto de nós cinco na praia em Whitsable, que ficava em cima da lareira. — Vocês formam uma família tão bonita.

Mamãe deu um sorriso fraco, e eu sabia exatamente como ela se sentia porque era basicamente o que eu sentia quando Ruby me atacava com simpatia. Olhei para a Ruby, que ainda estava de pé perto da porta. Ela deu um sorriso largo e piscou para mim.

— Então, Bea, posso ver o seu quarto?

Olhei para a mamãe, que estava ouvindo Michelle elogiá-la agora por seu gosto em estofados, e ela assentiu distraidamente.

— Não se preocupe — falou Ruby enquanto me seguia escada acima. — Vai ficar tudo bem. A Operação Limoeiro está sob controle.

— Ela não vai me deixar ir — disse eu, porque seria necessário mais que uma puxada de saco séria de uma atriz indicada ao BAFTA para convencer a mamãe. Abri a porta do meu quarto e fiz um gesto com a mão. — Desculpe a bagunça.

— Minha nossa. — Ruby engoliu em seco, passando por mim e entrando no meu quarto. — Ah, meu Deus, eu amei. Vou me mudar para cá. Sério.

Meu quarto era o meu lugar preferido no mundo, depois de Paris, porque eu ainda não estivera em Paris. Quando eles compraram a casa, James e mamãe me deram carta branca para fazer o meu quarto do jeito que quisesse. O que eu queria era uma réplica do quarto da Amélie, e foi isso que ganhei.

As paredes eram pintadas de um vermelho escuro e forte, e mamãe e eu tínhamos passado horas com tubinhos de tinta dourada cobrindo cuidadosamente um estêncil emaranhado cheio de galhos que ela havia feito. Eu tinha uma cabeceira antiga de ferro, duas colchas de patchwork feitas pelas avós, dois tapetes de estampa de brotos de cerejeira japonesas em flor no chão de tábuas que James havia comprado para mim quando fora a Nova York e, na parede, eu havia prendido os cartazes franceses de viagens dos anos 1930 que comprara no eBay. Ruby foi até as minhas prateleiras e olhou minha coleção de globos de neve de Paris e os enfeites em porcelana que eu encontrara em brechós. O quarto não estava terminado; ainda era uma obra em andamento, mas eu gostava disso. Era o tipo de quarto no qual eu podia continuar acrescentando e ele nunca pareceria entulhado, e sim um lugar no qual você queria ficar durante horas e continuar encontrando coisas novas para diverti-la. Como o velho manequim de costura que a Vovó Major havia me dado e onde eu experimentava minhas roupas de sábado à noite antes de vesti-las. Ruby passou o dedo pela bainha de um vestido e virou-se para mim com um sorriso.

— Este é o quarto mais incrível que já vi — falou Ruby, e havia duas coisas diferentes nela. Era a primeira vez que eu a via ter prazer genuíno com alguma coisa e sorrir a ponto de mostrar os dentes e as gengivas, em vez do sarcasmo com os lábios ligeiramente arqueados, que era a maneira como ela normalmente sorria. A segunda coisa era a forma como Ruby olhava para mim, como se eu pudesse realmente ter alguma coisa de legal afinal de contas. Sei que ela achava que eu era uma boa ouvinte e deve ter curtido a minha deferência de olhos arregalados, mas não me considerava descolada.

— O seu quarto também é incrível — disse eu, tentando não soar tão satisfeita enquanto Ruby olhava meus enfeites.

— Sou bagunceira demais para fazer o negócio minimalista direito — falou Ruby pesarosamente, fazendo uma careta enquanto pensava em seu próprio quarto, que era completamente branco e tinha um luminoso de néon vermelho com seu nome escrito acima de sua cama branca gigantesca, que era coberta por um dossel com cortinas brancas esvoaçantes. — Mas isto... isto é realmente demais. Acho que você tem escondido coisas de mim, Bea. Lembra-se do que eu disse sobre você ter camadas ocultas? Aposto que quando chegarmos a Málaga, eu vou vê-las.

— Sobre esse negócio todo de Málaga? O que quis dizer quando falou que estava sob controle?

Ruby encolheu seus ombros magricelos.

— Michelle está fazendo sua mágica enquanto conversamos. Ela é uma atriz treinada. O fracasso não é uma opção.

— Mas como...

— Paciência, Gafanhoto. Então, tipo, você já esteve mesmo em Paris?

Ruby sentou-se na minha cama enquanto eu lhe mostrava meus livros de recortes sobre Paris e os vestidos vintage que as avós haviam me dado, nos quais eu não conseguia entrar porque elas devem ter sido de um tamanhozinho minúsculo quando eram mais jovens. Foi o melhor momento que passei com Ruby, longe dos outros, quando ela parava de interpretar um personagem e só *era*. Foi como se eu estivesse captando a essência da Ruby, e durou até ouvirmos James me chamando do andar de baixo.

Aí Ruby aprumou a coluna, jogou o cabelo para trás e desta vez, quando sorriu, o sorriso não chegou aos seus olhos.

— Certo, aqui vamos nós — murmurou ela, prendendo a respiração.

Eu podia ouvir mamãe e Michelle conversando conforme abria a porta para a sala de estar. Ou Michelle estava falando e mamãe estava tentando enfiar uma palavra pelas beiradas.

— Não é isso — tentava dizer ela. — Mas cinco meninas adolescentes sozinhas...

— Ah, mas a Claudia prometeu passar por lá — Michelle lhe garantiu. — Ela é a minha melhor amiga da faculdade de teatro e é madrinha da Ruby. O apartamento é dela...

— Mas ela vai dormir lá? Todas as noites? — Mamãe estava empoleirada desconfortavelmente bem na beiradinha do sofá, James esfregando sua mão enquanto Michelle se recostava na poltrona como se fosse a casa dela e não o contrário.

— Bem, ela tem um trabalho como atriz em Barcelona, mas vai estar lá durante o fim de semana, e é um condomínio muito familiar. Claudia disse que vai se assegurar de que a empregada fique de olho nelas, e Iban e Linda, que moram no apartamento ao lado, um casal adorável, ele é arquiteto e ela faz alguma coisa com têxteis, têm dois filhos pequenos, então não vão aceitar cinco adolescentes entrando e saindo o tempo inteiro.

Mamãe não estava cedendo. Não exatamente, mas com certeza estava se contorcendo.

— Sim, mas...

— Alison, se é uma questão de dinheiro... — falou Michelle delicadamente. — Eu adoraria pagar a passagem de avião da Bea.

Michelle era tão boa quanto Ruby disse que era. Mamãe foi encurralada em um canto e não havia nada que pudesse fazer.

— É claro que não é. Nós podemos pagar a passagem da Bea. — Seus ombros caíram. — Bem, acho que você vai para Málaga, garota.

— Vou? — eu me arrisquei nervosamente, apesar de Ruby ter me dado uma cotovelada violenta nas costelas para me fazer calar a boca. — Tem certeza?

Mamãe pintou um sorriso no rosto tão falso quanto as unhas de acrílico da Michelle.

— É claro que tenho certeza. Vai ser bom para você ter um pouco de independência antes de ir para a faculdade. — Ela olhou para James, que fez uma cara de "não me pergunte" porque aquela não era a briga dele. — Mas haverá cláusulas. Condições. E eu vejo muitas melhoras nas notas no seu futuro imediato se você quiser entrar naquele avião.

— Claro, sim! — Eu balancei a cabeça fervorosamente. Eu iria melhorar minhas notas de francês mesmo que aquilo significasse ter de ouvir podcasts franceses dormindo, porque de repente eu queria ir para Málaga com a Ruby mais do que já quisera qualquer coisa na vida. A não ser ir para Paris e conhecer o meu pai. Eu ainda não tinha a intenção de tomar pílula, mas discutiria esse assunto em um momento posterior sem a Ruby presente.

Capítulo 7

Teria sido legal dizer que os dois meses seguintes voaram e então eu estava indo para a ensolarada Espanha com um coração despreocupado e uma receita de *paella* que eu copiara meticulosamente de um livro de receitas espanhol em Waterstones.

Mas as semanas pareceram se arrastar, sobrecarregadas pelas revisões e provas e uma campanha incansável feita pela minha mãe para garantir que ela me irritaria de todas as formas possíveis antes que eu passasse pelo Controle de Passaportes. Ela havia desistido de me forçar a ingerir quantidades enormes de contraceptivos, mas tivemos a conversa sobre sexo todos os dias naqueles dois meses, com um foco especial em DSTs que necessitariam de uma internação em um hospital, de um soro, que me deixariam completamente estéril e cobririam minhas partes femininas de feridas supuradas.

Mamãe também foi comprar biquíni comigo. Apesar de eu não saber por que ela classificou como compra de biquíni, já que de jeito nenhum ia me deixar sair em público em uma roupa de banho de duas peças que deixasse meu diafragma nu. Havia biquínis com calcinhas perfeitamente respeitáveis, shorts se você preferir, mas a forma como ela falava no meio da New Look faria qualquer um achar que, debaixo do meu moletom com capuz e jeans, eu tinha um corpo de capa da Playboy que encheria os homens de luxúria quando olhassem para mim. No final compramos dois maiôs inteiros, embora mamãe não tivesse ficado feliz por um deles ser aberto nas costas, e eu me esgueirei até a Dorothy Perkins quando ela foi olhar a Baby Gap e comprei um tankini.

Mesmo eu tendo a previsão de tirar três As e um B em francês para as minhas aulas de nível A (acho que o Monsieur Bradley ficou com pena de mim), mamãe ainda não estava feliz. E quando a mamãe não estava feliz, então ninguém mais tinha permissão para ser feliz.

Então fiquei aliviada quando 25 de julho chegou e eu estava acordando de madrugada para ir para o aeroporto. O entusiasmo de sair de férias fora completamente ofuscado pelo puro prazer vertiginoso de me livrar da minha mãe.

— Estou confiando que você não vai transar sob nenhuma circunstância, mas espero que tenha se lembrado de botar na mala aquelas camisinhas que eu comprei para você — dizia ela enquanto me levava de carro para Stansted. — Porque tenho certeza de que a Espanha é um país católico e que você não vai conseguir tomar a pílula do dia seguinte.

— Não vou precisar da pílula do dia seguinte — protestei, mas não estava me empenhando. Eu simplesmente não tinha energia para trilhar de novo esse caminho já muito percorrido, então só fechei meus olhos e fingi que estava dormindo.

Só fingi acordar quando nós chegamos.

— Certo, bem, acho que nos vemos daqui a algumas semanas — falei entusiasmadamente enquanto içava a minha mala do bagageiro. Eu me inclinei para beijar mamãe, mas ela pegou a minha mala e começou a puxá-la pelas rodinhas em direção às portas giratórias do aeroporto.

— É claro que eu vou vê-la embarcar — gritou ela por cima do ombro. — Que tipo de mãe você acha que sou?

Só quando chegamos ao Controle de Passaportes, onde havia vários policiais fardados que teriam enfrentado um problema caso ela tivesse tentado me seguir através do portão, que mamãe finalmente teve de ir embora.

Ela me puxou para o lado.

— Eu preciso ir agora, mas você tem certeza de que vai ficar bem?

— Eu vou ficar ótima — suspirei pela, tipo, décima quinta vez.

Mamãe sorriu e penteou a minha franja para longe do meu rosto.

— Se não estiver se divertindo, volte para casa antes. Basta nos telefonar. Ah, não se esqueça de carregar o seu telefone. Pegou o adaptador que James lhe deu...

— Mamãe, por favor. — Tentei manter a exasperação longe da minha voz para não ser rotulada como o clichê da adolescente emburrada, mesmo com ela sendo o clichê da mãe superprotetora. — Apenas vá.

Ela deu um sorriso largo de repente.

— Eu a estou envergonhando na frente das suas amigas, não é? Deus, eu me transformei na minha mãe.

— A Vovó Minor é muito mais irada que você — falei, pegando a deixa, e agora eu sorria e apertava suas costas tão forte quanto ela ao me abraçar. Pode até ter havido algumas lágrimas pinicando as minhas pálpebras enquanto eu voltava até onde as outras estavam esperando impacientemente, mas eu as afastei piscando.

— A sua mãe é muito metida a besta — Ruby me informou friamente. — Com todo o respeito.

Eu estava tão entusiasmada por ir à Espanha *e* para ficar longe da minha mãe que acho que realmente irritei as outras. Era só a segunda vez que eu viajava para o exterior, e até a comissária de bordo fazendo as demonstrações de segurança me fazia pular no assento.

— Pare de agir como uma retardada — sussurrou Chloe do outro lado do corredor. E então as quatro reviraram os olhos sincronizadamente, o que me fez parar no meio do pulo.

Depois que o avião aterrissou foi uma confusão atabalhoada para pegar nossa bagagem, encontrar Ruby que havia saído andando e então entrar na fila do ponto de táxi.

Houve muitos empurrões e cotoveladas mas acabei em um carro com a Emma, que parecia muito chateada com isso.

— Você viu como a Ayesha me acotovelou para sair do caminho? — choramingou ela, mas recuperou-se o suficiente para me mostrar algumas mensagens de texto pornográficas que havia recebido de um cara com quem Ayesha tinha ficado nos últimos três sábados seguidos.

Desliguei a voz da Emma e fiquei olhando para fora da janela enquanto passávamos voando pelas ruas da Cidade Velha de Málaga. Eu esperava fileiras de quarteirões de arranha-céus residenciais e lanchonetes como na vez em que mamãe e eu havíamos feito um pacote de viagem para Córcira, porém Málaga era muito mais bonita que aquilo. Olhei para flores de cores vivas serpenteando por cima de varandas de ferro fundido, duas senhoras encarquilhadas vestidas de preto mancando pela rua e um cara totalmente gatinho em uma lambreta. Não era Paris, mas eu já estava meio apaixonada por Málaga.

Nosso táxi parou do lado de fora de um prédio de apartamentos antiguinho para encontrar Ruby já esperando com Chloe e Ayesha.

— Você vai ter que pagar nosso táxi também, Bea — disse ela. — Nenhuma de nós teve tempo de comprar euros.

Eu tinha muitos euros comigo. Mamãe me deixou tirar uma parte da minha poupança no banco, mas também me deu cem libras em cheques de viagem. As duas avós haviam me dado dinheiro escondido para as férias, e James me deu todos os euros que ele nunca trocara em libras. Era um bolo tão enorme de notas que eu nem fui capaz de botá-las todas na bolsa. Então, sim, eu tinha euros, mas um por favor teria sido ótimo.

Eu estava meio que soltando fumaça enquanto as seguia por três lances de escada até o nosso apartamento, que ficava no último andar. Quando Ruby finalmente conseguiu abrir a grande porta de carvalho entalhada, depois de muitos palavrões e alguns êxitos falsos, nós nos amontoamos pela porta e corremos para os quartos, Ruby guiando o caminho.

— Vou ficar aqui — gritou ela, enquanto abria a porta de um quarto enorme e arejado. — Vocês todas podem ficar com o outro quarto.

Havia uma cama de casal e uma de solteiro no quarto menor, que já estavam ocupadas por Ayesha, Chloe e Emma, então eu me arrastei de volta para o quarto da Ruby. Ela estava deitada de olhos fechados na cama. Achei que estava dormindo até que ela se sentou e me encarou com um olhar que me fez querer chegar lentamente para trás.

— O que você está fazendo aqui?

Parecia que ela não estava falando sobre a minha súbita aparição no quarto, mas sobre eu estar ali, na Espanha, com elas.

— Humm, eu vou ter que dormir aqui porque, tipo, não há camas...

Ruby se apoiou em um cotovelo.

— Só há uma cama aqui, e eu não vou dividi-la com você.

— Mas Chloe e Emma estão dividindo a cama de casal no outro quarto — observei baixinho. — Então vou ter que ficar aqui com você.

— Você é, tipo, alguma espécie de lésbica? — perguntou Ruby. Um sorriso de satisfação presunçosa apareceu em seu rosto quando eu corei de um vermelho profundo.

— Não! E a Chloe e a Emma também não são gays mas vão...

— Elas se conhecem há anos, então não conta — devaneou Ruby. — Mas, sério, o que nós sabemos sobre você, a não ser o fato de que pode ser completamente sapata?

— Eu não sou — protestei incredulamente porque mal conseguia acreditar no que estava ouvindo ou no veneno na voz da Ruby. — Não que haja algo errado em ser gay, mas eu não sou e não tenho nenhum lugar...

— Pode ficar com o maldito sofá! — explodiu Ruby, apontando um dedo autoritário na direção da sala de estar. — Agora, saia!

Eu estava furiosa. Não furiosa o suficiente para sair do quarto da Ruby jogando a cabeça para trás, mas definitivamente furiosa o bastante para fechar a porta com uma sonora batida.

A sala era enorme, mas o sofá era um móvel angular feito de couro branco escorregadio, e não parecia haver travesseiros ou lençóis extras. Sentei-me ali tremendo diante da total injustiça daquilo tudo até que a vista da grande janela do pátio lançou gradativamente seu feitiço sobre mim. Eu me levantei e abri as janelas para poder sair para uma varandinha e olhar para as ruas aleatórias abaixo, que pareciam se retorcer por cima uma das outras. Quando ficava na ponta dos pés, eu conseguia ver por cima dos telhados até uma lasca brilhante de azul prateado que cintilava sob a luz resplandecente do sol: o mar! Sem mais nem menos, comecei a sentir meu ânimo melhorar porque eu estava na Espanha, e a privação de sono da Ruby não podia durar para sempre.

Mas ela ainda estava presente quando Ruby saiu como um furacão de seu quarto e anunciou que íamos sair porque ela estava faminta, e nós tivemos cinco minutos para pegar nossos apetrechos de praia.

Parecia que o mau humor da Ruby tinha garras e presas, então nós todas saímos obediente e silenciosamente atrás dela enquanto ela batia os pés pela rua abaixo.

— Aquele café parece legal — arriscou Ayesha conforme chegávamos a uma praça bonita e a um café que tinha mesas arrumadas debaixo de grandes guarda-sóis brancos para que ficássemos protegidas do sol. — Estou louca por uma Coca Diet.

Ruby olhou fixamente para os comensais reunidos, o rosto franzido em uma carranca feroz.

— Não — falou ela. — Não posso lidar com espanhóis agora.

— Mas só precisa dizer "*Cinco Diet Cokes, per favore*" — disse Chloe entre os dentes. — Não é tão difícil assim. Aquela mulher está comendo um sanduíche com a aparência mais fantástica. Vamos só nos sentar.

Chloe era muito mais corajosa que eu. Ela ergueu o queixo desafiadoramente e não olhou para Ruby, mas começou a caminhar em direção a uma mesa vazia.

— Volte aqui, piranha! — gritou Ruby. Era exatamente o mesmo tom que a amiga horrível da Vovó Major, Margery, usava quando estava chamando a atenção de um de seus igualmente horríveis pugs. Teve o mesmo efeito na Chloe. A coluna dela enrijeceu antes de ela se virar e parar.

— Foi só uma ideia — ela se lamentou.

— Desde quando você começou a ter ideias? — perguntou Ruby docemente. — Vamos encontrar um supermercado e comprar algumas Cocas Diet e batatas de pacote, aí podemos ir à praia tomar sol. Não é uma ideia muito melhor?

Depois de uma parada rápida para comprar provisões (o que significou que eu tive de gastar ainda mais euros) e de girar por muitas ruas, viramos uma esquina e lá estava a praia. Era tão azul e dourada quanto deveria ser, embora fosse difícil saber ao certo porque cada centímetro estava coberto por pessoas vestidas sumariamente. Nós nos acomodamos em um pequeno espaço na areia, o único lugar vazio que conseguimos encontrar. Abri minha toalha e me contorci para fora do meu vestido de verão para que o meu biquíni de camiseta de bolinhas pudesse fazer sua primeira apresentação pública e comecei a passar filtro solar fator um zilhão para que as minhas sardas não se multiplicassem.

Ruby finalmente estava sorrindo porque havia hectares de carne masculina bronzeada até onde os olhos podiam ver. Um grupo de garotos a alguma distância havia parado de jogar frisbee enquanto atravessávamos em bando a areia. Agora eles tinham voltado ao jogo, mas o frisbee não parava de cair cada vez mais perto de onde estávamos armando a barraca.

Eu podia ver Ruby olhando-os furtivamente por detrás de seus óculos de sol Dior enquanto se despia até ficar com um biquíni preto fio dental minúsculo e, com um sorriso triunfante, tirar a parte de cima.

— Todo mundo faz topless no continente — falou afetadamente, apesar de a Emma também já estar tirando impacientemente a parte de cima do biquíni, porque essa era uma área na qual ela ganhava da Ruby. Na verdade, ganhava de todas nós. Ela possuía os seios mais perfeitos que eu já vi, e não, isso não fazia de mim uma lésbica.

Chloe deu uma olhada nos peitos da Emma, que conseguiam ser tanto empinados quanto roliços ao mesmo tempo, e engoliu nervosamente.

— Se eu tivesse peitos como os seus, aí, sim, eu faria topless geral. — Ela estava falando com a Emma, mas Ruby sorriu serenamente e assentiu em reconhecimento tácito quando Ayesha suspirou profundamente e então desamarrou o biquíni atrás do pescoço, porém manteve os cotovelos grudados aos seios enquanto se deitava.

Eu me deitei de barriga para baixo e apoiei a cabeça nos braços enquanto sentia o sol bater em minhas costas. Até me permiti soltar o ar porque podia ouvir a batida suave das ondas enquanto acariciavam a areia, os sons de crianças brincando e podia sentir o cheiro penetrante do sal que não tinha nada a ver com o cheiro do mar inglês. Eu estava na praia, de férias, e tinha duas semanas para me bronzear e talvez até ter um romancezinho caso houvesse algum gatinho em Málaga que não pingasse de tanto gel fixador e não fosse obcecado em olhar garotas e jogar frisbee. Talvez eu encontrasse um garçom que na verdade fosse escultor, mas que precisava servir mesas para poder comprar argila e essas coisas, e ele me pediria para posar para ele e...

— Ah, meu Deus! O que diabos você está usando? — A pergunta dura da Ruby arruinou completamente meu devaneio.

— Bea! Você está parecendo uma idiota com esse negócio. O que é isso? Um biquíni para freira?

— É um tankini — disse eu, e tirei vantagem da minha posição para me permitir revirar um pouco os olhos porque, se a Ruby não superasse sua privação de sono em breve, as férias iriam ser horríveis.

— É como algo que a minha avó usaria. — Chloe riu. — Pelo menos não é um maiô inteiro.

Eu ia ter de ceder à pressão social e comprar uns biquínis nos próximos dias, porque meus trajes de banho aprovados-pela-mamãe simplesmente não iam colar.

— Tire a parte de cima, Bea — exigiu Ruby. — Aí não vai ficar tão ruim.

Eu ergui a cabeça.

— De jeito nenhum. — Não me importava com o que Ruby e as outras pensavam de mim, eu não ia fazer topless e, se isso fazia de mim uma travada, então sim, eu era a garota mais travada da cidade dos travados.

— Tire, Bea — forçou Ruby, e foi sua voz "não se meta comigo" mais assustadora, porém eu preferia muito mais enfrentar a ira da Ruby a botar meus meninos para fora.

— É como a Chloe disse, meus peitos não são grande coisa — murmurei, embora não os achasse tão ruins. Ainda assim, eu não teria me incomodado de passar para M. — De qualquer modo, vocês quatro são tão gatas que ninguém está prestando atenção ao que eu estou usando.

Achei que aquele foi um jeito bastante hábil de fazer a Ruby largar do meu pé. Deitei a cabeça de novo bem a tempo de ouvir Emma sussurrar.

— Meu Deus, tinha razão, a Bea é totalmente sapatão.

— Cale a boca — explodiu Ayesha. — Algumas de nós estão tentando relaxar.

Pelo menos Ayesha havia me defendido ou feito todo mundo calar a boca para que pudéssemos tomar sol em paz. Na verdade, eu estava menos tomando sol e mais ficando mal-humorada e desejando ter enfrentado minha mãe na questão da roupa de banho.

Houve um silêncio abençoado por pelo menos dez minutos até eu ouvir Emma e Ruby rindo. As risadinhas ficavam cada vez mais altas até eu ouvir a Emma dizer:

— Parece exatamente com casca de laranja. Imagine ter celulite na idade dela.

— Quem tem celulite? — perguntou Chloe, sentando-se com a parte de cima do biquíni apertada contra os peitos. — É aquela velha gorda ali?

— Um pouco mais perto — falou Ruby de maneira arrastada. — Às três horas.

Chloe levou um tempinho para entender porque ela era realmente ruim em Matemática, mas pelo canto do olho eu a vi examinar meu traseiro e minhas pernas.

— Ceeeerto. É. Estou vendo o que vocês querem dizer. Nojento.

De repente, eu não me sentia mais uma garota despreocupada de férias tomando sol — eu me sentia uma baleia encalhada. Queria me sentar, mas fiquei preocupada que minha barriga enrugasse e elas todas começassem a me provocar sobre isso também, então só fiquei deitada ali e fingi cochilar.

— Ela é tão carnuda — dizia Emma. — E sólida. Como se jogasse hóquei o tempo inteiro com suas amigas lésbicas. Ela deve ser o quê? Tipo, tamanho 44.

Eu era tamanho 38. Ou tamanho 40 se estivesse comprando jeans na TopShop, e a Chloe era basicamente do mesmo tamanho que eu. Em cinco minutos, Ruby havia conseguido desfazer 17 anos de mamãe pregando que era mais importante ser do tamanho certo para você do que do tamanho certo para os outros.

— Não seja cruel — ironizou Ruby. — A Bea não pode fazer nada se é meio gorda. Sabe, quando eu lhe emprestei o meu tubinho roxo da American Apparel, ela o alargou completamente.

Eu não podia aguentar nem mais um segundo.

— Se a está incomodando tanto, Ruby, eu pago pelo vestido. Na verdade, a sua parte da corrida de táxi e o que eu acabei de gastar comprando comida devem dar — explodi. Tipo, realmente explodi de uma forma que nunca, jamais havia feito antes. Eu estava quase tremendo com a ferocidade da minha explosão porque, quando você normalmente não entra em confronto, isso a consome muito.

— Deus, Bea, não precisa ficar assim — falou Ruby, soando toda repreensiva, como se eu tivesse ferido os sentimentos *dela*. — Não vamos ter férias ótimas se você vai ficar tão sensível com tudo. Quero dizer, sério... — Ela deixou a frase morrer em um silêncio significativo, o qual eu deveria preencher com um pedido abjeto de desculpas. Ia ter que esperar muito.

Ruby suspirou demonstrando o que deveria ser ultraje absoluto e se jogou na toalha, e, pelo restante da tarde, o silêncio foi tão de ouro quanto a areia sobre a qual estávamos deitadas.

Capítulo 8

Ruby havia se recuperado quando finalmente voltamos para o apartamento. Ela estava toda sorrisos enquanto eu dava um jeito de ligar o forno e esquentar a pizza congelada que havíamos comprado no supermercado no caminho de volta.

— Você é uma estrela, Bea — disse ela, me observando com aprovação enquanto eu cortava tomates para uma salada. — Sinto muito por antes. Sono de menos e sol de mais. Você estava certa em me dar uma chamada.

— Eu não lhe dei uma chamada — lembrei a ela, mas eu não estava mais explodindo. Havia algo no sorriso da Ruby que me deixava mais desconfiada do que quando ela apertava a boca e franzia os olhos. Pelo menos eu tinha alguma ideia sobre o que fazer quando Ruby estava encarando.

— Você parou de falar comigo e eu tenho que admitir, Bea, você é ótima em olhar zangada. Achei que fosse me bater. — Ruby deu uma risadinha.

— Dificilmente... — Olhei para onde Ruby estava, aninhada em uma das cadeiras da cozinha; ela era uma dessas garotas que jamais conseguem sentar direito em uma cadeira, e seu sorriso pareceu genuíno, nenhuma crueldade, nenhuma raiva. — Poderia ter puxado um pouco o seu cabelo.

Ruby levantou-se da cadeira e perambulou até a bancada onde eu estava fatiando.

— Talvez devêssemos fazer um bufezinho de pizza e todo mundo pode pegar alguma coisa para comer enquanto estão se arrumando.

Já havia planos para visitar um bar ao qual Ruby fora no ano anterior, que positivamente aceitava de braços abertos menores que queriam beber, dali para uma boate onde as garotas entravam de graça. Eu estava tentando acender o arrepio de entusiasmo que eu tinha aos sábados à noite em Londres quando íamos sair, mas na maior parte só queria cair no sofá e dormir direto até a manhã seguinte.

Em vez disso, dei um tempo na cozinha e esperei e esperei para que as outras terminassem no banheiro. Eu não podia nem trocar de roupa porque a sala e a cozinha eram completamente abertas e, depois dos comentários de hoje a respeito da minha alegada celulite, de jeito nenhum eu ia ficar de calcinha em plena vista. Toda vez que eu achava que elas haviam terminado, Ayesha resmungava algo sobre a luz no banheiro ser melhor para a aplicação de cílios postiços. Ia dar 22h e eu ainda tinha grãos de areia entrando em toda espécie de lugares inomináveis.

Finalmente as quatro saíram em bando do banheiro; as três horas que haviam levado se arrumando tinham valido a pena. Eu esperava que elas andassem como modelos pela sala com uma máquina de vento levantando seus cabelos. Usavam shortinhos minúsculos, a não ser por Chloe, que vestia uma saiazinha minúscula, e coletezinhos minúsculos, o tipo de colete que minha mãe e até as avós não me deixariam usar pois diriam que eu pegaria friagem nos rins. Elas completaram suas roupas tamanho micro com saltos altíssimos que iriam fazer com que as ruas de paralelepípedos lá fora fossem difíceis de lidar, mas o efeito geral era bem hipnotizante. Como se as irmãs caçulas do Girls Aloud tivessem formado a própria banda.

— O banheiro é todo seu — disse Emma gentilmente. — Não demore muito, queremos sair daqui às 23h.

Eram, no momento, 22h43, e eu estava repensando totalmente a minha roupa, que tinha sido um vestidinho florido de verão. Teria parecido que eu estava a caminho de uma festa em um jardim.

Eu já estava de pé e correndo para o banheiro porque 17 minutos, um pouco mais ou um pouco menos, para tomar banho, secar o meu cabelo, inventar uma nova roupa e tentar passar delineador líquido não era muito tempo. Principalmente porque perdi um minuto tropeçando na minha mala aberta e tive de me levantar do chão enquanto as outras quatro tentavam sufocar suas risadas.

— Não precisa quebrar uma perna — falou Ruby, ajudando-me a levantar. — Eu espero por você se todo mundo quiser ir na frente. Pode até usar meu hidratante para o corpo da Clarins.

Consegui fazer tudo, menos a água quente, em 23 minutos. Isso incluiu experimentar três possíveis provas de roupas até eu acabar me decidindo pela minha própria versão da roupinha minúscula: uma minissaia jeans no meio da coxa e um colete que cobria meus rins. Eu não sabia andar de salto, então calcei meus chinelos, mas eram chinelos Marc Jacobs que o James comprara para mim em Nova York. Em algum momento entre passar hidratante com pigmento afobadamente e aplicar gloss labial, eu até senti aquele nervosozinho de emoção dos sábados à noite e, quando abri a porta do banheiro, minhas mãos tremiam, mas de um jeito bom.

— Muito bem, estou pronta para ir — anunciei, fazendo uma pequena pose até perceber que estava falando para um aposento vazio. Chloe, Emma e Ayesha já haviam saído, então eu bati na porta fechada da Ruby.

— Ruby! Sinto muito ter demorado tanto, tive um problema sério com a roupa.

Não houve resposta e, quanto pressionei a orelha na porta, não consegui ouvir nada além da buzina de um carro tocando na rua abaixo. Preparando-me internamente, abri a porta, mas Ruby não estava em lugar algum à vista.

Olhei no outro quarto, olhei na varanda e, Deus que me perdoe, olhei até atrás do sofá, no caso de a Ruby estar brincando comigo, mas eu era a única que restava no apartamento. Aí, desencavei meu telefone para ver a mensagem inevitável explicando que elas não haviam podido esperar mais porque o chamado de jarras baratas de sangria era forte demais para ser ignorado, porém só havia uma mensagem da mamãe (bem, na verdade três mensagens) perguntando se eu havia chegado em segurança.

Mandei uma mensagem de volta para ela e então mandei uma mensagem em grupo para minhas quatro amigas ausentes: O QUE HOUVE COM VOCÊS? ONDE DEVO ENCONTRÁ-LAS?

Depois de dez minutos e nenhuma resposta, aquele nervoso de sábado à noite havia sido substituído por irritação. E chateação e a sensação avassaladora de estar muito, muito chateada porque qual era a dificuldade de esperar dez minutos a mais para que eu terminasse de me arrumar? Não era nem um pouco difícil, até mesmo menos difícil do que me mandar uma mensagem de volta para me dizer onde diabos elas estavam.

Eu não queria passar as duas semanas inteiras ficando puta e então tentando fingir que não estava puta, mas levei uns bons cinco minutos e dois copos de água até estar calma o bastante para ligar para Ayesha... de jeito nenhum eu ia falar com a Ruby quando me sentia tão irritada.

A ligação para Ayesha caiu diretamente na caixa postal, e eu estava prestes a deixar um recado nervoso e irascível, quando ergui os olhos e vi o gigantesco quadro branco que tomava um espaço enorme de uma das paredes da cozinha. Acho que a ideia era anotar receitas e lembretes, mas Ruby foi além. Rabiscadas com sua letra horrível estavam as palavras: *"Ei, Bea, você parecia estar precisando dormir cedo. Não espere acordada. Até mais, não queríamos ser você!!!"*

Não havia como ter uma visão positiva disso mesmo que eu gostasse de achar que era sempre uma garota otimista. Elas não queriam que eu saísse com elas, não se importavam com os meus sentimentos, e eu estava começando a imaginar por que diabos haviam me convidado para passar as férias com elas.

Pensei em ligar para a minha mãe durante cinco segundos inteiros, mas ela ia ficar toda "Eu *sabia* que isso ia acontecer...". Então, em vez disso eu me enrolei em cima do sofá escorregadio de couro branco e chorei.

No meio do meu ataque de choro, eu me levantei para tirar a maquiagem, porque estava deixando traços de rímel no couro, mas depois que isso estava feito, continuei chorando porque estava presa ali com *elas* por mais 13 noites, e elas me odiavam porque achavam que eu era chata e sem graça e, na verdade eu *era* chata e sem graça, e independentemente do quanto tentasse enfeitar ser metade francesa e ansiasse pela *vie Parisienne*, eu era a rainha dos sem graça. Na verdade, eu era sem graça demais para ser rainha de qualquer coisa. Isso tudo ficou rodando na minha cabeça até que finalmente chorei e dormi o sono profundo dos sem esperança.

A porta da frente batendo com força me acordou algumas horas depois. Ouvi algumas risadinhas abafadas e o som de garrafas e contei mais do que quatro pessoas se acotovelando pela sala para chegar ao quarto da Ruby, mas me forcei a voltar a dormir.

Mas nem o sono era meu amigo, e fui acordada de novo pelos gritos e risadas vindos do quarto da Ruby e pelo som de passos andando pela sala. Abri um pouco os olhos para ver duas figuras indistintas avançando na minha direção e me preparei para que algo muito ruim acontecesse, tipo um copo de água sendo jogado em cima de mim, mas as duas silhuetas chegaram até o sofá e aí se jogaram em cima, sem respeitar o fato de que ele já estava ocupado.

Fiquei deitada ali por um segundo com um peso morto em cima da minha perna, sem saber direito como reagir até se tornar claro que meus dois visitantes noturnos estavam se agarrando... bem, no que parecia ser um combate mortal.

Aí ouvi um gemido e uma risadinha. Uma risadinha muito irritante, que sempre me fazia cerrar os dentes nos sábados à noite porque depois que a Emma ficava bêbada ela ria, e ria em um tom tão agudo que era como alguém passando as unhas em um quadro-negro.

Aí houve outros sons, sons que vão ficar gravados na minha memória mesmo que eu viva até os 120 anos. Sons horríveis de chupadas que se transformaram em sons horríveis de espremidas e então a criatura Emma começou a se contorcer e, com cada contorção, eles batiam em mim e cortavam a circulação nos meus membros inferiores, então não tive opção a não ser me sentar.

— O *que* você está fazendo?

Não houve resposta, só um gemido abafado. Eu simultaneamente tateei pelo interruptor da luminária ao meu lado e chutei as pernas com cada grama de força que possuía. Acho que eu era mais forte do que pensava, porque a criatura de duas cabeças escorregou para o chão ao mesmo tempo que meu dedo ligou o interruptor.

Acho que nós três gritamos quando finalmente vi a Emma e o garoto com quem ela estava. Ou melhor, vi a bunda nua dele e mais da Emma do que eu jamais gostaria de ver. Botei a mão em cima dos olhos.

— O que você está fazendo? — gritei de novo, apesar de ser a pergunta mais retórica na história das perguntas retóricas.

— O quê...? Você não pode...! Saia! — cuspiu Emma finalmente e, apesar de ser ela quem tinha uma cama perfeitamente boa no outro quarto, eu me embolei para fora do sofá e corri para o banheiro para poder jogar água fria no rosto e esfregar meu cérebro com água sanitária e apagar as lembranças dos últimos dez minutos da minha cabeça. Porque, argh! Sons de *espremidas*. Se mamãe queria me manter na linha, só o que precisava ter feito era tocar uma gravação de sons de espremidas para mim e eu teria assinado alegremente um documento legal prometendo que nunca iria transar na vida, jamais. Sério.

Mas eu não estava pensando nisso no momento em que entrei como um furacão pela porta do banheiro e vi Ayesha empoleirada na lateral da banheira fumando um cigarro enquanto outro garoto estava ajoelhado na privada vomitando o conteúdo de seu estômago. Ayesha me olhou com os olhos vítreos enquanto eu parava subitamente no vão da porta.

— Ah, oi, Bea — falou casualmente. — Não vai demorar.

O garoto que vomitava ergueu a cabeça momentaneamente, então eu pude ver bem a baba longa pendurada para fora de sua boca, antes de ele gemer e começar a botar tudo para fora novamente.

— Meu Deus, isto é totalmente, absolutamente inacreditável — reclamei. Não sabia o que fazer com as mãos, que tremiam loucamente, como se estivessem agindo de forma completamente independente do meu cérebro.

Ayesha acenou a mão que não estava segurando um cigarro.

— É, foi mal termos saído daquele jeito — resmungou ela, sem parecer sentir nem um pouco. — Foi ideia da Ruby, e eu não quero brigar com ela por causa disso. Você não perdeu muita coisa. Este é o Kieran, por falar nisso.

— É Joshua — falou o garoto, erguendo a cabeça novamente.

— Tanto faz — disse Ayesha, dando de ombros.

— Emma estava dando uns amassos em um cara no sofá — expliquei. — No sofá em que eu estava dormindo.

— É, mas você estava dormindo, e ela não podia fazer isso na cama dela quando nós estávamos no quarto — observou Ayesha com uma voz arrastada enquanto olhava fixamente para mim. — Você está com uma cara estranha.

— Não, esta é a minha cara quando fico furiosa. — Eu queria muito soltar aquela fúria, mas não sabia nem por onde começar. — Isso não é jeito de tratar as pessoas... de me tratar...

— Pelo amor de Deus, Bea, estou numa onda muito boa. Por que você está se esforçando ao máximo para estragá-la? — perguntou Ayesha suplicantemente. — Simplesmente expulse a Emma do sofá e volte a dormir. Não posso resolver isso. Estou cuidando do Kieran.

— É Joshua — dissemos o garoto e eu em uníssono, antes de ele vomitar outra vez. Eu nunca tinha visto ninguém passar tão mal. O cheiro no banheiro era muito pungente, e eu sabia que se ficasse muito mais tempo ali, empurraria Joshua para o lado para poder vomitar também.

— Vamos conversar sobre isto de manhã, de manhã *mais tarde* — avisei à Ayesha, mas ela apenas levantou as sobrancelhas e fez biquinho. Isso me fez lembrar do verão anterior, quando eu tive todas aquelas conversas unilaterais com ela enquanto implorava que me dissesse o que eu havia feito de errado. Ela fez a mesma cara na época.

Caí de volta no sofá (depois de ter dado uma limpada violenta com um pano molhado) e tentei dormir. Ainda estava tentando uma hora depois quando os quatro garotos finalmente saíram em bando. Eu fingi estar profundamente adormecida quando ouvi um dos garotos perguntar quem estava no sofá e Ruby falar de um jeito arrastado:

— O nosso castigo, é o que é.

Capítulo 9

Dormir definitivamente não era uma opção depois disso. Eu fiquei me revirando e fervi e soltei fumaça até o sol estar alto e dar 8 horas. Não havia sinal de vida nos dois quartos enquanto eu entrava no banheiro na ponta dos pés, e, depois de despejar uma garrafa inteira de água sanitária na privada, tomei um banho e me vesti silenciosamente. Parte de mim queria fazer um barulhão e acordar as quatro. Mas meu lado sensato venceu, porque não fazia sentido ter um confronto até eu decidir o que queria dizer e botar minhas ideias em ordem. Mesmo que elas merecessem ser acordadas com barulho e falta de educação.

Abri silenciosamente a porta da frente e desci rapidamente as escadas, até sair rumo a um dia claro, brilhante e glorioso. Ele melhorou um pouco o meu ânimo enquanto eu tateava por meus óculos escuros e descia a colina a fim de encontrar algum lugar para tomar café da manhã. Eu me vi de volta à praça à qual tínhamos vindo no dia anterior e, apesar de a Ruby estar roncando enlouquecidamente, tive um pouco de satisfação por desafiar a norma dela do dia anterior e me acomodar em uma mesa do lado de fora.

A cidade estava sonolentamente voltando à vida. Havia alguns viajantes perambulando devagar pela praça a caminho da praia, mas na maior parte eram pessoas andando apressadamente para o trabalho; os garçons, ainda arrumando as mesas, uma van de lavanderia descarregando pilhas de guardanapos brancos como a neve e a dona do café saindo para molhar os canteiros de gerânios vermelhos que separavam as mesas.

Ela gostou de mim, ou então gostou muito da minha tentativa patética de falar espanhol, que consistia em "*Hola!*", "*Si*" e "*Bien*". Depois que comi torrada com geleia de damasco e um copo de suco de laranja, ela trouxe pessoalmente um prato de churros, uma pilha de bolinhos compridos ainda quentes, e uma xícara de chocolate derretido para mergulhá-los. Aí beliscou a minha bochecha e disse que eram por conta da casa.

Pode ter sido a onda do açúcar ou simplesmente sair da atmosfera tóxica do apartamento, mas deixei meu ressentimento se derreter como o chocolate pegajoso nos meus dedos. Enquanto caminhava pela Cidade Velha e então acabava no cais observando pescadores fazerem coisas com montes escorregadios e prateados de peixes, decidi que ia tentar conversar com as meninas de uma forma realmente isenta, apesar de eu estar zangada e magoada, mais magoada do que me sentira no ano anterior, quando Ayesha me largou.

Apesar de cada fibra do meu ser querer ficar exatamente onde estava, eu me levantei do muro em ruínas no qual estava empoleirada e esperei poder encontrar o caminho pelas ruas tortuosas de volta ao apartamento.

Meus joelhos estavam tremendo ligeiramente quando cheguei à nossa porta da frente, mas era porque eu acabara de subir três lances de escada e não tinha nada a ver com o fato de poder ouvir vozes, o que significava que elas haviam acordado e ainda não tinham saído para a praia.

Eu havia comprado uns pêssegos gordos e suculentos no caminho de volta como um adoçante para acompanhar o discurso que vinha ensaiando na minha cabeça e podia sentir o suor da minha mão encharcando o saco de papel.

— Você não é uma otária — murmurei para mim mesma, enquanto procurava a chave no bolso do meu jeans. — Firme, porém. — Aí respirei fundo e abri a porta.

Chloe, Ayesha e Emma estavam amontoadas no sofá, cada uma segurando uma garrafa grande de dois litros de água enquanto assistiam a desenhos animados espanhóis. Todas ergueram os olhos quando eu entrei pela porta, apesar de Emma ter corado antes de virar a cabeça para o outro lado.

— Você está bem, Bea? — perguntou Ayesha com um sorriso que escorregou de seu rosto no instante em que a Ruby apareceu no vão da porta de seu quarto. — Estava imaginando para onde você havia ido.

— Eu saí para tomar café da manhã, aí andei por aí até encontrar o cais. — As palavras pareceram engraçadas saindo da minha boca, como se eu estivesse recitando falas pelas quais ia receber nota. Ruby perambulou até a sala, usando um biquíni como se estivesse tão confortável naquelas duas peças vermelhas minúsculas quanto estaria com um par de jeans e mandou Emma chegar para o lado com uma girada concisa do pulso.

O que me deixou de pé ali, segurando o saco de pêssegos, e essa era uma hora tão boa quanto qualquer outra...

— Sobre ontem à noite... — comecei, e tenho certeza de que vi Chloe e Ruby revirarem os olhos uma para a outra. — Não só na noite passada, mas ontem também, eu fiquei muito magoada.

Ninguém disse nada, mas estavam parecendo interessadas. Ou pelo menos estavam escutando, então eu fui em frente.

— Talvez vocês tenham decidido que não querem ser minhas amigas — continuei, e, na minha cabeça, eu havia planejado encolher os ombros causalmente quando dissesse isso, mas não senti que poderia fazer isso quando Ayesha estava me dando um sorriso encorajador como se ainda quisesse ser minha amiga. — Não sei por que e não sei o que fiz, mas se é assim que se sentem, não há muito que eu possa fazer a respeito. Mas não me deixar ter uma cama para dormir e fugir de mim ontem à noite definitivamente não foi legal. E sinto muito, Emma, mas fazer o que você fez no sofá *enquanto eu estava tentando dormir* foi completamente desrespeitoso, e eu acho que você devia pedir desculpas.

Fazer o discurso foi assustador, mas ficar de pé ali esperando que Emma dissesse que sentia muito foi ainda mais assustador. Eu me forcei a ficar encarando o topo de sua cabeça até ela não ter opção além de olhar para mim.

— Bem, tipo, eu não consigo enxergar por que as coisas que faço quando estou bêbada são culpa minha — vociferou ela. — Você estava dormindo, e eu estava sendo discreta.

— Você estava se esfregando na minha perna a uma determinada altura — soltei, e Chloe deu uma gargalhada de deleite até ser silenciada por um olhar fulminante de Ruby. O que era bom, porque significava que ela queria ouvir o que eu tinha a dizer.

— Olhe, você se comportou mal, Emma — falei baixinho. — E foi maldade saírem escondido enquanto eu estava no banheiro e não atender seus telefones, e eu só acho que se nós vamos...

— Ah, cacete, só cale a boca! — gritou Ruby, levantando-se de um pulo do sofá para poder ficar tão na minha cara que eu podia contar cada um de seus poros abertos. — Você é burra demais para entender?

— Entender o quê? — perguntei hesitantemente, dando alguns passos para trás e percebendo que eu não estava assustada antes porque, agora que a Ruby me seguia e enfiava o dedo no meu tórax, eu estava absolutamente aterrorizada.

— Nós não somos suas amigas — cuspiu Ruby. — Nunca fomos suas amigas. Você era só uma santinha aprovada pelos pais de quem tivemos que puxar o saco para podermos sair de férias sozinhas. — Ela abriu as mãos em um gesto largo. — Bem, missão cumprida. Estamos de férias sem os nossos pais, e os seus serviços não são mais necessários!

— Mas... mas... você disse... vocês passaram semanas e semanas... não posso acreditar... — Eu era incapaz de pronunciar uma frase inteira porque meu cérebro estava mais interessado em repassar os últimos meses. Todos aqueles momentos em que algo parecia errado e, em vez de acreditar na minha intuição, eu dera à Ruby e às outras o benefício da dúvida. Deus, eu realmente precisava parar de fazer isso. — Bem, sinto que vocês estejam presas a mim por alguns dias. Acho que foi a parte do seu golpe de mestre que não deu certo.

Ruby deu de ombros casualmente como eu queria ter feito dez minutos antes.

— Ah, não sei, não — falou ela de um jeito arrastado. — Ayesha diz que você sempre deve levar alguém que odeia nas férias, para que todo mundo possa se unir por causa do quanto a odeiam. Acho que tudo funcionou direitinho.

Foi um alívio virar minha cabeça na direção do sofá e não ter que olhar o rosto convencido, doentio e feio da Ruby por nem mais um segundo.

— Isto é verdade? — perguntei. — Ayesha!

Ayesha estava olhando resolutamente para os pés.

— Não foi isso o que eu falei. Bem, não exatamente, de qualquer modo. Você tem que admitir que não combina muito com a gente. Tipo, nós somos amigas e você simplesmente não é... você é meio que uma subamiga. Porque não curte as mesmas coisas que a gente, e não se veste como a gente e, não quer fazer...

— Você é a aba — forneceu Chloe prestativamente, e não pareceu ter nenhum problema em me olhar nos olhos enquanto falava.

— Não, não é a aba — insistiu Ruby. — Você é o saco de pancadas. E, é, estamos presas a você por 12 dias, mas acredite em mim, vai ser muito pior para você do que é para nós. — Ela me olhou de cima a baixo enquanto eu ficava ali com as mãos apertando com força o peito enquanto ofegava, porque de repente eu sentia como se não pudesse respirar. Talvez fosse o esforço para segurar os soluços, que realmente queriam explodir, mas era uma questão de princípios não começar a chorar. — Qual é o problema, Bea? Queria poder ir para casa e chorar com a sua mãe, que também é a sua melhor amiga no mundo todo? — Ela andou a passos largos até a porta da frente e a abriu. — Fique à vontade.

Mas eu nem estava olhando para Ruby e sim para Ayesha, porque pelos anos e anos em que fomos melhores amigas, ela devia me defender, dizer à Ruby para parar de pegar no meu pé e sair do quarto grande porque nós íamos dividi-lo, mas ela não o fez. Só ficou sentada ali olhando para suas unhas do pé perfeitamente pintadas de rosa.

— Nós vamos para a praia agora? — queria saber Emma, levantando-se e se espreguiçando. — Não quero perder o dia enfiada aqui.

— Vou só pegar a minha bolsa — disse Ruby, fechando a porta da frente e roçando por mim como se eu fosse feita de nada.

— Não podem tratar as pessoas assim! — Eu me ouvi dizer baixinho. — Não está certo.

Não achei que alguém tivesse me ouvido enquanto estavam juntando apressadamente suas coisas de praia, pois ou não podiam esperar para pegar um sol ou não aguentavam mais estar no mesmo aposento que eu. Mas aí Ruby parou de jogar óleo de bronzear e revistas dentro de sua sacola e me fixou com um olhar que era quase solidário.

— Nós a tratamos assim porque você deixa — falou ela lentamente, as mãos nos quadris magricelos. — Quer saber qual é o seu problema?

As pessoas sempre lhe perguntam isso quando a resposta vai fazer você morrer um pouco por dentro. Além disso, nunca esperam que você diga não, elas simplesmente vão com tudo.

— Você não tem coragem — Ruby me informou. — Você só se esgueira por aí com um sorriso sem graça no rosto, porque acha que se for supersuperboazinha e nunca der um ataque, aí as pessoas vão gostar de você. Bem, elas não gostam, e você precisa arrumar uma vida antes que seja tarde demais. Deus, até a sua mãe sabia como se divertir quando tinha a sua idade, embora que tipo de retardada não sabe colocar uma camisinha?

— Deixe a minha mãe fora disto — avisei. — Você pode dizer o que quiser sobre mim, você já disse, mas não comece a falar dela.

— Viu? Sem graça — resumiu Ruby, passando a bolsa pelo ombro e estalando os dedos para as outras. — Só fique fora do nosso caminho e nós ficaremos fora do seu. Fechado?

Eu ansiava por soltar um "tanto faz" confiante, mas minha garganta estava se fechando e eu sabia que as lágrimas não estavam longe, então simplesmente balancei a cabeça e as observei se enfileirarem perto da porta da frente. Emma ainda não estava olhando para mim, Chloe parecia completamente despreocupada enquanto verificava seu iPod e Ayesha esperou até que Ruby houvesse se virado para abrir a porta para fazer "desculpe" com a boca para mim, acrescentando um gesto impotente de torcer as mãos só para garantir.

Agora era a minha vez de olhar para os meus pés enquanto elas saíam em bando pela porta e, logo antes de ela bater, ouvi Ayesha dizer:

— Nossa, Ruby, você foi muito dura.

— É, bem, ela me deixa furiosa e mere...

A listagem de outras falhas de caráter foi interrompida pela batida oca da porta e eu fiquei no meio da sala, o sol entrando pelas grandes janelas do pátio, apesar de parecer haver uma tempestade escura e cinza do lado de fora, e esperei que meu corpo caísse no chão para que eu pudesse recolhê-lo.

Nada aconteceu. Fechei os meus olhos bem apertadamente para poder conter as primeiras lágrimas, mas meus canais lacrimais estavam secos. Eu me sentia muito estranha; tinha esse ímpeto de chutar e socar e fazer alguma coisa com os meus braços e pernas porque eles não queriam ficar parados, e a minha boca queria muito se abrir bem e fazer um estardalhaço infernal.

Aí eu percebi que não ia chorar porque não estava triste. Eu estava totalmente furiosa, de fechar os punhos, bater os pés e sacudir os braços e as pernas. E quando você está com tanto ódio assim, sua única opção é se vingar.

Entrei como um furacão no quarto da Ruby e catei a pilha de roupas que estavam amontoadas na cama. Ela havia prestativamente deixado a janela aberta, o que tornou mais fácil zunir todas as suas preciosas roupas justíssimas da American Apparel e o vestidinho preto que ela nunca se cansava de me dizer ser um original genuíno de grife, apesar de eu nunca ter ouvido o nome da grife. Suas sandálias Jimmy Choo, que eu sabia que ela tinha pegado emprestadas da mãe sem pedir, foram em seguida aterrissar na rua abaixo, mas não era o suficiente.

Joguei o que consegui encontrar das roupas da Chloe e da Emma para fora da janela delas também, e ia começar a jogar as da Ayesha porque fazer "desculpe" com a boca quando a Ruby não podia vê-la não resolvia as coisas, mas aí eu vi a fileira arrumadinha de garrafas no chão. Havia a garrafa de vodca que elas haviam comprado no duty-free do aeroporto, uma garrafa de Bacardi e várias embalagens de seis latas de cerveja do mercadinho. Tive de fazer três viagens para levar tudo para a cozinha e então abri metodicamente cada garrafa e as virei na pia, joguei os cigarros pela privada, e ainda não era suficiente.

A raiva negra baixava ligeiramente agora. Eu ainda estava furiosa, mas a névoa turvando a minha mente subia lentamente e eu podia começar a pensar. Jogar fora suas roupas e me livrar de sua birita e dos cigarros só seria um inconveniente para elas, mas eu precisava me vingar onde realmente importava. Fazer com que se sentissem tão sozinhas quanto eu me sentia agora; como se não tivessem nenhum amigo no mundo e não se sentissem bem dentro das próprias peles.

Fiquei passando o peso do corpo de um pé para o outro enquanto tentava inventar algo completamente cruel. Depois de dez minutos, quando Ruby teria imaginado e descartado pelo menos uma dúzia de coisas completamente cruéis, eu ainda não tinha nada, então comecei a fazer a mala, porque não havia outra opção, e eu realmente não queria estar no apartamento quando as quatro aparecessem e percebessem que a maior parte de suas roupas estava jogada na rua e estavam no momento sendo recolhidas por duas mulheres que exclamavam entusiasmadamente em espanhol.

Pensei se ligava para casa ou não. Eu sabia que mamãe e James e as avós iriam ficar preocupados e prontos para comprar a passagem mais cara que a EasyJet tinha a oferecer para que eu pegasse o próximo avião para casa. E mais cedo ou mais tarde, provavelmente mais cedo, mamãe faria uma promessa solene de que nunca mais me deixaria sair de casa de novo. Nem mesmo para ir para a faculdade, ou então me deixaria estudar em Londres e me levaria e buscaria das aulas todos os dias. Mas esse era o meu futuro incerto e, neste momento, no meu presente mais incerto ainda, eu sabia que, no momento em que ouvisse mamãe dizer "Ah, Bea" daquela forma rouca que sempre fazia quando eu estava chateada, eu perderia a cabeça. Decidi ligar para ela a caminho do aeroporto.

Assim que terminei de arrumar a mala, entrei na cozinha para pegar uma garrafa de água para a viagem e checar se meu suprimento de KitKats de manteiga de amendoim para 15 dias ainda estava escondido no fundo da geladeira. Estava, eu os havia escondido debaixo de um saco de maçãs, mas conforme os resgatava, vi o quadro branco. A mensagem da noite anterior ainda estava lá, e naquela manhã ela ganhava um tom ainda mais odioso.

Eu podia me sentir ficando zangada de novo. Nesse ritmo, iria para casa com roupa suja, uma leve queimadura de sol e o começo de uma gigantesca úlcera péptica.

Os pontos de exclamação, em particular, pareciam zombar de mim, e eu larguei os KitKats em cima da mesa para poder escorregar pelo chão e limpar o quadro branco com a parte de baixo do biquíni da Ayesha, que estava secando no encosto de uma cadeira.

"Até mais, não queríamos ser você!!!" foi rapidamente apagado, como se nunca tivesse existido, mas aquelas seis palavras representavam meses de assédio premeditado. Elas haviam passado semanas me conquistando, fingindo gostar de mim, e o tempo todo estavam esperando ansiosamente pelo dia em que poderiam atirar em mim a sangue-frio. E eu fora burra demais para perceber. Em vez disso, eu as seguira como um cachorrinho; fazendo coisas para elas, ouvindo seus segredinhos sórdidos...

Segredinhos sórdidos.

Agarrei a caneta de feltro, muito calma agora, já que sabia exatamente o que fazer para destruí-las.

Apesar de ser eu quem está dizendo, foi uma absoluta obra-prima. Fiquei feliz por ter prestado atenção na aula de Matemática quando estudamos gráficos e equações, porque me ajudou a desenhar um diagrama claro, conciso e comentado de todas as coisas erradas que Chloe, Emma, Ayesha e Ruby haviam feito umas com as outras. Quem havia transado com o namorado de quem ou ficado ou feito sexo via mensagem de texto. Aí, com uma caneta de cor diferente, eu detalhei quem dissera o quê sobre quem, com referências especiais sobre escolhas ruins de roupas e como tanto Chloe quanto Emma e Ayesha haviam dito em ocasiões distintas que Ruby era uma falsa-magra com pálpebras pesadas.

Essa era o lance de ser chata e sem graça e não ter coragem. As pessoas presumiam que era seguro falar todo tipo de crueldade que deviam ter guardado para si mesmas porque nunca imaginavam que você teria a ousadia de contar para alguém. Mas estava tudo ali. A verdade absoluta e incontroversa soletrada com caneta de feltro com códigos de cor, aspas e um organograma fácil de seguir.

Meu trabalho aqui está pronto, pensei, enquanto largava as canetas. Mas havia um pedaço vazio no quadro que estava me provocando com seu esplendor branco brilhante. Parecia uma pena deixá-lo intocado.

Peguei a caneta novamente e escrevi:

Querida Ruby,
Se você soubesse como a sua bunda tem espinhas, provavelmente iria querer repensar toda a história de biquíni fio dental.
Sem amor,
Bea

Era uma tacada vulgar, o mais baixo dos golpes, mas Deus, foi tão *bom.*

Depois daquilo, tudo pareceu um pouco anticlimático. Tipo, uma vez na vida eu colocara o pescoço para fora, me defendera, fora medieval com os outros, mas não houvera testemunhas. Era típico, sério.

Mas meu sangue ainda fervia, o que significava que eu não pensei em apagar o quadro branco ou ficar para ver se conseguia resolver as coisas com a Ruby, suas duas companheiras do mal e minha ex-melhor amiga. Não havia motivo. As coisas eram ir-re-sol-ví-veis. Então arrastei minha mala pela escada abaixo e parti para a estação, reclamando alto para qualquer um que ousasse ficar no meu caminho quando era óbvio que eu tinha uma mala pesada e um pavio curto. Eu estava sendo bem foda, mesmo sendo eu quem está dizendo.

E então eu estava na estação olhando o quadro indicativo dos trens, e você não pode ficar tão exasperada e esperar que rabiscar coisas em um quadro branco e jogar alguns biquínis pela janela vá satisfazer a fera perigosa que estivera dormindo no fundo do seu estômago. Aquela fera queria aventura e diversão e queria muito, muito, muito ir a Paris.

Enquanto eu marchava propositadamente para a bilheteria, concluí que ir a Paris por, digamos, uma semana, não era uma ideia tão ruim. Ou melhor, que não havia como minha mãe descobrir desde que eu telefonasse para ela todos os dias e me assegurasse de que não havia vendedores de cebola que pudessem ser ouvidos. Aí, eu poderia refazer meus passos até Málaga, dizer a ela que minhas companheiras de viagem eram os rebentos de várias bruxas e que eu precisava de uma passagem para casa. O que poderia dar errado?

O que deu errado foi que, quando cheguei ao primeiro guichê disponível, peguei uma mulher que não falava inglês. Na verdade, eu nem tinha certeza de que ela estava falando espanhol; podia ter sido linguagem de golfinho, pela falta de sentido que fazia.

— Eu quero ir a Paris — falei bem devagar e bem alto, só para encontrar um olhar vazio de incompreensão.

— *Que?*

— Paris.

— *No entiendo.*

Olhei em volta desamparada, mas tirando as pessoas batendo os pés impacientemente na fila para comprar bilhetes, um tradutor capacitado não se materializou.

— Paris, na França — eu esclareci. — Você sabe, França. *Français?*

Soltei um longo suspiro de alívio enquanto ela assentia vigorosamente e começava a apertar botões em seu computadorzinho.

— *Si! França! Paris!*

— Preciso da volta para daqui uma semana — disse a ela, apesar de ela não ter entendido, então só entreguei uma grande quantidade de euros e, segurando minhas passagens com a mão pegajosa, me dirigi para os trens.

Nem me dei o trabalho de perguntar para qual plataforma devia ir, só encontrei um homem usando um uniformezinho elegante com dragonas e um quepe com pala e acenei as passagens na frente de seu rosto até ele me apontar a direção certa.

Enquanto eu andava apressada na direção da plataforma cinco, vi um homem soprando um apito e corri como se a minha vida dependesse disso; só entrei no trem porque um homem de meia-idade de terno agarrou a minha mão e me içou pela porta assim que o trem começou a se movimentar. Com as bochechas coradas e meu cabelo úmido colado na testa, arrastei minha mala pesada pelo trem até encontrar uma mesa vazia e cair no assento.

Enfiei meu passaporte e passagem no bolso do jeans para saber onde estavam, engoli meia garrafa de água morna porque todo aquele suor e o fato de ter arrastado a mala haviam me deixado seriamente desidratada e então... e então... e então... eu estava em um trem indo para Paris, França. Estava finalmente a caminho da terra dos meus ancestrais e do meu pai verdadeiro. Estava a horas do meu destino. E até o confronto que eu tivera com a Ruby não foi capaz de fazer minhas mãos tremerem com tanta violência.

O trem estava subindo a montanha, e os solavancos faziam meu estômago se revirar e se agitar porque, sério, essa era a ideia mais idiota que eu já tive. Eu nem sabia o nome do meu pai ou onde ele morava e, de acordo com Monsieur Bradley, o meu francês não era bom o bastante para perguntar onde ficava o banheiro mais próximo, então como eu ia fazer para *cherchez mon père*?

Eu estava recuperando o bom-senso com mais ou menos uma hora de atraso. Não tinha opção a não ser saltar do trem quando parássemos na próxima estação. Assim ninguém ficaria sabendo, e eu teria aprendido uma lição importante sobre como era idiota agir por impulso e nunca mais perderia a cabeça porque isso levava a COISAS MUITO RUINS.

Só que o trem não parecia diminuir de velocidade e logo os solavancos se transformaram em um som reconfortante e ritmado que me fez bocejar porque fazia *dias* que eu não dormia direito. Olhei para fora da janela mas só o que consegui ver foram árvores; árvores verdes e bonitas que me faziam pensar que estávamos no campo e que não íamos parar em uma estação tão cedo, portanto fechar os olhos um pouquinho não ia fazer mal algum.

Capítulo 10

Ah, Deus, eu dormi durante *horas*, até ser sacudida por uma senhora idosa que gesticulava e tagarelava enlouquecidamente para me informar que o trem havia parado e não planejava ir a mais nenhum lugar.

Franzi os olhos para ver a hora no meu celular. Eram 20h30, o que significava que eu tinha ficado no trem roncando como uma louca por nove horas. Eu me sentia muito desorientada enquanto arrastava minha mala pela porta e seguia para a plataforma, que não parecia muito francesa.

Havia placas, mas elas também não pareciam ser em francês. Na verdade, pareciam ainda estar em espanhol, e a estação não tinha um clima francês. Eu não esperava ver pessoas de boina ou talvez um homem de bicicleta usando uma camiseta listrada com decote canoa, mas eu vira fotos da Gare du Nord quando estava olhando o site da EuroStar e não era assim. Talvez eu estivesse em uma parte da França que era muito perto da Espanha e eles falassem alguma mistura estranha de francês/espanhol, eu pensava, enquanto puxava minha mala para fora da estação e olhava em volta. Havia uma rotatória e muitas lojas, então pelo menos eu não estava em uma cidadezinha minúscula. Fiquei ali sendo empurrada pelas multidões entrando e saindo da estação até ver uma placa para "*La playa*", e eu percebi que definitivamente não estava em Paris. Porque Paris não tinha praia. Eu tinha 99 por cento de certeza disso.

Parecia que eu havia andado quilômetros, minha mala ficando mais pesada e desajeitada a cada passo. Havia uma falta total de guichês de Informação ao Turista, mas eu finalmente cheguei a uma praça enorme e vi uma filial da Zara. Era meio como encontrar uma velha amiga, mas ficar olhando para lojas de roupas não ia me ajudar quando eu estava totalmente perdida e não tinha um plano. Também não fazia ideia de onde ia passar a noite e podia muito bem ter um aviso preso nas minhas costas dizendo: *"Sou uma garota inglesa idiota que está completa e absolutamente perdida. Por que não me assaltam para roubar meu passaporte e meus euros?"*

Eu estava tentando manter a calma e sufocar todos os sentimentos assustadores que não queria sentir, mas o pânico aumentava dentro de mim, então achei que ia vomitar ou me enrolar em posição fetal sobre os paralelepípedos. Parei por um instante para avaliar o dilema verdadeiramente terrível no qual me encontrava e decidi procurar o café mais próximo, comer alguma coisa e aí ligar para a minha mãe. Sua ira seria considerável, e eu não teria permissão para sair sozinha até completar 30 anos, mas ela saberia o que fazer. Ela *sempre* sabia o que fazer.

Levei séculos para encontrar um café que não parecesse muito assustador para uma garota que estava a quilômetros de casa e não falava o idioma local. Cheguei a uma praça ajardinada menor e mais bonita cercada por cafés e escolhi um que ainda tinha uma mesa vazia do lado de fora. Eu nunca tinha ficado tão feliz em me sentar e largar a minha mala, que havia me deixado com um vergão adorável na palma da mão, eu percebi, enquanto pegava o cardápio. Era um milagre, mas cada prato vinha com uma tradução em francês e inglês e, com uma preferência por tapas e iscas de peixe, eu tive certeza de que ainda estava na Espanha. Se tivesse energia, eu teria pego o primeiro trem de volta para Málaga e matado a mulher da bilheteria e o homem que me indicara a plataforma "certa".

Uma garçonete veio e revirou os olhos enquanto eu apontava as palavras para omelete de presunto e tomate e uma Coca Diet.

Depois que tomei uma Coca Diet supergelada, me senti fortalecida para desencavar meu telefone. Havia duas mensagens de voz e duas mensagens de texto, com as quais eu lidei primeiro. Tanto Emma quanto Chloe sentiam a necessidade de me informar, menos as vogais, que eu era uma SCRT e uma PIRNH NJENT, respectivamente. Acho que elas haviam voltado ao apartamento e visto meu uso habilidoso do quadro branco. Quase apaguei as mensagens de voz porque eu sabia que não haveria nada que eu realmente quisesse ouvir...

A mensagem da Ayesha era meio envergonhada, muito recriminadora.

— Eu me sinto péssima pelo que aconteceu e entendo que esteja zangada comigo — dizia ela em voz baixa, como se tivesse precisado se trancar no banheiro para que as outras não a ouvissem admitindo que pudesse ter alguma culpa. — Mas o que você escreveu no quadro... foi pura maldade, Bea. Eu lhe contei aquelas coisas em segredo.

Esperei a culpa bater, mas eu não conseguia senti-la por cima das pontadas de fome e do pânico que subiam e desciam em intervalos regulares, ou estava desprovida de culpa. Livre de culpa, porque todas as quatro haviam realmente, realmente merecido. A Ruby não pensava assim, porém. Ela me deixou um recado cheio de ódio.

— Você está tão morta — gritou ela. — Espero que o seu avião caia a caminho de casa, porque vai me poupar o trabalho. Sério. Vou transformar a sua vida em uma porra de um inferno quando setembro chegar, se algum dia eu vir a porra da sua cara feia de novo. Sua sapatona virgem e escrota!

Saber que eu conseguira atiçar uma raiva homicida na Ruby não me fez sentir vingada. Fez eu temer pela minha vida quando chegasse em casa. O que levou lindamente à parte na qual eu ligava para a minha mãe, mas pegar o telefone e apertar 1 na discagem rápida não era algo que meu cérebro queria que minhas mãos fizessem. Em vez disso, eu comi bocadinhos da omelete, que havia acabado de ser posta na minha frente, apesar do meu apetite ter desaparecido completamente. Ameaças de morte meio que causavam esse efeito.

O céu escuro, de um roxo-hematoma, ficava mais escuro e, apesar de ainda estar quente demais para que mesmo uma ligeira brisa balançasse as folhas das árvores, eu não pude deixar de sentir um calafrio.

— Com licença, esta cadeira está sobrando?

Tive um sobressalto nervoso quando minha autocomiseração foi interrompida por uma garota bronzeada e loura de pé ao meu lado.

— Hein?

— Posso pegar esta cadeira? — repetiu ela com um sotaque americano preguiçoso e arrastado, uma das mãos já descansando na cadeira à minha frente.

Eu balancei a cabeça.

— Sim, claro.

Ela me deu um sorriso branco cheio de dentes e arrastou a cadeira até a mesa ao lado, onde outras cinco pessoas estavam sentadas; duas outras garotas e três caras que estavam tirando mapas e guias de mochilas. Olhei para eles furtivamente enquanto brincava com a minha omelete, tentando descobrir que garota estava com qual cara e ouvindo-os discutir alegremente sobre que tapas deviam pedir. Um dos garotos estava debruçado por cima de um mapa e, quando a garota que havia levado a cadeira viu o meu olhar e sorriu, eu percebi que não tinha escolha. Eles tinham mapas e falavam inglês. Ou americano.

Arrastei minha cadeira para mais perto da mesa deles e limpei a garganta.

— Hum, sinto muito incomodá-los, e isto vai parecer estranho, mas onde eu estou?

Tive a total atenção de seis estranhos, todos olhando para mim com exatamente a mesma mistura de diversão e incredulidade.

— Sério?

— Sério — repeti sombriamente. — Tenho quase certeza de que estou na Espanha, mas em que parte?

O garoto que tinha os privilégios de leitura de mapa apontou para um pontinho que estava à distância de uma cusparada da fronteira francesa, porque era *muito* perto.

— Bilbao. Está vendo? — Ele fez um sinal para eu me aproximar, e eu me levantei e me inclinei para perto para ver onde seu dedo longo estava marcando o local.

Bilbao. O que não soava remotamente como Paris mesmo que alguém enrolasse muito os Rs. Muito mesmo.

Só havia uma coisa a dizer:

— Ah, *merda*!

Eles estavam definitivamente parecendo mais divertidos que incrédulos agora. Eu conseguia sentir minhas bochechas queimando como se tivessem sido cobertas por gasolina e postas em chamas. Fiz gestos de que ia voltar para a minha mesa.

— Bem, de qualquer modo, obrigada.

Tive de usar toda a força de vontade que possuía para me sentar e pegar meu garfo de novo. Mas por dentro eu estava chorando.

— Você está bem? — A garota loura se aproximou novamente e olhava para mim com preocupação. Ela provavelmente achava que eu tinha obtido um dia de folga de uma instituição psiquiátrica e precisava de ajuda para encontrar o caminho de volta. — Venha ficar com a gente, em vez de ficar sentada aí sozinha.

Mordi o lábio conforme olhei para a outra mesa. O garoto do mapa sorriu para mim e uma das outras garotas, uma amazona mestiça e bonita, que tinha a aparência de uma jogadora de voleibol na praia em vez de uma pessoa que comia sardinhas grelhadas, chegou a cadeira para o lado.

— Há lugar suficiente — disse ela.

A garota loura já estava pegando o meu prato e minha Coca Diet, então na verdade eu não tinha escolha.

— Eu sou a Erin — falou ela por cima do ombro. — Esta é a Bridge... Bridget — acrescentou, apontando para a amazona. — Deixe-me apresentá-la direito para todo mundo.

Michael e Aaron eram dois irmãos louros que tinham a aparência de zagueiros de futebol americano que corriam e faziam outras atividades americanas saudáveis que eu conhecia por assistir a muitos filmes para adolescentes. Não havia garotos robustos e alimentados à base de milho assim na Inglaterra, ou, se havia, eles não moravam em Crouch End. Toph (rima com *off*, diminutivo de Cristopher) não parecia tão intimidante ou como se jogasse futebol americano. Ele dobrou seu mapa e apertou a minha mão solenemente depois que eu larguei a minha cadeira ao lado dele. Mesmo sentado, eu podia ver que ele tinha membros compridos, um cabelo bagunçado que ficava no meio do caminho entre castanho e louro, nem longo nem curto, e que era colocado para trás sem parar com a mão impaciente. Todos fizeram sons de boas-vindas a não ser pela outra garota, Jess, que era linda. Linda tipo modelo, com cabelo brilhante e liso cor de caramelo e traços moldados tão perfeitamente que era difícil acreditar que não fora esculpida. Na verdade, ela teria ficado ainda mais linda se não estivesse parecendo tão desanimada com a minha presença, mas depois de dois dias do repertório inteiro da Ruby de olhadas, caretas e desdém, eu podia aguentar.

Terminei de comer minha omelete enquanto Erin me contava que eles todos estavam na universidade (embora ela chamasse de faculdade) em Phoenix, Arizona, e que estavam se divertindo pela última vez mochilando pela Europa antes de voltarem para os Estados Unidos e começarem seu último ano.

— Aí vamos trabalhar por salário mínimo no drive-thru local — finalizou Toph por ela com um sorrisinho afetado. — Então, qual é a sua história?

— Bem, eu tenho 17 anos — disse eu, e 17 nunca pareceu tão jovem e tão distante de 18, quando eu seria uma adulta ou pelo menos poderia me casar e votar e ser capaz de comprar cigarros e birita com uma identidade válida. — E normalmente não sou tão cabeça de vento. Mas, vejam, eu estava em Málaga e precisava ir para Paris e adormeci no trem...

Saiu tudo aos borbotões, em parte porque eu não havia falado direito com ninguém desde que a mamãe me despachara no aeroporto e em parte porque precisava desabafar. Mas enquanto eu concluía a minha pequena narrativa com a história do abominável quadro branco, não conseguia evitar me encolher na cadeira porque aquele não fora meu melhor momento. Porém, inacreditavelmente, Jess fungou e me deu um olhar invejoso de admiração, enquanto eu ia em frente.

— Portanto eu não podia ficar e pensei em ir a Paris para ver meu pai, mas não consegui entender a mulher na bilheteria e aí eu dormi no trem e, quando acordei, estava aqui...

— Talvez fosse para você trocar de trem em Bilbao e não sair da estação? — sugeriu Aaron.

— Bem, eu achei estranho ninguém ter me acordado para olhar meu passaporte — falei lentamente. — Mas minha passagem estava em espanhol e...

— Deixe-me dar uma olhada — disse Toph. — Eu falo espanhol.

A passagem estava com as pontas dobradas e amassada por ter cumprido uma pena séria no bolso de trás do meu jeans. Toph a alisou e a analisou atentamente.

— É, na verdade você deveria ter trocado de trem em Madri.

Eu nem me lembrava de estar em Madri.

— Ah, droga!

Erin deu um sorriso largo.

— Eu achava que os ingleses não diziam isso de verdade. — Ela deu tapinhas na minha mão. — Olhe, o Toph pode levá-la à estação amanhã e resolver o assunto, apesar de na verdade estarmos indo para a França daqui a alguns dias, se você quiser esperar até lá.

Eu pisquei devagar. Toph estava lendo o verso da minha passagem de trem, Aaron e Michael estavam comendo almôndegas, Bridget sorria de maneira encorajadora, e só Jess não parecia estar de acordo com aquilo.

— Não vamos direto a Paris — falou ela rapidamente. — Vamos a Marselha primeiro.

— Ah, tudo bem. Tipo, eu provavelmente posso chegar a Paris por minha conta se não adormecer de novo, ou talvez eu devesse simplesmente voltar para Londres...

— Bem, posso ajudá-la com a passagem amanhã — disse Toph, e, por algum motivo, meu coração afundou. — Mas, se não se incomodar com alguns desvios, provavelmente devia ficar com a gente. Meus pais teriam tido um ataque se eu tivesse decidido cruzar até mesmo a fronteira estadual sozinho quando tinha 17 anos.

Ele sorriu para mim, e meu coração que estava afundando animou-se completamente. Acho que pode até ter dado um pequeno salto-mortal de costas, porque quando o Toph sorria, umas covinhas apareciam nos cantos de sua boca e ele parecia um popstar dos anos 1960 em uma foto espontânea na coxia. Ele também parecia muito além do meu alcance, mas isso nunca havia me impedido de me apaixonar por um garoto antes. Na verdade, era um dos meus pré-requisitos para me apaixonar por um garoto: menos chance de conversar com ele, sair com ele, ter meu coração partido e me expor à ira da mamãe para completar.

Por falar na minha progenitora...

— Eu provavelmente devia ir para casa — balbuciei.

— Mas seu pai não está esperando por você em Paris? — perguntou Erin.

A pergunta fez com que eu de repente quisesse chorar, porque sempre havia pensado no meu pai como esse conceito abstrato. Francês. Esse era o único fato ao qual eu conseguira me segurar, mas agora essa figura indistinta estava emergindo; esse homem um pouco mais velho que a minha mãe, com cabelo castanho-escuro como o meu e um queixo pontudo que também era igual ao meu e um nariz grande e adunco, porque na minha cabeça todos os homens franceses acima de 30 anos tinham narizes grandes e aduncos. E ele estaria usando jeans e um pulôver preto e estaria de pé na frente da porta de um apartamento que ficava no quinto andar de um prédio estreito em Montmartre com venezianas verdes e jardineiras na janela e, quando me visse pela primeira vez, ele diria "*Cherie,* por que demorou tanto?". Só que ele diria isso em francês, e eu iria entender completamente sem pedir a ele que repetisse bem devagar. Ele estava logo do outro lado da fronteira, a uma viagem de trem de distância.

— É, eu quero muito, *muito* ir a Paris. — Não consegui manter o anseio longe da minha voz.

— Bem, então está resolvido — falou Aaron, como se tivesse sido decidido e todo mundo estivesse de acordo, o que não era o caso, porque a Jess fazia uma careta como se estivesse mastigando papel-alumínio.

— Mas e se a gente quiser ir a uma boate? — perguntou ela. — Ou a um bar? Ou outras coisas que a Bea não pode fazer porque é menor de idade?

— Ah sim, porque a gente tem ido a boates todas as noites. Não! — Erin soltou. — E, de qualquer modo, ela pode ir à boate e a bares se estiver acompanhada de um adulto. Nós somos adultos!

Eu estava começando a sentir como se tivesse abusado da boa recepção e podia entender o lado da Jess. Mais ou menos. Eles deviam estar farreando pela última vez antes de se tornarem adultos de verdade, e ter uma adolescente de 17 anos junto ia comprometer seriamente a programação. Ou, como ela provavelmente diria, "ia cortar a onda geral".

— Eu só estava dizendo...

— Você sempre faz isto, Jess. Você reclama de tudo.

— Não reclamo, não!

— Hoje de manhã você reclamou que seus ovos estavam moles demais e que a areia da praia arranhava mais que a areia em Miami e...

Toph me cutucou com o braço, sua pele bronzeada salpicada de pelinhos dourados roçando contra a minha pele rosada e sardenta.

— Depois de cinco semanas, estamos prontos para nos matar — explicou ele com mais um daqueles sorrisos, que automaticamente me fazia querer sorrir de volta. — Estamos de saco cheio uns dos outros, não temos mais nada a dizer que não envolva horários e cardápios. Sério, você estaria nos fazendo um favor.

— Estaria? — perguntei indecisamente, porque eu acabara de fugir de quatro pessoas que eram igualmente difíceis de agradar, e elas basicamente haviam sugado minhas forças.

Jess olhou para mim contemplativamente, como se talvez eu fosse mais que uma garota de 17 anos com o rosto sardento que estava parecendo meio exausta. Aí ela sorriu de repente, então ficou linda outra vez. Linda tipo Angelina Jolie.

— Que se dane — resmungou ela. — Eu topo, se você topar, criança.

Ela quase me convenceu, até usar a palavra com C.

— Vou pensar — decidi.

Levou mais uma hora antes de voltarmos ao hostel deles. Para ser sincera, eu estava um pouco com medo que fossem me arrastar para um beco escuro e roubar todo o meu dinheiro ou me entregar para seu chefe que traficava garotas jovens e eu acabaria em um bordel, e nunca mais teriam notícias de mim.

Felizmente, isso nunca aconteceu. Aaron carregou minha mala para mim enquanto Bridge e Erin me contavam todo o seu histórico amoroso, que incluía tanto Aaron quanto Michael em épocas diferentes.

— Mas Toph não? — perguntei casualmente, enquanto passávamos por uma ponte, um rio borbulhando abaixo de nós.

Erin rapidamente sacudiu a cabeça.

— Ele estava com sua namorada do ensino médio durante toda a faculdade, aí de repente eles terminaram, pouco antes das provas semestrais. — Ela deu uma olhada furtiva para o Toph, que perambulava a uma distância quase ao alcance dos ouvidos, e abaixou a voz: — Acho que é o único motivo para ele ter vindo na viagem. Melhor que passar o verão se lastimando em Austin.

— Austin? Onde fica isso?

— Na parte do Texas que não é feita só de caubóis e barões do petróleo — informou Bridge. — O lema de sua cidade é "Mantenha Austin esquisita". Nós fomos para casa com o Toph nas férias de primavera, e eu fiquei no paraíso dos garotos descolados e dos brechós, e ainda comi os melhores *huevos rancheros* do mundo.

Eu não sabia o que era o tal hue-hue do rancho, mas só fiz "hum" como se soubesse.

— E quanto à Jess, ela está namorando alguém? — perguntei, apesar de ela ser bonita demais para ser o romance tapa-buraco de qualquer um.

— A Jess tem o maior azar com os caras — exclamou Erin. — É como se ela transmitisse algum elemento químico esquisito que só atrai completos fracassados. Seu último namorado roubou seu carro, vendeu e fugiu para Vegas.

Aquilo não fazia nenhum sentido para mim. Se garotas como a Jess não conseguiam encontrar namorados decentes, então que chance o restante de nós tinha?

— Então, Bea, deixou algum garoto de coração partido em Londres? — quis saber Erin.

— Até parece! — exclamei. — Bem, tem o Harry; ele é o meu namorado de mentira.

Aquilo ocupou o restante da curta caminhada até o hostel deles, o meu não romance com o Harry e como ter um namorado de mentira haviam me salvado de todos os garotos com quem a

Ruby teria tentado me fazer ficar, para que pudesse espalhar boatos pela escola sobre como eu era uma piranha.

— Ela realmente parece ser uma completa idiota — meditou Erin, enquanto segurava aberta a porta de um belo prédio de tijolos vermelhos bem às margens do rio.

— Ela é mesmo — concordei entusiasmadamente. — E não sei por que ela age assim.

— É o ensino médio — interrompeu Jess conforme nos alcançava. — É a única época da sua vida em que você vai conhecer um monte de pessoas que são más só porque podem ser. Deus, eu almocei no banheiro das meninas todos os dias durante dois semestres quando estava no décimo ano. — Ela estremeceu com a lembrança. — Tipo, um dia eu acordei com seios e descobri como jogar o cabelo para trás e toda a equipe de líderes de torcida queria me matar.

Como eu disse, vi muitos filmes americanos para adolescentes e todas as vezes eu agradecia a Deus por ter nascido inglesa e nunca ter precisado ser uma atleta de Matemática ou me preocupar em achar um acompanhante para o baile de formatura, então eu podia me solidarizar, ou pelo menos tentar.

— Mas você se vingou sendo eleita Rainha do Baile ou algo assim, certo?

O queixo da Jess caiu como se eu não pudesse estar mais errada, mas aí ela passou o braço em volta dos meus ombros.

— Você é uma gracinha — anunciou em voz alta. — Na verdade, estou pensando em adotá-la. Agora vejamos se podemos conseguir um lugar para você dormir.

Jess estava certa em relação ao domínio da jogada de cabelo. Ela a usou com grande eficiência para o gerente do hostel, que encontrou pessoalmente um colchão de ar para mim, carregou-o três lances de escada acima e o inflou. Apesar de quase não haver espaço no chão em um quarto que já tinha três camas enfiadas, cada uma coberta com uma colcha floral azul-clara realmente horrorosa. Mas era limpo e superbarato. Mais barato ainda depois que o encantado gerente abateu cinco euros da diária e, quando os meninos espiaram o nosso quarto, ele estava afofando os dois travesseiros que encontrara para mim enquanto a Jess sorria e fazia sons encorajadores.

Aaron largou minha mala no chão com um baque, e eu comecei a fuçar atrás da minha *nécessaire* enquanto eles seis se sentavam nas camas e conversavam sobre pessoas que eu não conhecia e lugares que eu nunca havia visitado. Mas eu não me sentia excluída; depois dos dramas de Málaga, era legal estar com seis pessoas que realmente gostavam da companhia umas das outras. E enquanto eu mandava outra mensagem de texto para minha mãe, suave na verdade e parca de detalhes: ESTÁ TUDO BEM, LIGO PARA VOCÊ AMANHÃ, BEIJOS PARA JAMES E OS GÊMEOS E AS AVÓS, eles lançavam comentários para mim.

— Encontramos um lugar que faz os *chocolat com churros* mais incríveis, Bea. Vamos tomar café da manhã lá amanhã.

— Sério, Bea, foi tão engraçado. O vômito dele estava verde-néon. Eu quase mijei nas calças.

Eu me sentei de pernas cruzadas no chão e deixei o som das vozes passar à deriva sobre mim, até minhas pálpebras começarem a cair e eu precisar sufocar meus bocejos. Mesmo tendo dado uma dormida monstra no trem, eu estava pronta para mais sono. Podia sentir outro bocejo vindo e o esforço de tentar sufocá-lo quase deslocou o meu maxilar. Ergui os olhos para ver se meus novos amigos mais velhos, experientes e superdescolados haviam percebido e o Toph viu o meu olhar e sorriu, como se nós fôssemos as duas únicas pessoas no quarto.

— Acho que está na hora de dormir — falou ele, fazendo uma cena para se espreguiçar de cansaço. — Temos de levantar cedo amanhã se quisermos chegar a Marselha à tarde. Principalmente se vamos levar Bea até o aeroporto antes.

— Ah, não precisam fazer isso — disse eu rapidamente. — Posso simplesmente pegar um táxi.

— Então você vai voltar para Londres? — perguntou Toph baixinho, e não havia absolutamente nada em sua expressão que me desse qualquer indicação de como ele se sentia a respeito.

— Você não vai, não é, Bea? — queria saber Erin, e pelo menos ela parecia ligeiramente chateada. — Nós não somos, tipo, a pura definição de divertido?

— Vocês são. Vocês foram ótimos, todos vocês, mas eu provavelmente devia ir para casa — falei com tristeza. Era a coisa sensata a fazer, afinal de contas. E, embora meus novos amigos americanos parecessem legais o suficiente, eu estava começando a perceber que era péssima juíza de caráter. Não havia nada além a fazer: pela manhã eu ia ter que encarar, ligar para a minha mãe e confessar tudo. Ela ia me *matar*.

Capítulo 11

— Bea! Finalmente! Eu estava enlouquecendo. Por que você não tem atendido o telefone quando sua mãe favorita no mundo todo vem tentando ligar para você?

Ela parecia muito feliz em ouvir a minha voz. Muito, muito, muito feliz. Tipo como se só o som dela a estivesse deixando de bom humor.

— Ele estava carregando durante a noite, e eu botei no silencioso para que não me acordasse. Ei, como você está? — perguntei, enquanto balançava as pernas contra o muro no qual sentei e ficava de olho nos outros, que estavam terminando o café da manhã e debruçados sobre uma tabela de horário de trens.

— Esqueça de mim, como *você* está? Bea, o que está acontecendo? — perguntou mamãe bruscamente. — Falei com quatro mães diferentes pelo telefone antes das 7h desta manhã, todas me dizendo que eu venho criando a filha do demônio há 17 anos.

Enviei uma oração silenciosa para os céus antes de me lembrar de que na verdade eu estava do lado certo e Ruby e suas servas estavam até o pescoço do lado errado.

— Ah, meu Deus, elas foram tão más comigo — comecei, e foi bom ter carregado o meu telefone porque contar para a mamãe exatamente o que havia acontecido levou uns bons 15 minutos mais interrupções, que consistiram de "Espere só até eu botar as mãos nelas!" e "Não acredito que a Ayesha tenha sido tão baixa. Eu costumava limpar o nariz dela!".

— Ah, Bea, querida, eu a criei bem — disse mamãe orgulhosamente quando cheguei ao final do caso do quadro-branco. — Mas onde você esteve? As meninas disseram que você desapareceu, e eu entendo que você não quisesse passar outra noite no apartamento, mas você não dormiu ao relento, não é?

— Não, fiquei em um hostel para jovens — falei com sinceridade.

— Boa menina. Agora, não quero que se preocupe, só vá para o aeroporto; James vai arrumar um lugar para você no próximo voo. E nem é uma passagem promocional. Não quero que você cruze com aquelas quatro dondocas e...

— Mamãe, prometa que não vai ficar zangada comigo... — falei hesitantemente.

— Já não estabelecemos que eu não estou zangada com você? Na verdade, estou brilhando de orgulho maternal neste instante. — Ela deu uma risadinha. — Você mostrou para suas arqui-inimigas uma ou duas coisas sobre vingança e até encontrou outro lugar para ficar em Málaga sem ter que dormir ao relento...

— Mas sabe, este é o lance: não estou em Málaga. Estou em Bilbao.

Houve um som esquisito de bufada e então silêncio, portanto não tive opção a não ser continuar:

— Fui para a estação e eu ia direto para o aeroporto, mas aí tive esse impulso muito esquisito de ir a Paris, porém peguei o trem errado, ou eu estava no trem certo, mas tinha que trocar em Madri e peguei no sono, então quando cheguei em Bilbao conheci esses seis garotos americanos...

— O que você quer dizer com garotos? — perguntou mamãe. — Eles estão de férias com os pais?

— Bem, não. Eles estão na universidade e são muito legais. Muito responsáveis. Eles me adotaram, como se de repente eu tivesse seis irmãos mais velhos tomando conta de mim. E é uma coincidência muito engraçada, porque eles também estão planejando ir a Paris.

— Também? *Também?* — A voz da mamãe havia ficado tão estridente que fez meu tímpano reverberar dolorosamente. — Não há "também", porque você não vai a Paris. Você vai para o aeroporto, vai pegar o primeiro avião para Londres, e Deus a ajude quando chegar aqui, mocinha.

— Isto devia ser um incentivo para ir para casa? — soltei. — Que você vai soltar toda a fúria de Deus em cima de mim?

— Nem toque neste assunto, Bea — ameaçou mamãe. — O que deu em você? Não sabe nada sobre essas pessoas. Eles são meninos? São meninos, não são? E você quer ficar toda boba com eles e, quando for ver, já foi longe demais e foi estuprada ou pior! Deus, você é tão ingênua!

— Eu nunca cheguei a dizer que ia a Paris. Eu disse que estava *planejando* ir a Paris.

— Bem, você não está — falou mamãe baixinho. Eu odiava a voz baixa dela. Estava acostumada com seus discursos e desvarios, mas ela só usava a voz baixa quando eu estava em SÉRIOS APUROS, e isso sempre fazia com que arrepios gelados descessem pela minha espinha. — Estou avisando, Bea. Aeroporto. Avião. Casa. Assunto encerrado.

A injustiça daquilo tudo fez a raiva do dia anterior ferver de novo, como se estivesse em fogo baixo esse tempo todo.

— Você nem me perguntou por que eu quero ir a Paris! Eu quero ir encontrar o meu pai, porque talvez ele ache que há mais em mim do que uma garota que vai abaixar as calcinhas assim que um garoto olhar para ela.

— Não seja tão ridícula. Você nem sabe onde ele mora...

— Porque você não me conta! Você não me conta nada sobre ele. Jesus, você nem me deixou ir a Paris por um mísero fim de semana com a Vovó Minor no meu aniversário de 16 anos. É você que é ridícula! — Eu não podia acreditar no que estava saindo da minha boca em um jorro infinito de maldade, o qual fui impotente para conter. Todas as coisas que eu havia remoído silenciosamente, mas nunca ousara verbalizar porque mamãe sempre ficava de cara fechada caso eu perguntasse sobre o meu pai. Ele devia ter realmente aprontado com ela, e, de repente, minha culpa bem afiada bateu e eu estava abrindo a boca para começar a tagarelar desculpas, mas mamãe chegou primeiro:

— Não quero falar sobre ele. Nem agora. Nem nunca. E eu certamente não vou lhe contar nada sobre ele para que você possa ir vagabundear em Paris com um bando de garotos de 20 e poucos anos que vão despejar álcool pela sua goela abaixo e se aproveitar de você. Mal consigo pensar a respeito.

— Eles não são nem um pouco assim! Por que você sempre tem que pensar o pior de todo mundo? — quis saber eu.

Ela fungou, e mamãe podia botar vários dicionários dentro de uma de suas fungadas.

— Você é crédula demais. Quero dizer, você achou que a Ruby era sua melhor amiga, e veja como isso acabou.

Às vezes discutir com a mamãe não era como discutir com um adulto. Era como discutir com alguém que não era realmente muito mais velha que eu no geral. Ela realmente não tinha os talentos de adulto que as avós tinham, o que significava que jogava sujo, e, neste momento, estava me irritando muito, enormemente.

— Eu vou a Paris, e não há nada que você possa fazer a respeito! — afirmei, o que não era a melhor coisa para dizer quando eu estava tentando mostrar o quanto era madura. — Tenho 17 anos, posso fazer o que quiser!

Houve cuspidas. Eu nem consegui distinguir palavras de verdade até mamãe gritar:

— Ah, meu Deus, você está de castigo.

Se estivéssemos no mesmo aposento, a discussão teria esfriado quando nós duas começássemos a rir, mas eu estava na Espanha e ela estava na Inglaterra, e não podia exatamente me botar de castigo quando eu estava a 950 quilômetros de distância.

— Que se *dane* — vociferei e desliguei. Aí desliguei o telefone para ela não poder me ligar e marchei até onde os outros estavam esperando.

— Está tudo bem? — perguntou Erin, provavelmente porque meu rosto estava mais vermelho do que jamais, jamais estivera, o que dizia muito.

— Tudo — falei, tentando fazer meus músculos faciais relaxarem para eu poder aliviar a careta furiosa. — Na verdade, está tudo ótimo. Falei com a minha mãe e vou a Paris com vocês.

— Sério? — Jess arqueou uma das sobrancelhas, um gesto que ela provavelmente havia dominado depois de tirar dez na jogada de cabelo. — Porque a certa altura você parecia prestes a jogar seu telefone dentro da água.

Fui salva de ter de responder pelo Toph, que passou o braço pelos meus ombros. Eu podia sentir o cheiro do chocolate dos *churros* que ele comera no café da manhã; a doçura contrabalançada pelo cheiro de maresia que pairava no ar. O corpo do Toph pressionava o meu, e eu tinha certeza de que agora apresentava vergões nas bochechas enquanto ele me espremia entusiasmadamente.

— É claro que a Bea vai com a gente. Tipo, havia alguma dúvida?

Eu nunca havia ficado tão fisicamente perto de nenhuma das minhas paixonites antes, e o Toph agora era oficialmente uma paixonite. Na verdade, ele pode ter sido o rei de todas as minhas paixonites, e minhas paixonites prévias haviam sido apenas testes que levavam a este ponto, onde eu estava desmaiando com a proximidade do Toph.

Ou então era efeito das três xícaras de *espresso* que eu havia engolido para me fortificar antes de ligar para a minha mãe.

Mochilar pela Europa não era como estar de férias com os meus pais, quando eu sempre tinha de seguir um itinerário detalhado que levava em conta os horários de comer e dormir dos gêmeos.

Ou ter de fazer inúmeras paradas para ir ao banheiro, já que a Vovó Major não podia nem olhar para uma massa de água sem precisar fazer xixi.

Isso tinha um clima muito mais relaxado. Nós perambulamos lentamente até a estação para pegar o trem para Marselha, pausando para podermos olhar as vitrines. Até chegamos a parar completamente quando vimos um grupo de freiras caminhar pela praça do mercado. Elas pareciam um exército de pinguins, seus véus brancos como a neve contra o negro de seus hábitos, e Bridget queria tirar fotos e Erin queria comprar pêssegos e cerejas para levarmos conosco na viagem e, no final, perambular virou correr a uma velocidade capaz de quebrar o pescoço para chegar à estação.

Descobri que eu não era realmente moldada para o clima relaxado. Os outros caíram, rindo, nos primeiros assentos que vimos quando entramos no trem, apesar de eu ter quase certeza de que estávamos em um vagão da primeira classe. Fiquei de pé e tentei não ter um infarto relacionado ao estresse.

— Estamos no trem certo, não é? — perguntei ansiosamente quando consegui falar de novo.

— Sim, é claro que estamos — disse Michael. Aí ele deu de ombros expressivamente. — Bem, provavelmente estamos e, mesmo se não estivermos, qual é o prejuízo?

— Mas a que horas vocês precisam fazer o check-in no hostel em Marselha? Porque provavelmente vão ter que pagar uma taxa de cancelamento se não aparecermos e...

— Bea, querida, você precisa aprender a relaxar. — Erin riu, me puxando para o assento ao seu lado. — Nós não reservamos um hostel porque não sabíamos quando íamos chegar a Marselha. Mas vai ficar tudo bem. Sempre encontramos algum lugar para ficar.

— É, e na maioria das vezes eles não têm baratas — acrescentou Toph em seu estilo arrastado e tranquilo, o que me fez lembrar do modo como o mel quente pingava lentamente das costas da colher quando eu estava fazendo bolos. Ele franziu as sobrancelhas quando viu a expressão horrorizada no meu rosto. — Era uma piada o negócio das baratas. Deus, você é a adolescente mais ansiosa que eu já conheci.

— Não consigo evitar ser ansiosa — falei, com só um pouquinho de irritação. — Está marcado no meu DNA.

Isso só fez com que todos eles rissem mais, e eu tive um flashback de Málaga e de como eu nem havia percebido que estava sendo alvo de bullying, até que a Erin bagunçou meu cabelo e beijou minha bochecha, e percebi que eles estavam rindo comigo. Tudo bem, eu não estava realmente rindo, estava fazendo bico, até minha boca arquear em um sorriso hesitante.

— Sério, vocês têm que ser gentis comigo — insisti, apoiando os pés em cima da minha mala, que havia sido abandonada no meio do vagão. — Tive experiências nas últimas 48 horas que vão exigir terapia até eu completar 90 anos.

Nós passamos a viagem de quatro horas botando nossos iPods na mesa e aí pegando um aleatoriamente para ouvir. Infelizmente, eu escolhi o do Michael, que tinha muita batida e muito pouca melodia. Tive um momento de puro pânico quando me lembrei de que havia um disco dos Jonas Brothers escondido em algum lugar na minha lista, especialmente quando o Toph se inclinou por cima da mesa e deu um tapinha no meu joelho.

— Este é o seu — declarou ele, virando-o para que eu pudesse ver onde o James tinha mandado gravar o meu nome.

— Sim? — falei, pronta para negar qualquer conhecimento de alguma música cantada por irmãos tementes a Deus e que não faziam sexo.

— Estou curtindo o pop francês dos anos 1960, pode fazer um CD para mim quando chegar em casa?

Balancei a cabeça avidamente. O fato de que eu nunca iria para casa era só uma questão técnica.

— Você devia ouvir *Baby pop*, da Frances Gall; ela é meio estridente, mas as músicas são muito boas.

— Sabe, é óbvio que você é metade francesa. Você tem um jeito assim. — Toph inclinou a cabeça e olhou para mim intensamente, enquanto eu me contorcia por dentro e esperava parecer inescrutável a olho nu. — É difícil expressar em palavras. Eu diria que é *je ne sais quoi*, mas isso seria muito caído, e é a única coisa em francês que eu sei.

— Na verdade, vai ser ótimo estar na França com alguém que fala o idioma — comentou Aaron, sorrindo para mim.

Olhei para ele inexpressivamente.

— Hein?

— Você fala francês, certo? Deve ser fluente, com o seu pai e tudo o mais.

— Não sou fluente. Nem um pouco, e estou muito, muito enferrujada — tagarelei porque não sabia falar francês. Não como é falado pelos franceses.

Mas eles acharam que era só uma modéstia envergonhada e, quando cruzamos a fronteira e um guarda da alfândega francesa entrou no vagão para verificar nossos passaportes e eu gaguejei "*Monsieur, un moment, s'il vous plaît*" quando ele começou a inflar as narinas e demonstrar impaciência enquanto eu procurava meu passaporte, eles todos olharam para mim como se eu tivesse acabado de recitar *A obra completa de William Shakespeare en Français*.

Chegamos a Marselha no meio da tarde. Estava um calor escaldante mesmo dentro da estação, e, antes que eu pudesse me localizar e tirar um momento para saborear a sensação de que estava finalmente na França (*France!*), Bridget deu um gritinho entusiasmado.

— Bea! Olhe! É o Centro de Informação ao Turista — disse ela, apontando para uma placa azul e branca. — Pergunte se há algum hostel com quartos disponíveis por menos de 25 euros por noite.

— Mas...

— É! Você pode perguntar a eles em francês, e aí eles não vão achar que nós somos um bando de turistas americanos feios e tentar nos roubar — falou Jess com a mão não-tão-gentil no meu cóccix para me empurrar para a frente. — Um quarto para as meninas e um quarto para os meninos e um banheiro privativo seria ótimo. Devo ir com você?

— Não! — gani, içando a minha mala e partindo a grande velocidade. — Eu os encontro debaixo daquele relógio grande.

Havia uma longa fila e, após dez minutos de ansiedade, eu andei até o primeiro guichê disponível, respirei fundo e soltei:

— *Je voudrais deux chambres avec en suite pour trois garçons et quatre filles.*

O homem do outro lado do guichê sorriu tristemente.

— O seu sotaque é muito bom, *ma chère,* mas vamos fazer isto em inglês?

Aquela foi a minha primeira aula prática. Um pouco de esforço ajudava muito, muito, e os franceses tinham tanto orgulho de seu idioma que se você pelo menos tentasse falar francês, em vez de deixar a música falar, eles também faziam um esforço.

Aí voltei calmamente até os outros com os detalhes de um hotelzinho bem ao lado da marina por 23 euros por noite. No hotel foi a mesma história. Eu falei francês muito mal e muito rápido e, depois de sorrir orgulhosamente para mim por ter feito uma tentativa, a recepcionista passou para o inglês.

Aconteceu de novo quando saímos para jantar. Pedir pizza em francês era, tipo, a coisa mais fácil do mundo. Porque pizza *quattro formaggio* é igual em qualquer idioma, e então eu só enfiei muitos *s'il vous plaît* e *mercis* e *deux bouteilles de vin rouge.*

O esquisito era que, quanto mais eu precisava falar francês, até mesmo um francês muito ruim, mais fazia sentido. Tipo, eu estava pensando no que queria dizer e traduzindo na minha cabeça quase como um reflexo e achei que, se ficasse na França por mais duas semanas, estaria tagarelando fluentemente em francês. Eu não tinha fugido, estava tendo uma experiência educacional e uma imersão na cultura francesa.

Capítulo 12

Ao final do nosso segundo dia em Marselha, eu estava adorando minha experiência educacional e imersão na cultura francesa. Bebi muito café, comi toneladas de pão francês e queijo e passei cada momento acordada vendo os pontos turísticos. Eu estava começando a achar que toda cidade na Europa tinha um cais em funcionamento, uma cidade velha e pelo menos uma catedral.

Depois de passar a tarde no Parc Borely para visitar o museu de arte e alugar barcos a remo, eu estava começando a me cansar. Deitei de pernas abertas na grama, olhando para o céu, que parecia tão mais azul que o céu inglês, e tentei não gemer quando Aaron e Michael anunciaram que ainda dava tempo de visitar o Musee des Docks Romains.

— Ele tem destroços de navios!

Tive um sobressalto quando Toph e Jess se juntaram a mim, um de cada lado.

— Ei, Bea, o que está fazendo? — perguntou Jess.

Fechei os olhos.

— Toda vez que eu inspiro e expiro, meus pés latejam no ritmo da minha respiração. Isto é esquisito, não é?

— Então, esse museu... — incitou Toph: — Pode ser bom de uma forma *Piratas do Caribe*.

— Não vai ser — disse Jess, concisa. — Li a respeito no guia, onde vi as palavras "potes de armazenagem de grãos". Não um oceano para olhar potes de armazenagem de grãos. E não fomos nenhuma vez a uma boate desde que chegamos na França.

— Você quer dizer *les discothèques* — observei, porque era legal não ser ridicularizada por inserir palavras francesas aleatórias nas frases. Além disso, qualquer *parlez vousando Français* que eu fazia me rendia mais olhares de admiração do Toph, o que era mais viciante que KitKats de manteiga de amendoim.

— Então eu quero ir à *le discothèque* — falou Jess, estalando os dedos para Erin, que estava tirando fotos dos veleiros no lago. — Erin! Nós vamos *le discothècar* hoje à noite. Devemos voltar para o hotel e tirar uma soneca para a *discothèque*?

— Vocês não querem ir ao museu dos destroços de navios? — perguntou Michael, rabugento, quando começamos a recolher o lixo do nosso piquenique no almoço.

— Deus, não — gritou Bridget, dando um soco de mentira no braço do Michael quando ele fez beicinho. — Nós vamos voltar para a cidade. Erin, ainda quer que eu faça as suas luzes?

— Eu não sabia que a Erin tinha luzes no cabelo — disse eu, apertando os olhos para sua cabeça loura e brilhante enquanto ela assentia entusiasmadamente em concordância com o plano de Bridget. — Achei que o sol tivesse feito isso.

— Não, foi tudo obra minha. — Bridget deu um sorriso largo. Ela veio sentar ao meu lado e passou os dedos nas pontas do meu cabelo. — É lindo e grosso, mas podia melhorar com um corte.

Mamãe havia me advertido contra os tratamentos para cabelo do tipo faça-você-mesmo, me contando sobre quando tinha 15 anos e convenceu sua melhor amiga, Claire, a descolorir seu cabelo e fazer um penteado arrepiado, e aí me mostrou as provas fotográficas da peruca laranja néon espetada como resultado.

— Bem, não sei bem se...

— Ah, por favor, amiga — pediu Bridget, e agora era a minha vez de tomar um soco de mentira no braço. — Minha mãe tem um salão. Eu venho mexendo com cabelo desde que tinha 13 anos e, diferentemente desses pobres fracassados que têm que se sustentar durante a faculdade com um emprego em um call center, trabalho meio expediente em um dos melhores salões de Phoenix.

— Bem, eu sempre quis algum tchã no meu cabelo — confidenciei, enquanto Toph revirava os olhos e ficava de pé, resmungando alguma coisa sobre "papo de menina". — Ele só fica caído ali. Gosto muito daqueles cabelos chanel exagerados dos anos 1960, onde são bem curtos atrás e mais compridos na frente...

— E iria emoldurar o seu rosto — entusiasmou-se Bridget, ajoelhando-se na minha frente para poder botar a lateral das mãos nas minhas bochechas. — E aí talvez umas luzes muito sutis para dar um pouco de profundidade e textura. Vai ficar sensacional.

— Então vocês definitivamente vão cair fora do museu dos destroços? — perguntou Aaron conforme pegávamos nossas bolsas e partíamos decididas; Bridget tagarelando sobre encontrar um supermercado para que pudesse comprar papel-alumínio.

Bridget empunhava sua tesoura como um podão de jardinagem e disse que o modelaria depois que tivesse feito as luzes.

Eu estava sentada no banheiro em uma cadeira de madeira que havíamos pegado emprestada na Recepção, com as costas para o espelho porque não tinha permissão para ver que diabos Bridget estava realizando até ela acabar.

— Esta careta que você está fazendo está me dando engulhos — resmungou Bridget ameaçadoramente enquanto dividia meu cabelo em mechas, cobria-as com uma gororoba com cheiro acre e então as dobrava em tiras de papel alumínio.

— Desculpe — balbuciei e mostrei os dentes no que deveria ser um sorriso relaxado.

Enquanto eu esperava que a cor abrisse, fiquei olhando Bridget aparar o cabelo da Erin, o que me acalmou porque ela cortava adequadamente entre os dedos com cliques rápidos da tesoura e, quando finalmente estava debruçada por cima da banheira tendo a tinta removida, eu me sentia animada para ter um corte sexy dos anos 1960 e possivelmente entrar na *le discothèque* sem precisar mentir sobre a minha idade.

Toph entrou enquanto Bridget estava me mostrando como secar o cabelo com secador com uma escova redonda grande e muita mousse para dar volume, para que eu pudesse ter o cabelo ligeiramente alto sem arrepiar com o pente, o que, segundo Bridget, levaria a pontas duplas e não seria nada de bom.

— Eu trouxe mantimentos — falou ele, segurando altivo um saco do Burger King. — Vocês estão demorando tanto que não vamos ter tempo de comer antes de sair.

— Leva esse tempo todo para ficar tão bonita assim — informou Jess arrogantemente a ele enquanto passava um iluminador nas maçãs do rosto. — E é melhor você ter se lembrado de trazer ketchup extra.

— Você sabe que condimentos não são um grupo alimentar por si só, não é? — perguntou Toph enquanto se apoiava no vão da porta com um sorriso manhoso, como se não gostasse de nada mais além de implicar com a Jess.

Eu tentei me virar para ver se estavam realmente brincando porque a Bridget estava bloqueando o espelho de novo, mas ela bateu com o cabo da escova no meu ombro.

— Fique parada — exigiu enquanto puxava as pontas da parte da frente do meu cabelo para ver se estavam iguais. Ela cortou cuidadosamente uma das duas, as alinhou de novo e deu um passo para trás. — Meu trabalho aqui está terminado.

Antes mesmo que eu pudesse levantar a cabeça e olhar para cima, o Toph deu um assobio longo e baixo. O tipo de assobio que eu sempre ouvira outras garotas receberem.

— Bea... Você está... Uau!

— Você fez o Toph ficar sem palavras. — Erin riu enquanto fuçava o saco do Burger King.

Olhei admirada para mim mesma no espelho. Eu podia ver uma sombra, um vislumbre de como eu poderia ficar quando fosse mais velha. Meu cabelo fazia uma curva contra as minhas bochechas, dando definição a elas e fazendo meus olhos parecerem maiores. Virei a cabeça experimentalmente para ver a cobertura lisa de cabelo terminando em ponta na direção do meu pescoço e, quando girei um pouco os ombros, meu cabelo se abriu e voltou a descansar exatamente onde estivera antes. Sacudi a cabeça de novo de forma que cintilasse sob a luz fluorescente e pude ver os reflexos sutis que Bridget havia me dado...

— A Bea também está sem palavras — falou Bridget, e parecia satisfeita.

— Eu *amei* — comentei ofegante. — Não sabia que o meu cabelo podia fazer isto ou que eu podia ter esta aparência... Até as minhas sardas parecem glamourosas. Mal posso esperar para passar o meu delineador líquido!

Eu ainda olhava no espelho, me pavoneando, na verdade, quando meu olhar mudou para onde o Toph ainda estava, no vão da porta do banheiro. Nossos olhos se encontraram e eu comecei a sorrir até ver a forma como ele me observava; exatamente da mesma forma com que Erin olhava para suas batatas fritas enquanto ela delicadamente lambia os dedos e então selecionava a maior. Levando-se em conta que eu estava usando meus jeans mais velhos, cortados logo acima dos joelhos naquela manhã, minha camiseta do *Herald Tribune* (igual à que Jean Seberg usou em *Acossado*) e uma toalha manchada de tinta, era um pequeno milagre.

Mas depois, quando nós quatro descemos as escadas até o saguão onde os meninos estavam esperando, Toph mal olhou para mim, apesar de o meu delineador líquido ter ficado perfeito para variar e de eu estar usando um vestidinho preto que a Jess havia me emprestado. Ela era dona de muito mais no quesito peitos que eu, então tive de apertá-lo na cintura com uma echarpe de seda com estampa geométrica que havia surrupiado da Vovó Major, e estava usando chinelos porque meus pés ainda latejavam, mas achei que o efeito geral era chique. De uma maneira *insouciant*, que significava relaxada em francês, e havia acrescentado um pouco do batom vermelho vivo da Bridget. Na verdade, eu estava mais sexy do que jamais estivera ou estaria de novo na vida, mas os olhos do Toph me varreram de cima a baixo e aí ele grunhiu uma vez antes de marchar pelo saguão e sair pela porta da frente. A dispensada do Toph conseguiu esvaziar a minha euforia e me deixou com uma sensação de um grande mau agouro: da última vez em que eu recebera mensagens tão confusas de alguém havia acabado muito, muito, muito mal. Eu não podia passar por isso de novo tão pouco tempo depois...

— Vamos, não precisa ficar com uma cara tão nervosa, fique comigo esta noite — falou Jess, passando o braço pelo meu. Jess estava usando jeans justos, uma blusinha de algodão e saltos altos como um arranha-céu, mas fazia tudo parecer *haute couture*, e quando entramos em uma boate chamada Le Beatnik, todas as cabeças se viraram na direção dela enquanto ela atravessava a pista de dança, me levando no seu rastro, como se fosse uma passarela em Paris.

— Hum, vamos comprar uma bebida? — gritei em seu ouvido, por cima da batida de uma música tecno muito ruim.

— Bea, nós não compramos bebidas — disse Jess tristemente, parando bem no meio da pista de dança.

— Ah, eu posso pagar uma rodada. Sem problema — falei, já procurando a bolsa, mas a Jess botou a mão no meu braço.

— Não, nós não pagamos por bebidas. Não quando há uma boate cheia de homens para pagá-las para nós — disse Jess espertamente. Ela me puxou para perto. Só faça exatamente o que eu fizer. Vou lhe ensinar a Jogada de Cabelo para principiantes.

No final, deixei a jogada de cabelo para a Jess porque ela era a especialista e eu parecia estar sacudindo a cabeça. Ela jogava a cabeça para trás e aí passava a mão pelo cabelo "como se fosse um lençol de seda na cama do meu amante", ela me informou.

— A minha tia tinha um velho livro dos anos 1970 sobre como conquistar um homem, ele me ensinou tudo o que sei.

A jogada de cabelo definitivamente estava funcionando. Eu espiava cautelosamente várias figuras em forma de homem nos circundando na pista de dança quando Jess de repente colocou o braço em volta da minha cintura e começou a se esfregar em mim.

— Qual é, me ajude — sussurrou ela no meu ouvido. — Duas garotas dançando de maneira sexy sempre dá certo.

Os homens eram realmente idiotas, eu concluí, porque quando comecei a dar uns passinhos desanimados para o lado e a rebolar no ritmo da música, dois deles se separaram do rebanho e começaram a dançar do nosso lado. O mais perto de mim me olhou nos olhos, sorriu e então escorregou mais para perto. Eu o ignorei claramente e torci para que Jess parasse de se esfregar em mim, quando ele se inclinou ainda mais para perto e gritou algo para mim.

— O quê? — berrei de volta.

— O que ele está dizendo? — quis saber Jess.

— Não faço ideia — disse eu. — Acho que ele é alemão. E definitivamente não faz o meu tipo.

Eu sabia que ele não fazia o meu tipo porque estava usando um par de shorts com meias e tênis (e nem eram tênis maneiros), e era pelo menos 15 anos mais velho que eu. Aí ele fez um gesto de segurar uma bebida perto da boca. Jess me cutucou nas costelas.

— Ponto — disse ela.

Nós seguimos o cara malvestido e possivelmente alemão até o bar. Houve muitos sorrisos e gente apontando.

— Klaus — falou ele orgulhosamente.

Jess deu uma risadinha e apontou para mim.

— Mary-Kate — disse ela, e apontou para si mesma. — Ashley.

Eu também comecei a rir, o que foi a deixa para que o Klaus pegasse a minha mão e a beijasse, o que me fez rir mesmo enquanto estremecia de nojo. Os gestos dele eram tão antiquados quanto suas roupas. Aí ele fez um gesto para o bar e falou:

— Bebida?

A Jess já estava pedindo um Cosmo e eu achei que uma bebida não ia fazer mal. Depois eu podia ficar só na água. Olhei para a coleção de garrafas atrás do bar: havia tantas para escolher.

— Vodca-martíni — falei decididamente porque era algo que as mulheres pediam em filmes preto e branco e sempre vinha com azeitonas em um copo raso em forma de cone. Eu não era muito fã de azeitonas, mas quando finalmente tinha conseguido comer meu cheesebúrger e fritas eles estavam frios e duros e eu estava com muita fome. Acabou que eu também não era muito fã de vodca-martíni, principalmente quando vinha em um copo de plástico sem gelo. Mas a Jess estava olhando aprovadoramente para mim e, apesar de o primeiro gole ter feito minha língua se encolher dentro da boca, dei um gole experimental.

— Vire de uma vez só, garota — sussurrou Jess, seu sorriso fixo começando a parecer meio maníaco. — Klaus não cheira muito bem quando você está na direção do vento e temos peixes muito mais bonitos para pegar.

Klaus pareceu muito ofendido quando Jess e eu batemos nossos copos vazios no balcão, encolhemos os ombros e nos afastamos devagar. Fomos engolidas pela multidão ondulante e suada na pista de dança antes que ele pudesse gritar conosco em alemão e, agora que eu tinha uma bebida no organismo, era mais fácil sacudir meus quadris ao ritmo da música.

A noite toda parecia um ciclo repetitivo de danças sugestivas com a Jess, chamar a atenção de algum cara mais velho malvestido que não falava uma palavra de inglês ou francês, segui-lo até o bar, deixá-lo pagar um drinque para cada uma, rir um pouco e então executar uma fuga furtiva quando ele não estava olhando. Meu plano de ficar na água fora completamente tirado dos trilhos pela Jess, que disse que estávamos de férias e merecíamos um pouco de diversão depois de olharmos igrejas antigas o dia inteiro. Além disso, nunca mais veríamos nenhum desses homens de novo e era bem feito para eles por ficarem bancando os tarados com garotas jovens quando deviam estar enfiados na cama com um bom livro.

Ela disse tudo aquilo enquanto estávamos fazendo um pequeno reagrupamento e nos maquiando no banheiro das meninas, e ela também cedeu e me deixou beber uma garrafa de água porque, apesar de a Jess estar me encorajando a rebolar e me esfregar sugestivamente em sua bunda para atrair homens inocentes para o nosso lado, ela estava fazendo isso de uma maneira responsável.

— Os homens são uns idiotas — confidenciou ela enquanto abríamos caminho com os cotovelos pelo meio de uma multidão de garotas bronzeadas, todas se atropelando por um lugar na frente do espelho. — Eles só veem peitos e bunda e nada no meio.

— Mas o Toph não é assim... — protestei. — Ou Aaron e Michael.

— É porque são garotos que são amigos. Acredite, se estivessem tentando se dar bem com você, seriam iguais a qualquer tarado aqui.

Eu não concordava exatamente com o resumo significativo da Jess sobre a merda geral do gênero masculino, mas era difícil pensar em um contra-argumento quando eu estava vendo o mundo sob um foco suave, como se alguém tivesse passado vaselina nele.

— Acho que estou muito bêbada — falei para a Jess, que olhou para o meu rosto, limpou um borrão de rímel com o polegar e me disse que o próximo cara que pegássemos ia comprar amendoim para mim.

O cara seguinte não me pagou amendoins, só mais uma vodca-martíni, que estava começando a ficar mais gostosa a cada copo e, quando voltamos para a pista de dança, eu decidi que queria dançar de verdade. Sozinha, com meus olhos fechados, assim, se algum homem nojento estivesse tentando dar em cima de mim, eu não ficaria sabendo.

— Vou deixá-la dançar por dez minutos — decidiu Jess magnanimamente. — Estou precisando de um descanso.

Jess se afastou e eu tive um momento de pânico quando percebi que estava sozinha, até ver Toph de pé na beira da pista de dança. Eu acenei. Ele não acenou de volta, mas estava bem escuro lá dentro.

Abri caminho pelo meio das pessoas que dançavam para chegar ao lado dele. Toph estava apoiado na parede e ergueu as sobrancelhas quando me aproximei, como se não estivesse superfeliz em me ver, mas fosse me escutar. Eu não sabia por que de repente ele parecia tão distante e isso me fez ficar com a língua presa até mesmo antes de abrir a boca.

— Está se divertindo? — berrei.

— Não, na verdade não — respondeu Toph, mal levantando a voz, portanto a única forma de eu o escutar era ficando na ponta dos pés e segurando firme em seu braço para me equilibrar.

— Eu sei que a música é meio caída, mas é divertida para dançar — insisti frente ao encorajamento zero. — Venha dançar comigo.

Toph sacudiu a cabeça.

— Eu não danço.

— Bem, beba alguma coisa. Beba muita coisa, aí você vai esquecer que não dança. — Eu sorri conspiratoriamente e esperava que Toph sorrisse de volta, mas ele apenas me encarou com um rosto completamente inflexível, então dei um passo vacilante para trás, a mágoa subindo dentro de mim porque eu estava tendo um *flashback* de todas as vezes em que ultrapassei o limite com Ruby e ela me comunicara que não estava nada satisfeita.

— E o quanto você bebeu? — perguntou Toph de repente, me empurrando para longe da parede e olhando intensamente para mim como se estivesse prestes a sacar um bafômetro.

— Hum, nem tanto assim...

— Bea! Eu quero saber se você vai dançar. — Dois braços abraçaram a minha cintura e Jess respirou pesadamente no meu pescoço. — Venha, vadia. Ponha seus sapatos de dança.

Fui arrastada para longe pela Jess antes que tivesse tempo de pensar e, na verdade, mesmo receber cantadas de homens mais velhos era melhor que ter Toph me tratando como se eu tivesse uma doença.

De qualquer maneira, quando Jess não estava à caça de homens para pagar bebidas para nós, ela era uma dançarina hilária. Quando mais um sucesso do passado começou a tocar, ela começou a fazer passos de aeróbica com as bochechas infladas. Aí, tentou fazer uns polichinelos e quase caiu. Dava para entender por que ela nunca tentara entrar para a equipe de líderes de torcida.

— Vamos lá, Bea — gritou ela. — Trabalhe esses quadríceps!

Afastei-me rapidamente da Jess, só para pisar no pé de alguém. Ergui os olhos e vi o rosto divertido de um garoto que certamente não era um coroa tarado, e gaguejei um pedido de desculpas.

Ele me disse algo em espanhol e eu encolhi os ombros e franzi as sobrancelhas na língua universal para "Desculpe, não faço ideia do que você está falando".

E foi a coisa mais estranha, apesar de não haver Ruby para me empurrar na direção dele e da Jess estar ocupada demais com seus polichinelos para prestar qualquer atenção, dentro de mais dois compassos da música, o garoto espanhol e eu estávamos dançando juntos. Quando a música acabou, nós sorrimos um para o outro, paramos tempo suficiente para perceber que a música seguinte era uma droga e saímos juntos da pista de dança, Jess atrás de nós perguntando:

— Ei, você vai pagar uma bebida para a gente ou o quê?

Enquanto pagávamos por nossas próprias bebidas, o garoto espanhol e eu descobrimos que nós dois falávamos francês muito mal. O nome dele era Iban e ele tinha um amigo, Santio, que era bonito o bastante, de um jeito meio dançarino de salão, para deixar a Jess feliz. Iban era bem bonito para um menino. Ele era baixinho, não muito mais alto que eu, mas tinha o cabelo cortado rente e olhos escuros e expressivos e um sorriso doce. Dividimos uma tigela de amendoins e conversamos em ritmo de Primeiro Ano de Francês.

— *Je m'appelle Bea. J'habite dans Londres et je sui sur mes vacances avec mes amies nouvelles.*

— *Je m'appelle Iban et je travail dans le restaurant Espagnol dans Marseilles.*

Estava barulhento demais para conversar perto da pista de dança, então Iban pegou a minha mão de uma maneira muito imperiosa, o que me deu um calafrio, embora minhas mãos estivessem suando. Subimos umas escadas até uma sala com sofás onde encontramos Erin e Bridget. Do outro lado, Aaron e Michael estavam conversando entusiasmadamente com duas louras idênticas com o cabelo todo de trancinhas, o que parecia muito doloroso.

— Bea! Ei, Bea! — gritou Erin, segurando o meu braço. — Onde você esteve, Bea?

— Dançando, bebendo, jogando os cabelos para trás — expliquei, me apoiando no Iban porque ficar de pé sem ajuda era muito difícil. Iban não pareceu se importar, ele deu um apertãozinho solidário no meu ombro.

— Você está bêbada! — arfou Erin, juntando as mãos de prazer. — Eu também. Não é ótimo?

Pensei na pergunta durante muito, muito tempo.

— É ótimo — concluí. — Mas é bem difícil ficar de pé e conversar com você, Erin, então vou me sentar com o Iban. Além disso, quando eu falo, parece que a minha voz está vindo de debaixo de água.

— Ah, meu Deus, a minha também! — exclamou Erin, cutucando Bridget, que não parecia muito impressionada.

Na verdade, ela estava olhando para o Iban desconfiadamente enquanto nos empoleirávamos na ponta do sofá do Aaron e do Michael, ambos fazendo sinal de positivo com os polegares para mim.

— Gêmeas — falou um deles, apesar de eu não me lembrar qual dos dois foi. — Gêmeas suecas!

Não havia muito espaço, então Iban e eu ficamos espremidos juntos, coxa com coxa, enquanto conversávamos. Eu não fazia ideia de sobre o que estávamos falando e, a certa altura, acho que ele só estava falando espanhol com sotaque francês. Eu sei que eu estava só enfiando "*las*" e "*les*" na frente de todas as minhas palavras em inglês para fazer com que parecesse ser francês. Não tinha importância; nossas bocas estavam dizendo uma coisa, mas nossas mãos eram fluentes na linguagem do amor. Eu estava alisando o cabelo curto do Iban havia tanto tempo que as pontas dos meus dedos haviam ficado dormentes e ele estava com uma das mãos no meu queixo para poder virar a minha cabeça a fim de olhar mais profundamente nos meus olhos, enquanto a outra mão acariciava meu joelho esquerdo.

Nossos rostos estavam ficando cada vez mais próximos, então logo tudo que eu precisava fazer era um beicinho e nós iríamos nos beijar. Totalmente. Assim que pensei nisso, cheguei a cabeça alguns centímetros para trás para poder avaliar enquanto tagarelava para Iban sobre "*le Pilates etait moi très, très flexível?*". Havia lugares piores para dar meu primeiro beijo e meninos piores para fazerem as honras. Eu estava na maldita França, meu cabelo estava incrível e Iban era bonito, atencioso e tinha altos padrões de cuidados pessoais. Uma parte de mim queria esperar até eu chegar em Paris, mas aquilo poderia ser o melhor que iria acontecer.

Minha decisão estava tomada. Mudei de posição no sofá para que o Iban ficasse à distância do beicinho novamente.

— *Tu es muy bella* — falou Iban roucamente no meu ouvido, e eu me preparei para fazer beicinho...

— Bea! Seus dez minutos acabaram. Eu preciso de outra bebida. — Ouvi Jess reclamar subitamente e, quando virei a cabeça, ela estava agachada na nossa frente. — Venha, vamos voltar para a pista de dança.

A mão do Iban apertou meu joelho com mais força porque era óbvio que Jess queria me arrastar para longe das delícias da boca dele.

— Estou legal aqui — disse eu. — O que houve com o Santio?

— Ele não quis pagar uma bebida para mim e agora está dando em cima de uma vadia com um tubo fluorescente. É tão 2005 — desdenhou Jess, dando um tapa na mão do Iban para tirá-la do meu joelho. — Tire suas patas daí, menino espanhol!

— Deixe o Iban em paz — reclamei, porque os olhos do Iban agora estavam brilhando de irritação e ele resmungava baixinho em espanhol.

— Mas, Bea, eu preciso de você — implorou Jess. — Você é tão jovem e de aparência tão tenra que os coroas tarados com muita grana não podem resistir a você. Venha, eu vou...

— Você está usando a Bea como isca para arrumar cerveja? — disse uma voz zangada, e agora Toph estava de pé por cima de nós, parecendo alarmantemente como o James na vez em que ele me flagrou olhando websites que eu não devia estar olhando de jeito nenhum.

— Eu nunca faria algo assim — arfou Jess indignada, levantando-se lentamente para poder botar as mãos nos quadris e encarar Toph, que olhava ceticamente para ela. — Faria, Bea?

— É claro que não — falei rapidamente, porque as garotas tinham de se unir e, além de estar me usando como isca para arrumar cerveja, a Jess estivera me dando montes de dicas práticas para ganhar garotos, o que foi muito útil. Eu me virei para o Iban, que ainda resmungava emburrado, e fiquei olhando para sua boca até ele sorrir para mim e ficar com aquele olhar sensível de novo. Ficar bêbada não era genial nem particularmente inteligente, mas realmente fez surgir esse lado coquete e confiante em mim que eu não sabia existir de fato. — Certo, ótimo, fico feliz que tenhamos esclarecido isto. — Eu nem me dei o trabalho de virar a cabeça para olhar para Jess e Toph. — Agora, saiam daqui.

— Eu a vi da sacada o tempo inteiro, Jess... — começou Toph furiosamente, aí fez uma pausa. — A Bea está bêbada e um cara que nenhum de nós conhece está com as mãos em cima dela toda.

— Humm, diga, *bonjour de mes amies* — disse eu ao Iban, mas ele já estava tirando suas mãos desconhecidas de mim para poder ficar de pé bem na cara do Toph e começar a cuspir grandes gotas de espanhol em cima dele. Toph obviamente não gostou do que estava ouvindo porque empurrou Iban para longe e então Iban empurrou Toph e foi empurrão, empurrão, empurrão até dar para ver que eles estavam a um empurrão de cair no chão.

— Eles estão brigando por sua causa — disse Jess alegremente, sentando-se no lugar que Iban acabara de vagar. — Eu sempre quis ter dois garotos brigando por minha causa.

Iban estava se preparando para brigar com Toph agora, a boca tão franzida que era de espantar que ele ainda continuasse sibilando palavras em espanhol que faziam o Toph fechar os punhos. Era só uma demonstração idiota de atitude de macho, mas fez com que eu me sentisse, bem, meio como o tipo de garota que era tão irresistível para os caras que eles tinham de brigar por ela. Como uma garota de um filme francês.

— Ah, por favor, não briguem por minha causa — falei, mais porque era a coisa certa a fazer do que porque queria que eles parassem. Aí eu vi Iban dar um passo para trás conforme percebia que Toph era quase uma cabeça mais alto que ele, e Bridget escorregou para perto para se juntar à nossa alegre galerinha.

— Erin está passando mal no outro sofá — disse ela inexpressivamente. — O gerente está ficando muito grosso por causa disso e algum de vocês percebeu que a Bea está muito, muito bêbada?

— Certo — disse Toph decididamente, tirando Iban do caminho com o ombro, que fez um gesto agressivo com a mão e o queixo e então evadiu discretamente para longe. — Bridge, eu encontro você e a Erin do lado de fora em cinco minutos. Jess, vai ou fica?

Jess olhou em volta do aposento, avaliando o que havia sobrado do estoque de garotos.

— Vou, eu acho.

Ela cutucou Aaron ou Michael com o dedo do pé até ele se soltar das garras de sua gêmea sueca com trancinhas.

— Estamos indo embora — falou ela. — Vocês dois vão ficar aqui com as irmãs Barbie ou vão com a gente?

Ele nem teve que pensar no assunto.

— Vamos ficar — murmurou e mergulhou de volta.

Esperei que perguntassem se eu tinha uma preferência, mas Toph simplesmente agarrou as minhas mãos e me puxou de pé.

— É, como se fôssemos deixá-la aqui com Aaron e Michael para tomar conta de você — reclamou ele, mantendo uma das mãos bem fechada em torno do meu pulso enquanto descia rapidamente as escadas.

— Mas eu quero ficar — choraminguei, tentando enfiar os saltos no chão, o que era uma manobra complicada quando se estava usando chinelos. — Você acabou de estragar tudo com o primeiro garoto de quem eu já gostei e que correspondeu.

As minhas palavras foram engolidas pela batida do baixo enquanto Toph me puxava pela pista de dança até o saguão. Eu podia ver Jess, Erin e Bridget de pé do lado de fora. Bem, a Erin estava mais caindo contra elas do que de pé.

— Olhe, elas estão bem. Nós podemos voltar. Para mais uma dança e mais uma bebida porque eu passei a gostar de vodca-martíni, o que mostra o quanto eu sou madura para a minha idade. — Tentei sorrir suplicantemente, mas Toph abriu a porta e me empurrou através dela.

— De jeito nenhum você vai beber alguma coisa além de água no meu turno — explodiu ele.

— Por que você está sendo tão mau comigo?

— É, quem morreu e fez de você um nazista da diversão? — perguntou Jess beligerantemente e, pela segunda vez no espaço de 15 minutos, alguém estava enfrentando Toph. — Você chegou a, tipo, se divertir por um segundo esta noite?

— Bem, eu tentei, entre ver você e Bea fazendo arrastão de coroas para conseguirem bebidas e tentar convencer Erin que não era uma boa ideia irritar seu fígado. — Toph deu um passo para trás e deu uma olhada tão desaprovadora para nós duas que eu abaixei a cabeça, envergonhada.

Aí Erin deu um gemido lamentável.

— Eu preciso me deitar — disse ela lamuriosamente, escorregando para o chão.

Bridge enfiou uma das mãos debaixo de seu braço.

— Espere até chegarmos ao hotel — falou ela, sua expressão austera combinando perfeitamente com a cara do Toph. Ela olhou para o fim da rua. — Táxi. Estique a mão, Toph.

Erin conseguiu ficar ereta tempo suficiente para convencer o taxista de que ela não iria vomitar no banco de trás todo, Bridge escorregou para o lado dela e Jess de repente gritou "Eu vou na frente!", e estava no banco do carona mais rapidamente do que eu podia piscar. O que deixou eu e o Toph de pé do lado de fora da boate olhando o taxista dobrar a esquina rápido demais enquanto se afastava à toda.

Toph apontou concisamente com a cabeça na direção que o táxi acabara de seguir e começou a marchar rua acima, sem esperar para ver se eu também ia. Pensei em voltar para a boate, mas tanto meus pés quanto minha cabeça estavam começando a doer, então segui o Toph pela rua.

Caminhamos em silêncio por cinco minutos inteiros. Eu continuava espiando o rosto do Toph. Era como olhar para um bloco de cimento com olhos, nariz e uma boca. Quando olhei na vez seguinte, Toph estava me encarando e eu conseguia simplesmente *sentir* que meu rímel e delineador estavam borrados e meu cabelo menos armado e mais como um ninho de rato. Por que outro motivo ele pareceria tão enojado?

— Você está bolado comigo — declarei para que ficasse registrado. — Por que você está bolado comigo?

— Não quero falar sobre isto — vociferou ele, virando abruptamente à esquerda, apesar de eu ter certeza de que devíamos ter continuado em frente. — Eu sei que a Jess fica bem louca quando vai às boates, mas você não é a Jess e não devia estar fazendo coisas assim.

— Assim como? — repeti incredulamente. — Estava fazendo coisas normais de boate e, tudo bem, eu normalmente não flertaria com caras para que eles pagassem bebidas, mas a Jess estava comigo o tempo inteiro. E às vezes é legal fazer coisas que você normalmente não faria. Como uma experiência controlada.

— Ah, então suponho que deixar aquele cara espanhol sinistro passar a mão em você também era só uma experiência controlada? — zombou Toph, virando novamente à esquerda. Ele estava tão irritado comigo que eu não queria irritá-lo ainda mais dizendo a que nunca havíamos passado pelo porto a caminho da boate.

— Iban não era sinistro e não estava passando a mão em mim. Ele só estava tocando no meu joelho e no meu queixo. Isso não é realmente passar a mão — disse eu. Havia uma brisa vindo da água, e fui atingida por um calafrio. Ou podem ter sido as lascas de gelo que o Toph estava lançando pelos olhos. Eu obviamente havia imaginado aqueles poucos segundos no hostel quando ele me olhava como se eu fosse tão linda quanto a Jess, porque agora ele voltara a ser como o irmão mais velho que eu nunca tive, e não queria ter se ele fosse tão sufocante e crítico quando o Toph. Nossa, ele estava deixando minha mãe orgulhosa.

Eu me sentei no muro do porto e cruzei os braços.

Toph me olhou desconfiadamente.

— O que está fazendo?

— Estou fazendo um protesto contra as suas acusações completamente injustas — falei, porque não queria que ele soubesse que meus pés estavam doendo e eu não podia dar mais nenhum passo.

— Você não está mais bêbada, está? Achei que a esta altura a caminhada a tivesse feito ficar sóbria.

Eu ainda estava um pouco entorpecida e, quando falei, minha voz não soou tão suave quanto costumava soar.

— Você estragou o meu primeiro beijo — falei, apontando com o dedo na direção do Toph. — Iban teria sido um primeiro beijo perfeito. Originalmente, eu achava que deveria ser em Paris, na Pont Neuf com fogos de artifício, mas aí eu me lembrei que o Dia da Bastilha já passou e acho que eles não têm fogos de artifício em outras ocasiões. Então, Iban seria a segunda melhor escolha, mas você veio e enfiou seu pé enorme no meio.

— Bem, fico feliz por ter estragado tudo — falou Toph, chutando um saibro solto com o pé. — Porque toda vez que você virava as costas, Iban fazia gestos obscenos com a mão para seu amigo para sugerir que ia fazer mais do que beijá-la. Muito mais.

Eu arfei enquanto o Toph sorria sombriamente, porque ele havia conseguido a reação que queria.

— Iban não faria isso. Ele disse que eu era linda. — Ele não disse muito mais do que isso porque nenhum de nós dois entendia realmente uma palavra do que o outro falava, mas... — Nós tínhamos uma ligação. Eu senti!

— Bea, só o que você sentiu foi o efeito da vodca que bebeu. Sério, amanhã, quando não estiver completamente chapada, você vai me agradecer por isso — falou Toph e eu podia estar um pouco chapada, mas ainda conseguia ouvir a hipocrisia cobrindo cada palavra. — Talvez você até peça desculpas.

— Nem morta eu vou pedir! — bufei, pulando de cima do muro. — Eu vim para a França para me afastar de pessoas me dizendo o que devia ou não devia fazer. Estou cheia disso! Minha mãe, a Ruby e agora você! — Toph estava atrapalhando a minha partida tempestuosa, então eu coloquei as mãos no peito dele e lhe dei um belo empurrão. — Posso tomar conta de mim mesma muito bem.

Eu estava no meio da minha saída tempestuosa, dando uma sacudida de cabeça que fez o mundo girar de maneira alarmante, quando Toph me alcançou.

— Você está indo na direção errada.

— Na verdade, estou indo na direção certa — informei a ele docemente, apesar de os meus olhos estarem lançando adagas e todas as outras ferramentas pontudas em cima dele. — É você que tem andado em um círculo gigantesco.

Eu podia ter acrescentado uma metáfora sobre como o Toph não conseguia ver o que estava bem na frente dele e no quanto era péssimo para ler as placas, mas meu cérebro trabalhava na velocidade mínima, portanto guardei minhas energias para uma fungada colossal e insolente, e continuei andando.

Capítulo 13

Comecei a vomitar lá pelas seis da manhã, assim que a Erin finalmente parou e logo antes de a Jess começar.

O cheiro no nosso minúsculo banheiro era *medonho*, e a Bridget jurou que nunca mais ia sair com a gente depois que escurecesse.

— Tudo bem — falei debilmente conforme me deitava na cama com uma flanela úmida na testa. — Eu nunca mais vou beber álcool. Ainda consigo sentir o gosto daquelas azeitonas no fundo da minha garganta. — Só essa ideia me fez pular da cama novamente e correr para o banheiro para vomitar um jorro de bile tão ácido que fiquei surpresa por não corroer o vaso sanitário.

Jess estava caída no chão do banheiro, seu rosto pálido coberto de suor, mas tentou me dar um sorriso caloroso.

— Depois que tivermos parado de vomitar, vamos sair para tomar café e comer uns carboidratos.

Quando James tinha ressaca (só que ele sempre dizia que era dor de cabeça por ter dormido demais), repetia que a única cura era fritura e um bule de chá tão forte que, quando você tentava mexer, a colher ficava de pé sozinha. Mas só a ideia de bacon e ovos fazia meu estômago se revirar de novo, e não havia uma xícara decente de chá em toda a França.

— Eu estou morrendo — gemi, pressionando as palmas contra minhas têmporas doloridas.

— Bem, morra em silêncio — vociferou Bridget, entrando no banheiro. Mas Jess e eu devíamos estar parecendo tão patéticas que fez com que a carranca sumisse de seu rosto. — Olhem, eu vou sair e trazer Coca normal e uns picolés para vocês. Talvez uns croissants também, para quando conseguirem ingerir sólidos de novo.

— Valeu, Bridge — murmurou Jess, acenando debilmente com a mão. — Acha que pode me ajudar a levantar antes de ir?

Jess, Erin e eu nos aninhamos em uma das camas como uma pilha de cãezinhos recém-nascidos cujos olhos não estavam acostumados à luz e cochilamos até a Bridge voltar. Até o arranhar de sua chave na fechadura fez com que nós três gemêssemos em uníssono.

— Voltei — anunciou ela desnecessariamente e de forma muito barulhenta. — E olhem só quem veio ver como vocês estão.

Abri um dos olhos e vi Toph de pé atrás dela parecendo revoltantemente alegre e bem disposto para alguém que ficara fora até tão tarde. Fechei rapidamente o olho.

— Ah, sinto muito — falou ele. — Vocês três estão se sentindo meio doentes?

Erin conseguiu erguer a cabeça.

— Eu vomitei nos seus sapatos na noite passada?

— Não, foi no nosso taxista — disse Bridget a ela. — Mas você deu a ele uma nota de cem euros para compensar.

— Merda! Dei?

Toph encostou-se na escrivaninha, as mãos enfiadas nos bolsos de sua calça jeans.

— Por falar em dinheiro, Aaron teve a carteira roubada ontem à noite por uma daquelas garotas suecas. Bea, você está a fim de ir até a delegacia com ele? O passaporte dele também estava lá.

Eu realmente não estava a fim de ir para *le gendarmerie* e falar francês de nível escolar com um oficial uniformizado, mas estava colocando cautelosamente os pés no chão e demonstrando disposição.

— Só preciso tomar uma ducha — resmunguei, porque não conseguia olhar nos olhos do Toph. A ressaca estava começando a passar e agora eu me lembrava de outras coisas sobre ontem à noite que eram mais um motivo pelo qual eu nunca mais ia deixar uma gota de álcool passar pelos meus lábios novamente.

A briga com Toph na noite anterior tinha sido horrível, apesar de eu estar bêbada demais na hora para perceber, pensei enquanto tomava banho debaixo de um fio gelado de água, tudo o que consegui tirar do encanamento enferrujado. Eu realmente tinha começado a ter esperanças de que a minha paixonite pudesse se tornar uma paquera de leve, mas Toph deixara bem claro que não estava interessado em mim. Provavelmente por isso havia ficado tão distante antes mesmo de chegarmos à boate: ele não queria me encorajar porque eu era jovem demais e muito pouco sofisticada, e eu provara que ele tinha toda a razão com minhas bizarrices de bêbada.

Foi uma Bea muito castigada que se encontrou com Aaron e Toph no saguão. Aaron parecia ainda pior que eu. Quando me viu, puxou sua camiseta para baixo e passou a mão pelo cabelo para que ficasse com tufos arrepiados.

— Ei, sinto muito pela sua carteira e tal — balbuciei, olhando para o Aaron tão intensamente que ele começou a parecer nervoso, mas ainda era melhor que olhar para o Toph. — Ouça, meu francês dá para pedir pizza, mas não sei se dá para dar declarações sob juramento e não me lembro da palavra francesa para carteira ou passaporte agora. — Eu franzi as sobrancelhas. — Talvez seja *le passport*.

— Mas você vai tentar — implorou Aaron.

— É claro que vou — garanti a ele, dando-lhe um tapinha solidário na mão. — É uma grande cidade turística, eles devem ter alguém que fala inglês — acrescentei esperançosamente.

Toph abriu a porta e nos guiou para fora.

— Vou voltar à boate e ver se alguém devolveu a sua carteira.

Aaron suspirou.

— Acho que vale a pena tentar. — Ele se virou para mim com um sorriso envergonhado. — Pode me emprestar dez euros para eu poder tomar um café?

Depois que eu dei dez euros para o Aaron e pedi para ele trazer um para mim também, forcei-me a olhar para o Toph, que inacreditavelmente estava sorrindo para mim.

— Aposto como está se sentindo um lixo esta manhã — disse ele solidariamente, inclinando a cabeça para poder dar uma boa olhada no meu rosto inchado. — Quer que eu veja se consigo arrumar um Alka Seltzer?

Eu tinha um pedido de desculpas educado mas distante preparado depois da minha conversa de estímulo no chuveiro, mas a virada abrupta do Toph de volta à amizade me deixou toda desconcertada.

— Eu estou legal — falei lentamente. — Obrigada.

— Ah, pobre Bea — disse Toph com um sorriso provocante, enquanto eu olhava de volta para ele com a cara de buldogue-mastigando-vespa que havia herdado da Vovó Minor, que frequentemente obtinha ótimos resultados com ela. — Talvez você possa tirar uma soneca esta tarde.

Eu não gostava disso, não saber em que pé estava com o Toph. Estava me fazendo ter o pior caso de *deja urgh* daquelas semanas com a Ruby, quando ela se virava contra mim e então jogava charme. Se apenas eu tivesse seguido meus instintos e me livrado de suas garras malignas na época. Mas pelo menos eu estava prevenida, então só continuei de pé ali com uma cara que teria registrado números negativos em um termômetro.

— Jesus, Bea, você fica muito mal-humorada na manhã seguinte — exclamou Toph com uma voz magoada que me deixou ainda mais confusa. — Eu a vejo quando você voltar do consulado e espero que esteja com um humor melhor.

Os dois dias seguintes se passaram em uma marcha interminável entre a delegacia e o consulado americano, interrompida apenas por muitas paradas em cafés para beber café e Coca Diet e esperar nossa próxima hora marcada para carimbar documentos e dar depoimentos.

Pelo lado positivo, meu francês estava ficando ótimo. Pelo lado negativo, Toph ainda estava agindo como se nós fôssemos melhores amigos, o que não éramos. Eu era educada, friamente educada, mas pelo bem da minha própria sanidade, eu não devolvia seus sorrisos calorosos ou me envolvia em conversas com ele que fossem mais significativas que "Você quer leite no seu café?". O que era realmente irritante era que minha cabeça estava me dizendo uma coisa, mas meu coração ainda parecia ferido. Especialmente quando Toph ficava com aquela ruga profunda e dolorosa entre as sobrancelhas toda vez que era um pouco ignorado. Porque Toph ficava tão bonito quando franzia as sobrancelhas, que fazia minha paixonite arder um pouco mais.

Mas eu podia aguentar a situação constrangedora com ele, na maior parte porque, depois de ter ligado para casa, eu podia aguentar qualquer coisa: ser mantida como refém, ataques de mísseis aéreos, gripe suína.

Eu havia telefonado para a mamãe entre a *gendarmerie* e o consulado, quando não estava de bom humor, mas ela pareceu encantada em receber minha ligação.

— Bea, graças a Deus você está bem! Você *está* bem, não é?

— Estou ótima — falei sinceramente. — Está tudo bem em casa? Como estão os gêmeos?

— Morrendo de saudades de você, como todos nós — respondeu ela. — Achei que o Alfie estivesse tentando dizer "Bea" ontem, mas era só um arroto.

Eu podia ouvir murmúrios ao fundo e não estava preparada para a onda de saudades dos gêmeos que tomou conta de mim. Eu amava Ben e Alfie, de verdade, mas em geral eles só estavam ali ao fundo exigindo toda a minha atenção e botando dedos pegajosos nas minhas coisas. Mas naquele momento, eu queria estar deitada no chão da sala para eles poderem subir em cima de mim e darem beijos molhados no meu rosto.

— Ah, eu também estou com saudades dos gêmeos. — Foi o primeiro sinal de fraqueza e mamãe pulou sobre ele como um urso com um coelho especialmente gostoso entre as patas.

— Olhe, Bea, você teve alguns dias para esquecer essa história e eu entendo a necessidade de enlouquecer às vezes, mas volte para casa. Você *tem* que vir para casa. Onde você está, por falar nisso?

— Estou em Marselha — respondi contra a vontade, porque eu ainda não havia descartado totalmente a hipótese de mamãe contratar uma firma de segurança particular para me sequestrar e me levar de volta para o norte de Londres.

— Então você não está em Paris?

— Ainda não. No final da semana, eu acho. — Era terça-feira, e eu sabia que os outros estavam entusiasmados para parar em Lyon antes de chegarmos a Paris. — Então, tipo, preciso que você me dê... o nome do meu pai e...

— Ele não é seu pai, Bea. Ele não ficou conosco. Ele não estava aqui para cuidar de você quando estava doente ou levá-la para a escola no primeiro dia. Você nunca recebeu nem um cartão de aniversário dele, então não sei por que o está chamando de pai, como se vocês fossem assistir ao jogo de futebol juntos todos os sábados. Simplesmente não é o caso.

Eu vinha pensando muito sobre isso, precisava pensar, quando estava prestes a aparecer à porta dele.

— Mas ele só tinha 18 anos quando você ficou grávida. Talvez não tenha aguentado a responsabilidade e deixado tudo em cima de você, porém ele não tem mais 18 anos. Está mais velho e tipo, se tiver seus próprios filhos agora, pode ter se lembrado de que eu fui sua primeira filha. Talvez... — eu terminei com uma nota de esperança na voz.

— E talvez não — disse mamãe esmagadoramente. — Não faz sentido você ir para Paris quando nem sabe onde ele mora ou nem se ele ainda mora lá. É idiota e imprudente e eu quero que você volte para casa para podermos resolver isso juntas.

— O que há para resolver? — questionei. — Se eu voltar para casa você só vai pensar em mais um milhão de motivos para não falar sobre ele. Se ele não quer ter nada a ver comigo, pode dizer isso na minha cara...

— Deus, Bea, como você ia lidar com isso? — Mamãe parecia estarrecida. Na verdade, não estarrecida. Mais para apavorada por nunca ter percebido que eu havia herdado sua teimosia.

— Bem, não vou saber até tentar. A Vovó Major sempre diz que as mulheres são como saquinhos de chá e que você não sabe o quanto são fortes até botá-las na água quente. — Ótimo, agora eu estava sentindo saudade das avós, mais ainda do que sentia dos gêmeos.

— Não quero que você vá para Paris — disse mamãe com muita firmeza, como se pudesse me fazer mudar de ideia com a força de sua convicção. — Eu não lhe peço muita coisa...

— Está brincando? — Afastei o telefone da orelha para poder olhar incredulamente para ele. — Você teria me botado um rastreador GPS e um cinto de castidade se não fosse contra as leis de proteção às crianças.

— Sério, Bea, estou implorando para você não ir a Paris.

De repente, eu entendi.

— Mãe, isso não tem nada a ver com você e eu. Se eu o conhecer, não vou amá-lo mais do que a amo — disse eu suavemente. — Mas ele é meu pai, e eu tenho o direito de pelo menos conhecê-lo. Pode por favor me dizer o que eu preciso saber para poder encontrá-lo?

— Não me lembro de muita coisa sobre ele — disse mamãe sucintamente. — Foi há muito tempo.

Aquela ira, desconhecida para mim até a semana passada, estava batendo no meu ombro de novo.

— Mentira! — berrei pelo telefone, indo de simpática a enfurecida em cinco segundos. — Você só não quer me contar! Há um milhão de coisas que você pode fazer para encontrá-lo; pode procurá-lo no Google ou no Facebook ou no Serviço de Busca Internacional, mas você não quer, porque é egoísta...

— Você não entende, Bea, e agora não é a hora, quando estamos na porcaria do telefone e você está agindo como uma criança mimada porque não pode fazer o que quer. — Como sempre, meus ataques não conseguiam chegar aos pés dos da mamãe. — Se você for a Paris, eu nunca, jamais vou perdoá-la.

— Certo, tudo bem — gritei de frustração, para alarme do Aaron, que acabara de vir me encontrar. — Não estou perdoada. Ótimo. Eu lhe mando uma porra de um cartão-postal da porra de Paris.

Era muito, muito irritante não poder bater um telefone celular. Tive de me contentar em apertar o botão para encerrar a ligação com muita força e enfiar o telefone raivosamente na bolsa antes de dar um sorriso para o Aaron que o fez se afastar nervosamente.

— Temos que estar na delegacia em dez minutos — disse ele, nervoso. — Você está bem?

— Nunca estive melhor — falei, com uma voz umas dez oitavas acima do normal. — E não, não quero mesmo conversar sobre isto.

Foram mais dois dias de idas e vindas entre o consulado e a *gendarmerie* para entregar os últimos formulários carimbados ao Aaron, só para ouvir que ele os havia preenchido com tinta azul, em vez de preta. Ou que Aaron tinha escrito fora de um dos quadrados. Ou, ei, aqui está mais um formulário de 25 páginas, que tem que ser levado ao tabelião no terceiro andar e, que pena, o tabelião só trabalha na terceira quinta-feira do mês entre 7h45 e 8h.

Na manhã de quinta-feira, estávamos sentados em mais um escritório no consulado americano, esperando nossas próximas instruções.

— Está bem, isto serve — disse o homem do outro lado da mesa. Nós nunca víamos a mesma pessoa duas vezes, mas pelo menos este era sorridente e não dera uma bronca em Aaron por ter perdido seu passaporte. — Só preciso testemunhar sua assinatura aqui e ali. Vai haver um passaporte novo esperando por você na nossa embaixada em Paris amanhã.

— O quê? — Aaron e eu dissemos em uníssono.

— Eles só dão passaportes novos entre 9h e 10h, de segunda a sexta com hora marcada — falou o homem. — Podem marcar a hora on-line.

— Quer dizer que não há mais formulários? — disse Aaron desconfiadamente.

O homem sacudiu a cabeça.

— Quer que eu marque uma hora para você pegar o passaporte?

Nós assentimos estupidamente.

— Humm, obrigada — balbuciei quando o homem imprimiu os detalhes da nossa hora marcada e os entregou para mim. Ele obviamente havia concluído que eu era o adulto de plantão. Até apertei sua mão só para fazer a minha parte pelas relações anglo-americanas, aí nós saímos depressa, antes que ele pudesse nos chamar de volta e nos fazer preencher mais formulários.

— É verdade, Bea? Vou realmente pegar um passaporte novo? — falou Aaron enquanto tropeçávamos escada abaixo.

— É oficial — disse eu, acenando com os papéis, que brilhavam com sua burocracia carimbada. — Você tem sua carteira de motorista e aquele visto temporário de turista que lhe deram e só precisamos aparecer na embaixada às... ah, droga, putz! Que horas são?

Aaron deu um soco no meu braço.

— Não me assuste assim!

Eu o soquei de volta, com força suficiente para nós dois gritarmos.

— Que horas são? — perguntei a ele de novo depois que havia terminado de esfregar os nós dos dedos.

— Meio-dia e dez, por quê?

— Porque temos que estar em Paris em menos de 24 horas, por isso.

Nós corremos de volta para o hotel e não conseguimos encontrar os outros. Quando tentamos ligar para eles, percebemos que havíamos deixado nossos celulares com a segurança do consulado e corremos de volta para pegá-los, só para descobrir que estava fechado para o almoço.

Quando finalmente havíamos recuperado nossos telefones e Aaron ligou para Michael, que se recusava a ver a urgência da situação, aí ligou para Bridget, que viu, porque eu podia ouvi-la gritando ao telefone, que já eram quase duas horas da tarde.

Eu estava com o rosto vermelho e pingando de suor quando acabamos nos reencontrando com Erin e Jess. Não conseguia nem mesmo falar, só pulei para cima e para baixo e dei gritinhos, o que as fez gritar também.

— Toph disse que há um trem em uma hora — falou Jess. — E temos que arrumar as malas...

— ...e fechar a conta do hotel e chegar à estação e acho que vou estourar uma porcaria de uma veia — terminou Erin por ela.

Aaron havia se acalmado agora que sabia que ainda era cidadão americano. Na verdade, se ficasse só um pouco mais relaxado, ele iria cair.

— Galera, relaxem — disse ele preguiçosamente. — Posso ir para Paris sozinho e encontrar com vocês depois que tiverem ido à Lyon.

— Nem vem — falou Erin enfaticamente. — Estamos nesta juntos. Se você vai a Paris, nós todos vamos a Paris.

— Além do mais, alguém tem que salvá-lo de vadias suecas com trancinhas idiotas no cabelo — acrescentou Jess. — É melhor arrumarmos as malas antes que o Toph e a Bridge gritem com a gente de novo. Sinceramente, a voz dela fica tão aguda que só fica audível para cachorros.

Normalmente, eu fazia a mala com muita atenção, dobrando minhas roupas cuidadosamente e assegurando-me de que minhas garrafas e vidros estivessem bem fechados antes de marcá-los em uma lista presa com fita adesiva na tampa da minha mala. Mas estávamos trabalhando com um relógio que batia mais rápido que as leis da física permitiam, então qualquer coisa que parecesse vagamente pertencer a mim foi enfiado dentro da mala.

Corremos pela rua assim que saímos do hotel e não paramos. Ou os outros não pararam, mas eu parava cada vez que tinha que içar minha mala por cima do meio-fio ou ela decidia ir em uma direção completamente diferente da minha. Sinceramente, tive vontade de deixá-la na rua e comprar calcinhas limpas quando chegasse a Paris.

— Eu troco com você — falou Toph, depois que eu havia parado pela enésima vez. Ele tirou a mochila das costas enquanto eu largava a minha mala e o deixava passar meus braços pelas alças. Comparada à minha mala, parecia que só o que ele tinha ali dentro eram algumas camisetas e um kit de barbear.

— Obrigada — agradeci rigidamente, desejando poder recusar a oferta dele, mas os vergões latejantes nas palmas das minhas mãos diziam outra coisa.

— Eu realmente gostaria que você superasse esta irritação — falou Toph, erguendo a minha mala como se fosse leve como uma pena, o que era enfurecedor. — Não acha que está sendo um pouco imatura?

Eu não podia nem olhar fixamente para ele porque não tinha orgulho e realmente não queria carregar minha própria mala de novo. Em vez disso, saí andando em um ritmo muito rápido, mas é claro que a passada das pernas longas do Toph me alcançaram com facilidade e fomos forçados a andar pelo restante do caminho em um silêncio tenso, tornado ainda mais tenso pela Bridget insistindo que não íamos conseguir.

Nós conseguimos, com três minutos de sobra, mas não era a onda frívola de adrenalina equivalente àquela ao entrar no trem em Bilbao, quando estávamos todos entusiasmados para ir para a França.

Paris era a última parada.

O fim da linha. Eles iam voltar para os Estados Unidos de Paris e eu ia... Deus, eu não sabia o que ia fazer. Porque Paris havia sido essa noção vaga e indistinta e, na verdade, a última semana e a minha amizade com a turma americana foram simplesmente uma forma de adiar Paris. Até mesmo Aaron ter perdido o passaporte havia sido um alívio bem-vindo, mas agora Paris era inevitável. Como quando os exames de final de ano estão chegando, mas você está ocupada montando cronogramas de revisão e correndo para a cozinha para fazer lanches que melhorem sua atividade cerebral e apontando todos os seus lápis e não fazendo nada em relação a estudar.

Toph e Bridge haviam saído para procurar o vagão-restaurante e os outros estavam desempacotando livros, iPods, baralhos e no geral se acomodando para curtir a viagem de cinco horas enquanto eu me pegava caindo em uma total crise existencial.

E se a mamãe não tivesse sido capaz de descobrir onde meu pai morava?

E se ela tivesse descoberto, mas estivesse absolutamente determinada a não me passar a informação e estivesse a caminho de Paris para me arrastar para casa?

E se eu encontrasse o meu pai, mas ele tivesse saído de férias? Ou nunca tivesse contado à sua família sobre mim?

E o pior, e se... e se eu aparecesse e ele batesse a porta na minha cara?

"E" e "se" haviam se tornado minhas duas palavras menos favoritas na língua inglesa, superando completamente "gorjal" e "lenços umedecidos". Eu não sabia o que Paris guardava para mim, mas tinha essa sensação horrível de que não era nada bom.

— ...podíamos ficar com a Bea e seu pai.

Ergui os olhos horrorizada enquanto pegava o final da frase da Erin.

— Como é que é?

Toph e Bridge haviam voltado do vagão-restaurante com chocolates, docinhos e café, mas o meu apetite me abandonou quando eles todos olharam para mim com expectativa.

— Eu estava dizendo que, se não conseguirmos encontrar um hotel, talvez possamos ficar na casa do seu pai — repetiu Erin. — Sério, podemos dormir no chão.

— Bem, sabe, é... na verdade eu ia ficar em um hotel com vocês hoje à noite — falei apressadamente enquanto sentia minhas bochechas começarem a esquentar. — Porque tipo vai estar tarde e ele não sabia exatamente quando eu ia aparecer... meu pai, quero dizer... e eu preciso falar com a minha mãe antes. É esse negócio todo. Esse negócio de família todo.

Eu devia estar com uma expressão muito estranha no rosto, terror abjeto, talvez?, porque a Jess chegou a levantar a mão para pedir permissão para falar.

— Mas e se não conseguirmos encontrar um hotel? — arriscou ela timidamente.

— Eu vou encontrar um hotel para nós! — Era praticamente um grito. — Sério, vou arrumar quartos de hotel para nós — corrigi, em um volume menos estridente.

Jess abriu a boca novamente, mas Bridge a cutucou nas costelas e ela retrocedeu com um grunhido abafado. Fiquei olhando fixamente pela janela para mostrar que não estava a fim de mais discussões sobre acomodações em Paris e todo mundo de repente ficou muito interessado em seus iPods.

Quando tive absoluta certeza de que havia aniquilado a conversa, peguei meu próprio iPod e um livro, só para garantir que estaria ocupada. Mas eu li a mesma página de *The dud avocado* dez vezes sem que uma única palavra ficasse registrada.

Estava chovendo quando o trem saiu da estação de Lyon; o verde dos campos borrava conforme a água caía em cascatas pelas janelas. O meu humor havia infectado os outros e viajamos em silêncio até eu não conseguir aguentar mais. Porém o meu humor não chegava aos pés do meu estômago, que estava me avisando que não havia almoçado e que não estava muito feliz a respeito. Eu me levantei.

— Vou ao vagão-restaurante. Alguém quer alguma coisa?

Aquilo quebrou o encantamento. Houve pedidos de café e bolo, trocados para serem contados e, quando finalmente saí do vagão, eles estavam conversando alegremente e dando cartas para um jogo de Texas Hold 'Em.

Quando voltei, consegui até dar um sorriso não muito abatido e peguei meu livro e os deixei jogando pôquer. De vez em quando eu erguia os olhos porque *The dud avocado* ainda não estava me entusiasmando e, toda vez que eu o fazia, como se tivesse um sexto sentido e soubesse exatamente quando eu estava prestes a levantar a cabeça, Toph estava olhando para mim. E em nenhuma vez ele desviava o olhar, mas só me dava um sorriso tenso e erguia as sobrancelhas em uma pergunta para a qual eu não tinha resposta.

Capítulo 14

Ainda estava chovendo quando o trem parou na Gare de Lyon. Não era um começo nada auspicioso para a minha odisseia parisiense.

Pelo menos desta vez eu sabia como agir. Enquanto os outros ainda estavam se atrapalhando com suas mochilas, eu me dirigia para o Centro de Informação ao Turista.

Eram quase 18hs e os funcionários estavam tentando fechar o escritório, mas eu estava com uma cara de desespero tão absoluto que o homem que trancava a porta chegou para o lado para que eu pudesse ir até o único guichê que ainda tinha alguém dentro e dizer:

— *Excusez moi, parlez-vous Anglais?*

O problema era que a maioria dos parisienses saía de Paris em agosto e ia para o Sul, deixando sua cidade à mercê das hordas de turistas. Resumindo a história: não havia quartos de hotel disponíveis em toda a cidade. Ou os quartos que haviam sobrado não ficavam no tipo de estabelecimentos em que uma boa garota como eu deveria se hospedar.

— Por favor — implorei. — *S'il vous plaît.* Não me importo se o hotel é *très terrible*, ele só tem que ter camas e ser, humm, *moins cher.*

Houve muitas coçadas de cabeça e minha primeira grande demonstração do dar de ombros parisiense, que era tudo o que diziam ser e mais. Aí a garota que estava me ajudando consultou-se com um colega enquanto eles espiavam a tela do computador.

— *Bien, c'est propre* — resmungou ela antes de mudar para o inglês. — Quantos quartos?

Os outros estavam esperando por mim quando eu emergi com a confirmação das nossas reservas de hotel triunfantemente na mão.

— Então você conseguiu quartos de hotel para nós? — perguntou Erin. — Porque estávamos conversando com aqueles dois caras de Tucson que conhecemos e eles disseram que...

— Eu disse que ia conseguir e consegui — vociferei e me encolhi por dentro quando o queixo da Erin caiu. — Sinto muito. Foi um dia muito longo e estou ficando com dor de cabeça. — Era verdade; havia um latejar típico martelando minhas têmporas enquanto andávamos na direção do metrô.

Tentei ficar entusiasmada por andar no metrô de Paris. Mas tirando a gracinha de mapa que iluminou a nossa rota quando apertei o botão para Pigalle, era basicamente igual ao metrô de Londres, só que os anúncios eram em francês. *Quelle* decepção. E, depois de sua destreza em relação a trens internacionais, os seis americanos pareceram completamente desorientados por terem de mudar de linha e pegar um trem diferente após apenas duas paradas.

Ao final, acabamos chegando em Pigalle. O hotel ficava do outro lado da rua em relação à estação, e meu coração afundou quando vi o prédio dilapidado, que parecia não ter se recuperado de um bombardeio durante a Segunda Guerra Mundial; a alvenaria estava caindo aos pedaços, a pintura estava descascada e eu não fazia ideia de por que se chamava Hotel du Lac, quando não havia nenhum lago à vista.

— Maneiro!

— É igual àquele do filme com a Nicole Kidman, não é?

— Então há, tipo, prostitutas com tuberculose em cada esquina?

Eu me virei para os outros.

— Hein? — perguntei, e a Bridge apontou para cima e para a esquerda.

Eu estivera tão ocupada olhando para o nosso hotel que não vira o gigantesco luminoso de néon vermelho com um moinho de vento bem na minha frente. Meu coração deu um pulo e uma lágrima saiu do meu olho direito e desceu pela minha bochecha, que enxuguei furiosamente. Era o Moulin Rouge. Nós estávamos em Paris. Eu finalmente estava em Paris e isso deveria ter sido suficiente para me tirar do mau humor ou pelo menos fazer uma pausa para absorver tudo. Mas a única coisa que estava absorvendo eram as solas das minhas sapatilhas. Olhei em volta de novo para dar à Paris mais uma chance de me encantar, aí vi um cartaz pintado à mão preso na porta mais próxima que dizia "*jeunes filles sexy, deuxième ètage*". Decidi não contar para o grupo que estávamos no meio do bairro da prostituição.

O Hotel du Lac era tão caindo aos pedaços por dentro quanto por fora. O carpete estava gasto e os móveis eram escuros, pesados e muito velhos. Mas não havia nem uma migalha no carpete e todas as superfícies marcadas de madeira brilhavam tediosamente.

A gerente era uma mulher enorme com o cabelo preso para cima em uma espiral complicada e seios que se projetavam para fora majestosamente. Todos os meus guias de turismo haviam me avisado que os parisienses podiam ser bem grosseiros, mas seu rosto ficou coberto por sorrisos quando sete hóspedes pagantes ensopados entraram pela porta. E, quando eu disse hesitantemente "*Excusez moi, Madame, nous avons réservé deux suites au centre d'information touristique de La Gare de Lyon*", ela saiu de detrás do balcão da recepção para poder me envolver com seus braços e pressionar meu rosto em seus seios.

— *Êtes-vous Anglaise, ma petite?* — perguntou, em uma voz profunda de barítono.

— *Er, oui, mais mes amis sont Américains* — falei.

Ela fungou ao ouvir aquilo, então me soltou, mas só para poder beliscar minhas bochechas.

— *Jolie fillette Anglaise.*

Aí houve um disparate sobre como meu sotaque era *très bien* e como ela se asseguraria pessoalmente que meus amigos e eu não precisássemos de nada enquanto estivéssemos no Hotel du Lac, mas exigiu 15 por cento de depósito adiantado.

Nós entregamos obedientemente nossos euros, recebemos duas chaves em troca e fomos levados até uma extensa escada.

— Onde está o elevador? — reclamou Jess no meu ouvido, mas quando eu perguntei para Madame La Proprietária, ela só deu de ombros expansivamente. Eu estava começando a perceber que o dar de ombros era francês para "tipo, tanto faz".

— Bem, isto é ótimo — resmungou Erin enquanto subíamos as escadas. E subíamos. E subíamos mais um pouco.

Nossos quartos, quando finalmente chegamos a eles logo antes de nosso suprimento de oxigênio acabar, eram gigantescos. Eu vislumbrei uma enorme cama de dossel no quarto dos meninos e o nosso também tinha uma, mais duas camas de solteiro e uma coleção variada de móveis, incluindo armários, cômoda, escrivaninhas e algum aparelho complicado que pode ter sido uma máquina de passar calças ou uma cadeira de submersão. Também havia um banheiro *en suite*, completo com bidê, o que fez Jess, Erin e Bridge caírem na gargalhada, e grandes janelas francesas, que davam para uma sacada. Se a chuva ainda não estivesse caindo, eu teria ido até lá para torcer o pescoço e ver a Torre Eiffel e fingir que era Carrie Bradshaw.

Mas eu nunca havia me sentido menos como Carrie Bradshaw ou Amélie ou qualquer outra das minhas heroínas parisienses. Eu só me sentia enjoada cada vez que pensava em telefonar para casa ou bater em uma porta e perguntar "*Mon nom est Bea et je suis votre fille*" quando ela se abrisse.

Caí na cama mais próxima e fiquei olhando para o teto, que tinha grandes rachaduras atravessadas. Eu mal levantei a cabeça quando houve uma batida na porta e os meninos entraram em bando.

— Alguém quer filé com *frites*? — gritou Aaron, enquanto as meninas emergiam do banheiro.

— Em um restaurante francês? — perguntou Erin, receosamente.

Eu não tinha certeza se possuía capacidade mental para falar mais francês, porém tentei parecer apta para o trabalho de tradutora oficial.

— Não quero parecer uma americana feia esculhambando completamente a cultura do país em que estou, mas não podemos só ir a um McDonald's? — perguntou Bridge lamuriosamente. — Aí comprar umas cervejas e acampar aqui, a não ser que vocês achem que vai parar de chover?

Nós todos nos viramos para olhar para a chuva batendo contra a janela.

— Bem, não faz sentido todo mundo sair e ficar molhado de novo — falou Jess sensatamente. — Então, quem é que vai se dar mal?

Toph deu de ombros; não era um dar de ombros francês, nem de longe.

— Eu vou, mas vai lhes custar o preço de um cheesebúrguer com fritas e quatro garrafas de cerveja. — Ele se inclinou para baixo e puxou hesitantemente a ponta do meu tênis. — Como se diz seis cheesebúrgueres com fritas em francês?

Qualquer coisa tinha de ser melhor que ficar olhando para as rachaduras no teto e fingindo que eu estava ótima e que estava tudo bem e que eu estava superentusiasmada por estar em Paris.

— Tudo bem — disse eu o mais animadamente que podia, o que na realidade não era muito. — Eu posso ir.

— Você não pode ir sozinha — falou Toph. — Não preciso entender francês para saber o que um luminoso piscante de néon com uma garota nua significa. Acho que não estamos na melhor parte da cidade. Nós vamos juntos.

Eu me icei para fora da cama.

— Está bem, parece um bom plano.

Minha animação fingida obviamente não estava enganando ninguém, já que houve sobrancelhas levantadas e caretas enquanto o Toph reunia um monte de notas de euro amassadas.

Na verdade, eu me sentia feliz por estar chovendo porque significava que não podíamos conversar ou fazer qualquer coisa além de encurvar nossos ombros e avançar devagar pela rua enquanto tentávamos ver o brilho simpático dos arcos dourados do McDonald's mesmo com visibilidade virtualmente em zero.

Acabamos encontrando um KFC e entramos na fila de clientes ensopados. Meus jeans estavam colados por causa da água e eu estremeci quando dei um passo para a frente e meu tênis esguichou água.

— Devemos comprar dois baldes tamanho família? — perguntou Toph enquanto analisava o placar com o cardápio. — Como se diz isso em francês?

— *Je voudrais deux party buckets, s'il vous plaît* — falei automaticamente, o que era só um pouquinho emocionante. Talvez eu sonhasse em francês hoje à noite. — Eu cuido disso. Por que você não vai comprar a cerveja?

— Só que havia aquele negócio todo de eu não querer deixá-la sozinha no meio da zona de prostituição — Toph me lembrou. — Veja! Eles vendem cerveja! Isto jamais aconteceria nos Estados Unidos.

— É, bem, não estamos mais no Kansas, Totó.

— Uau, isso foi meio nojento... — disse Toph surpreso, e eu tive que concordar com ele. — Deus, Bea, estou cheio disto. O que há com você?

— Nada — vociferei imediatamente. — Sério, eu estou b...

— É, você está bem. Ouvi isto nas primeiras vezes em que você disse, Bea, e nunca parece muito convincente.

Fiz um esforço mental para que a fila andasse mais rapidamente, para que eu pudesse lidar com os baldes tamanho família e me atrapalhar com o troco porque eu sempre me confundia com os números em francês depois que passava de dez.

— Não sei do que você está falando — disse eu arrogantemente.

— Ou você ainda está emburrada por causa da discussão que tivemos em Marselha, apesar de eu ter achado que você já tivesse superado isso a essa altura, ou tem algo a ver com a sua mãe ou com o seu pai. Sempre que o assunto vem à tona, você se contorce toda — continuou Toph enquanto eu me virava para olhar confusa para ele, porque eu não me contorcia. Nunca. A não ser a minha pálpebra direita que ficava tendo espasmos musculares nojentos quando eu estava realmente estressada.

— Olhe, não há nada errado e, mesmo que houvesse, o que não há, você seria a última pessoa para a qual eu contaria. Você já estava esquisito comigo em Marselha antes mesmo de termos aquela discussão, e eu não confio em pessoas que são legais comigo em um minuto e então me tratam feito lixo no minuto seguinte. Com certeza não lhes conto meus segredos mais profundos e sombrios. — Eu estava sendo muito, muito nojenta, mas aí decidi que mandar a real para o Toph não era ser nojenta, era só me defender.

Além do mais, Toph não pareceu particularmente perturbado pela minha explosão. Ele só olhou para as pessoas atrás de nós, que não estavam fazendo nenhuma tentativa para esconder o fato de que nossa discussão era divertida, e então sorriu afetadamente. Foi um sorriso muito irritante que me fez querer bater com o pé, possivelmente na cabeça do Toph.

— Ahá! — disse ele presunçosamente. — Então você *tem* segredos profundos e sombrios.

— Não tenho, não! São só, tipo, segredos profundos e sombrios hipotéticos — informei a ele. — E você ainda não me explicou por que me deu um gelo na boate antes de começar a gritar comigo!

Toph abriu a boca para explicar ou possivelmente para me irritar até o limite quando a enorme multidão à nossa frente de repente se dispersou e eu tive de me lembrar de como se dizia em francês "Podemos pedir batatas fritas tamanho gigante?".

— Continua no próximo capítulo — sussurrou Toph no meu ouvido quando comecei a fazer meu pedido, e pode ter sido a ideia de que não havíamos acabado aquela conversa horrível ou o hálito quente no meu pescoço, mas esqueci completamente a frase perfeitamente conjugada e gramaticalmente correta que eu tinha na cabeça e soltei:

— Er, dois baldes tamanho família e vinte garrafas de Kronenberg, por favor.

Capítulo 15

Quando acordei na manhã seguinte, a primeira coisa que ouvi foi a batida frenética da chuva contra a janela. Eu me virei com um gemido infeliz e tentei voltar a dormir, mas minha bochecha roçou contra algo rígido e com textura de papel. Eu tateei para pegá-lo, sentei-me e abri os olhos para ler o bilhete que Erin havia deixado.

Querida Bea,
Você estava dormindo como uma pedra e não tivemos coragem de acordá-la. Decidimos ir até a embaixada com o Aaron — estamos todos meio saudosos de casa e queríamos um toquezinho de EU da A. É uma coisa de americanos.
Voltamos mais ou menos logo com pan, du pain, aqueles negócios de brioche com chocolate dentro!
Tchau, animal
Erin, x

Eles não iam voltar mais ou menos logo. Eu tinha experiência suficiente em esperar no consulado em Marselha para saber que iam levar horas e que todas as lojas estariam sem *pain au chocolat*, que era mais um doce de café da manhã do que um *éclair*, que era um doce pós-almoço.

Depois que eu havia me lavado e me vestido e comido meu último KitKat de manteiga de amendoim e Coca Diet morna como café da manhã, soube o que tinha de fazer.

Quando liguei meu telefone de novo, ele apitou furiosamente, voltando à vida. Eu tinha cinco mensagens de voz da mamãe, nenhuma das quais com qualquer informação biográfica ou geográfica útil a respeito do meu pai, só ameaças terríveis sobre o que iria acontecer se eu não fosse para casa. Na última ligação, ela estava tendendo a ligar para o banco para fazê-los bloquear meu cartão de débito e a colocar meu cartaz emoldurado de *Amélie* na garagem. Quando eu estava em casa e ela ficava enfurecida, suas ameaças realmente funcionavam, não que eu lhe desse muitos motivos para ficar enfurecida. Mas sentada de pernas cruzadas na cama do meu quarto de hotel parisiense, ela não passava de uma voz gritando pelo telefone. Eu chegara até ali e não ia voltar para casa; não agora, ainda não...

Havia algumas mensagens de texto da Ruby, mais ou menos na linha MORRA, SUA PUTA FEDORENTA, que eu apaguei sem uma única pontada de medo, aí liguei para a Vovó Minor. Eu não ia telefonar para a mamãe, não quando ela estava no modo grito, e a Vovó Major não era boa ao telefone, porque ele fazia seu aparelho de surdez chiar. De qualquer modo, a Vovó Minor podia subjugar a mamãe com um olhar, e ela guardava um lugar mais que especial no coração para sua neta mais velha.

Eu sabia que tinha tomado a decisão certa assim que ela atendeu o telefone.

— Ah, Bea — disse ela, e não havia nenhum tom de reprovação, só preocupação e talvez um pouco de diversão irônica. — Por que você não podia marcar sua rebelião de adolescente em um momento mais conveniente? Digamos, quando você estivesse em casa. Acho que todos nós aguentaríamos um pouco de portas batendo.

— É, bem, acho que não dá para marcar essas coisas. E querer ver o meu pai é tão rebelde assim? Eu só vi uma oportunidade e a aproveitei, e isso não é nada comparado ao que mamãe aprontou quando tinha a minha idade.

Vovó fez humm, o que significava que ela não ia entrar nessa discussão.

— Onde você está, por falar nisso?

— Em Paris.

— Está correspondendo aos seus sonhos mais loucos?

Eu suspirei.

— Tem chovido sem parar. Até agora eu vi o interior de duas estações do metrô e um KFC, mas o sol tem que sair em algum momento, certo?

— Claro, é a lei das probabilidades, e também tem chovido muito aqui. Destruiu as minhas rosas.

— Então presumo por todas as mensagens de voz que ela não...

— Bea, querida, não sei se esta é a melhor forma de ter esta conver...

Estávamos falando uma por cima da outra, o que sempre me fazia ficar com a língua presa e me sentir constrangida.

— Tudo bem, vovó. Você primeiro.

Ela respirou fundo, como se estivesse nervosa, o que era ridículo, porque a Vovó Minor jamais ficava nervosa.

— Eu realmente não quero ter esta conversa com você pelo telefone. Na verdade, *eu* não deveria estar tendo esta conversa com você, sua mãe deveria. — Ela ficou fazendo humm de novo até eu ranger os dentes de frustração. — Por que eu não peço a ela para ligar para você?

— Não vai adiantar. — Eu cerrei os dentes. — Ela só faz ameaças e mais ameaças, e grita e reclama. Então, o que está acontecendo? Aposto como ela não fez absolutamente nada para rastrear o endereço do meu pai em Paris.

— Querida menina, ele não está em Paris — disse Vovó Minor suavemente. — Nunca esteve. Ele nem é francês.

— Ele o quê? — Eu podia sentir meu corpo capotando para a frente como se eu estivesse em queda livre, apesar de ainda estar sentada de pernas cruzadas na cama, sem me mexer, a não ser pela boca, que havia ficado aberta e de queixo caído. — Do que você está falando? Ele é francês. *Ela* disse que ele era francês e que veio de Paris e voltou para lá quando ela contou a ele que...

— Eu disse à sua mãe que ela precisava inventar uma história e mantê-la até você ficar mais velha, mas quando você estava com 3 anos já se mostrava obcecada com a ideia de pais por que você não tinha um — disse vovó.

— Por que ela precisava inventar uma história? — perguntei. — Por que não podia me dizer a verdade? Quem é o meu pai?

Era meio engraçado, de uma forma horrível e sombria que realmente não o era. Eu me senti como uma garota em um filme direto-para-DVD chamado *Quem é o meu pai?*.

— Bea, você precisa vir para casa e ter esta conversa com a sua mãe — falou ela. — Por favor, não seja dura demais com ela. Sua mãe era muito jovem quando a teve e também era muito jovem quando estava tomando decisões assim...

— Mas não foi uma decisão — explodi, as lágrimas começando a correr pelas minhas bochechas. — Foi uma mentira! Cinquenta por cento da minha vida tem sido uma maldita mentira. Eu a odeio!

— Não, não odeia — disse vovó de forma cortante. — Você está muito magoada e traída e está zangada com ela, mas não a odeia.

Naquele momento, eu odiava. Eu odiava a minha mãe mais do que jamais odiara alguém, até a Ruby. Em todas as conversas que tivéramos sobre meu pai, e houve muitas, ela me olhava nos olhos e mentia para mim. E, quando não estava mentindo, estava margeando a verdade de tal forma que ela nem se parecia mais com a verdade. Até fazer o estêncil nas paredes do meu quarto de Amélie fora mais uma mentira gigantesca em uma estrada pavimentada de mentiras que havia me trazido a este exato momento neste exato local em um quarto de hotel caindo aos pedaços em...

— Paris! Ela estragou Paris para mim! — Eu não conseguia parar de chorar, mas eram lágrimas de pura ira, o que fez a forma como eu me sentira a respeito da Ruby e do bando parecerem uma irritaçãozinha sem importância agora. Eu também não conseguia dizer as palavras "mamãe" ou "mãe", mas acho que a Vovó Minor entendeu porque ela só fez sons para me reconfortar. Só quando eu já havia chorado tudo o que havia para chorar e estava soluçando com tanta força a ponto de minhas costelas doerem foi que ela falou:

— Então, quem são esses americanos de quem você ficou amiga?

Foi um alívio mudar de assunto. Eu contei a ela sobre dormir no trem e ir à boate em Marselha e Aaron ter seu passaporte roubado e ser agarrada junto aos seios de Madame la Proprietária e, quando finalmente estava contando a ela o quanto o KFC francês era mais condimentado que seu primo inglês sem graça, eu me sentia bem mais calma. O que provavelmente fora a intenção da vovó; ela era muito boa em controle de crises.

— Então, você vai me dizer que eu tenho que voltar para casa e enfrentar o problema agora? — perguntei a ela, apesar de ser uma conclusão bastante óbvia.

— Não, não vou — disse vovó decididamente, e meu queixo caiu de novo. — Acho que você devia ficar em Paris por mais um tempo. Tenha algumas das aventuras que você sempre alega querer ter. Como é o seu hotel?

Olhei em volta para os móveis que não combinavam entre si e as cortinas esfarrapadas.

— É meio uma pocilga.

— Quanto dinheiro você ainda tem?

Eu vasculhei na minha bolsa.

— Bem, o suficiente para uma semana, não o bastante para arrumar outro quarto em um hotel metido a besta e, de qualquer maneira, eu quero ficar com os outros. Fizemos uma promessa de ficarmos juntos.

— Que tal eu botar algum dinheiro naquele negócio de dinheiro on-line, como é que se chama?

— Na minha conta do PayPal? Vovó, você não precisa fazer isso! — protestei.

— Bobagem. Se você vai ter umas aventuras, precisa dos fundos adequados, e quero que me prometa uma coisa, Bea... — Vovó baixou a voz significativamente, e eu soube que o dinheiro era a isca e que eu estava prestes a mordê-la.

— O quê? — perguntei, desconfiadamente. — Não vou ligar para *ela*. Estou tão zangada neste momento que iriam ser cinco minutos ininterruptos de palavrões.

— Tenho certeza que não, nós a criamos muito melhor que isso. — Vovó riu. — E acho que você e a sua mãe precisam de um tempo. Mas eu quero que você me prometa que vai comprar algo completamente frívolo com uma parte do dinheiro, assim, para quando você voltar para casa olhar para ele e pensar algo bom sobre Paris.

— Eu já me esqueci de Paris, vovó — funguei.

— Vai se sentir melhor quando parar de chover — insistiu vovó. — Você sempre fica muito rabugenta quando chove. Agora, você promete?

— Sim, eu prometo — falei, apesar de ser uma promessa boba, e ia levar meses até eu entrar em um clima frívolo. — Eu te amo.

— E você sabe que eu também a amo, querida. Agora chega de lágrimas, está bem?

É claro que eu disse que não ia mais chorar, apesar de estar certa de que, quando eu desligasse, ia cair em prantos novamente. Mas o rio havia secado. Saí da cama e andei até o espelho grande e embaçado e fiquei olhando para o meu rosto, vendo o mesmo eco *dela* nos meus traços familiares, mas investigando as entradas do meu cabelo e meus cílios muito longos, minhas sardas e meu lábio inferior muito cheio, as partes de mim que não tinham dono e que eu sempre supus ter herdado do meu lado francês da família. Agora eu não sabia a quem elas pertenciam.

Eu estava no banheiro jogando água fria no meu rosto inchado e encharcado de lágrimas quando Erin e Jess entraram pela porta tão violentamente que ela bateu contra a parede e quase perfurei meu olho esquerdo com o dedo.

— Aí está você! — exclamou Erin, como se elas estivessem vasculhando Paris há horas em uma tentativa de me encontrar. — Nós vamos levá-la para almoçar, por nossa conta.

— Mas eu acabei de tomar café da manhã! — Virei a cabeça para espiar a janela. — E ainda está chovendo.

Eu podia estar falando com o cabide de chapéus, pela diferença que fez. Jess e Erin estavam enfiando meus braços pela minha capa de chuva, que as avós haviam insistido para que eu botasse na mala "só para garantir". As duas pareciam bem animadas, como Alfie quando não monitoramos seu consumo de açúcar.

— O que houve na embaixada? — perguntei, enquanto era empurrada pela porta até o corredor.

— Foi tudo bem — assegurou Jess despreocupadamente. — Nós fomos, nós vimos, nós esperamos e lemos a *US Weekly* de cabo a rabo, e aí o Aaron conseguiu seu novo passaporte.

— Então isso é bom, não é?

— É muito bom — concordou Erin. — Então vamos comer filé com *frites* para comemorar e agradecer a você por... er...

— Por que vocês estão me agradecendo? Vocês é que foram até a embaixada.

— Não haveria um passaporte na embaixada se você não tivesse arrebentado na burocracia em Marselha — falou Jess impacientemente, me empurrando na direção da porta. — Nossa, Bea, é um almoço grátis, qual é o seu problema?

Não havia almoço grátis, James sempre dizia, apesar de eu não ter certeza do que ele queria dizer exatamente. Mas conforme adentrávamos o bistrozinho com as paredes forradas de madeira aonde íamos encontrar os outros, esqueci minha desconfiança e, pela primeira vez desde que havíamos chegado em Paris, eu senti como se estivesse em Paris. O restaurante parecia muito com um quadro de Toulouse-Lautrec, completo, com um garçom de bigodes fazendo reverência que nos acompanhou até um reservado aconchegante de veludo vermelho nos fundos da sala que cheirava muito agradavelmente a pão fresco e alho.

Aaron ficou de pé para que eu pudesse escorregar para o banco (apesar de, na verdade, aquela ser uma das raras ocasiões em que eu poderia usar a palavra *banquette* e não parecer uma metida completa), aí sentou-se novamente, então eu estava espremida entre ele e a Bridge, que cutucou o meu braço e sorriu para mim enquanto todos os outros estavam dizendo olá e esticando a mão por cima e em volta da mesa para me dar tapinhas e me apertar. Mais ou menos como eu havia imaginado que minha família francesa iria reagir quando eu aparecesse à sua porta, antes de me contarem que eles não existiam.

A única pessoa que não estava me fazendo festa como se eu tivesse acabado de salvar uma cesta de cachorrinhos de um prédio em chamas era o Toph. Ele estava sentado na *banquette* à minha frente, enfiado entre a parede e o Michael, sorrindo fracamente de braços cruzados enquanto a idolatria geral pela Bea continuava à sua volta. Achei que, depois do incidente no KFC, estaríamos oficialmente de volta ao não nos falarmos, mas, sério, eu tinha outras coisas com que me preocupar. Nem mesmo ser a filha bastarda de algum pai desconhecido e nem-um-pouco-francês não se comparava à paranoia de que algo estava muito errado. Por que eles estavam sendo tão legais comigo?

— O que você quiser do cardápio, Bea — disse Aaron, enquanto eu abria o volume com capa de couro que o garçom me deu. — Entrada, pudim, qualquer coisa.

Jess transbordou de entusiasmo pelo meu cabelo, apesar de estar arrepiado por causa da chuva, e Bridge não parava de apertar a minha mão e pareceu muito chateada quando eu pedi a ela para largá-la para eu poder começar a comer minhas batatas fritas.

Não consegui terminar minhas *frites*, o que devia ser a primeira vez, porque houve muitos olhares enviesados e cutucadas quando eles achavam que eu não estava vendo, o que acabou com o meu apetite. Mas só quando eu estava quebrando a casca do meu *créme brûlée* Aaron limpou a garganta e todo mundo de repente ficou em silêncio.

— Então, Bea, nós fomos à embaixada para pegar o meu passaporte e foi muito legal... Todo mundo falando inglês americano e nos desejando um bom dia, mas eu tive que pagar uma fortuna para consegui-lo tão depressa.

— Isso é uma droga — disse eu. — Mas pelo lado positivo, pelo menos você está com ele agora.

— É — suspirou Aaron. — Acho que o que eu estou tentando dizer é que... estamos prontos para voltar para casa agora.

— Mas eu achei que vocês iam ficar em Paris pelo menos uma semana! Foi o que vocês todos disseram.

— É, mas estou duro agora que tive que pagar por um passaporte novo — explicou Aaron lentamente. — E estar na embaixada fez com que percebêssemos que estamos com saudades de casa.

— Está chovendo... — Jess se intrometeu.

— E eu quero ketchup nas minhas batatas fritas, não maionese.

— E estou tão cheio de andar de trem. Sinto falta de dirigir.

— Só está na hora de irmos para casa, sabe?

Eu não sabia, porque tinha ordens rígidas da vovó para não botar o pé em solo inglês até ela me dar permissão.

— Não vai continuar chovendo — foi só o que consegui dizer enquanto empurrava para longe meu *créme brûlée* intocado.

— Querida, o único pró da lista de prós e contras que fizemos é você, mas vai ficar com o seu pai e ele não quer que você apareça com seis amigos, não é? — disse Bridge suavemente.

Eu devia ter lhes contado que meu pai não estava me esperando; de forma alguma. Em vez disso, fiz parecer que ele estava preparando o quarto de visitas e desenrolando o tapete de boas-vindas.

— Quando vocês vão? — perguntei, porque era tarde demais para falar a verdade agora. Eu podia ver pelos olhares de culpa que não havia nada que eu pudesse dizer que fosse fazê-los mudar de ideia. A decisão estava tomada. Mas pelo menos ainda teríamos alguns dias juntos.

Erin se retraiu.

— Prometa que não vai pirar.

Todos os músculos do meu corpo se enrijeceram.

— Por que eu piraria? — perguntei lentamente.

— Conseguimos arrumar lugares na fila de espera para hoje à tarde através do departamento de viagens da embaixada. Era isso ou esperar até amanhã, quando a empresa aérea não tinha certeza de que teria lugares suficientes na fila de espera — falou Aaron com uma pressa falsa. — Temos de estar no aeroporto por volta de quatro horas.

— Mas já são 13h30! — observei, minha voz estridente. — Não dá tempo de fazer as malas, pagar a conta do hotel e pegar o metrô.

— Por favor, não se apavore, Bea — Jess me implorou, me cutucando com o pé por baixo da mesa. — Você vai ficar bem. Vai ficar com o seu pai. Nós nunca a deixaríamos desse jeito se não soubéssemos que você ia ficar bem. Pode aceitar isto e não nos odiar muito?

Eu estava lutando contra muitas emoções, mas ódio não era uma delas. Estava tão consumida de ódio pela minha mãe que não havia sobrado o suficiente para mais ninguém.

— Sim, claro. Até vou levá-los ao aeroporto — acrescentei, porque isso ia matar algumas horas sozinha. De uma coisa eu sabia, no entanto: eu nunca mais ia sair de férias com ninguém. De agora em diante, ia andar sozinha para que não houvesse mais surpresas desagradáveis, como minhas ditas amigas virando-se contra mim como uma matilha de cães de briga ou meus novos amigos indo embora de repente.

— Isso seria legal — falou Jess, puxando um pedaço de papel do bolso. — Você pode ajudar nós cinco se toparmos com alguém que fala francês quando tivermos que fazer o check-in.

— Vocês cinco? — indaguei, meu coração se elevando. — Quem vai ficar?

— Eu vou. Ainda não me cansei da Europa — disse Toph. Era a primeira vez que ele abria a boca. — Quero ir a Praga e talvez Berlim, se der tempo.

Os jovens designers de software do James estavam sempre indo passar fins de semana em Berlim e Praga e voltando com camisetas artísticas e histórias sobre beber a noite toda em boates que pareciam cafeterias e beber café em cafeterias que pareciam boates. Se Toph ficou espantado com o fato de o KFC vender cerveja, então Praga e Berlim iriam enlouquecer sua cabecinha texana, pensei maldosamente. Porque, Deus, ele realmente estimulava a maldade em mim. Eu não disse nada, só olhei de volta para a Erin, cuja expressão demonstrava que toda a sua felicidade futura dependia de eu estar feliz por ela estar voltando para os Estados Unidos. Mas não feliz *demais*.

— Está bem — falei, apoiando os cotovelos na mesa. — Eu entendo, mesmo achando que basicamente é uma droga.

Capítulo 16

Todo mundo estava muito calado enquanto andávamos até o metrô debaixo da chuva torrencial algumas horas depois.

— Bem, nós sempre teremos Paris — brincou Aaron quando Bridge pisou em uma poça, mas foi só o que qualquer um disse até chegarmos ao trem e termos uma discussão acalorada sobre em qual estação precisávamos baldear para chegar ao Aeroporto Charles de Gaulle.

Esperei enquanto eles faziam o check-in no balcão da American Airlines, aí andamos lentamente para o Controle de Passaportes. Aaron e Michael me deram abraços animados e másculos e me disseram para ficar longe de vodca-martíni. O abraço da Bridge foi mais apertado, e houve alguns afagos no cabelo enquanto nós duas prometíamos manter contato. Aí Erin e Jess caíram em cima de mim com gritinhos de dor e nós ficamos agarradas em um abraço coletivo que ficou muito úmido, muito rápido.

— Me adicione no Facebook assim que estiver perto de um computador — Erin me lembrou quando finalmente nos soltamos para respirar. — E eu tenho um plano de chamadas ótimo. Podemos nos falar toda semana quando eu tiver voltado à faculdade.

— Ou podemos nos falar de graça pelo Skype — exclamou Jess. — E nós a veremos no próximo verão. Viagem de carro!

— Viagem de carro — repeti obedientemente, e eu sabia que devia estar chorando e prometendo freneticamente manter contato, mas parecia que tudo o que era bom estava acabando, e eu não tinha como impedir. Meus olhos vagaram até os avisos de partida.

— É melhor vocês andarem. Eles chamaram o número do seu portão.

— Vou sentir saudades das suas expressões esquisitas. — Erin fungou pesarosamente, me puxando para mais um abraço. — Agora, você vai ficar bem, não é? Sabe como chegar daqui até a casa do seu pai? — Eu havia pagado a conta do Hotel du Lac para não entregar o jogo, mas tinha tentado comunicar com os olhos que voltaria mais tarde para me hospedar de novo. Porém, não sabia ao certo se a recepcionista havia entendido.

— Erin, a Bea é um gênio no metrô. Ela vai ficar bem — disse Aaron enquanto começava a empurrar os outros na direção do Controle de Passaportes. — Toph, Bea, vamos terminar com isto? Tenho que comprar uns Toblerones no duty-free.

Toph deu um sorriso largo.

— Vá logo — falou ele. — Estou de saco cheio de olhar para vocês cinco.

Eles pegaram suas malas, verificaram os cartões de embarque e andaram lentamente para entrar na longa fila esperando para passar pelo Controle de Passaportes. No final, acabaram chegando ao ponto em que a fila fazia uma curva abrupta e então, com uns últimos gritos de despedida, desapareceram de vista.

Eu só os conhecia havia alguns poucos dias, mas parecia a vida inteira, e fiquei com um caroço enorme e fixo na garganta enquanto me virava para encarar Toph. Ele remexeu os ombros para que sua mochila ficasse mais confortável, acenou para mim sem muita convicção e disse:

— Certo, bem, a gente se vê. Tenha uma boa vida e tal.

Aí ele se afastou, me deixando ali de pé no meio da multidão agitada do aeroporto. Parecia que todo mundo menos eu tinha outro lugar para estar ou pessoas para cumprimentar ou um avião para pegar. Estavam todos no meio da vida, e eu estava presa a um lugar, incapaz de ir para a frente ou para trás.

Estava sozinha.

Eu me afundei em cima da mala e coloquei a cabeça entre as mãos e tentei pensar. Precisava voltar a Paris e encontrar algum lugar para ficar e algo para fazer por mais uma semana, mais ou menos. Ou então eu podia ir para casa agora e enfrentar minha mãe. Mas quando tentava imaginá-la na minha cabeça, só conseguia ver uma nuvem espiralada zangada e vermelha.

Dei um gemido frustrado e abracei o próprio corpo porque era coisa demais com a qual lidar e...

— Bea? Vamos, vai ficar tudo bem.

Senti a mão no meu ombro. Ergui a cabeça para ver Toph agachado na minha frente, parecendo preocupado e carinhoso e tudo o que ele costumava parecer antes de termos nos afastado.

— Você voltou... — balbuciei, porque o caroço ainda estava preso na minha garganta e tornava tudo difícil.

— É, eu voltei — Toph concordou com um sorriso arrependido. — Sabe, fiquei me sentindo meio culpado por ter dito adeus daquele jeito. E, quando olhei por cima do ombro, achei que você estivesse chorando.

Sacudi a cabeça, aliviada por as lágrimas não terem começado.. ainda. Também aliviada por Toph ter voltado, mesmo que fosse só para se despedir direito, antes de partir de novo.

— Não estou chorando — falei. — Sério, eu estou bem.

Toph examinou o meu rosto procurando sinais de choro até eu abaixar a cabeça porque tinha medo de que meu pouco controle pudesse começar a esmorecer sob pressão.

— Seu lábio superior tenso está tremendo — observou Toph. — E o de baixo também.

Ele tinha razão. Minha boca estava tremendo como um varal em um dia de vento, e, quando mordi meu lábio para parar os tremores, as primeiras lágrimas começaram a cair. Não houve nenhum soluço, pelo que fiquei profundamente grata, enquanto enxugava as bochechas com as costas das mãos.

— Eu não teria começado a chorar se você não tivesse continuado a falar nisso — resmunguei.

Toph deu um tapinha no meu ombro novamente.

— Olhe, você vai vê-los de novo — disse ele baixinho.

Não era realmente o motivo pelo qual as lágrimas ainda estavam correndo, mas o Toph estava sendo legal, e eu tive esse ímpeto súbito de me jogar nos braços dele e chorar e chorar até deixar sua camiseta de Los Campesinos ensopada. Em vez disso, cruzei as pernas e agarrei a beirada da minha mala para não me render ao impulso.

— Sério, Toph, eu vou ficar bem — resmunguei. — Você tem que pegar o seu trem. Achei que você fosse a Praga.

Toph olhou para seu relógio.

— Acho que isso não vai acontecer hoje. É uma viagem de 15 horas. — Ele se levantou e esticou a mão. — Olhe, mesmo que eu vá a Berlim, ainda vou ter que voltar a Paris primeiro, então vamos pegar o trem juntos e jantar. Estou morrendo de fome.

Eu deixei o Toph me içar.

— Jantar parece bom — concedi, porque eu já estava em Paris havia dois dias e não tinha comido nem um *croque monsieur* e mal conseguira comer meu almoço.

Nós dois esticamos o braço ao mesmo tempo para pegar a minha mala, mas Toph afastou a minha mão com um tapa e, com um grunhido auspicioso, ele a ergueu e nós começamos a andar na direção da estação.

Toph me perguntou onde eu queria jantar, e eu decidi por Montmartre porque mesmo na chuva Montmartre seria mágico. Acabou que não era; há muito pouca mágica quando você está tentando administrar uma mala e um guarda-chuva.

Paramos no primeiro café que encontramos apesar de não ter um toldo listrado e não ficar em uma esquina com mesas e cadeirinhas de vime do lado de fora, que era como eu imaginava que todos os cafés franceses fossem. Mas era quente e seco, mesmo que as mesas fossem feitas de fórmica, a clientela de homens de meia-idade, a maioria de macacão, fosse claramente deselegante e a TV presa na parede estivesse sintonizada em um jogo de futebol.

Toph e eu pegamos a última mesa, e eu pedi café e *croque monsieurs*. O caroço na minha garganta ainda estava lá e fez com que engolir se tornasse uma manobra delicada enquanto Toph e eu botávamos para dentro provavelmente o melhor misto quente do mundo. Nossos cafés eram tão grossos e cremosos que era como beber milkshakes quentes de café, mas nós dois ainda abandonamos os cafés e os *croque monsieurs* pela metade enquanto Toph me contava com uma voz rouca o que queria fazer em Praga, o que incluía ver o prédio torto chamado Casa Dançante e beber absinto. Eu gostava de observar o Toph falando tanto quanto gostava de escutá-lo. Ele ficava tão entusiasmado; tudo o que sentia passava por seu rosto, e seus dedos longos faziam desenhos no ar. Mas o melhor de tudo era que seus olhos continuavam encontrando os meus, só para se assegurarem de que eu estava prestando atenção, e estava mesmo. Eu me segurava a cada palavra dele, porque a minha paixonite ainda não havia morrido; ela só estava cochilando.

— E o que você vai fazer em Paris quando finalmente parar de chover? — perguntou ele.

Eu dei de ombros.

— Acho que nunca vai parar de chover.

— Tem que parar em algum momento. Aposto que o seu pai tem um monte de coisas planejadas. — Toph fez uma pausa e olhou para mim, e eu sabia que estava olhando para a minha pálpebra direita, que pulsava sem parar. — O que está acontecendo com você, Bea?

— Nada! — insisti. — Por que você sempre me pergunta isto?

— Porque tenho três irmãs mais velhas e todas elas ficam exatamente como você está quando estão estressadas com alguma coisa e todas elas soltam um "Nada!" exatamente no mesmo tom quando pergunto a elas o que há de errado. — Toph fez uma careta. — Mas sempre é alguma coisa.

Era um monte de coisas, mas eu não sabia por onde começar então só abaixei a cabeça e olhei para as borras na minha xícara de café.

— Por favor, Bea... — murmurou Toph e esticou o braço por cima da fórmica para tocar suavemente a minha mão.

Foi como se o roçar dos dedos do Toph fosse a combinação secreta que destrancava a minha caixa de segredos que eu enterrara bem no fundo do meu coração. Abri a boca e foi fácil formar a primeira frase.

— Eu não vou ficar com o meu pai em Paris porque não sei quem ele é. — E a segunda frase também estava na fila e pronta para sair. — Sei que ele não é francês e não mora em Paris, mas esta informação só veio à tona esta manhã.

— Mas eu não entendo. — Eu podia ver o Toph tentando processar o que acabara de ouvir. — Você *disse* que ia ficar com seu pai que mora em Paris. Vem dizendo isto há dias.

— E eu acreditava nisto. Mas houve coisas que eu não disse. Tipo, eu nunca o encontrei antes porque ele fugiu de volta pelo Canal da Mancha quando minha mãe lhe contou que estava grávida. Ou pelo menos foi isso o que ela sempre disse para mim. — Eu queria que o Toph parasse de olhar para mim de uma forma tão acusadora. Só tipo, digamos, 17 por cento daquilo era minha culpa. Os outros 83 por cento eram inteiramente... — Nada disso vai fazer sentido se eu não lhe contar sobre a minha mãe.

Levou mais uma hora, dois cafés e uma fatia partilhada de *tarte tatin* antes que Toph soubesse de toda a história. Eu havia imaginado se estava exagerando sobre o caso todo, mas Toph soltou um assobio longo e baixo quando eu comecei e ficava interrompendo com "Não?" e "Ela não fez isso!" e "Inacreditável", então eu soube que estava reagindo na medida certa.

— Então depois que você falou com a sua avó, nós voltamos da embaixada para lhe dizer que íamos embora — falou Toph quando cheguei ao final da minha história triste. — Foi o pior sincronismo do mundo. Você devia ter dito alguma coisa.

— Ah, eles estavam prontos para partir, e eu teria me sentido péssima, mais ainda, se decidissem ficar quando não queriam.

Nós estivéramos cutucando a *tarte tatin* com nossos garfos, mas sem comer realmente. Eu ainda tinha um nó na garganta, que parecia ter desenvolvido pontas afiadas. Eu já havia visto Toph engolir dois cheesebúrgeres, duas porções de fritas, um acompanhamento de vagem e uma torta de maçã em uma sentada, mas estava deixando a torta por terminar para poder esticar os dedos e olhar para mim por cima das pontas.

— Então, qual é o plano?

— Não tenho nenhum — admiti. — Acho que preciso encontrar outro hotel e me enfurnar lá por algum tempo. — Virei a cabeça para fugir do olhar intenso do Toph e olhei para as gotas de chuva escorrendo pelos vidros das janelas embaçadas do café. Aí admiti a verdade mais horrível de todas: — Deus, eu odeio Paris!

Toph riu, apesar de ter se transformado em uma tossida no meio do caminho, provavelmente porque eu o estava encarando.

— Não odeia, não — zombou ele. — Você ama Paris.

Eu sacudi a cabeça.

— Não amo, não. E não tem nada a ver com a chuva e tudo a ver com o fato de não ser o meu lugar. Nunca foi, jamais!

Toph pegou um dos meus muitos guias de viagem parisienses, que estivéramos estudando para descobrir para qual estação ele tinha de ir para ir a Berlim. Ele começou a folheá-lo.

— Bem, eu gosto de Paris. Do que eu vi, pelo menos. Pena que nunca chegamos a ir ao Marais ou à Île de la Cité...

— É lá que fica o Café Berthillon — soltei. — Parece que seu sorvete de chocolate é a melhor comida do mundo inteiro, e há também essa loja de doces, isso seria uma loja de balas nos Estados Unidos... Eu vi fotos em um blog e...

— Talvez a gente possa ir lá amanhã — disse Toph casualmente. Acho que já vi igrejas caindo aos pedaços o suficiente pelo resto da vida.

— Mas você vai a Praga passando por Berlim — lembrei-o, enquanto verificava meu relógio. — E vai perder seu trem.

— Da última vez que eu verifiquei, Berlim e Praga não iam a lugar algum — falou Toph como se não fosse nada de mais. — Além disso, ao contrário de você, eu gosto de Paris.

— É muito legal da sua parte — disse eu cuidadosamente. — Mas não precisa fazer isso por mim.

— Eu sei — concordou Toph astutamente, com aquele sorriso afetado que sempre me fazia querer fechar os punhos, com paixonite ou sem. — E isso quer dizer que você tem ótima autoestima, mas a) você não vai ficar sozinha em um país estrangeiro, b) ter que passar um tempo extra em Paris não é exatamente um sofrimento e c) não estou me sentindo tão bem e acho que não aguento passar horas em um vagão abafado de trem.

Eu estava pronta para fazer uma apaixonada declaração de independência em resposta à ideia louca do Toph de que eu não podia cuidar de mim mesma, até ele chegar nesse último ponto.

— Estou com esse nó na garganta o dia todo. Achei que era um nó de tristeza, mas agora ele está coçando. Quase dolorido — engoli experimentalmente. — É, dolorido. Talvez até beirando o inchaço.

— A parte de fora da minha garganta está coçando muito — disse Toph, coçando o pescoço. — E estou com dor de ouvido.

Eu engoli de novo.

— Ah, meu Deus! Eu também!

Tiramos um instante para nos unirmos por nos sentirmos mal e decidimos que perambular em uma chuva de proporções bíblicas era o principal culpado.

— Então é melhor procurarmos um hotel — sugeriu Toph. — São quase 18h agora, e é melhor não deixarmos para muito tarde.

— Mas vamos fazer um estoque de lanchinhos e bebidas, porque não estou a fim de fazer grandes coisas pelo resto do dia. A não ser que você esteja? — Eu realmente esperava que Toph não estivesse, e ele estava sacudindo a cabeça e coçando a garganta de novo.

— Certo, vamos nessa — falou Toph decididamente, sem fazer nenhum esforço para sair ou fazer nada além de se aninhar ainda mais em seu moletom de capuz.

Olhei para fora da janela novamente e fiz uma careta.

— Talvez seja melhor a gente pedir mais um café e esperar a chuva diminuir.

Saímos do café quando o garçom começou a limpar ostensivamente a nossa mesa e a resmungar baixinho.

Começamos a caminhar e decidimos que o primeiro hotel que encontrássemos seria onde iríamos pendurar nossos chapéus. Quanto mais andávamos, pior eu me sentia. Meu nariz estava escorrendo e eu não tinha mão livre para enxugá-lo e, depois de meia hora, minhas costas começaram a doer, apesar de provavelmente ser por causa da minha maldita mala odiosa e horrorosa.

— Tenho certeza de que já passamos por esta rua — choraminguei, enquanto entrávamos em mais uma rua estreita de paralelepípedos, porque eu também estava ficando muito petulante. — Vi aquela confeitaria há uma hora.

Toph parou abruptamente, então eu me choquei contra ele, apesar de aproveitar a oportunidade para limpar meu nariz na parte de trás de seu moletom: a chuva logo ia limpar minha meleca.

— O que há ali? — perguntou Toph, apontando para um arco estreito entre uma confeitaria e uma loja de roupas cafona, que fazia a Wilson's parecer a Chanel.

Tentei franzir os olhos através da chuva.

— Sei lá.

— Venha — gritou Toph por cima do ombro enquanto mergulhava por entre as lojas, apesar de o arco provavelmente levar ao lugar onde eles guardavam as latas de lixo.

Mas ele levava a um lindo patiozinho cheio de flores em vasos e a uma casa elegante de tijolos vermelhos com uma placa acima da porta que dizia: "*Hôtel*".

Tanto Toph quanto eu corremos para a entrada, esbarrando um no outro para passar pela porta e sair da chuva. Eu recorri aos cotovelos e até a um pouco de batidas com os pés para entrar em um saguão ladrilhado que cheirava a cera de abelha e junquilhos do grande vaso de flores em cima do balcão da recepção. O homem atrás do balcão olhou para mim alarmado enquanto eu pingava água pelo chão todo e andava até ele com um olhar suplicante. Eu sabia que era suplicante porque podia sentir minhas sobrancelhas se juntando.

— *Monsieur, avez-vous deux chambres?* — gemi, abandonando minha mala pelo caminho no meio do saguão.

Ele sacudiu a cabeça, e eu senti meu coração despencar até meus tênis encharcados.

— *Nous avons seulement une double* — disse ele tristemente. — Um quarto duplo.

— Vamos ficar com ele — afirmou Toph de algum lugar atrás de mim. Abri a boca para discutir mas aí percebi que não me importava se era um quarto com beliches ou uma cama de casal que teríamos de dividir ou até mesmo uma cama de solteiro pela qual teríamos de brigar. Desde que fosse seco e houvesse uma superfície horizontal na qual pudesse me deitar, eu não me importava.

— É, vamos ficar com ele — concordei.

O homem, que tinha as maçãs do rosto talhadas e uma onda retrô muito *Mad Men*, que teria me deixado gaguejando e corada em circunstâncias normais, sorriu.

— Bem-vindos ao Hôtel Shangri-La — disse ele. — Vamos fazer o seu check-in e depois Henri os levará até seu quarto.

Henri, outro figurante de *Mad Men*, de fato nos levou até o nosso quarto. Enquanto Toph enfiava um punhado de euros na mão de Henri, eu caía de rosto para baixo na cama mais próxima.

— Bea, se você está se sentindo tão mal quanto eu, é melhor tirar suas roupas molhadas antes de entrar em coma — gemeu Toph, afundando-se na outra cama de casal.

Era a primeira vez na minha vida que um garoto estava me encorajando a tirar a roupa, um marco na vida de qualquer garota, mas eu simplesmente joguei os sapatos para longe, puxei e arranquei minhas roupas molhadas e pesadas e, quando estava só de sutiã e calcinha, rastejei para dentro da cama e me afundei com um suspiro de gratidão.

Não que o Toph tivesse ficado louco com a visão da minha pele arrepiada de menina. Ele parecia ocupado demais arrancando suas roupas molhadas. Quando estava de cueca, ele mergulhou para debaixo das cobertas. Tive um lampejo dos nós de sua coluna e daquele afundado que os garotos têm perto dos quadris, mas estava monumentalmente desinteressada. Não porque os nós da coluna do Toph ou o vão de seus quadris fossem horrendos, mas porque eu só conseguia pensar que engolir não fazia doer só a minha garganta, mas meus ouvidos, minha cabeça e até mesmo o avesso das minhas pálpebras.

Capítulo 17

Nos dois dias seguintes, nossa vida encolheu para o tamanho daquele quarto e o banheiro *en suite*. Era um quarto muito bonito; pintado do mesmo verde vibrante da sombra de olho da Ruby, com algumas reproduções de arte pop na parede para quebrar a intensidade. As duas camas de casal eram cheias de almofadas e travesseiros em todos os tons, de rosa-bebê até um vermelho-sangue profundo e escuro, e o efeito todo era colorido e caótico.

Não que eu e o Toph tenhamos apreciado muito. Nós ficamos cochilando em nossas camas, acordando apenas para comparar sintomas e nos sentarmos quando Henri ou Michel, o porteiro da noite, apareciam com travessas de sopa da cozinha, mais lenços de papel e o equivalente francês do Sudafed. Eu não gostava de estar doente em um país estrangeiro, quando estava a quilômetros de distância de casa sem meu moletom de capuz esfarrapado da Emily Strange que sempre usava quando estava doente.

Eu tinha estado tão ocupada ficando revoltada com a mamãe que não havia me permitido sentir saudades dela, mas ela realmente se superava quando eu estava mal. Ela pedia sopa de frango agridoce do meu restaurante chinês favorito e comprava um sorvete orgânico de chocolate muito caro da Green & Black. Ela também sabia que a única coisa que eu aguentava assistir eram musicais antigos de Hollywood. E, se fosse uma quinta-feira e eu de repente me sentisse melhor, ela sempre me deixava faltar aula na sexta.

Ambas as avós haviam me telefonado e eu tentei soar animada, mas quando estraçalhei um dos meus pulmões enquanto tentava dizer alô, Vovó Major achou que deveria tomar o primeiro Eurostar para Paris e me levar para casa, mas percebi que ainda não estava pronta para encarar mamãe. Então eu disse à vovó que era só uma gripe de verão.

Toph também recebeu telefonemas de cada uma de suas três irmãs e de sua mãe e de sua tia Dolores, que morava do outro lado da rua. Tentei não ouvir a conversa, mas seu lado de cada uma das conversas era monossilábico e consistia de "É?" repetido frequentemente. De vez em quando, ele modificava jogando o velho "É mesmo?", e uma vez houve até um "Bem, ele nunca teve um pingo de bom-senso". Era muito diferente das conversas com minhas avós.

Toda vez que eu desligava o telefone, Toph revirava os olhos e dizia:

— Deus, a sua família gosta de falar, não é? Achei que os ingleses eram reservados.

— Você não conhece as minhas avós — dizia, eu e contava uma longa anedota sobre como as duas gostavam de ficar falantes no ponto de ônibus ou no supermercado, e Toph erguia a cabeça dos travesseiros para poder sorrir para mim, e era um sorriso que dizia que ele sabia que minha mãe não havia telefonado e ele não ia piorar as coisas perguntando sobre isso.

Era a única coisa boa sobre estar doente em um quarto de hotel em Paris: Toph e eu não havíamos só nos aproximado, era como se dividíssemos uma cabeça só, além de um banheiro. No terceiro dia do nosso confinamento, nós dois conseguimos nos animar quando Henri trouxe um prato de doces recheados de creme, cortesia da cozinha. Ficamos sentados na cama dele assistindo a *Os Simpsons* em francês e lambendo *créme anglaise* dos dedos.

— Sabe, agora vamos ser amigos para sempre — disse Toph, do nada. — Passamos por uma coisa juntos. Deve ser assim que os soldados do Vietnã se sentiram.

Eu balancei a cabeça, porque tudo bem, nós não havíamos passado 48 horas em uma trincheira nos escondendo do fogo inimigo, mas Toph me vira banhada em suor e meleca e eu o vira assoar o nariz na cueca samba-canção porque eu havia usado o último lenço de papel, e o Henri não tinha voltado com novos suprimentos.

— Amigos para sempre — falei solenemente, e nós apertamos as mãos com dedos pegajosos.

Toph olhou para mim e, mesmo com o rosto vermelho e o nariz irritado, ele ainda fazia meu estômago dançar.

— Bea, se somos amigos para sempre, posso comer o último *mini éclair*? — perguntou ele cativantemente.

— É todo seu — disse eu, empurrando o prato mais para perto dele só porque eu ia vomitar se comesse mais, e aquilo nada tinha a ver com a permanência da nossa amizade.

No dia seguinte, quando acordei, tudo estava diferente.

Para começar, minha língua não estava colada no céu da boca seca como o Saara, meu cabelo não estava encharcado de suor e eu não tinha mais aquela sensação de lixa na garganta.

Aí abri os olhos.

Em nanossegundos, eu estava pulando da minha cama para a cama do Toph, cobrindo a distância de dois metros com uma facilidade que teria impressionado meu professor de educação física, em poder saltitar.

— Acorde! Acorde! Acorde! — cantarolei, minha voz subindo de tom e meus pés chegando perigosamente perto das pernas do Toph quando ele abriu um dos olhos.

— O que foi? — perguntou ele com uma voz enferrujada, mas eu não sabia dizer se era porque havia acabado de acordar ou porque não estava cem por cento melhor como eu.

— Como está se sentindo? — perguntei, ainda saltitando, o que fez Toph gemer miseravelmente em protesto.

Toph espreguiçou-se cautelosamente como se estivesse esperando um mundo de agonia de seus membros doloridos. Pareceu surpreso quando percebeu que eles estavam cooperando, aí ergueu uma das mãos até a garganta enquanto engolia.

— Sabe, acho que estou me sentindo melhor — disse, com uma nota de surpresa. Ele engoliu de novo. — Muito melhor. Pare de pular antes que quebre a cama.

— Olhe pela janela! — exclamei, sentando-me no pulo seguinte. — Há um enorme disco amarelo no céu e parou de chover!

Toph cambaleou para fora da cama e correu até a janela, onde o sol estava bem alto no céu e, no geral, bem brilhante e claro.

— Como pode um milagre destes ser possível? — Ele lutou contra o trinco, ergueu a janela de guilhotina e inclinou-se para fora. — Nossa, está quente! É tão gostoso.

Com um olho nas costas do Toph, eu saí devagar da cama e comecei a andar furtivamente na direção do banheiro.

Estava quase lá quando Toph falou:

— Ei, você pegou o banheiro primeiro ontem. É a minha vez.

Meus dedos já haviam segurado a maçaneta da porta, e eu a abri bem a tempo de batê-la na cara do Toph.

— Quem foi à roça perdeu a carroça, meu amigo — gritei, enquanto ele esmurrava a porta.

Era gostoso usar um vestido e senti-lo flutuar contra minhas pernas enquanto eu saltitava escadas abaixo e acenava para Henri, que olhou surpreso para mim e para Toph. Ele devia ter começado a achar que estávamos cirurgicamente presos às nossas camas.

O pátio do Shangri-La parecia muito mais bonito quando não estava sob o ataque de chuvas pesadas. Tiramos um instante para admirar as flores, mas só um instante, porque nós dois estávamos famintos e "Precisamos achar um café realmente parisiense", disse para o Toph entusiasmadamente enquanto saíamos em nossa jornada.

— Tem que ser em uma esquina com mesas do lado de fora e um toldo e possivelmente um cartaz da Perrier.

— Como aquele café ali — falou Toph, dando um sorriso largo quando eu bati palmas de alegria, como se ele o tivesse feito aparecer por mágica só para me fazer feliz.

Pegamos uma mesa perfeitamente posicionada de onde podíamos ver o movimento das duas ruas que convergiam na esquina e pedimos café e um *petit déjeuner* adequado, uma *tartine*, um palitinho francês ainda quente do forno, que cobrimos de manteiga salgada e geleia doce, doce, suco de laranja e café bem forte porque fazia dias que não tomávamos uma dose de cafeína.

Quando as *tartines* viraram só farelos nos nossos pratos, peguei meu guia favorito de Paris e comecei a folheá-lo.

— Então, aonde você quer ir hoje? — perguntei ao Toph. — Podíamos ir a Versalhes ou ao Musee d'Orsay... Ah! E também há as catacumbas ou o Royal Opera e os Jardins de Luxembourg... — Eu podia ter citado sem parar coisas parisienses para ver e fazer até o pôr do sol, mas Toph esticou o braço e arrancou o guia das minhas mãos.

— Por favor, Bea... — protestou ele. — Nós estivemos doentes e eu já fiz metade da Europa com Bridge e Aaron, que são completos fascistas de guias de viagem. Não podemos só curtir o clima?

— Não entendo esse clima que você quer curtir — disse eu, porque embora Paris teria de me puxar muito o saco para que eu gostasse dela de novo, eu tinha uma lista de lugares que queria visitar.

— Bem, envolve pegar um pedacinho de Paris a cada dia e explorar e perambular e ir a muitos cafés para observar as pessoas, e também temos que encontrar uns velhos jogando *boules* — explicou Toph como se tivesse pensado no assunto. — Chega de catedrais e museus, embora as catacumbas pareçam bem legais.

Eu estava me sentindo um pouco cansada de museus e não completamente recuperada de meus três dias de cama, mas nunca seguia a maré, simplesmente não era da minha natureza.

— Não podemos ficar andando sem rumo durante dias, vamos perder coisas! — Cruzei os braços e lancei um olhar severo para Toph, que retribuiu com sobrancelhas erguidas. — Tem que haver regras.

Toph encolheu os ombros.

— Está bem, vamos ter regras — disse ele com um sorriso largo, mas não confiei nem um pouco nele, enquanto ele pegava a minha caneta e começava a rabiscar em um guardanapo.

Entortei a cabeça para ver o que ele estava escrevendo, mas Toph cobriu o guardanapo com a outra mão. Passei o tempo observando um garoto e uma garota de uns 20 e poucos anos a algumas mesas de distância entregando-se a demonstrações públicas e entusiasmadas de afeto que me deixaram toda vermelha só por olhar disfarçadamente para eles.

Corando, eu virei o rosto para descobrir que Toph havia terminado sua lista.

— Bem, então deixe-me dar uma olhada — resmunguei, e Toph a entregou para mim com um floreio muito desnecessário.

Meus olhos varreram o conteúdo.

1. *Só podemos pegar o metrô duas vezes por dia. Nada de táxi. Nada de ônibus. Nós andamos.*
2. *Temos que falar com pelo menos três estranhos todo dia. De preferência em sua língua natal.*
3. *Se não cabe dentro da sua mochila, você não leva para casa.*
4. *Tiramos uma hora para o almoço e pelo menos uma pausa para o café no meio da manhã e no meio da tarde.*
5. *Encontrar alguns velhos jogando* boules.

6. *Nada de consultar mapas, a mesma coisa para guias de viagens, planilhas de horários e funcionários do Centro de Informação ao Turista.*
7. *Não vamos comer em nenhum lugar que tenha placas em qualquer idioma que não francês.*
8. *Em nossa busca para encontrar a verdadeira Paris, não haverá reclamações sobre pés doendo, bolsas serem pesadas demais ou condições instáveis de tempo. Nós só vamos nos enfiar no primeiro café.*

Era uma lista feita somente para podermos ter aventuras e esbarrar em lugarezinhos legais e em pessoas que de outra forma nunca teríamos encontrado. Tipo, como havíamos encontrado o Shangri-La, que era simplesmente o melhor e mais bonito hotel no mundo com a melhor e mais bonita equipe.

— Posso acrescentar algumas coisas? — arrisquei. — No espírito da lista?

— Claro. — Toph me devolveu a caneta. — Divirta-se.

Tirei um instante para pensar e então abaixei a cabeça.

9. *Temos que realmente experimentar a culinária local; lesmas, patas de rã e crepes.*
10. *Devemos sempre estar sentados ao ar livre em um café durante* l'heure bleu *(tradução: o tempinho entre o sol começar e terminar de se pôr).*
11. *Tiramos foto de tudo, de preferência conosco nelas. E de preferência em preto e branco.*
12. *Cada um de nós tem que comprar um* souvenir *supermaneiro para lembrar de nossa estada em Paris, que custe menos de dez euros. Bea também tem permissão para comprar algo frívolo e caro, cortesia de sua avó.*
13. *Temos que aproveitar ao máximo Paris à noite, mesmo que seja só andando pelo Sena e admirando as luzes.*

14. *Eu quero descobrir o segredo de se fazer massa de carolinas muito boa (Toph, você pode ficar de fora dessa).*
15. *O primeiro de nós que ouvir um francês genuíno dizer "U-la-lá" ganha um prêmio.*
16. *Nada de telefonemas para casa enquanto imergimos na* expérience Parisienne*!*

Olhei para a minha metade da lista, concluí que havia acabado e a entreguei de volta para Toph.

Eu podia ver pela cara surpresa do Toph enquanto lia que ele havia esperado que eu enfiasse alguns pontos regulamentados e ordeiros. Foi bom não ser tão previsível, para variar.

— Devíamos apertar as mãos para selar o acordo — meditei. — Tornar a nossa *expérience Parisienne* legalmente válida.

Os dedos de Toph estavam frios contra os meus e, depois de fazermos o cumprimento, ele deu um apertãozinho na minha mão que foi reconfortante como uma xícara de chocolate quente em um dia frio de inverno.

— Vamos voltar para o hotel para você poder jogar fora seus guias de viagem — disse Toph, ficando de pé. — Até aquele pequeno que você vem tentando enfiar secretamente no bolso lateral da sua bolsa pelos últimos cinco minutos.

Eu tinha esperanças de que Toph não perceberia minhas táticas furtivas, mas ele estava certo. Esconder um guia de viagem na minha bolsa ia contra todo o espírito do nosso pacto.

— Está bem, está bem — murmurei, fazendo o mínimo de beicinho. — Mas se ficarmos perdidos, superperdidos, eu tenho permissão para parar e pedir informação.

— Fechado — falou Toph enquanto começávamos a refazer nossos passos. — Mas só se tivermos esgotado todas as outras possibilidades.

— Então, o que vamos fazer depois que eu tiver desintegrado os guias de viagem?

Toph suspirou como se não pudesse acreditar que eu tivesse feito uma pergunta tão idiota.

— Bem, começamos a andar, é claro.

Então nós andamos. Estava um dia glorioso; o sol tão claro que óculos escuros eram essenciais, mas não tão quente a ponto de ficarmos melados e com os pés doendo depois de dez minutos.

Montmartre foi construída em uma colina e, depois de uma hora subindo e descendo por ruas íngremes, nós nos flagramos olhando para o enorme domo branco de Sacré Coeur, bem no topo da cidade. Eu percebi que, se o Toph havia banido os guias de viagem, provavelmente não ia gostar de uma descrição da história de Montmartre, de seu começo humilde como local de decapitação de São Dionísio até o século XVIII, quando um monte de cossacos lançou um ataque bem onde nós estávamos.

Havia milhares de turistas perambulando em volta da basílica e observando os artistas de rua em seus banquinhos desenhando esquetes rápidos como um raio de qualquer um que fosse corajoso o suficiente para lhes entregar seus euros. Toph sorriu quando vimos desenho após desenho que não tinham nada de lisonjeiros, muito pouco mérito artístico.

Não era a Montmartre sobre a qual eu havia lido, onde artistas moravam em sótãos, bebendo vinho tinto barato na jarra e tendo casos de amor apaixonados com suas modelos. Não era nem a Montmartre da minha amada Amélie, onde até o mundano se tornava mágico quando você menos esperava.

— Vamos parar para um café? — perguntou Toph, indeciso. Era óbvio que não íamos encontrar um que só tivesse placas em francês.

— Vamos continuar andando — falei decididamente, e nós contornamos a igreja e começamos a descer por ruas estreitas. Sem a ajuda de um guia de viagem, encontramos uma gracinha de museu cheio de maravilhas, como um teatro de sombras e uma coleção de cartazes homenageando a Montmartre que ficou marcada na minha cabeça. Aí houve o vinhedo que encontramos por acaso, esfregando os olhos sem acreditar enquanto olhávamos para o campo verdejante que havia subitamente se materializado na nossa frente. Era mais ou menos como encontrar um pomar ao lado de Piccadilly Circus. Então, quando vimos dois moinhos de vento enquanto continuávamos a perambular, só sorrimos e dissemos "Ah, é claro, moinhos de vento".

Ou Toph disse. Eu fiquei parada ali, os olhos quase caindo da cabeça, até não conseguir aguentar mais ficar parada e ter de começar a saltitar.

— É, moinhos de vento — repetiu Toph. — Eles não têm moinhos de vento na pátria mãe?

Eu apontei para o café entre os dois moinhos de vento e gritei sem palavras porque o dom da fala havia me abandonado.

Toph deu dois passos para longe de mim.

— Bea, você está tendo alguma espécie de surto psicótico?

— É o Café des Deux Moulins, o café de *Amélie*! — exclamei. — Ela era garçonete aqui, e Georgette trabalhava no quiosque de cigarros, e Hipolito vinha todos os dias para conversar sobre literatura... — Eu vasculhei na minha bolsa, puxei uma câmera e a empurrei para Toph, que estava olhando para mim com um divertimento exasperado. — Você tem que tirar a minha foto do lado de fora e aí precisamos entrar para tomar café e você tem que tirar mais fotos de mim, mas, tipo, muito sutilmente para eles não pensarem que sou completamente louca.

— Você *é* completamente louca — resmungou Toph, erguendo a minha câmera. — Diga *fromage*.

Fiquei arrasada quando descobri que o interior do Deux Moulins não era exatamente igual ao que estava no filme, mas me animei quando descobri *crème brûlée d'Amélie Poulain* no cardápio e insisti para que Toph tirasse fotos de mim quebrando a casquinha, enquanto os funcionários sorriam indulgentemente.

Depois do almoço, nós continuamos andando até acharmos o cemitério de Montmartre, que era um lindo espaço tranquilo longe do tumulto das ruas do lado de fora, cheio de esculturas e estátuas. Quero dizer, havia túmulos, mas o sol espantara as sombras, e o Toph era uma presença reconfortante ao meu lado enquanto andávamos por ali e encontrávamos a estátua do Pierrô na cova de Nijinsky, embora o Toph não tivesse muita certeza de quem era.

— Só, tipo, o bailarino mais famoso de todos os tempos — disse eu horrorizada, cutucando-o com o meu braço. — Você nunca teve uma fase de balé?

— Isso é coisa de menina — vociferou Toph, mas eu sabia que seus olhos estavam brilhando maliciosamente atrás dos óculos escuros. — Enquanto você estava fazendo piruetas e... e... o que mais quer que se faça no balé, eu estava jogando na liga mirim de beisebol e nadando no rio.

— Nadando no rio? A sua infância parece muito com *As aventuras de Huckleberry Finn* — disse eu ao Toph, e ele se lançou em um longo monólogo sobre ser criança no Texas, onde os verões pareciam durar para sempre e ele era vice-presidente da turma da vizinhança (Os Destruidores do Texas), cujo único propósito na vida era explodir coisas e construir foguetes. Às vezes, eles construíam foguetes só para explodi-los no lançamento, e quando Toph não estava sendo o Garoto Destruidor, suas irmãs estavam sempre arrastando-o para golpes para ganhar dinheiro, como usá-lo como isca de cabelo desgrenhado para vender biscoitos das Bandeirantes ou forçá-lo a tomar conta da barraquinha de limonada.

Eu me dobrei ao meio de tanto rir enquanto Toph contava como havia pego Brooke, sua segunda irmã mais velha, beijando Billy Tyler, o namorado de sua irmã mais velha Julie, e a chantageara durante semanas até ela descobrir seu estoque secreto de explosivos e chantageá-lo de volta.

Assim que Toph abriu a boca para me perguntar sobre histórias divertidas da minha infância, chegamos à cova de François

Truffaut e eu gritei de alegria com a surpresa, e me lancei em um discurso sobre o cinema francês da *nouvelle vague* sem o qual Toph provavelmente podia passar.

Estávamos cansados e com calor quando finalmente deixamos o cemitério e, apesar de estar sem mapa, eu tinha quase certeza de que havíamos andado a distância de Montmartre e teríamos de andar de novo para voltar ao Shangri-La. Mas quando chegamos à estação de metrô da Place de Clichy, eu me localizei.

— Bea? Vamos usar uma de nossas permissões de metrô do dia? — implorou Toph. — Eu vou morrer se tivermos que andar muito mais.

— Não precisamos — disse a ele, pegando seus braços e guiando-o até a esquina seguinte. — Está vendo aquela rua ali? Tenho noventa por cento de certeza de que é a Rue des Dames.

Toph olhou para mim inexpressivamente.

— E?

— E é lá que fica o Shangri-La — falei confiantemente, apesar de estar com os dedos cruzados atrás das costas.

— Tem certeza? — Toph estava começando a choramingar e eu não podia culpá-lo. As almofadinhas dos meus pés pareciam pegar fogo.

— Praticamente. Acho que andamos em um círculo gigantesco. Sabe, isso seria muito mais fácil se tivéssemos um mapa. Não um guia de viagens, mas um mapa — insisti. — Porque eu morei em Londres a vida toda mas ainda levo meu *A-Z* comigo se vou ao Centro e...

— É, tudo bem, mapa — resmungou Toph. — Sinto muito, preciso de toda a minha energia para botar um pé na frente do outro.

Entramos na rua que eu achava que poderia ser a Rue des Dames e, sim, havia a loja bolorenta de roupas para senhoras. E eu era um...

— Você é um gênio, Bea! Um maldito, absoluto e legítimo gênio — exclamou Toph, pegando minha mão suada para poder levá-la até os lábios e dar um beijo nos nós dos meus dedos. Senti minhas pernas tremerem um pouco, mas estávamos andando havia *horas*.

— Não foi nada — falei resolutamente enquanto Toph soltava a minha mão, embora o ponto no qual ele havia roçado com os lábios ainda estivesse formigando. — Acha que tem problema em usar o bidê no nosso banheiro para fazer um spa de pés? — Não era nada disso que eu queria dizer. Mas o beijo na mão nua havia me pegado desprevenida e soltei a primeira coisa que me veio à cabeça. Eu só queria que não tivesse envolvido a menção de pés fedorentos e o lugar onde os franceses gostavam de lavar seus traseiros fedorentos.

Mas Toph só passou o braço em volta dos meus ombros enquanto andávamos lentamente rua acima.

— Por que não pensei nisso? — falou ele entusiasmadamente. — Viu, é por isso que você é o gênio e eu sou só o seu humilde companheiro.

Obviamente, beijar os nós dos meus dedos não significava nada. Era só Toph demonstrando sua extrema gratidão por não termos precisado andar pelas ruas de Montmartre em círculos intermináveis. E eu não sabia por que significava tanto para mim, porque Toph e eu éramos apenas amigos, que só haviam ficado amigos depois de uma semana sem falar um com o outro. Companheiros de viagem. Duas pessoas estrangeiras em uma cidade estrangeira. Ande, não há nada para ver aqui.

Capítulo 18

Na Paris dos meus sonhos era sempre a hora suave antes do crepúsculo e a cidade inteira se aquecia em uma branda luz dourada enquanto eu perambulava pelas ruas sinuosas de paralelepípedos de Montmartre usando uma camisa polo preta, calças capri pretas, sapatilhas de balé pretas, óculos de sol bem grandes e com o meu cabelo em um coque baixo. Aí eu me enfiava em um café bebendo *espressos* e observava o mundo passar até Jacques, meu amante (porque é a minha fantasia e na minha fantasia eu não tenho um namorado, tenho um amante e o nome dele é Jacques), chegar. Ele seria pintor e nós andaríamos até um barzinho e Jacques, que era moreno e intenso, olharia para mim morena e intensamente e me contaria histórias sobre como Simone de Beauvoir e Jean-Paul Sartre sentavam-se exatamente à mesma mesa. Aí Jacques começaria a dar umas olhadas para alguma *petite fille* na mesa ao lado e teríamos uma discussão aos berros, que envolveria muita louça quebrada e Jacques indo embora exclamando "*Mon Dieu*!" e "*Zut alors*!" baixinho. Então eu ficaria sentada sozinha no bar, bebendo conhaque e chorando porque ele havia partido meu coração novamente.

Este era meu sonho de Paris, e eu sempre o considerara completamente sensacional.

Mas a Paris na qual eu estava atualmente não era nada má. Os dias haviam se acomodado rapidamente em um padrão adorável e preguiçoso. Todas as manhãs, eu mandava uma mensagem de texto para Vovó Minor para informá-la de que ainda estava viva, mas daí eu afastava as exigências da vida real e me deixava cair de amores por Paris de novo.

Toph e eu sempre tomávamos café da manhã *al fresco* no pequeno jardim murado do Shangri-La enquanto planejávamos aonde o dia ia nos levar. Aí, partíamos para o metrô apenas com um mapa (eu fiz pé firme sobre isso), uma câmera e um monte de band-aids.

Nós investigamos mercados de pulgas e nos demoramos em vestidos vintage impossivelmente delicados (ou eu me demorei, Toph estava mais interessado em uma pilha de velhos livros do Tin Tin que havia encontrado). Passamos uma tarde em uma filial da FNAC, a versão francesa da HMV, onde eu enlouqueci comprando CDs de Françoise Hardy e Serge Gainsbourg, DVDs de filmes franceses que eu tinha de pegar emprestado do Monsieur Bradley e a obra completa de Jane Austen em francês.

Aí havia a comida. Nós devoramos *croque monsieurs* e *croque madames*; comemos filés tão mal passados que Toph insistiu que ainda estavam se remexendo no prato e pedimos uma tigela de lesmas, ou *escargots*. Eram meio nojentas e viscosas e não conseguimos aprender a tirá-las da concha com o tal utensílio que parecia um par de curvadores de cílios. Aí vinham as coisas doces; potinhos de mousse de chocolate tão escuro e pesado que levávamos um minuto em cada colherada e *tartes tatin* tão distantes da torta de maçã que eu conhecia que não eram nem primas em terceiro grau. Cada mordida era ácida *e* doce e eu dei uma de nerd ao falar sobre a leveza da massa.

Toph me lembrou então que eu devia descobrir o segredo de uma boa massa para carolinas e, apesar de eu observar que *tarte tatin* não era feita com massa para carolinas, quando voltamos para o Shangri-La eu fui um docinho (com trocadilho intencional) com o chef de doces para que me desse uma aula de improviso.

Saí da cozinha com um prato de profiteroles feitos pelas minhas próprias mãos doloridas e uma oferta de emprego como sua escrava de cozinha quando eu quisesse.

Nós nos mantivemos fiéis ao espírito da lista e, quando estávamos nos sentindo corajosos, tentávamos falar com as pessoas. Um dia nós até almoçamos com Tom e Marlene, um casal australiano que estava comemorando suas bodas de prata e havia pedido que os ajudássemos a comprar as passagens de metrô porque acharam que nós éramos jovens franceses genuínos. E eu consegui ouvir um francês dizer "*U-la-lá*" quando entrei em uma farmácia para comprar ataduras adesivas porque meu tornozelo estava me matando por ter andado o dia inteiro de chinelo. O farmacêutico ficou confuso com meu pedido de "*un pensement adhesif*" até eu forçar um "*Monsieur, regardez ma cheville!*". Ele me sentou em uma cadeira, olhou o meu tornozelo, que estava duas vezes maior que o normal e murmurou "*U-la-lá!*". Toph me devia um prêmio, mas ele pareceu se esquecer convenientemente disso.

Na maior parte, conversávamos com as pessoas quando saíamos à noite, depois de tirarmos um cochilo pré-boate no Shangri-La. Permanecíamos em Montmartre ou na vizinha Pigalle, escolhíamos um restaurante e ficávamos enfiados lá por horas. Aí encontrávamos um bar, de preferência com mesas do lado de fora (apesar de uma noite termos escutado *le jazz* no bar de *le jazz*) para podermos observar o mundo passar e sempre acabávamos conversando com as pessoas na mesa ao lado. Por fim, acabávamos juntando as duas mesas, as superfícies pegajosas com a condensação de nossas bebidas, e conversávamos até sermos as últimas pessoas que haviam sobrado e os funcionários estarem varrendo o chão ao nosso redor.

As palavras que saíam da minha boca não pareciam mais idiotas, como eu costumava achar. Mas talvez porque, para variar, eu tinha coisas sobre as quais falar diferentes da lenga-lenga de sempre sobre escola e dever de casa e me trancar no meu quarto para sonhar uma vida que eu queria viver. Eu estava vivendo aquela vida agora e tinha várias histórias engraçadas, de dormir em trens a aprender a fazer massa para carolinas sob o olhar atento de um tirânico chef de doces. E o tempo todo Toph estava lá com sorrisos encorajadores e um roçar no meu joelho quando eu dizia algo especialmente divertido.

Acho que guardei minhas melhores histórias para o Toph, porém, porque comecei a perceber que, aonde quer que fôssemos passar o dia, independentemente de quantas coisas houvesse para ver, sempre conseguíamos achar um pedaço de grama alta e deitar nele conversando sem parar. Eu sabia que sempre que pensasse no Toph quando estivesse de volta a Londres (e eu tinha a sensação de que pensaria muito nele), eu o imaginaria com nesgas de luz atravessando seu rosto e fazendo seus cílios parecerem pintados de dourado. Contei ao Toph coisas que nunca havia contado para ninguém; sobre as piores duas semanas da minha vida, quando Vovô Minor e Vovô Major haviam morrido com 15 dias de diferença um do outro e todas as fantasias bobas que eu fizera sobre encontrar o meu pai e até mesmo como costumava fingir que era Holly Golightly ou Amélie.

Funcionava nos dois sentidos, a partilha dos segredos mais profundos e sombrios. Toph me contou que esperavam que ele seguisse seu pai na força policial, e que ir para a faculdade para estudar Antropologia o fez ser expulso de casa por uma semana. Ele me contou sobre a primeira vez em que beijou uma menina (Nancy Mayhew, quando estava no quinto ano) e a última vez em que chorou, quando terminou com sua namorada de seis anos porque ela disse que queria viver a vida como uma pessoa solteira. Aí começou imediatamente a dormir com outros garotos.

Também estávamos ficando de mãos dadas. Não quando saíamos pela manhã, mas normalmente logo depois do almoço, Toph pegava o meu braço para impedir que eu fosse atropelada ou para não sermos separados pela multidão, aí sua mão segurava a minha e ficávamos assim pelo restante do dia. Era mais ou menos a única coisa sobre a qual não falávamos, porém, porque teria sido constrangedor demais. Tão constrangedor quanto quando voltávamos para o nosso quarto no Shangri-La e Paris não estava mais lá para servir de acompanhante. Embora passássemos o dia inteiro conversando, de repente havia negociações gaguejantes sobre quem iria usar o banheiro primeiro e eu ficava muito preocupada por ele me ver de pijama. E nem conseguia pensar em fazer xixi se a água fria da torneira não estivesse correndo. Ele sabia os mínimos e mais chocantes detalhes sobre Ayesha ter me dispensado, mas Deus me livre de o Toph descobrir que eu tinha funções fisiológicas.

Saí do banheiro, depois de botar a água fria para trabalhar de verdade na nossa sétima manhã no Shangri-La, e encontrei Toph ao telefone. Ao *meu* telefone, para ser precisa.

Ele se virou quando me ouviu sair do banheiro e fez uma cara angustiada.

— Sim, senhora — falou para a ouvinte desconhecida. — Entendo que seja irritante. A Bea está aqui agora, vou passar o telefone. Foi um prazer falar com a senhora.

Ergui uma das sobrancelhas perante o tom referente do Toph, aí vi a expressão séria em seu rosto e todas as coisas que eu vinha empurrando para os recessos mais distantes e empoeirados da minha mente voltaram como uma avalanche.

— Não é a sua mãe — disse Toph enquanto me entregava o telefone, porque tínhamos esse negócio de mente coletiva rolando. — Vovó Minor.

— Ei, vovó — falei enquanto Toph desaparecia para dentro do banheiro. — Como estão as coisas em Blighty?

— Está tudo bem? — perguntou ela, e eu sabia pelo seu tom de voz quais seriam as próximas palavras. — Querida menina, está na hora de você voltar para casa.

— Então as coisas com *ela*, com a mamãe, foram resolvidas?

— Bem, não, não exatamente — respondeu vovó com a mesma voz cuidadosa que me fazia enterrar as unhas na palma da mão. — Mas nada vai ser conquistado com você aí e a sua mãe aqui.

— Quem disse que eu quero conquistar alguma coisa? — resmunguei. — Não há nada para conquistar, nada a dizer, a não ser que ela esteja pronta para me pedir desculpas.

— Sinceramente, Bea. Como você pode evoluir se for tão intransigente? Realmente, não sei o que deu em você.

Duas semanas e meia de liberdade longe da camisa de força maternal, foi isso que deu em mim, e eu não estava morrendo de pressa para voltar.

— Olhe, vovó, talvez eu precise de mais uma semana...

— Verifiquei com a Eurostar, e há muitos assentos em todos os trens saindo de Paris amanhã — comentou vovó, interrompendo o que eu estava dizendo. — Quer que eu marque uma passagem para você?

— Não, mas eu não quero voltar...

— Estou contando que você esteja de volta a Londres amanhã à noite — disse vovó incisivamente. — Você nunca me decepcionou antes, sempre manteve suas promessas, eu odiaria pensar que isso mudou.

A Vovó Minor era boa. Ela era como um gênio do mal quando o assunto era manipular sua neta para um canto sem saída.

— Não estou de acordo com isso, mas tudo bem, eu *prometo* que vou pegar o Eurostar amanhã.

— É claro que vai — falou ela como se nunca tivesse havido nenhuma dúvida. Eu já podia prever que depois de algumas horas de volta a Londres, eu seria a Bea segura, chata e previsível de novo. — Vai ser bom ver você. Mal podemos esperar para ouvir tudo sobre as suas aventuras.

É, aposto como a mamãe mal podia esperar. Ela provavelmente já havia feito um estoque de testes de gravidez e, no minuto em que eu chegasse em casa, iria me carregar para o banheiro e me forçar a fazer xixi em incontáveis palitos de plástico branco.

Desliguei com um suspiro profundo e me virei para encarar Toph, que havia acabado de emergir do banheiro.

— Você tem que ir para casa — ele não disse em formato de pergunta, porque não era uma. Era uma ordem.

— É. — Eu me afundei na minha cama e fiquei olhando inexpressivamente para o teto.

Senti o colchão afundar quando Toph sentou-se ao meu lado.

— Quando?

— Amanhã — funguei. — Parece que há um monte de lugares vagos no Eurostar.

— Que droga. — Toph puxou a pequena mecha de cabelo que nunca ficava enfiada arrumadinha atrás da minha orelha. — Mas você sabia que teria que ir para casa em algum momento e não pode continuar adiando.

Eu funguei novamente e Toph puxou meu cabelo com mais força para me comunicar que uma fungada não era uma resposta adequada.

— O que mais a vovó lhe disse?

— Ah, nada de mais — falou Toph casualmente. — Só queria saber os pontos altos da minha vida até agora, minhas perspectivas, minhas intenções em relação à sua única neta. Você sabe. O de sempre.

— Ah, meu Deus — gemi, porque, sério? Mesa da vergonha para um.

— Ela também queria saber se você já comprou algo totalmente frívolo e caro?

Eu havia comprado várias coisas, mas os CDs da Françoise Hardy eram aquisições essenciais. Aí sentei-me ereta.

— Já sei! Eu podia comprar um apartamento em Paris, tipo, hoje! Aí não teria que ir para casa. O que acha?

Toph passou o braço em volta do meu ombro e era um toque maior que tudo que fizéramos no quarto do hotel, mas as circunstâncias eram mais que atenuantes, então eu me permiti descansar a cabeça no ombro dele e poder inalar grandes lufadas de seu cheiro limpo, ele andara usando meu sabonete líquido com aroma de figo de novo. Toph pigarreou nervosamente, o que me fez começar a entrar em pânico. Eu realmente não ia aguentar mais más notícias.

— Eu podia ir para Londres com você, se você quisesse? — falou ele hesitantemente.

Eu queria. Eu queria muito. Por tantos motivos egoístas eu queria dizer sim, mas...

— Não, tudo bem. Você não precisa fazer isso — disse eu, tentando soar firme e decidida. — Sério, eu vou ficar bem.

— Tem certeza?

Era bom que eu estivesse com a cabeça no ombro do Toph para que ele não pudesse ver como meu rosto estava se contorcendo.

— Sim, tenho. Quero dizer, é legal da sua parte oferecer, mas você vai querer estar bem longe quando a Terceira Guerra Mundial estourar. — Foi preciso um esforço quase sobre-humano, mas eu escorreguei para longe da solidez reconfortante do Toph e fiquei de pé. — Bem, acho que tenho uma passagem de trem para comprar.

— Não — falou Toph, levantando-se para poder pegar minhas mãos nas suas apesar de ser muito antes do almoço e estarmos no quarto do hotel, fazendo com que fosse a hora e o lugar errados para ficar de mãos dadas. — O Jean da recepção pode cuidar disso para você.

Eu sacudi a cabeça.

— Mas ele não pode, porque...

— Não, eu falo com ele. Vou garantir que você consiga um lugar no qual não fique de costas para o motor — insistiu Toph veementemente, e sua habilidade em saber *exatamente* o que eu estava pensando era realmente assustadora. Eu ia sentir tanta falta disso. — Temos mais um dia em Paris.

— Eu sei e tenho que arrumar a mala e comprar presentes e... — Minha voz foi sumindo conforme eu percebia a absoluta enormidade de todas as coisas que tinha de fazer antes de poder ir para casa para tomar uma surra séria.

— Leva dez minutos para fazer as malas. É uma daquelas coisas em que a ideia gasta muito mais tempo que o ato em si — argumentou Toph, dando uma sacudidinha nas minhas mãos. — Um dia, Bea! Vamos fazer com que seja o dia mais incrível que se possa imaginar.

Olhei para minha mala fiel e então voltei o olhar para o Toph, que estava fazendo sua cara de coelho triste. A mesma cara que eu havia dito a ele para usar só para o bem, porque era *muito* persuasiva.

— Não posso. — Mas minha voz estava vacilando.

— Mas ainda há um monte de coisas na lista que não riscamos — falou Toph, jogando sua cartada vencedora, porque uma aficionada por listas como eu não podia deixar uma lista de tarefas incompleta. — Venha, vamos a qualquer lugar que você queira e faremos todas aquelas coisas idiotas de turista que fingimos desprezar mas que eu sei que você marcou em seus guias de viagens. Assim como sei que tem levado o seu guia menorzinho conosco e espiado escondida quando acha que eu não estou vendo... Ai! — Toph terminou com um ganido quando eu pisei com força e deliberadamente em seu pé.

— Bem, acho que não vai levar tanto tempo para fazer a mala — raciocinei. — E se formos à Île de la Cité, posso ir à loja de doces e comprar todos os meus presentes lá. Quero dizer, que louco não gosta de chocolate?

— Esse é o espírito. — Toph sorriu largamente, sentando-se em sua cama para poder calçar os tênis, enquanto eu começava a juntar minhas coisas. — É melhor você ter certeza de que tem tudo o que precisa durante as próximas 14 horas, porque não temos tempo de voltar aqui para tirar um cochilo.

— Não posso ficar fora um tempão, ainda tenho que arrumar a mala — falei, mas Toph botou as mãos em cima dos ouvidos para não ter que escutar meus protestos.

Capítulo 19

Pegamos o metrô para Notre Dame porque a área era infestada por barraquinhas vendendo bugigangas para turistas e podíamos cobrir a parte de souvenires da nossa lista. Eu comprei globos de neve para acrescentar à minha coleção: o Moulin Rouge e um de Paris à noite. Tive de fazer uma intervenção quando Toph insistiu que ia comprar um chapéu de bobo da corte em vermelho, branco e azul da bandeira francesa (ou Tricolour como os franceses chamam) e se contentou com um boné de beisebol *Eu ♥ Paris*, que era caído, mas ficava bem nele, como se fosse um boné de caminhoneiro com uma propaganda retrô de pão ou refrigerante.

Então fizemos uma viagem rápida para o outro lado da rua até a Shakespeare & Co., a lendária livraria de livros em inglês, que existia há séculos e fora frequentada por tipos literários como Henry Miller e Anaïs Nin. Toph estava controlando meu horário então eu só tive meia hora para selecionar não mais que cinco livros e uma mochilinha adorável da Shakespeare & Co. para botá-los dentro.

Aí caminhamos um pouco pelas margens do Sena, o grande rio que corria através do centro de Paris, até chegarmos à Pont de la Tournelle e andamos até a Île de St. Louis, a ilhazinha vizinha à Île de la Cité onde ficava Notre Dame. Era como um pequeno oásis de tranquilidade do velho mundo bem no meio de Paris. Sem metrô, sem mochileiros, só algumas ruas estreitas cheias de lojinhas vendendo de tudo desde pombos a *foie gras* a queijos tão fedorentos que eu quase vomitei com o cheiro enquanto passávamos na frente. Depois de alguns erros de percurso, finalmente encontramos a loja de chocolates sobre a qual eu tinha lido na internet.

Era uma loja de balas antiquada, como algo saído de um romance de Dickens, repleta de barras de chocolate, invólucros brilhantes de papel alumínio em todos os tons imagináveis, enormes jarras de vidro cheias de balas. Eu nunca vira tanta delícia boa enfiada em um espaço tão pequeno. Toph já estava agarrando punhados de chocolate enquanto eu olhava lentamente em volta.

Comprei crocodilos de chocolate e cordões de marshmallow para o Alfie e o Ben, Vovó Minor ganhou biscoitos e caramelos em lindas latas *art déco*, com as quais eu ia ficar depois de qualquer jeito, James adorava qualquer coisa apimentada então comprei para ele chocolates infundidos com pimenta, e a Vovó Major comia um quadrado de chocolate amargo todos os dias, então comprei para ela duas barras enormes de chocolate puro com amêndoas. Também comprei bastante chocolate para guardar nos meus esconderijos secretos quando chegasse em casa. Terminei enfiando barras de chocolate na minha cesta para Ruth, Lydia e Polly antes de ir até o caixa para pagar.

— Isto é chocolate à beça — observou Toph enquanto o proprietário e eu os jogávamos em sacolas entre nós.

— Isto é para os gêmeos — falei enquanto os animais de chocolate eram empacotados e continuei com a lista de todas as pessoas que iriam ganhar meus presentes de chocolate para que o Toph não pensasse que eu planejava engolir tudo sozinha.

— E a sua mãe? — perguntou Toph com um ligeiro tom de reprovação, o que me fez eriçar os pelos imediatamente.

— O que tem ela?

— Você *tem* que comprar alguma coisa para ela, Bea. Não pode não comprar — protestou Toph.

— Pode esperar sentado — resmunguei e ia ser irredutível quanto a isso, mas Toph estava me encarando com um olhar duro... Na verdade, parecia mais para decepcionado que para duro, e ele realmente estava tirando vantagem do fato ser nosso último dia juntos. — Está bem, *tudo bem* — vociferei e agarrei uma caixa de frutas cristalizadas, porque ninguém gosta de frutas cristalizadas.

Embora o sol estivesse brilhando com força, como se a chuva no começo da semana não tivesse acontecido jamais, senti como se tivesse minha nuvem pessoal de tempestade pairando bem acima da cabeça. Ela me seguiu o caminho todo pela Rue Saint Louis acima, até a famosa sorveteria Berthillon.

Entramos no final de uma longa fila que serpenteava e eu tentei fazer meus traços ficarem um pouco mais ansiosos e um pouco menos emburrados.

Toph cutucou o meu braço.

— O que houve?

— Nada, só estou tentando decidir que sabor pedir — menti, torcendo o pescoço para ver o cardápio escrito em um quadro-negro, para não ter de olhar para o Toph.

— Mentira — zombou dele. — Quer tentar de novo?

— Não especialmente. — Olhei em volta de mim para as lojinhas minúsculas com suas vitrines extravagantes e, eu não estou brincando, um homem de boina passando de bicicleta. — É só que... a esta hora amanhã vou estar em Londres e sei que vai ser horrível. E quando penso no dia depois de amanhã e no dia depois disso e em todos os dias e todas as semanas no futuro, só o que consigo ver é uma porcaria e brigas entre mim e minha mãe e, Deus, a Ruby provavelmente vai pagar alguém para me empurrar da escada muito íngreme do lado de fora do prédio de artes quando eu voltar para a escola e... eu simplesmente não quero deixar Paris. — E não queria deixar o Toph, porque pela primeira vez na vida eu conhecera alguém que realmente me entendia, mesmo as partes que eram bastante sombrias e nojentas ou só simplesmente idiotas.

Toph colocou a mão no meu ombro e o apertou um pouco.

— Eu sei — disse ele e, com aquelas duas palavras e a pressão de seus dedos, eu não me senti tão à deriva. — Quando penso em voltar para casa no Texas é como se eu estivesse deixando parte de mim para trás aqui na Europa.

— Podíamos simplesmente não voltar — sugeri, e nem era uma brincadeira. — Eu podia arrumar um emprego na cozinha do Shangri-La e você podia ser porteiro, e aposto que há algum quartinho com infiltração no sótão onde poderíamos morar sem pagar aluguel. Seria tão legal. — Toph me deu o olhar mais esquisito enquanto andávamos lentamente na direção do começo da fila. Como se estivesse seriamente pensando a respeito. — Você sabe que eu estou brincando, certo? Mais ou menos.

Eu me permiti uma fantasia de dez segundos sobre dali a dez anos, quando Toph e eu ainda estivéssemos em Paris e dividindo um lindo apartamento em St-Germain-des-Pres com pisos de tábua corrida e dois gatos siameses. Na minha fantasia nós usávamos muito preto e saíamos para beber com amigos igualmente vestidos de preto que diriam aos seus conhecidos "Eles vieram passar uma semana aqui e acabaram ficando dez anos". A essa altura, Toph e eu teríamos dominado o dar de ombros gaulês, então simplesmente iríamos mexer os ombros como se não fosse nada de mais e pedir outro *verre de vin rouge*.

— O que foi? — resmunguei quando percebi que Toph estava falando alguma coisa apenas porque seus lábios se moviam.

— Adoraria saber aonde você vai quando se desliga assim — disse ele, apesar de ser realmente melhor que não soubesse. — Eu estava dizendo que é bom estarmos na fila do sorvete. Minhas irmãs comem uma tonelada cúbica de sorvete quando estão passando por algum trauma. Vou pedir o de laranja vermelha, o de morango silvestre e o de pêssego. E você?

Eu escolhi três bolas, de chocolate amargo, caramelo e praliné, e nós ficamos trocando de casquinhas enquanto atravessávamos a

Pont Marie e andávamos na direção do Le Marais, que antigamente era o velho bairro judeu antes da Segunda Guerra Mundial. A mão do Toph segurava firmemente a minha agora e nós perambulamos pelas ruas lotadas e olhamos as vitrines das lojas. Toph não parava de apontar coisas que dariam aquisições frívolas perfeitas, mas eu só sacudi a cabeça para cada uma delas. Eu não queria sapatos ou bolsas e nem mesmo um vestido lindo de renda preta. Eu não sabia o que queria, mas saberia quando visse.

Acabamos chegando aos Jardins du Marais porque estava no horário no qual gostávamos de passar algumas horas sentados na grama conversando. Eu caí agradecidamente no primeiro lugar vazio que encontramos, tirei os tênis e abri os braços e as pernas como uma estrela-do-mar. Toph estava dobrando seu moletom de capuz em um travesseirinho confortável e eu estiquei a mão, a luz do sol fazendo meus dedos parecerem transparentes, e acariciei uma linha a aproximadamente cinco centímetros da coluna dele. Era estranho como você podia estar com alguém e sentir como se já estivesse com saudades. A minha mente começou a percorrer perguntas que eu queria fazer ao Toph, dentre todas as coisas que eu ainda não havia dito mas, quando ele se deitou ao meu lado, só sorri e fechei os olhos.

Fui acordada de um sonho ligeiramente perturbador (Mark, de *Betty, a feia*, era meu pai verdadeiro e não estava exatamente feliz com a notícia) pela sensação suave de dedos acariciando o meu rosto.

Foi um esforço abrir os olhos e, quando o fiz, Toph estava apoiado em um dos cotovelos enquanto traçava a ponta do meu nariz com o dedo. Isso não era ficar de mãos dadas; isso era um tipo totalmente diferente de toque. Mas enquanto eu decidia que tipo de toque era, Toph parou a carícia e pegou um tubo de filtro solar.

— Eu não queria que você se queimasse — explicou ele, fechando a tampa. — Por que filtro solar sempre tem cheiro de coco?

— Sei lá — balbuciei, apesar de que, em qualquer outro momento, a pergunta teria me envolvido por uns bons dez minutos. — Por quanto tempo eu dormi?

— Mais ou menos uma hora. — Toph apoiou-se de novo nos cotovelos — Eu também meio que adormeci. Isso é que é não tirar um cochilo de tarde.

Para o observador casual, Toph podia parecer relaxado, recostado e com o sorriso preguiçoso, mas seu pé direito estava se mexendo incontrolavelmente, ele tinha um músculo pulsando na bochecha e não parava de disfarçar as espiadas no relógio.

— Tem que estar em algum lugar, Toph?

Ele tentou conter seu sobressalto de culpa.

— Não! Não... é melhor a gente ir. Você sabe... jantar.

Eram só 17h, mas se Toph não enchesse a cara de comida pontualmente a cada duas horas ele podia ficar muito ranzinza. Eu cambaleei de pé, curtindo a sensação da grama fria debaixo dos meus pés descalços e tentei ajustar furtivamente a parte de trás do meu vestido, que estava colada nas minhas coxas.

— Vamos — gritou Toph por cima do ombro. Ele já estava na metade do gramado. — Temos um monte de dia sobrando.

Precisei correr para acompanhar Toph enquanto ele acelerava pelo caminho que levava de volta à rua. Desta vez, quando ele pegou a minha mão, foi para me arrastar com ele em um ritmo muito mais veloz do que eu estava acostumada.

— Ei, você está indo rápido demais — reclamei enquanto nós praticamente corríamos pela Rue de Rivoli. — As minhas pernas não são tão compridas quanto as suas.

Toph olhou para as minhas pernas, de forma alguma de maneira lasciva. Mais como se quisesse verificar se elas estavam funcionando para eu poder continuar andando.

— Não choramingue — advertiu ele, mas minha atenção havia sido distraída por algo em uma vitrine na nossa frente.

— Brilhante — disse eu, largando a mão do Toph para poder me aproximar para olhar melhor. — Vou só dar uma entrada aqui. Não vou demorar.

— Não temos tempo — insistiu Toph, mas ele estava falando com a minha poeira.

A mulher na loja não podia ter sido mais atenciosa. Ela explicou muito lenta e cuidadosamente que eu podia comprar a pulseira de pingentes que vira na vitrine ou podia fazer a minha própria das bandejas de pingentes que começou a puxar de debaixo do balcão.

Era realmente o souvenir mais perfeito e frívolo. Separei cuidadosamente os pingentes (tentando ignorar o fato de Toph estar bufando e batendo o pé atrás de mim) e escolhi uma Torre Eiffel, um Arco do Triunfo e o Moulin Rouge, assim como um barquinho à vela, apesar de só termos andado pelas margens do Sena. Aí, escolhi uma garrafinha de vinho para me lembrar de todas as noites nos bares, uma lesma por causa da vez em que comemos os escargots, um poodle, um Tricolour e um disquinho que dizia *Eu ♥ Paris.*

— Há mais alguma coisa que eu deva escolher? — perguntei ao Toph, que soltou um gemido estrangulado, mas espiou por cima do meu ombro para poder vasculhar a última bandeja com seus dedos longos.

— Este aqui — disse ele, segurando um tênis All Star pequeninho. — E este aqui. — Ele pescou um coraçãozinho e o colocou no balcão. — Jesus, Bea, quanto tempo mais?

Eu dei de ombros, o que era um pequeno hábito que eu estava secretamente feliz por ter adquirido.

— Sei lá. — A mulher estava prendendo meus pingentes com um par de alicates. — Você acha que eu devia mandar gravar um desses discos planos com o meu nome e a data?

— Não — falou Toph sucintamente, olhando para o relógio e então tirando o telefone do bolso. — Vou esperar lá fora. Se levar mais de cinco minutos, eu vou embora sem você.

Fiz uma cara magoada pela partida de Toph e então dei de costas e revirei os olhos para a vendedora, que resmungou algo sobre "*toutes hommes*" e como eles eram "*très impossibles*". Eu não sabia qual era o problema do Toph, mas estava começando a ficar preocupada que ele estivesse cansado de mim. Que, depois de uma semana, minha face verdadeira e sem graça estivesse começando a aparecer e ele quisesse que esse dia acabasse o mais rapidamente possível para não ter de me aguentar mais. Talvez fosse por isso que tivesse ficado tão esquisito comigo em Marselha daquela vez.

Só aquela ideia foi o suficiente para me fazer franzir as sobrancelhas quando finalmente saí da loja, dez segundos antes do meu prazo de cinco minutos. Ergui a sacolinha contendo a pulseira de pingentes.

— Prontinho.

Toph se afastou da parede na qual estava encostado.

— Certo, ótimo. Vamos andando.

Eu não saí do lugar, mas cruzei os braços e tentei parecer calma.

— Olhe, Toph, se você está cheio de andar comigo, eu não me importo se quiser ir embora e fazer as suas coisas. Sério, não me importo.

Toph suspirou de uma maneira longa e sincera.

— Esta é a sua maneira passivo-agressiva inglesa de dizer que está cansada de mim?

— Não, é claro que não estou! — protestei. — E sabia que quando você fala assim parece o Dick Van Dyke?

Toph suspirou novamente.

— Só para ficar claro. Eu não estou cheio de você, e você não está cheia de mim. — Ele esticou a mão. — Mas eu vou ficar muito chateado se você não estiver no metrô nos próximos dez minutos.

Capítulo 20

Toph não dizia por que tínhamos de pegar o metrô. Também não me deixava ajudá-lo, apesar de sempre ter uma dificuldade imensa para ler um mapa muito simples, com código de cores. O suor estava formando gotinhas por baixo da aba de seu boné de beisebol *Eu ♥ Paris*, e ele ficou se remexendo no assento enquanto parávamos em uma estação atrás da outra. O trem começou a esvaziar, mas Toph se recusou a me dizer nosso destino, apesar de minhas pequenas observações de que estávamos *saindo* de Paris se tornarem cada vez mais estridentes.

— Já estava na hora! — anunciou Toph quando o trem parou na Quai de la Gare e ficou de pé, puxando-me enquanto abria caminho pelas outras pessoas que estavam tentando sair.

— Está bem, você nem está começando a me apavorar — zanguei, enquanto Toph me puxava para uma escada rolante e começava a subir até o topo, apesar de podermos simplesmente ficar parados e deixá-la fazer o trabalho. — Você está oficialmente me apavorando, seu maluco.

Toph franziu os lábios, mas não falou nada até termos passado pela catraca. Ele parou um instante para se orientar antes de me puxar na direção da saída. Quando o dia terminasse, meu braço esquerdo ia estar uns bons dez centímetros mais comprido que o direito.

— Quero que você corra o mais rápido que já correu na vida — disse ele.

Não tive tempo de reagir porque Toph estava disparando para fora da estação, e eu não tinha escolha senão disparar com ele enquanto ele corria diretamente para a rua, o trânsito parando na nossa esteira com buzinadas furiosas enquanto íamos para o Sena, do outro lado da rua.

Foi um ato de Deus termos conseguido chegar à margem do rio sem termos sido atropelados, porém ainda assim Toph não estava diminuindo o ritmo, mas me puxando por degraus escorregadios abaixo e através de um píer, enquanto gritava "*Attendez! Attendez*!".

Havia um barco grande na nossa frente, um dos lindos barcos de passeio pelo rio que eu vira passando para cima e para baixo do Sena. Um senhor encarquilhado com um quepe de marinheiro estava passando uma corrente pela prancha de desembarque enquanto íamos escorregando até parar. Ele não pareceu nem um pouco impressionado diante de nossas figuras acaloradas e suadas.

— Eu reservei hoje de manhã! Diga a ele que sinto muito por estarmos atrasados e que ele tem que nos deixar embarcar — tagarelou Toph. — Diga a ele que você só tem 24 horas de vida. Qualquer coisa!

Eu estava no meio de um pedido abjeto de desculpas com muitos biquinhos no meio só para garantir, quando uma mulher com uma prancheta veio correndo pela prancha de desembarque para ver qual era a confusão. Ela então foi em frente e deu uma bronca fenomenal no homem de quepe.

Ele soltou a corda para nos deixar embarcar mas, de outra maneira, pareceu supremamente despreocupado. Na verdade, quando olhei por sobre o ombro, ele estava cuspindo no Sena para mostrar seu desprezo pela situação toda.

— O que está acontecendo? — sussurrei para o Toph, enquanto a mulher nos guiava pelo convés. — Por que você não me contou? Quanto eu lhe devo?

— Você não me deve nada, é o seu prêmio pelo "*U-la-lá*" — sussurrou Toph de volta. — Assim podemos ver tudo o que perdemos e ainda comemos enquanto estamos fazendo isso.

— É um jantar marítimo! — Eu estava prestes a insistir que nós rachássemos quando a mulher nos guiou através de portas duplas com um gesto impaciente e eu via os outros passageiros.

— Puta merda!

— Puta merda mesmo — disse Toph baixinho. — O vestido daquela mulher é feito de papel-alumínio?

Os outros passageiros estavam todos perambulando por um aposento grande com mesas e cadeiras arrumados em volta de uma pista de dança e se apresentando enquanto garçons flutuavam em volta, segurando bandejas com taças de champanhe em cima. O vestuário era mais do que formal; muitos dos homens estavam usando paletó, e as mulheres haviam saído de tafetá, cetim e a coisa que usamos para assar perus no Natal, como a mulher para a qual Toph apontara.

Pelo menos eu estava usando um vestido (Jess havia me legado seu LBD quando não conseguiu fazê-lo caber na mochila), mas ele estava combinado com tênis encardidos. Toph usava jeans desbotados e esburacados e uma camiseta desbotada e esburacada e aquele maldito boné de beisebol *Eu ♥ Paris*. Nós também tínhamos um zilhão de sacolas, e eu podia ver sobrancelhas sendo levantadas e pessoas falando pelo canto da boca, provavelmente para se perguntar exatamente de que sarjeta tínhamos acabado de sair.

Toph levou tudo numa boa. Sorrindo ameaçadoramente, ele largou suas sacolas para poder pegar duas taças de champanhe de um garçom que passava e entregou uma para mim.

— Saúde — falou, brindando com a borda do meu copo.

— Isto deve ter custado uma fortuna — disse eu, corando quando vi a cara da mulher de vestido de papel-alumínio, que estava me olhando muito feio. — Você tem que me deixar ajudar.

— Ah, tudo bem — insistiu Toph enquanto a mulher da prancheta nos levava até nossa mesa e um viva barulhento subia enquanto o barco se afastava do cais.

— Mas quando você organizou isto? — perguntei, porque tínhamos ficado juntos como irmãos siameses a semana inteira.

Toph deu um gole em seu champanhe. Agora que seus planos haviam se realizado, ele tinha parado de se remexer e estava recostado em sua cadeira como se jantasse em barcos o tempo todo.

— Jean da recepção resolveu tudo quando eu pedi para ele marcar nossas passagens de trem.

— Passagens de trem no plural? Então você não vai ficar em Paris?

— Não ia ser a mesma coisa sem você, Bea — disse Toph baixinho. — E quando você estiver em Londres e eu estiver em Austin e estivermos conversando pelo Twitter e pelo Facebook, poderemos dizer honestamente que sempre teremos Paris.

Eu dei um gemido de brincadeira, mas secretamente as palavras do Toph fizeram um arrepiozinho percorrer meu corpo. Nós *sempre* teríamos Paris. Eu me inclinei por cima da mesa para poder apertar a mão do Toph.

— Muito obrigada por fazer isto e por ser o melhor companheiro de viagem que uma garota já teve e só... Deus, você foi fabuloso. Muito, muito mesmo. — Havia outras palavras que eu queria dizer, mas não sabia nem como dar forma a elas.

— Você nem terminou o seu champanhe e já está ficando toda emocionada. — Toph deu um sorriso largo. — Aposto como vai começar a chorar antes mesmo de eles servirem o prato principal.

Eu não tinha a menor intenção de chorar, mas aí houve um chiadinho de retorno nos alto-falantes espalhados pela sala e o comentário do passeio começou, então pude parar de olhar para o sorriso provocante no rosto do Toph e olhar resolutamente pela janela para o Jardin des Plantes.

Comecei a me divertir assim que um prato enorme de vieiras foi colocado na minha frente. Tive de me conter para não gemer em êxtase enquanto comia. Aí, teve carneiro com uma trufa esquisita mas deliciosa e flan de abóbora e, apesar de eu poder sentir minha barriga dilatada empurrando o tecido do meu vestido, ainda encontrei lugar para bolo de chocolate derretido com sorvete de violeta.

Toph conseguiu comer até os queijos enquanto eu dava tapinhas na minha barriga e tentava não entrar em um coma alimentício. Estávamos passando pela Pont Neuf, e eu torci o pescoço para ter uma visão melhor da ponte onde havia desejado que meu primeiro beijo acontecesse. Estava ficando escuro agora, e era fácil ver por que Paris era chamada "a Cidade Luz". Os dois lados do Sena eram iluminados por holofotes, lasers e guirlandas de lâmpadas brilhantes passadas por entre os postes.

— É tão lindo — suspirei.

— Então você se apaixonou? — perguntou Toph, empurrando alguns farelos perdidos de Brie do prato com a ponta dos dedos.

Meu coração deu uma batida de advertência.

— Apaixonou? — ecoei, mas não fazia ideia do que ele estava falando.

— É, você falou há não muito tempo que odiava Paris e agora está suspirando com o quanto ela é bonita — falou Toph. — Acho que seu caso de amor com Paris voltou.

— Paris e eu somos só boas amigas — disse eu afetadamente, porque sabia que faria o Toph rir, e ele ficava quase tão luminoso quanto as margens cintilantes do Sena quando ria.

Eu queria lhe perguntar se ele também havia se apaixonado, porque seria a desculpa perfeita para ele me dizer que não fora apenas Paris que tinha roubado seu coração, mas aí houve outro guincho de retorno e a moça com a prancheta (que agora colocara um vestido dourado brilhante) estava atravessando a pista de dança com um microfone.

— Ah, Deus, este deve ser o número pós-jantar — disse Toph alegremente, sentando-se ereto. — Você acha que ela vai cantar? Aposto como ela vai cantar.

— E aposto que vai ser "*La vie en rose*" ou "*Je ne regrette rien*". — Aquilo garantiu uma tentativa de se sentar direito. — Ooooh! Talvez vá haver um karaokê. — Se houvesse, eu não tinha a menor intenção de participar, mas gente velha e karaokê era totalmente sensacional.

Toph e eu esperávamos que a música começasse, mas em vez disso, a Garota da Prancheta trotou até a mesa mais perto de si e enfiou o microfone no rosto de uma pobre mulher.

Acabou que não era karaokê. Era ir a cada uma das mesas (umas vinte, pelas minhas contas) e perguntar aos ocupantes por que tinham vindo a Paris. Houve aplausos esparsos e educados para cada boda de prata, aniversário de casamento ou aniversário de cinquenta anos ou pessoa que economizara cada trocado durante vinte anos porque sempre tivera a ânsia de vir a Paris. Era meio chato, tirando os caras gays de 50 e poucos anos de Manchester que disseram ter vindo a Paris para comemorar o fato de terem acabado de pagar sua TV de plasma.

No final, a mulher havia percorrido todas as mesas, menos uma.

— Vou dizer que viemos no passeio porque todos os restaurantes que tentamos estavam cheios — disse Toph, com um sorriso malicioso.

— Você não pode — protestei. — Vamos dizer que é o seu aniversário.

— Não vamos, não.

Enquanto a mulher vinha na nossa direção, Toph sentou-se ereto e acenou enquanto eu escorregava tão para baixo no meu assento que meu queixo estava quase tocando a mesa.

— E, por fim, mas não menos importante, temos nossos atrasados — disse a mulher em um inglês perfeito. — Então, quais são os seus nomes?

Toph já havia agarrado o microfone.

— Eu sou Bobby Jo Junior e esta é Cindy-Lou — informou ele à sala com o sotaque texano mais escandaloso. — Nem consigo expressar como é sensacional estar aqui com 'océs tudo. Diga oi, Cindy-Lou — acrescentou ele, jogando o microfone para mim.

Eu o empurrei para longe mas consegui dar um aceno fraco.

— Não liguem para a Cindy-Lou, pessoal — continuou Toph. — Ela é tímida, só isso.

A mulher sorriu para Toph porque ele estava mandando ver no negócio de participação da plateia.

— E o que os traz a Paris? — perguntou ela.

O sorriso do Toph ficou ainda maior.

— Bem, dona, lá no Texas nós também temos uma Paris, mas eu ouvi dizer que esta era a Cidade dos Amantes, então nós usamos o dinheiro da faculdade da Cindy-Lou e pegamos um avião... — Toph fez uma pausa para aumentar a tensão dramática: — Sabe, pessoal, nós estamos aqui em lua de mel. Eu me casei com a minha pequena Cindy-Lou direto da sala de aula.

— Ah, meu Deus, pare de falar — implorei, mas acho que o Toph não podia me ouvir em meio aos enormes aplausos. Fiquei momentaneamente cega por uma tempestade de flashes de câmeras quando começamos a ser fotografados.

— Que romântico — suspirou a mulher, enfiando a prancheta embaixo do braço para poder se juntar aos aplausos. — Agora está na hora da dança. Será que você e Cindy-Lou gostariam de fazer a primeira dança?

Toph já havia pulado de sua cadeira.

— Dona, vamos ficar encantados — disse ele por cima de mais um guincho do retorno quando o sistema de som voltou à vida com as notas de abertura de "*La vie en rose*". Toph me levantou e me guiou para a pista de dança. Só o que pude fazer foi lhe prometer uma morte lenta e dolorosa através de meu olhar mais intimidante.

— Vamos, vamos, Cindy-Lou. Não queremos que essas boas pessoas achem que estamos tendo uma briga de namorados — falou Toph de modo arrastado, os olhos brilhando, enquanto passava um dos braços pela minha cintura e pegava a minha mão. — Ponha a mão direita no meu ombro. Espero que possamos valsar.

Valsar com o Toph era muito diferente da época em que eu costumava subir nos pés do Vovô Minor e valsar pela sala de estar. Para começar, Toph estava se exibindo e não parava de me girar para que as pessoas pudessem tirar a nossa foto. Além disso ele não estava só valsando, mas fazendo todo tipo de coisa complicada, como me mergulhar de costas e me fazer dar piruetas até eu achar que fosse vomitar com o movimento.

— Você disse que não dançava. Você é muito mentiroso — arfei enquanto ele passava sem problemas para um foxtrot.

— Minha irmã mais nova, Cassidy, era dançarina profissional de salão. Eu era forçado a ensaiar com ela quando ela estava sem parceiro — relembrou Toph com um arrepio, antes de pressionar sua bochecha contra a minha para que Wilhelm e Marta da Áustria pudessem tirar mais uma foto de nós.

— Agora entendo por que você costumava explodir as coisas. — Eu ri e pisei prontamente no pé do Toph de novo. — Desculpe.

Depois de um tango particularmente enérgico, convenci Toph de que precisávamos nos sentar. Ou eu precisava me sentar antes que caísse. Servi mais uma taça de champanhe para cada um de nós, apesar de ter jurado que só beberia uma dose de bebida alcoólica por noite depois do incidente com as vodcas-martíni, e, enquanto lambia uma gota no meu pulso, Toph me deu uma olhadela tão suave e calorosa que decidi fazer a pergunta que estava me perturbando havia dias.

— Por que você foi tão cruel comigo em Marselha? — soltei, antes que perdesse a coragem. — Não só a briga que tivemos depois da boate, mas antes disso.

Toph sacudiu a cabeça como se estivesse tentando expelir a lembrança.

— Ficou no passado. Já foi esquecido. Somos amigos de novo, Bea. Indo para melhores amigos se eu voltar a Phoenix e descobrir que meu colega de quarto, Joe, deu perda total no meu carro.

— Não brinque — falei baixinho. Eu não queria voltar para Londres no dia seguinte com nenhum "e se" pairando sobre a minha cabeça.

Toph não falou nada por um momento.

— Naqueles primeiros dias em que andamos juntos, eu estava tão feliz por tê-la conhecido. Você era tão diferente das outras garotas que conheço. — Toph abriu as mãos — Qual é, Bea, não é novidade. Você é legal e inteligente e engraçada de uma forma bem direta, e sabe falar francês e resolver problemas de passaportes perdidos e me fazer um discurso sobre filmes franceses em preto e branco dos anos 1960 sem piscar.

Fiquei encarando Toph, petrificada. A Bea que ele estava descrevendo parecia bastante comigo, mas não era eu. Era como olhar o meu reflexo em um daqueles espelhos distorcidos em parques de diversões.

— É uma descrição e tanto.

— Bem, você é uma garota e tanto — disse Toph, e qualquer traço de zombaria havia sido eliminado de sua voz. — Então eu só queria continuar a conhecê-la porque a cada dia você parecia ficar um pouco mais legal, mas naquela noite, quando fomos à boate... você estava tão bonita e eu não queria... eu não queria ter *alguma coisa* com você.

— Que tipo de *alguma coisa*? — perguntei, com esperanças vãs.

Toph olhou para mim firmemente.

— Você sabe exatamente que tipo de coisa. Eu havia acabado de terminar meu primeiro relacionamento sério e não queria ficar de caso com você quando sabia que íamos nos separar em breve. Não era justo com nenhum de nós dois, e havia a diferença de idade...

— Três anos não são nada! — falei, dispensando a ideia com um gesto para tentar anuviar o efeito que as palavras do Toph haviam causado em mim. Parecia inacreditável que durante todo o tempo em que eu tivera uma paixonite por Toph, ele também podia ter tido uma pequena paixonite por mim. Como se eu realmente fosse digna de uma paixonite. — Então me ignorar totalmente foi só o seu jeito de me esquecer? — acrescentei, meio petulantemente.

— Eu estava tentando botar a cabeça no lugar — vociferou Toph de volta. — E, para ser sincero, Bea, você não estava no seu melhor momento quando começou a beber. Mas acho que a botei nesse pedestal, e era inevitável que você despencasse dele.

— Eu não só caí como *despenquei*? — É, eu havia bebido muito naquela noite, o bastante para não ver qualquer coisa além dos lindos olhos escuros do Iban, mas certamente...

— Você estava agindo como uma completa idiota — falou Toph sem rodeios, e eu quis nunca ter começado isso. — Eu estava fazendo a coisa certa tirando-a de lá, mas você simplesmente caiu em cima de mim por ter estragado o seu primeiro beijo como se eu fosse o maior corta-onda que você já tivesse conhecido.

— Sinto muito — disse eu, repousando as mãos sobre minhas bochechas que ardiam. Não podia ser bom para mim corar tanto. — Sinto muito mesmo. Só entrei na onda da Erin e da Jess e de todos vocês me acharem legal e me deixarem entrar para a sua turma. E Iban foi o primeiro cara que eu conheci que parecia achar que eu era sexy. — Pareceu tão idiota depois que as palavras saíram da minha boca. — Gostei de ser aquela garota de quem ele gostava, mesmo que aquela garota não fosse realmente eu.

Toph sacudiu a cabeça.

— Você não precisa ser nenhuma outra pessoa. Pode ser só você. — Ele esticou o braço para pegar a minha mão e passar os meus dedos pelos dele. — Não sei por que você se diminui tanto.

— Porque não sei se eu sou a Bea que você acha que eu sou ou a Bea que conheço, que é chata e sem graça e passa o tempo todo nesse mundo de sonhos idiota porque não consegue descobrir como fazer com que sua vida de verdade corra como ela quer.

— Você acha que uma diferença de três anos não é nada, mas são três anos importantes — disse Toph, batendo em sua taça de champanhe para reforçar sua opinião. — Tive que sair de casa e começar a descobrir quem eu era sem outras pessoas me dizendo quem eu devia ser. Bea, as coisas vão ser muito boas para você se conseguir aguentar firme.

Acho que o Toph podia ver pelo meu rosto, porque todos os meus traços, boca, olhos, queixo estavam escorregando para baixo, que eu não acreditava nele.

— Sério, Bea, eu prometo.

Nós estávamos nos divertindo tanto e eu havia estragado tudo ao fazer perguntas que não deveria ter feito, o que levara a verdades que eu não queria ouvir.

— Você provavelmente é a pessoa mais gentil que já conheci — admiti, tropeçando nas palavras de forma que elas todas se embolaram. — E sinto ter dado um gelo em você depois que nós brigamos, mas foi tão parecido com o que aconteceu com a Ruby. Em um momento ela me tratava como sua melhor amiga e então, no momento seguinte, ficava muito fria porque eu não estava fazendo exatamente o que ela queria.

— Talvez eu não tenha lidado tão bem com a situação — admitiu Toph, seu polegar roçando distraidamente o meu pulso. — Mas no dia seguinte, quando a vi toda mal-humorada e de ressaca usando pijama, percebi que, mesmo mal-humorada e de ressaca, eu ainda queria ser seu amigo, mesmo que não pudesse ser nada além disso.

Eu soube então que, se algum dia eu fosse ser a Bea, queria ser algo além da imitação pálida que era agora, eu precisava ser corajosa, me arriscar.

— Estou feliz por sermos amigos, porque eu gosto de você...

— É, eu também gosto de você — falou Toph, soltando finalmente os meus dedos para poder pegar sua taça de champanhe.

— Não, quero dizer que gosto *mesmo* de você e parte de não querer voltar para casa é que não quero deixá-lo. — Eu estava olhando fixamente para Toph, que me encarava de volta, nenhum dos dois capaz de desviar o olhar. — Todas as coisas em casa... minha mãe, minha falta absoluta de pai... deixam de ter importância quando estou com você. — Dei o maior, mais profundo suspiro que jamais dera. — Sabe, eu não me apaixonei só por Paris, eu...

— Incomoda-se se eu roubar a Cindy-Lou para uma dança? — disse uma voz detrás de nós, e eu me virei para ver o Clive de Manchester de pé atrás da minha cadeira. Eu podia tê-lo estrangulado alegremente com sua gravata da Torre Eiffel.

O momento havia passado. Quando voltei para nossa mesa, Toph estava se levantando para dançar com uma mulher sueca e eu não tive chance de conversar com ele durante o restante do passeio, já que as senhoras mal podiam esperar para botarem suas mãos de meia-idade nele.

Toph só voltou quando as pessoas começaram a desembarcar na primeira parada e suas parceiras de dança começaram a rarear.

— Acho que está na hora de pensarmos em ir para terra firme — observou ele casualmente. — Onde você quer saltar?

— Não me importo — falei tão distraidamente quanto ele, para mostrar que a nossa conversa não havia me afetado nem um pouco e que eu não estava preocupada com nada do que tinha dito ou estava prestes a dizer antes de sermos rudemente interrompidos.

— Bem, assegure-se de não esquecer nada — disse Toph, empurrando a cadeira para podermos começar a juntar todas as sacolas que havíamos guardado debaixo da mesa. Era o tipo de coisa que você dizia para alguém como uma irmã caçula, pensei sombriamente.

Toph torceu o nariz para as próximas quatro paradas de desembarque.

— Não é centralizado o suficiente — reclamou ele quando eu disse que devíamos saltar no Quai des Tuileries.

— O Sena corre pelo centro de Paris, então são todos centralizados — falei. — Não importa onde a gente saia do barco, ainda vamos ter que pegar o metrô para voltar a Montmartre. Desde que estejamos perto de uma estação, então...

— Sei, sei... — suspirou Toph, levantando a mão em protesto. — Vamos desembarcar em um minuto.

Não desembarcamos em um minuto porque o Toph também não quis descer no Quai Malaquais. Eu devia estar espiando pela janela para ter meu último vislumbre de Paris iluminada, mas estava ocupada demais revirando os olhos.

Eu não me mexi quando Pont Neuf foi anunciada como próximo ponto de desembarque porque Toph teria algum motivo pelo qual deveríamos ficar a bordo até termos navegado todo o caminho de volta até o Quai de la Gare, que ficava tão longe na periferia de Paris que íamos levar horas para voltar ao Shangri-La.

Eu estava tão ocupada suspirando e rangendo os meus dentes de trás que nem percebi que Toph estava de pé, sacolas nas mãos.

— Ande, Bea! — vociferou ele. — Temos que desembarcar. Não fique parada aí!

— Está bem, está bem — resmunguei, catando meus pertences e seguindo o Toph, que estava andando na direção da saída em grande velocidade. Eu não queria vivenciar a Pont Neuf, a minha coisa mais sagrada, quando estava me sentindo tão insegura e em frangalhos, mas atravessei obedientemente a prancha de desembarque.

— Estamos na Margem Esquerda — disse Toph quando chegamos em terra firme. — Precisamos estar ali. Podemos muito bem atravessar a velha Pont Neuf.

Pensei em verbalizar uma discussão a favor de atravessar pela Pont des Arts em vez disso, mas era burrice quando estávamos aos pés da Pont Neuf.

Em termos gerais, a Pont Neuf fica no epicentro de Paris. Não posso dizer com certeza que fica no centro geográfico de verdade, mas se Paris realmente é a Cidade dos Amantes, então a Pont Neuf é seu pulso romântico. É onde as pessoas se encontram e se cumprimentam com um beijo, é onde se abraçam nas alcovas sombrias da ponte e é onde elas se apaixonam.

Arrastei-me relutantemente por ela, as sacolas batendo contra as minhas pernas enquanto Toph andava a passos largos à minha frente, como se não pudesse esperar para encontrar o metrô mais próximo, voltar ao hotel e ir dormir para que a manhã chegasse mais depressa e eu largasse do pé dele. Por que eu tinha de abrir minha grande boca e estragar tudo o que parecia tão perfeito? A Pont Neuf estava estragada para sempre para mim agora.

Mas conforme chegávamos ao meio da ponte, por acaso eu olhei para a direita. Aí, olhei para a esquerda, só para equilibrar as coisas. Depois disso, precisei largar minhas sacolas no chão e só ficar imóvel o suficiente para absorver tudo. Porque de cada lado estava Paris se estendendo diante de mim; brilhando e cintilando e reluzindo como uma caixa de joias. Acho que arfei, mas isso tinha menos a ver com a beleza de Paris e mais por haver uma mão suave segurando a parte de trás da minha cabeça e me virando.

As luzes sumiram na escuridão, porque só o que eu podia ver era o Toph na minha frente. Ele não olharia para mim daquele jeito se estivesse irritado comigo ou envergonhado por mim ou se pensasse em mim como uma irmã caçula honorária.

— Só para você saber — disse ele baixinho, inclinando-se para baixo de tal forma que sua respiração fazia cócegas no meu ouvido. — Eu também não me apaixonei só por Paris. Eu me apaixonei por...

E aí ele me beijou.

Capítulo 21

Meu primeiro beijo foi tudo o que eu havia imaginado. Houve um desfalecimento de verdade enquanto Toph me embalava em seus braços, sua boca mexendo-se suavemente na minha como uma pergunta.

A resposta era sim. Sim. Sim! Mil vezes sim! Mas eu não queria usar minha boca para falar quando estava descobrindo os porquês e para quês de ser beijada e beijar alguém de volta. Então passei os braços em volta do pescoço dele de forma que meus dedos pudessem puxar o tufinho de cabelo em sua nuca que jamais ficava para baixo. Aí o Toph me inclinou para trás, sem tirar sua boca da minha nem uma vez, portanto deve ter ficado parecido com uma velha foto de beijo em branco e preto, nosso mundo congelado enquanto a vida continuava à nossa volta.

Toph me puxou para cima e parou de me beijar, mas só para poder segurar meu rosto nas mãos. Levei os dedos aos meus lábios, que estavam formigando, minha boca inteira parecia estranha, como se eu não tivesse certeza de para que servia senão para beijar o Toph.

— Isto não foi um jeito cafona de lhe dar a lembrança perfeita de Paris para você sempre poder dizer que o seu primeiro beijo foi na Pont Neuf — disse ele baixinho. — Foi porque eu estou louco para beijar você há dias.

Era a lembrança parisiense perfeita, porque independentemente do que mais acontecesse, meu primeiro beijo *sempre* teria acontecido na Pont Neuf com um lindo garoto americano que podia me fazer rir até eu tossir Coca Diet pela minha camiseta favorita toda e fazer meus joelhos se dobrarem quando me beijava.

— Não foi perfeito — falei, quando tive certeza de que tinha o dom da fala novamente. — Não houve fogos de artifício.

Toph franziu os lábios e eu ansiei beijá-los novamente.

— Como assim, não houve fogos de artifício?

— Bem, talvez tenha havido alguns. — Passei os braços em volta do pescoço do Toph de novo porque não havia problema em fazer isso agora. — Talvez seja melhor você me beijar de novo para garantir.

Nós nos beijamos por tanto tempo que eu não sabia dizer quando eu terminava e o Toph começava. Beijamos até os meus lábios ficarem doloridos. Beijamos até a brisa da noite soprando através do Sena nos fazer tremer e termos de pegar um trem de metrô lotado de volta para o Shangri-La. Assim que eu entrei pela porta do nosso quarto e joguei minhas sacolas na cama mais próxima, Toph veio por trás de mim e plantou um beijo suave na minha nuca.

— E quanto à diferença de idade com a qual você estava tão incomodado? — perguntei, minha voz curiosa, não zangada, apesar de eu não ter certeza se o Toph sabia disso. Quando me virei e sentei na cama, quase suspirei de alívio quando ele se sentou ao meu lado.

— Concluí que não era tão importante mais ou menos no momento em que comecei a ficar obcecado a respeito de como seria beijar você — confessou Toph, pegando a minha mão e traçando a minha linha do coração. — Além disso, eu sou muito imaturo para a minha idade.

Típica e previsivelmente eu estava corando de novo e não sabia o que falar. Quero dizer, o que há para falar quando o garoto sobre quem você se convecera estar fora do seu alcance de repente está nos seus braços?

— Sabe, até agora, aaaaah, duas horas atrás, eu achava que você só me via como sua irmã caçula substituta.

Nós dois ficamos olhando um para o outro e não havia nada de remotamente fraterno na forma como o Toph olhava para a minha boca, como se estivesse tentando descobrir quanto tempo teríamos de conversar sobre o que havia acontecido antes de podermos começar a nos beijar outra vez.

Mas conversar envolveria uma discussão sobre amanhã, e depois de amanhã não haveria mais Toph nem mais beijos. Decidi que era melhor aproveitar os dois enquanto ainda era hoje.

Inclinei-me para a frente e para cima e, de repente, estávamos nos beijando de novo. Não estávamos mais na Pont Neuf com pessoas andando à nossa volta, o que significava que passamos da classificação livre diretamente para impróprio para menores. Houve mãos investigando debaixo de camisetas e por baixo de saias, e um pouco de língua. Quando eu pensava em beijo de língua no abstrato, parecia vagamente nojento e pouco higiênico. Mas na realidade, era mais uma coisa francesa da qual eu realmente gostava.

A outra diferença crucial sobre beijar em um quarto de hotel era a proximidade da cama. Quando nos deitamos nela, porque beijar sentado fazia nossos pescoços doerem, os beijos ficaram ainda mais intensos. Como se beijar não fosse só por beijar, mas tivesse virado *preliminares*.

A camiseta do Toph havia sido jogada no chão e as alcinhas do meu vestido preto estavam caindo enquanto eu montava no Toph e plantava uma fileira de beijos em seu peito, quando ele agarrou os meus quadris e me tirou de cima dele. Só consegui não cair em um amontoado no chão segurando a perna do Toph, o que o fez arfar como se estivesse com dor.

— Acho que devemos sair — disse ele com uma voz tensa. Eu não precisava olhar para baixo para ver por que Toph estava com o rosto vermelho e arfando como se tivesse de lutar para respirar. Havia sentido a cutucada contra a minha coxa quando nos beijamos. Eu não estava totalmente imune; minhas entranhas pareciam se liquefazer e até a movimentação do ar contra minha pele quando eu me mexia me fazia querer gritar. Eu havia prestado atenção às aulas de biologia e sabia exatamente o que estava acontecendo e o que provavelmente aconteceria se ficássemos onde estávamos por muito mais tempo.

Isso era algo sobre o qual eu precisava pensar.

— Você tem razão — sussurrei, porque não era capaz de falar mais alto.

Depois de dez minutos para nos recuperarmos e não nos beijarmos de novo de forma alguma, descemos as escadas de mãos dadas, bem a tempo de acenar uma despedida para a equipe do turno da noite. Jean da Recepção deu um assobio longo e baixo e todos os outros membros da equipe olharam para cima e explodiram em uma salva de palmas.

Eu não sabia por quê até Gaspar, o chef confeiteiro, começar um discurso longo e fervoroso sobre como todos eles esperavam que o Toph e eu cedêssemos à nossa grande paixão.

— O que ele está dizendo? — perguntou Toph.

— Você realmente não quer saber — disse a ele quando chegamos ao pé da escada e Claudette, a sous-chef, começou a falar sobre como uma mulher nunca esquece seu primeiro amor. Considerando-se quantos filmes franceses eu já vira, eu havia esquecido como os franceses se importavam com *l'amour*.

— Como você sabe que ele é o primeiro ou que eu o amo? — sussurrei em francês enquanto Toph tinha sua mão sacudida por Jean.

Claudette sorriu com ar de sabedoria.

— Jean disse que é a sua última noite — falou ela, mudando para inglês. — Vamos ao nosso bar favorito. Vamos beber, dançar, beber mais um pouco. Está bem?

Estava mais do que bem. Com nove acompanhantes, Toph e eu não poderíamos fazer nada além de nos beijarmos. Nós os seguimos pelas ruas estreitas e sinuosas de Montmartre, que pareciam ficar ainda mais estreitas e sinuosas quanto mais subíamos. Em algum momento, Jean virou abruptamente à esquerda e desceu um lancezinho de escadas e entrou por uma porta aberta que parecia brilhar vermelha na escuridão.

— Este é um bom bar — disse Gaspar, colocando o braço em volta dos nossos ombros, o que fez com que passar pela porta fosse muito complicado. — Nenhum dos turistas sabe que existe.

Estava escuro lá dentro e, quando todos nós descemos depressa por uma escada bamba de madeira que levava a uma sala grande com um palco e uma pista de dança cercada por pequenos reservados aconchegantes, os clientes receberam os funcionários do Shangri-La com assobios e urras. Fomos levados a um reservado grande nos fundos da sala e apresentados a Phillipe, o proprietário. Ele olhou de cima a baixo para Toph e eu, aí suspirou. Aparentemente, era um ótimo sinal. Se não tivesse gostado do que viu, estaríamos de volta à rua.

Olhei em volta pelo bar e tudo trazia alegria à minha alma; as velas vermelhas enfiadas em garrafas de vinho salpicadas de cera, a garota no vestido justo de leopardo dançando sozinha no canto, até Phillipe com seu rosto rude, suas mãos manchadas de nicotina e sua gola alta preta não poderiam ter sido mais perfeitos nem se eu tivesse ligado para uma agência de casting e pedido que encontrassem um proprietário de bar parisiense para mim.

Só o que eu podia fazer era botar as mãos no coração e gritar.

— Ah, meu Deus, só sente-se — disse Toph, me puxando para a beira de seu banco. — Você parece prestes a começar a falar coisas sem sentido.

— Este lugar é simplesmente... é perfeito demais, não é?

Toph olhou em volta e eu sabia que ele não conseguia ver o que eu via, mas ele se virou para mim com um sorriso e me beijou no topo da cabeça.

— É, é bem legal.

Claudette tinha razão. Houve drinques, jarras e mais jarras de um vinho tinto escuro e turvo, e dança. E mais bebidas. E conversas aos berros, mas a melhor parte foi quando um homem desceu pelas escadas enquanto tocava um refrão triste em seu trompete.

Alguém escorregou para detrás do piano, outra pessoa apareceu com dois bongôs e houve um show improvisado de jazz, que culminou em todo mundo saindo do bar para fazer uma fila de conga em volta do quarteirão ao som de "*When the saints go marching in*".

Já passava das 3h quando Toph e eu decidimos que não podíamos encarar outra jarra morna de vinho tinto e, de qualquer modo, eu precisava estar na Gare du Nord em algumas horas para pegar o Eurostar.

Uma multidão de pessoas nos seguiu pela escada de madeira para se despedir. Eu ainda podia ouvir seus gritos distantes conforme Toph e eu começávamos a descer a colina. Era aquele momento estranho e transitório quando não era mais noite, mas também não era de manhã. O céu estava de um azul borrado, cor de tinta, e estava frio, apesar de eu estar usando o moletom de capuz do Toph e de ele estar com o braço em volta de mim. Nenhum de nós falou, mas era um silêncio caloroso que não precisava de palavras. Além disso, eu precisava concentrar todas as minhas energias para seguir o roteiro de Claudette de volta para o hotel.

Paramos em uma *boulangerie* que havia acabado de abrir as portas para comprar uma baguete para cada um, tão quentes que machucavam nossos dedos e tão frescas que a massa estava úmida e borbulhou quando as enfiamos na boca. Nem havíamos terminado nossos pães quando chegamos ao arcozinho estreito que levava ao Shangri-La.

Enquanto eu seguia Toph pela extensa escadaria, houve uma voz travessa na minha cabeça que me disse que perder o trem das 9h e o seguinte e o seguinte não seria tão terrível dentro do esquema de todas as coisas terríveis que a minha mãe ia me acusar de ter feito, mas tentei ignorá-la.

— Primeirona no banheiro — resmunguei, enquanto Toph abria a porta, empurrando-o para fora do caminho pela última vez e então ouvindo-o reclamar amargamente a respeito pela última vez.

Tomei banho sentada no chão do cubículo porque minhas pernas estavam cansadas demais para me sustentar. Aí, com meu cabelo ainda pingando, cambaleei para o quarto.

Toph já estava esparramado em sua cama, os membros em ângulos retos, só o subir e descer de seu peito me dizendo que ele ainda estava vivo. A minha cama parecia a uma distância muito grande, e quando o Toph esticou a mão para tocar no meu braço, foi todo o incentivo de que eu precisava para cair em sua cama e me enrolar no espaço que ele havia aberto para mim.

— O seu cabelo está ensopado — resmungou ele quando ficou com a boca cheia de cabelo enquanto eu me remexia para ficar confortável. No final, eu me virei, então estava de frente para o Toph, podia olhar para ele e verificar que havia memorizado corretamente cada sarda e sinal e milímetro de seu rosto para me animar para... bem, para sempre.

— Ei — sussurrei de maneira sonolenta, imaginando se tinha energia para contar cada um dos cílios femininamente longos dele.

— Ei — sussurrou ele de volta, inclinando-se para a frente para podermos esfregar os narizes um no outro, o que me fez rir.

E é claro, esfregar os narizes significava que nossos rostos estavam se tocando e, inevitavelmente, o toque do rosto levou aos beijos.

Beijar o Toph era tão excitante que eu nem me sentia mais cansada. Eu me sentia tão energizada que estava flexionando os pés e abrindo e fechando o punho e talvez até me contorcendo um pouco. E embora o Toph mordesse o lábio toda vez que eu me contorcia um pouco vigorosamente demais, ele não parecia se incomodar tanto.

Talvez tenha sido por isso que nossos beijos se tornaram mais poderosos, como se estivéssemos nos devorando do mesmo jeito que havíamos devorado nossas baguetes. Os dedos do Toph deslizavam por cima da minha pele úmida do banho e, quando ele rolou para cima de mim de forma que eu pude sentir seu pau pressionando a minha barriga, eu soube que precisava tomar uma decisão naquele momento. Bem, uma parte do meu cérebro sabia disso, mas a outra parte do meu cérebro, que controlava meus braços e pernas e a minha boca, não estava ouvindo.

— Se não pararmos agora, vai ser tarde demais para parar — disse Toph subitamente por entre dentes cerrados.

Parte de mim ficou tentada, porque se beijar e tocar e me contorcer era tão maravilhoso assim, então sexo iria fazer minha cabeça explodir. E nós dois éramos maiores de idade e tínhamos passado um tempo nos conhecendo adequadamente, e eu tinha uma tonelada de camisinhas guardadas em uma das minhas meias, mas... Se nós transássemos, isso iria obliterar completamente a semana que tivemos em Paris. Quando eu pensasse sobre Paris, inevitavelmente pensaria em sexo. E seria sexo com um garoto que morava do outro lado do mundo e eu nem sabia se o veria novamente depois de amanhã.

Aí Toph fez algo com seus dentes e meu lóbulo esquerdo que fez meu corpo inteiro entrar em curto-circuito e destruiu todas as minhas boas intenções de esperar. O que era tão bom em esperar? Eu havia esperado a vida inteira pela parte boa e, de qualquer modo, seria uma boa lição para a minha mãe, principalmente quando eu observasse como era extremamente fácil transar e *não* ficar grávida. Eu podia vê-la cuspindo indignação e a maneira como ela iria se contorcer e...

Rolei de debaixo do Toph com o gemido cheio de arrependimento, porque o último pensamento foi como ter um balde de água fria jogado em cima de mim. Se estava planejando transar para mostrar para a minha mãe, então eu *não* era madura o suficiente para transar.

— Nós temos que parar — falei, me virando ao lado do Toph. — Porque, bem, acho que não devemos... eu não estou pronta para todo... esse negócio de sexo.

Toph rolou e se apoiou em um dos cotovelos para poder olhar para mim zombeteiramente.

— Você achou que eu ia liberar no primeiro encontro?

— Não! Bem, sei lá. — Geralmente eu estava monopolizando o mercado numa indignação hesitante. — Só achei que você pudesse ter pensado... Esse foi nosso primeiro encontro? O passeio de barco ou a boate?

— Tecnicamente, pode-se dizer que nossa semana toda em Paris foi um primeiro encontro superlongo — ponderou Toph, mas aí seu rosto ficou mais sério. — Eu só transei com uma outra garota e nós estávamos namorando há, tipo, dois anos antes de perdermos a virgindade.

— Uau! Dois anos.

— Bem, só tínhamos 15 anos quando começamos a namorar e a nossa escola era toda a favor da abstinência e do Amor Verdadeiro Espera em vez de nos ensinar alguma coisa útil sobre sexo... mas fico feliz que tenhamos esperado. Fez com que fosse especial... bem, até nós dois ficarmos completamente bêbados na festa de formatura do último ano.

O Toph adolescente parecia tão diferente dos garotos suados que eu conhecia, que nunca iriam esperar pelo amor verdadeiro. As sombras no quarto recuavam e, apesar de as cortinas estarem fechadas, eu sabia que o céu clareava. Fechei os olhos, mas o Toph deitado a um milímetro de mim era uma distração muito grande, como se suas moléculas estivessem emitindo um som de estática.

— Se não fosse nosso primeiro encontro, mas, tipo, nosso 57° encontro e não fôssemos ter um oceano entre nós, você gostaria de transar? — perguntei, com meus olhos ainda fechados. Minha voz parecia tão alta na quietude do quarto. Constrangedora e aterrorizantemente alta, mas eu precisava me assegurar de que os beijos haviam significado alguma coisa, que *eu* significava alguma coisa para o Toph e não apenas um romance de férias sobre o qual ele contaria para seus amigos quando voltasse para o Texas.

— Você acha que eu estaria tentando lembrar os nomes de todos os presidentes dos Estados Unidos em ordem cronológica e pensando seriamente em tomar um banho frio se não quisesse transar com você? — Toph parecia à beira das lágrimas.

Eu sabia que havia outras coisas que podíamos fazer que não eram sexo total, diga-adeus-à-sua-virgindade, mas também não achava que estava pronta para isso. Eu havia esperado pelo meu primeiro beijo e acabara sendo tão especial e romântico quanto eu sempre tinha imaginado. Não havia nada de especial ou romântico em agarrar e segurar um ao outro quando tínhamos hora para acabar.

Ergui o pulso e franzi os olhos para o relógio. Tínhamos 55 minutos até precisamos nos levantar e parecia uma pena desperdiçá-los dormindo. Eu tinha o resto da vida para dormir.

— Não faz sentido dormir — sussurrei, alisando a testa enrugada do Toph com as pontas dos dedos quando ele gemeu em protesto. — Temos que nos levantar em menos de uma hora e eu prefiro muito mais passar esse tempo beijando. Por favor. — Então fiz um beicinho perfeito para beijar.

Funcionou. Toph atravessou os 15 centímetros na cama, que era todo o espaço que precisava para estar nos meus braços e começamos a nos beijar de novo, pernas se enroscando atabalhoadamente umas contra as outras. Mantive os olhos abertos o tempo inteiro, apesar de saber que o Manual de Beijo Prático diria que eles deviam estar fechados. Mas eu não queria perder o movimento rápido dos cílios do Toph toda vez que acabávamos um beijo e então começávamos outro, ou a linha das três sardas em seu malar direito e como, quando parávamos para respirar, seus lábios se curvavam em um sorrisinho secreto que nunca diminuía, então eu podia sentir seu formato quando o beijava.

Eu me sentia como se fôssemos as duas únicas pessoas no mundo e que aquele mundo havia encolhido para uma cama de casal amarrotada em um quarto verde vibrante.

Capítulo 22

Não percebi que havíamos adormecido até sermos acordados pelo toque insistente do telefone na mesinha de cabeceira. Enterrar a cabeça mais fundo contra o Toph não o fez parar.

— Você está mais perto — gemeu Toph, tentando se içar para ficar ereto e então cedendo a favor de permanecer na horizontal.

Tateei pelo telefone com uma das mãos.

— *Allo*?

— Mademoiselle Bea? É a Helene, da recepção. É para lembrá-la que tem de star na Gare du Nord em uma hora. Devo pedir um táxi?

— Droga! — gritei. — Sim, táxi! *Vite, vite*!

Eu me arremessei da cama em grande velocidade, sobressaltando Toph de seu torpor enquanto corria pelo quarto tentando me vestir e fazer a mala ao mesmo tempo.

— Merda! Merda! Merda!

— O que foi? — balbuciou ele, me observando vestir um par de meias enquanto enfiava roupas sujas em uma sacola de compras. Praticamente consegui enxergar a lâmpada se acender em cima de sua cabeça. — Ah? Merda. Merda! Merda!

Toph pulou da cama e, agora que fora acrescentado à bagunça, eu não parava de cair por cima dele assim como de todas as coisas que eu ainda não havia colocado na mala.

Estávamos vestidos, de malas prontas e correndo escada abaixo para pagar a conta do Shangri-La em sete minutos. Tínhamos ao todo 11 sacolas. Eu havia passado uma echarpe vintage em volta de seis das minhas e estava usando-as como uma mochila improvisada às pressas. Agora eu sabia o que "a necessidade é a mãe da invenção" realmente queria dizer, além de algo que a Vovó Major dizia quando estava cortando roupas velhas para usar como pano de limpeza.

Pagar a conta levou dez minutos aflitivos, só ligeiramente adoçados pela aparição de duas caixas de bolo, cortesia da cozinha do Shangri-La. Não havia tempo para nada além de um adeus apressado em Michel e Henri, que estavam trocando de turno, e uma promessa de que iríamos voltar, antes de irmos correndo para o táxi.

Apesar de estarmos no meio de agosto e de a maioria dos parisienses dever estar no litoral, os que haviam ficado para trás haviam decidido pegar seus carros naquela manhã e engarrafar todas as ruas que levavam à Gare du Nord.

Nosso motorista não parecia muito preocupado, apesar de às vezes enfiar a mão na buzina e gritar uma enxurrada de palavrões pela janela, enquanto eu me agitava no banco de trás. Às 8h49 nós encostamos do lado de fora da estação e, em um movimento fluido, eu paguei ao motorista, abri a porta e me joguei para fora do carro.

— Onze minutos até o trem partir! — informei ao Toph, que estava correndo à toda velocidade ao meu lado, que Deus o abençoe.

Felizmente não havia fila na Segurança. Eu podia ver a plataforma e o trem assomando na minha frente quando um homem de quepe apareceu de repente do nada e tentou bloquear meu caminho enquanto eu ouvia uma sinfonia de portas de bagageiros se fechando.

— *Vous êtes trop tard* — gritou ele para mim, mas eu me desviei dele e corri para o trem. Corri como nunca havia corrido antes, minhas pernas trabalhando como pistões, o coração martelando no meu peito apesar de não ser exatamente como se eu estivesse morrendo de pressa para chegar em casa. Mas pegar um trem no horário era o equivalente da Bea à busca pelo Santo Graal.

Eu abri à força a primeira porta que alcancei no momento em que o guarda tocou o apito. Caí dentro do trem. Toph jogou suas malas para dentro, que caíram em cima de mim enquanto ele se içava e o trem começava a andar.

Ficamos sentados no chão por um segundo, arfando e piscando um para o outro até um guarda abrir a porta que dava para o vagão.

— Posso ver suas passagens?

Pareceu estranho ouvir inglês com sotaque britânico. Eu me levantei e desencavei meu bilhete, só para ouvir que havia dez vagões entre mim e meu assento marcado. Suspirando profundamente, recolhi minhas malas e começamos a atravessar o trem. Eu não parava de bater nas pessoas com a minha mala e minha mochila improvisada, mas elas não precisavam ficar tão irritadas com isso.

Finalmente botei minha mala na prateleira de bagagens e me afundei no meu assento.

— Bem, isto foi estimulante — falei para o Toph.

Ele estava sentindo seu peito.

— Não consigo falar — disse sem fôlego. — Estou esperando para ver se vou ter uma parada cardíaca.

Eu lhe dei cinco segundos e então soquei seu braço.

— Toph! Você precisa sair do trem! Na verdade... por que eles o deixaram subir no trem?

— Sei lá, talvez tenham achado que tenho uma cara honesta.

Toph remexeu as sobrancelhas de uma forma brincalhona.

— Mas você não tem passagem! Você devia estar indo para Berlim ou Praga... Acho que quando comecei a correr, você começou a correr e agora está no trem errado. — Sacudi a cabeça sem acreditar. — Devemos puxar a cordinha? Deus, você vai ter que saltar em Lille e voltar de novo para Paris.

Toph estava soltando cuidadosamente a fita adesiva de uma das caixas de café da manhã do Shangri-La.

— Acho que é melhor eu ver como é a velha cidade de Londres — disse ele despreocupadamente, espiando dentro da caixa. — Jesus, o meu *pain au chocolat* resolveu fazer cocô em protesto.

— Você não pode simplesmente decidir ir a Londres por *capricho* — observei gentilmente. Era bonitinho que Toph tivesse comprado a minha histeria em pegar o trem, mas ele estava no momento prestes a cruzar uma fronteira internacional sem uma passagem válida e podia encarar uma deportação ou a cadeia ou ser mandado para um daqueles lugares para imigrantes ilegais e, em vez de enlouquecer com isso, ele estava devorando um *pain au chocolat* amanteigado em três mordidas. — Por que o guarda não disse nada sobre a sua passagem?

— É, estranho isso. Deve ter algo a ver com o fato de eu ter pedido ao Jean para arrumar uma passagem para mim quando ele marcou a sua — disse Toph. Não devia ter sido possível parecer tão convencido quanto ele parecia. Ou ainda ser atraente quando parecia tão convencido. — Devo pegar um café para a gente?

Toph estava se levantando como se tivéssemos encerrado a conversa. Eu o puxei para baixo de novo pelo cinto, o que levou a um gemido estrangulado e um olhar de reprovação.

— O que foi?

— O que foi? — ecoei de forma incrédula. — Por que você está indo para Londres comigo?

— Porque quero ver Londres durante meu grande *tour* pela Europa. A culpa não é minha se por acaso Londres tem você.

Aquilo fez um enorme buraco em formato de Toph no meu ego.

— Ah — falei magoada, fazendo uma cena para encolher no meu assento para que o braço do Toph não tocasse mais no meu. — Ah. Certo, tudo bem.

— E apesar de ainda não termos nos beijado, eu sabia que ainda não queria dizer adeus — falou Toph, passando o braço em volta de mim. — Achei que você pudesse precisar de um amigo quando estivesse de volta a Londres.

— Você não precisava fazer isto — insisti sem convicção, apesar de estar incrivelmente feliz por ele tê-lo feito. Significava que ainda tínhamos algum tempo juntos e eu não precisaria passá-lo tentando arrumar um bom advogado de imigração para o Toph. — Mas você pode querer dar longas caminhadas enquanto minha mãe e eu estamos disputando essa batalha infinita sobre ter mentido para mim durante 17 anos, o que ela vai tentar evitar gritando comigo por vagabundear pela Europa sem a permissão dela.

Eu podia sentir o movimento do trem me levando na direção de Londres e as lembranças de Paris já estavam ficando para trás.

— Se a sua mãe for parecida com a minha, ela não vai gritar com você com um hóspede em casa. Pense em mim como um escudo humano — disse Toph, investigando sua caixa de café da manhã de novo e tirando um folheado de damasco.

— Nunca pensei nisso desta forma — ponderei. No momento em que mamãe pronunciasse as temíveis palavras "quero dar uma palavra com você", eu podia simplesmente jogar Toph na linha de fogo.

— Tenho mais parentes mulheres do que posso contar, então de certa forma estou em contato com meu lado feminino. — Toph fez uma pausa para lamber gosma de damasco dos dedos. — Sinceramente, sua mãe vai me adorar. As mães sempre me adoram, são suas filhas que desencanam de mim.

— Não estou nem perto de desencanar de você — falei rapidamente.

— Sério? Não vai me levar para o solo inglês e decidir que eu pareço um grande idiota no seu hábitat natural?

— Até parece! — escarneci, cutucando Toph nas costelas só para garantir.

— Bem, neste caso, que tal trocar o seu *pain au chocolat* por um croissant de amêndoas?

Adormeci no meio de uma lista detalhada do que eram tópicos aceitáveis ou não de conversa na minha família. Tipo, eles não precisavam saber sobre as vodcas-martíni e comprar cerveja no KFC, e

Toph foi inflexível ao dizer que sua juventude desperdiçada como incendiário não deveria ser levantada durante o almoço de domingo.

Eu estava vagamente consciente de alguém vindo para verificar nossos passaportes, mas quando o trem fez sua última parada em St. Pancras, abri os olhos remelentos e descobri que estava dormindo no ombro do Toph com um pedaço molhado em sua camiseta onde eu havia babado nele. Toph estava com a cabeça pressionada contra a janela em um ângulo doloroso e roncava suavemente.

Ele acordou quando eu me soltei dele e comecei a reunir lentamente minhas bolsas. Pegar o trem pode ter sido uma confusão frenética, mas eu não estava com a menor pressa para *sair* do trem.

— Temos que pegar o metrô? — perguntou Toph enquanto me ajudava a passar a echarpe pelas sacolas. — Só que em vez disso podemos chamar de subterrâneo?

— É *o* subterrâneo e vamos chamá-lo assim porque é o que ele é — resmunguei. — Temos que pegar um ônibus também.

— Legal! E todo mundo vai falar britânico que nem você — disse Toph alegremente enquanto pisávamos na plataforma e começávamos a andar na direção da cancela das passagens.

— Quem foi St. Pancras? — perguntou Toph de repente. — Ele é o santo patrono de quê?

— Não faço a menor ideia — falei, dando uma olhada de lado para o Toph, que estava de olhos arregalados e olhando em volta de si maravilhado. O novo terminal do Eurostar era bem elegante, mas eu achava que Toph já tinha visto estações de trem suficientes nas últimas semanas, assim mais uma não o impressionaria tanto.

— Certo, precisamos ir por aqui — disse eu quando chegamos ao cruzamento e eu vi a placa do Subterrâneo de Londres. Ver algo tão completamente familiar e britânico me fez sentir um calor, o que me surpreendeu porque eu estivera tão apaixonada por Paris. Obviamente eu era uma garota do tipo duas cidades. — Não vai demorar muito para chegarmos à minha casa. Dez minutos no subterrâneo, vinte minutos no ônibus...

— BEA! BEA! BEA! BEA! BEA! BEA! BEA! BEA! BEA! BEA! BEA! BEA! BEA! BEA! — Duas criaturas de cabeças louras de repente se lançaram na minha direção e quase me mandaram voando com o impacto enquanto se agarravam cada um a uma perna: — BEA! BEA! BEA! BEA! BEA!

O calor fez um upgrade naquela torrente furiosa de amor enquanto eu me ajoelhava para poder abraçar Alfie e Ben, que sufocaram gentilmente meu rosto de beijos. Ou lambidas, no caso do Ben.

— Gêmeos! Ei, vocês disseram o meu nome. Digam de novo.

— Olá, encrenca — falou uma voz conhecida e eu ergui os olhos para ver James andando na minha direção. Meu coração deu um pulo, mas James estava sozinho e parecendo bastante satisfeito em me ver.

Eu me levantei, o que era difícil quando Alfie estava me dando uma gravata e então James estava me dando um abraço forte e rápido, o que nunca havíamos feito antes, mas eu o abracei de volta com toda a minha vontade.

— Sua avó me disse a que horas o seu trem chegava — falou James, tentando arrebanhar Alfie e Ben. — Que tal você levar os meninos e eu carrego a sua mala?

Houve uma tossida educada atrás de mim. Olhei em volta e vi o Toph trocando o peso do corpo de um pé para o outro e de cabeça baixa. Peguei sua mão e o puxei para a frente.

— James, este é o Toph. Nós temos andado juntos. Ele é meu amigo. E meu companheiro de viagem e é do Texas. — Eu não conseguia encontrar as palavras certas para explicar o que Toph era e por que ele estava do meu lado. — Eu disse que ele poderia ficar na nossa casa até ter que voltar para os Estados Unidos. No quarto de hóspedes — acrescentei quando as sobrancelhas do James se ergueram. — Toph, este é o James, meu padrasto, e este é o Alfie e este é o Ben. Diga oi.

Alfie e Ben olharam para o Toph com olhos azuis solenes e sem piscar, e então se esconderam atrás das pernas do James como se fossem tímidos. O que não eram nada.

— É um prazer conhecê-lo, senhor — disse Toph educadamente, esticando a mão. — Juro que não sou um assassino em série.

Não era a coisa mais apropriada para se dizer, mas fez James sorrir largamente, e ele apertou a mão do Toph com uma expressão ligeiramente menos desconfiada que a que estava em seu rosto dez segundos antes.

— É bom saber — falou ele animadamente. — Venham, vamos. Estou pagando por hora.

Os gêmeos haviam se recuperado de seu atípico surto de timidez quando foram finalmente presos em suas cadeirinhas e o pobre do Toph, sentado entre eles, foi agraciado com todos os truques de seu repertório. Ben recitou suas cores, Alfie contou até dez e então nós todos fomos agraciados com uma apresentação interminável e desafinada do tema de *Bob, o construtor*.

Toda vez que eu tentava mostrar alguma coisa local interessante para Toph havia gritinhos indignados dos assentos baratos.

— Veja a Dunn's à direita, Toph — assinalei. — É uma padaria incrível; eles fazem um bolo maravilhoso com cobertura de chocolate branco e há uma loja vintage muito boa à esquerda, e logo ali é onde eu faço pilates.

Levamos mais cinco minutos para nos arrastarmos pela colina acima, contornar a rotunda e então estávamos entrando na rua larga de casas de tijolos vermelhos que era a nossa.

— Uau! — Ouvi o Toph arfar. — É tudo tão velho.

— Não é tão velho assim — protestei. — É só eduardiano. Começo do século XX.

— Bea, no Texas, o começo da década de 1990 é velho — falou Toph, os olhos arregalados enquanto James dava a ré para a entrada da nossa casa e a porta da frente se abria. Estiquei a mão atrás do meu assento e dei um tapinha no joelho do Toph para fazê-lo saber que tudo ia ficar bem. Pelo menos eu esperava que ficasse tudo bem enquanto as duas avós desciam os degraus da frente, seguidas pela Lilah, da casa ao lado. No final da fila estava a minha mãe.

Fiquei imaginando se poderia ficar no carro, mas James havia soltado seu cinto de segurança e me pedido para soltar o Alfie enquanto ele pegava o Ben.

Houve um coro de olás enquanto eu abria a porta de trás e começava a tirar o Alfie de sua cadeirinha. Toph estava preso entre os gêmeos e parecia nervoso, especialmente quando Alfie decidiu que preferia ficar no carro e começou a chorar.

— Está preparado para isto? — perguntei por cima da cabeça do Alfie. — Você pode ficar aqui e eu posso sair escondida pela escuridão e lhe dizer como chegar ao hostel mais próximo.

Toph pareceu um pouquinho tentado, mas aí eu o vi tomar visivelmente a atitude de macho colocando os ombros para trás e respirando profundamente algumas vezes.

— Muito bem, vamos lá — falou ele decididamente.

Conforme eu emergi, Vovó Minor aproximou-se rapidamente para dar um abraço em mim e no Alfie, que se contorcia furiosamente.

— Tenho certeza de que você ficou mais alta — disse ela, acariciando minha bochecha. — Mal posso esperar para ouvir todas as suas aventuras.

— Tenho certeza de que a Bea está doida por uma xícara de chá — acrescentou Vovó Major, mas só o que eu conseguia ver era a expressão congelada no rosto da mamãe. Ela abriu a boca para dizer algo no momento em que o Toph saiu do carro.

— Humm, este é o Toph — falei com um gesto brusco. — Ele é uma pessoa muito, muito, muito legal que vai ficar aqui por alguns dias.

Todos os sorrisos de boas-vindas desapareceram. Eu havia me acostumado à aparência do Toph nos últimos dias. Ele era alto e esguio e tinha um sorriso muito pateta quando estava comendo algo delicioso. Mas agora eu o via como meus entes mais queridos o viam no momento: um homem no começo dos 20 anos. Um homem três anos e sete meses mais velho que eu: e quando pensava no Toph nesses termos, quase não conseguia acreditar que na noite passada eu tinha ficado enroscada nele, beijando-o, porque agora ele parecia tão assustadoramente fora do meu alcance. Parecia que Toph também estava repensando as coisas. Por um segundo, achei que ele fosse se mandar, mas ele arrancou o boné de beisebol e o enfiou no bolso de trás de seus jeans, antes de avançar para a Vovó Major com a mão esticada.

— Prazer em conhecê-la, senhora. Bea me contou muitas coisas sobre vocês. — O sotaque do Toph parecia mais lento e mais arrastado, como sempre ficava quando ele estava nervoso, mas palmas por ter identificado corretamente a matriarca do nosso pequeno clã. Aí ele estava cumprimentando Vovó Minor e a lembrando de que haviam falado ao telefone antes de olhar constrangidamente entre Lilah da casa ao lado e mamãe, que parecia ter bebido uma garrafa inteira de suco de limão. Que Deus salvasse o Toph se ele confundisse Lilah com a mamãe. Lilah era uns bons 15 anos mais velha que a mamãe e no momento estava empinando os seios e dando tapinhas em seus cachos oxigenados.

— Acho que você é a mãe da Bea — disse ele após uma pausa assustadoramente longa e esticou a mão para mamãe, que a apertou brevemente e então a largou, como se suspeitasse que Toph não lavava as mãos depois de fazer xixi.

— Acho que devo ser — concordou ela, o gelo envolvendo cada palavra. — É melhor vocês entrarem.

Capítulo 23

As horas seguintes foram uma confusão de atividade. Mamãe e James levaram os gêmeos para o parque, porque eles estavam correndo pela casa e entrando em tudo, tudo sendo minha mala aberta. Havia roupa suja para ser lavada e xícaras de chá para serem bebidas, enquanto as avós interrogavam Toph até ele quase perder sua tenra e breve vida. Após ouvirem sobre suas três irmãs e dança de salão, ambas concluíram que ele não era mau para um americano e ele teve permissão para subir as escadas e entrar no pequeno apartamento no sótão que era para a *au pair* que devíamos arrumar, mas que na realidade era um cemitério para todas as peças mortas de computador do James.

— Você está bem? — perguntei ao Toph enquanto fazíamos a cama. — As avós podem ser um pouco intensas.

— Elas ficavam olhando para mim de um jeito muito estranho — murmurou Toph enquanto lutava para enfiar o lençol de elástico nos quatro cantos da cama.

— Isso porque você insistiu que os pãezinhos vêm com molho e eram servidos como parte da refeição. O que é conversa de maluco!

— Mas o que eu comi não eram pãezinhos. Eram biscoitos. — Toph encolheu os ombros. Agora que havíamos saído de Paris, nossas encolhidas de ombros estavam ficando menos gaulesas. — Duas nações separadas pela mesma língua e tal.

Eu me sentei na cama e cruzei os braços.

— Por que você está sussurrando?

— Não estou — falou Toph ferozmente. — Eu estou! Sei lá. Isto tudo é meio estranho.

— Estranho demais?

Toph sentou-se ao meu lado e passou seus dedos pelos meus.

— Achei que passaríamos uma semana em Londres fazendo todas as coisas que fizemos em Paris, os passeios, observar as pessoas, ficar de bobeira. Eu meio que esqueci que você tem uma família que inclui duas avós e irmãos gêmeos pequenos. Preciso fazer uns ajustes mentais.

— Quer ir embora? — perguntei novamente, sentindo o pulso do Toph batendo ritmadamente debaixo dos meus dedos.

— Não! Deus, não! — disse Toph rouco e então pegou meus lábios em um beijo tão doce que eu podia ter achado que era pudim. Era a primeira vez que nos beijávamos em solo britânico e parecia estranhamente reconfortante. Ele não era um homem mais velho assustador. Ele ainda era o Toph e eu ainda era a Bea que ele queria beijar. — E vou defendê-la quando os gritos começarem.

— Quando os gritos começarem, eu o aconselho a procurar abrigo — funguei. — Na verdade, estou surpresa pelos gritos ainda não terem começado. Até agora, só o que mamãe me disse foi "Você mudou seu cabelo" com uma voz tão murcha quanto uma panqueca de uma semana atrás. Também não pareceu muito entusiasmada com sua caixa de frutas cristalizadas.

— Ei, agora que estamos na Inglaterra, você vai falar britânico fluente o tempo todo? — provocou Toph. — Vou ter que comprar um guia de frases para poder entender o que está dizendo e não cometer outra gafe como a do pãozinho.

— Tenho a sensação de que você vai ouvir "maldição" ser dito à beça nos próximos dias.

Toph me cutucou de novo, de leve desta vez.

— Temos a BBC América em casa. Os ingleses não brigam. Eles só dizem "Pode pedir ao seu pai para passar o sal?" de uma forma muito passivo-agressiva.

Obviamente não exibiam *EastEnders* na BBC América.

— Não há nada de passivo-agressivo nas brigas nesta casa. Elas tendem a ser agressivo-agressivas. — Sentei-me ereta e empinei o queixo. — Ela pode gritar o quanto quiser, mas eu não vou aceitar. Não mais!

— Só decida o que quer dizer na sua cabeça — Toph me aconselhou baixinho. — Senão, você vai dizer um monte de coisas cruéis no calor do momento e vai se arrepender. Sabe que vai. Nós levamos uma semana para superar aquela briga que tivemos em Marselha.

— Sabe, antes de partir, eu nunca brigava. Eu era humilde e calma e deixava as pessoas pisarem em mim, e não quero mais ser aquela garota. Não quero ser a garota *dela*.

— Então não seja — disse Toph, como se fosse tão simples assim. E talvez fosse. Mas eu não tive tempo de meditar a respeito dessa bomba porque Vovó Minor estava nos chamando para jantar.

Toph tinha razão. Houve muitos pedidos passivo-agressivos para passar o vinagrete e o pão de alho, muito obrigada.

Levei um tempo para perceber que eu tinha companhia no exílio porque mamãe e Vovó Minor também não estavam se falando. Provavelmente porque a vovó havia me encorajado ativamente a ficar em Paris fazendo coisas inominavelmente rudes com garotos e bebendo até cair... era assim que mamãe veria. James e Vovó Major pareciam completamente cheios da hostilidade declarada, e quem poderia culpá-los? Se houvesse uma disputa olímpica para ver quem era mais teimosa e voluntariosa, haveria um empate técnico entre mamãe e Vovó Minor para ver quem levaria o ouro para casa.

Paris era um assunto incendiário, mas Vovó Major queria saber tudo a respeito. Eu lhe contei sobre o cemitério em Montmartre e o almoço no Café des Deux Moulins, de *Amélie*.

— Não era o mesmo café por dentro, mas eles usaram a fachada para fazer as externas. — Fui lírica em relação ao Shangri-La e minhas aulas de culinária e a loja de chocolates na Île de la Cité e ninguém mais conseguia dizer nada. Toph tentou, mas estava muito distraído com o Alfie, que insistia em jogar pedaços de macarrão empapado de pesto nele, não importando quantas vezes lhe tivessem dito para não fazer isso.

Mamãe não disse uma palavra. Ela não parava de abrir a boca como se estivesse prestes a dizer alguma coisa, aí pensava melhor no assunto e a fechava de novo com um ruído quase audível. Era muito perturbador: significava que quando a briga começasse, ia ser bíblica.

— E eu falei francês o tempo inteiro — continuei a tagarelar, enquanto James passava tigelas de morangos. — Monsieur Bradley tinha tanta razão quando disse que você tem que ir e morar no país se quiser falar a língua. — Olhei pela mesa e vi que os olhos de todo mundo estavam ficando vidrados. Só Ben me dava sua total atenção, mas ele não largava de mim de jeito nenhum desde que eu havia chegado em casa. — Mudando de assunto, James, você tem um laptop sobrando que o Toph possa pegar emprestado para podermos carregar nossas fotos e ele poder mandar um e-mail para casa, essas coisas?

James assentiu vigorosamente.

— Acabei de fazer um upgrade... — começou ele e as duas avós reviraram os olhos (mamãe não revirou, mas eu podia ver pela forma como estava olhando fixamente para a jarra de água que queria), porque depois que James começava a falar sobre computadores, ele não parava mais. Assim como eu que não havia parado de falar sobre o que havia feito nas minhas férias de verão.

— Hum, Toph... é Toph ou é diminutivo de alguma outra coisa? — perguntou mamãe e foi a primeira vez em que dignou-se a falar com o Toph, o que podia ser bom ou ruim. Era cedo demais para saber, na verdade.

— Bem, é Christopher, senhora, mas ninguém me chama assim a não ser que eu esteja muito encrencado — soltou Toph nervosamente.

Mamãe sorriu, e foi um sorriso adequado de mãe quase impossível de não retribuir.

— Toph, então. Quer ligar para casa? Pode usar o telefone na sala de estar. — Toph puxou a gola de sua camiseta, mas mamãe se apressou em continuar: — Temos um plano telefônico complicado que eu não entendo, mas temos chamadas internacionais grátis. Sério, telefone.

Era o lado bom da mamãe: prestativa, atenciosa, com esse talento infalível para saber o que você precisava antes de você saber que precisava. Está bem, ela havia feito uma coisa terrível, hedionda, mas isso não a tornava uma pessoa terrível e hedionda.

— Eles devem estar preocupados com você — continuou mamãe, enquanto Toph se levantava. — Eu sei que quando a minha filha estava em outro país recusando-se a me telefonar, foi muito estressante. Não dormi por noites a fio.

Toph disparou para a porta enquanto eu olhava fixamente para mamãe. Ela não era prestativa e atenciosa e com uma grande PES, ela era a Rainha da Culpa, que ficava logo à esquerda do Vale Passivo-Agressivo.

Está bem, nós íamos nos enfrentar; todos os outros pareciam achar isso. As avós desapareceram na direção da cozinha, James pegou Alfie e disse que ia ver o laptop, o que deixou apenas mamãe e eu. Só que ela estava pegando calmamente a saladeira e saindo da sala, fazendo uma pausa apenas para me dar essa olhada que transmitia uma profunda decepção, como se não soubesse onde havia errado comigo, mas pretendesse descobrir e se assegurar de que nunca mais aconteceria de novo.

— Espere só — disse eu ao Ben enquanto o içava da sua cadeirinha e acariciava o pouquinho de pelúcia loura, que ainda não havia crescido para cobrir a cabeça toda como no Alfie. — Ela provavelmente vai mandar você e o Alfie para um seminário, em vez do jardim de infância.

— É — concordou Ben solenemente. — TV, Bea. Quer TV.

Toph estava se despedindo quando eu entrei na sala. Coloquei Ben no cercadinho enquanto Toph se abaixava e mexia seus dedos por entre as barras.

— Ei, mocinho, e aí?

— Então, está tudo certo em casa? — perguntei.

— Está, apesar de a minha mãe ter dito que esqueceu como é a minha cara, portanto não devo ficar surpreso se ela estiver lá com uma espingarda quando eu entrar pela porta — disse Toph com um sorriso largo. Ele pegou o coelho azul manchado de cuspe do Ben e o acenou para ele, aí largou-o apressadamente quando Ben soltou uma saraivada de gritos. — Deus, ele devia estar fazendo isto?

Agora era a minha vez de me agachar.

— Ben, se você for um bom menino, a Bea tem crocodilos de chocolate para você.

Ben passou de urros lancinantes para mudo em um nanossegundo. Só um "choco" lamurioso saiu de sua boca.

— Mais tarde — prometi, enquanto Ben decidia que ia segurar os dedos do Toph agora. — Venha — acrescentei, apoiando-me pesadamente no ombro do Toph enquanto me levantava. — Quero lhe mostrar o meu quarto.

Estávamos prestes a subir as escadas quando mamãe emergiu da cozinha.

— Por que o Ben estava chorando? — quis saber ela.

— Toph ousou pegar o Sr. Coelho — respondi friamente. Toph havia parado no terceiro degrau, mas eu o empurrei. — Vamos estar lá em cima.

Toph subiu a escada de dois em dois. Mamãe esperou até ele ter entrado no corredor antes de dizer:

— Você sabe que não tem permissão para levar garotos ao seu quarto, Bea.

Eu não sabia porque nenhum garoto com idade suficiente para ser uma ameaça sexual jamais havia passado pela porta da frente. Lembrei-me do conselho do Toph para não dizer nada e pensei no que eu queria dizer exatamente, então eu a ignorei, e na verdade já estava com uma perna no primeiro degrau quando ela me fez parar.

— Estou falando sério, Bea.

Era difícil espernear quando você estava entre um degrau e outro, mas eu consegui.

— Você só pode estar brincando comigo!

— Pareço que estou brincando?

Não parecia; seu rosto estava tenso, e eu meio que a odiava por tentar me colocar firmemente de volta no meu lugar. Eu me sentia como um golfinho que estivera nadando alegremente no mar com meus amigos golfinhos por duas semanas e meia só para ser capturado em uma rede e se ver em um tanquezinho em um aquário.

— Olhe, você vai pegar no meu pé por ter ido a Paris nos próximos cinco minutos? — perguntei e, rapaz, como saiu beligerante.

Talvez tenha sido por isso que mamãe deu um passo para trás antes de poder se conter.

— Bem, não. Realmente, não acho que agora seja o momento.

— Certo, bem, avise-me para quando você for marcar porque há várias coisas que eu também gostaria de desabafar.

— Não gosto do seu tom de voz, mocinha — disse mamãe.

Mas ela não tinha feito um movimento na minha direção e não estava fazendo uma série de ameaças e advertências sobre o que iria acontecer caso eu subisse para o meu quarto, embora eu soubesse que todas as suas piores possibilidades levariam à mesma conclusão: eu era mais um pãozinho no forno.

— Vou subir agora — informei, e desta vez consegui subir dois degraus inteiros...

— Não vai, não!

Eu girei e apontei em sua direção com o dedo.

— O que você acha que vamos fazer no meu quarto, com uma casa cheia de gente no andar de baixo, que não poderíamos ter feito quando estávamos dividindo um quarto de hotel em Paris? Hein?

Pela expressão horrorizada em seu rosto e a forma como ela agarrava o corrimão para se apoiar, a mente da mamãe fora para um lugar assustador onde eu tinha um fetozinho minúsculo crescendo dentro de mim naquele instante. Eu quase podia ver o balãozinho de pensamento: *Isto não é a Bea fazendo pirraça, são os hormônios da gravidez* aparecendo em cima de sua cabeça.

Então desta vez, quando comecei a subir a escada batendo os pés, ela não tenteou me deter. Até eu virar a esquina, então gritou:

— Eu quero essa maldita porta aberta!

Mas eu estava ocupada demais batendo a maldita porta para prestar atenção nela.

Toph ergueu os olhos alarmados do laptop.

— Está tudo bem? — perguntou em dúvida.

Assenti com a cabeça.

— Nunca esteve melhor. — Afinal de contas, eu acabara de descobrir uma forma à prova de balas de lidar com a mamãe; se enfrentá-la não funcionasse, eu podia simplesmente me afastar.

Sentei-me na minha cama e olhei em volta do quarto. Ainda era o santuário aconchegante que sempre fora e senti como se combinasse mais comigo agora. Tipo, eu havia me transformado naquelas paredes vermelho-escuras e na coleção variada *d'objets d'art*. Eles não eram só acessórios para um papel que eu estava interpretando. Eu podia até olhar para os meus pôsteres franceses vintage e entender o que estava impresso neles (bem, quase todas as palavras), e até o vestido da Vovó Major no manequim de costura parecia algo que eu poderia usar se tivesse crescido durante o período de racionamento na guerra.

— Eu realmente adoro o meu quarto — anunciei para a parte de trás da cabeça do Toph. — É a primeira vez que me sinto em casa desde que cheguei em casa.

Toph ergueu os olhos da tela do computador.

— Eu nunca vi tanta coisa legal por metro quadrado, a não ser quando fui ao *Acredite Se Quiser* do Ripley em Grand Prairie e vi um quadro enorme da Santa Ceia feito com selos.

— Pensei em arrumar um desses, mas não combinava com o clima geral do meu quarto — funguei com uma voz fingida de mimada, o que fez Toph rir e pegar a minha mão para poder me puxar para o seu colo, não que eu precisasse ser muito persuadida.

A sensação da boca do Toph na minha foi tão parecida com voltar para casa quanto o leve aroma de velas de figo e cabelo queimado, porque eu sempre deixava meu baby-liss por tempo demais. Eu estava escorregando as mãos pela camiseta do Toph como prelúdio para tirá-la quando ele se afastou.

— Não quando suas avós estão em casa — observou ele em um sussurro escandalizado, consolando meu beicinho com outro beijo. O que virou outro beijo e então Toph se afastando de novo. — Pare de tentar tirar proveito de mim. Você não tem e-mails para ler?

Quando fiz o login no Gmail, quase caí da cadeira de surpresa. Eu tinha mais de 500 mensagens esperando por mim. Normalmente tinha sorte se recebesse cinco e-mails por dia, e um deles normalmente estava me oferecendo aumento gratuito de pênis.

Desci pelas mais recentes e percebi que a maioria eram notificações do Facebook. Mais uma vez, estranho, porque eu só tinha 21 amigos no Facebook. Será que ficara popular da noite para o dia e ninguém havia se dado o trabalho de me contar?

A verdade era ainda mais estranha que isso. Quando olhei no Facebook, eu tinha 67 novos pedidos de amizade, 35 mensagens e 74 posts escritos no meu mural.

Ao meu lado, Toph também estava no Facebook. Aceitei seu pedido de amizade e então comecei a ler as outras mensagens. Ruth, Lydia e Polly haviam todas deixado mensagens, querendo saber o que diabos estava acontecendo.

"Estou preocupada com você! Por que seu telefone está sempre desligado?" escrevera Ruth há uma semana. "Eu soube que alguma coisa ruim aconteceu em Málaga. Por favor me avise se estiver bem e a Ruby não tiver cumprido seu anúncio de que havia feito algo terrível com você."

"Beazinha, por favor, me avise se você está bem. Não consigo ligar para você", Lydia havia me mandado por e-mail, Facebook e MySpace. "Liguei para a sua mãe, mas ela só disse que você não estava e parecia muito irritada com isso."

Até a Polly, que tinha fobia de computador e nem tinha um telefone celular, havia me deixado uma mensagem lindamente pontuada e ortografada. "Onde você está? Eu vi a Chloe andando pelo estábulo, e ela disse que você era a pessoa mais nojenta que já andou pela Terra e se eu sabia que você era lésbica. Aí ela não parou de falar sobre a Ruby e sobre como ela também era a pessoa mais nojenta que já nasceu. Acho que 'nojenta' é a palavra da semana para a Chloe. Por favor, entre em contato."

Eu me senti ligeiramente envergonhada quando terminei de ler as mensagens porque estava tão envolvida em reclamar sobre como não éramos amigas de verdade e que havíamos nos juntado por falta de opção, que nem tinha pensado em mandar uma mensagem de texto para elas enquanto estava fora, e desligava alegremente meu telefone depois que falava com a vovó todas as manhãs porque não queria que minha mãe me ligasse. Talvez nem todas as amizades tenham de ser emocionantes e sobre paixões partilhadas; podia haver outras amizades mais suaves e menos intensas, mas ainda eram amizades legítimas.

Também havia um monte de outras pessoas me mandando pedidos de amizade e posts no meu mural dizendo "Não sabemos o que aconteceu entre você e a Ruby, mas se ela a odeia, então você automaticamente é cool". Reconheci muitos dos nomes das festas às quais Ruby tinha me arrastado e reconheci outros nomes da escola: garotas que nunca haviam falado comigo. Ou com quem eu nunca havia falado.

Toph havia acabado de navegar e estava montando sua câmera enquanto eu aceitava pedidos de amizade de Aaron, Michael, Erin, Bridge e Jess, e então decidi sair do Facebook antes que o meu cérebro explodisse. Passamos a hora seguinte selecionando alegremente nossas fotos, apesar de eu ter feito uma anotação mental para parar de tirar fotos de mim mesma segurando a câmera no meu rosto, porque só o que eu conseguia eram fotos das narinas.

Desci escondida para o andar de baixo para pegar suprimentos, aí coloquei meu DVD da *Amélie*. Toph sabia que todo o futuro do nosso relacionamento dependia de sua reação, porque não parava de me fazer pausar o filme para poder me mandar parar de ficar olhando para ele em vez de olhar para a tela.

— É pressão demais — reclamou ele. — Sinto como se você fosse me dar um teste depois.

— Eu não faria isso — protestei, apesar de ter planos de interrogar o Toph minuciosamente após o término dos créditos. — É só que esta é a minha parte favorita.

— Você já disse isto dez vezes e só estávamos assistindo há trinta minutos.

— Ah, cale a boca e coma um KitKat — falei, enfiando um na mão dele.

Continuamos assistindo ao filme, apesar de termos tido que fazer outra pausa quando Toph fez a feliz descoberta que os KitKats ingleses eram um produto muito superior aos seus primos americanos, e descobrimos uma forma de ficarmos abraçados sem que o braço do Toph ficasse dormente. Era perfeito; tudo o que eu sempre imaginei que ter um namorado seria, mesmo eu tendo a marca amassada de uma embalagem de KitKat na mão.

— Bea! Acorde! Acho que alguém está subindo as escadas — falou Toph, me empurrando para ficar sentada enquanto eu piscava os olhos e via que Amélie e Nino estavam correndo de lambreta por Montmartre, e eu havia dormido durante a maior parte do filme.

Quando finalmente houve uma batida de leve na porta e eu ouvi James tentar chamar meu nome, Toph estava sentado na cadeira da minha escrivaninha e eu estava empoleirada afetadamente na beira da minha cama.

— Hum, provavelmente está na hora de irmos dormir — disse James do outro lado da porta, como se tivesse medo de se confrontar com cenas depravadas de sexo adolescente caso entrasse. — O Toph conseguiu se acertar com o laptop?

Toph bagunçou o meu cabelo e me deu um sorriso largo enquanto saltitava para a porta porque era óbvio que James estava ali para acompanhá-lo até o quarto de hóspedes. Mamãe nunca teria sido tão discreta, ela teria simplesmente entrado e exigido saber o que estávamos fazendo, e o fato de não tê-lo feito significava que eu ganhara este round.

Capítulo 24

Assim que subi na cama com o Jasper, o ursinho de veludo que tenho desde que era bebê, abraçado junto ao peito, adormeci e fiquei assim até alguém abrir a porta silenciosamente e chamar o meu nome. Forcei-me a abrir os olhos e olhei para o relógio: eram quase 13h.

Sentei-me ereta e vi mamãe colocar uma caneca de chá e um prato de torradas na mesinha de cabeceira antes de puxar uma cadeira.

— Precisamos conversar — falou ela baixinho.

Nós precisávamos, mas eu não queria fazer aquilo quando estava tonta de sono e com marcas de travesseiro entalhadas no meu rosto. Além disso...

— Preciso fazer xixi — gemi, tropeçando para fora da cama.

Quando eu finalmente parecia composta o suficiente para sair do banheiro, mamãe estava sentada na cadeira da minha escrivaninha com os braços e as pernas cruzados e uma expressão de dura determinação, o que nunca funcionou bem comigo. Mas ela só disse "Beba seu chá antes que esfrie" enquanto eu me sentava de pernas cruzadas na cama.

O que quer que mamãe precisasse dizer, ela esperou até eu ter terminado meu chá e beliscado uma torrada, e não parecia estar com a menor pressa para me dizer que eu estava de castigo até os 90 anos. Limpei minha garganta.

— O que você fez com o Toph? — perguntei desconfiadamente.

— Bem, eu salpiquei veneno para rato nos sucrilhos dele e então as avós me ajudaram a desmembrar seu cadáver que ainda estremecia, e James foi para o pátio para podermos enterrá-lo.

— Mãe!

Era a primeira vez que eu a via sorrir para mim desde que eu chegara em casa. Ainda assim, era sem a alta voltagem de sempre.

— Estou brincando.

— Bem, graças a Deus. Sério, onde ele está?

— Ele está bem. Foi à Highgate Woods com James e os meninos e, sim, eu fiz o café da manhã para ele e ele não conseguia parar de pedir desculpas pela atmosfera tensa de ontem — finalizou mamãe com um sorriso torto. Se seu plano era me pegar completamente de surpresa, então funcionou.

— E o que o Toph disse?

— Que tinha três irmãs e que sempre duas não estavam se falando e que estava tratando sua estada como um estudo antropológico. — Mamãe suspirou. — Ele é legal, Bea. Muito, muito legal, apesar de que gostaria que parasse de me chamar de senhora porque faz eu me sentir como se fosse a rainha.

— Ele *é* legal.

— E você... e você e ele... vocês estão tomando precau...

— Não! — interrompi bem no meio de sua pergunta altamente previsível. — Você não tem mais o direito de me perguntar estas coisas! Não é da sua conta.

— *É* da minha conta, você é minha filha — disse mamãe acaloradamente, e eu quase fiquei aliviada por nenhuma de nós duas conseguir manter a fachada fria, calma e controlada, porque éramos péssimas nisso. — Quantas vezes tivemos o papo sobre sexo? E aí você cai na cama com o primeiro garoto que conhece sem nem pensar nas consequências.

— Ah, eu sei tudo sobre as consequências. Quando eu transar, não vai ser porque tomei uma decisão instruída sobre se me sinto pronta ou estou em um relacionamento sério. — Eu estava discursando; as palavras ricocheteavam para fora da minha boca como balas de revólver, e cada uma delas fazia mamãe se contorcer e se contrair. — Vai ser alguma situação horrível de estupro em um encontro que eu mesma provoquei ao usar um vestido, tipo, dois centímetros acima do joelho e, ah, meu Deus, sem mangas. E aí eu vou engravidar. Porque é isso que acontece quando você é eu e transa, você ganha na loteria na primeira vez! Esqueci alguma coisa?

— Isso não é justo, Bea. Só não quero que você cometa os mesmo erros que cometi — falou mamãe sinceramente.

— Desculpe, esqueci essa parte — falei, minha voz se enrolando em torno das palavras com desdém. — Já entendi. Entendi nas primeiras cinco mil vezes que você falou, a sua vida teria sido simplesmente fantástica se eu não tivesse nascido. *Eu* sou o erro que você queria não ter cometido.

Esperei mamãe entrar no refrão, mas ela ficou calada, a boca aberta enquanto agarrava as laterais da cadeira como se tivesse medo de tombar no chão.

— Eu sei, você sabe, então por que simplesmente não diz? — exigi. — Você fez merda quando nasci.

— Não fiz merda quando tive você — devolveu mamãe, passando os braços apertadamente em volta do corpo. — Você é a melhor coisa que já me aconteceu.

— É, eu sou uma coisa tão boa que pelo menos uma vez por dia você me lembra do desastre que foi quando você engravidou — eu a lembrei amargamente e estava começando a achar que essa nova Bea não era tão melhor que a Bea versão um. A Bea versão dois era muito zangada.

Mamãe se levantou da cadeira com uma exclamação entrecortada e começou a andar de um lado para o outro. Ela nunca ficava parada quando estava agitada.

— Não me arrependo de ter tido você, mesmo quando você está sendo uma vaca absolutamente detestável — falou ela com os dentes cerrados. — Mas me arrependo de tê-la tido aos 17 anos, porque você perdeu tanta coisa.

— O que eu perdi? — perguntei incredulamente, porque quando pensava na minha vida até o momento em que começaram a crescer seios e pelos pubianos e mamãe surtou, as coisas tinham sido bem felizes.

— Bea, você passou os primeiros três anos da sua vida dormindo no meu quarto na casa da mamãe com os meus pôsteres do Nirvana ainda na parede! Eu não tinha dinheiro e estava tentando me formar e trabalhar meio expediente, e você não tinha férias e o último brinquedo da moda, e eu precisava fuçar em brechós para comprar roupas para você. Não era para ser assim. Você merecia mais que isso — terminou mamãe, esfregando os olhos com as costas da mão.

Eu me senti perto das lágrimas também porque ela entendeu tudo tão errado.

— Eu não perdi nada. Eu tinha as avós e os avôs, e fazíamos piqueniques no Heath e você costumava fazer as fantasias de Dia das Bruxas mais incríveis para mim, como na vez em que me vesti como um bloco vermelho de Lego, e eu adorava dormir no seu antigo quarto antes de construírem a extensão. Eu costumava usar toda a sua maquiagem, mas a vovó lavava o meu rosto antes de você chegar, então você nunca soube. — Minha voz estava rouca e dolorida agora, porque quando eu pensava naquele tempo, era um clichê de cartão da Hallmark atrás do outro: amor, risos, avós e bisavós que me mimavam até a morte e uma mãe que era jovem e boba o bastante para ficar só de lingerie e correr pelos irrigadores no quintal comigo.

Mamãe enxugou com a manga as lágrimas que estavam escorrendo por seu rosto.

— Só está dizendo isto para me fazer sentir melhor — insistiu ela.

— Estou furiosa com você, por que diria alguma coisa para você se sentir melhor? — tentei falar com voz grave, mas o caroço na minha garganta fez com que parecesse mais com um gemido. — A única coisa que eu perdi foi ter um pai.

— Por favor, não... — Mamãe ergueu uma das mãos como fazia quando estava cantando "*The winner takes it all*" no Singstar. — Estou implorando a você...

— Eu não deveria ter ido a Paris, eu sei disso, mas estava tão magoada quando cheguei à estação em Málaga e vi todos aqueles lugares exóticos no painel de destinos e simplesmente enfiei na cabeça que estava tão perto de Paris, do meu pai, que podia muito bem ir. Mas eu nem teria pensado em fazer isso se você não tivesse me dito que ele era de Paris. — Fechei as mãos em punhos. — Tive que saber pela vovó que você havia mentido para mim durante anos. Então você não vai fingir estar zangada comigo por eu ter fugido quando nós duas sabemos que você quer evitar o assunto.

— Sério, Bea, é melhor você não saber — falou mamãe, sentando-se ao meu lado. Ela tentou pegar a minha mão, mas eu me afastei dela porque ela parecia uma estranha naquele momento.

— Não é mais sua decisão. Tenho o direito de saber. — Eu me virei para poder olhar bem em seus olhos guarnecidos de vermelho. — Quero saber quem é o meu pai e, se você não me contar, vou me mudar para a casa da avó que me aceitar. Estou falando sério, mamãe!

— Se eu lhe contar, você vai preferir que eu não tivesse contado. — Mamãe estava de olho na porta, como se estivesse prestes a sair correndo. — Não sei se jamais vamos conseguir nos recuperar. Você vai me odiar.

Havia uma advertência ali, mas em vez de me afugentar, mamãe tinha estimulado a minha curiosidade, e a minha mente estava passando por meia dúzia de situações possíveis, cada uma mais horrível que a outra. Certamente a verdade não podia ser pior do que imaginar que mamãe tivera um caso com um professor, ou sido estuprada em um encontro, ou simplesmente estuprada.

— Ah, meu Deus, quer me contar, por favor? — implorei, agarrando as mãos da mamãe agora para poder sacudi-las. — Só me diga quem ele é.

Mamãe fechou os olhos bem apertados.

— Não sei quem ele é — disse ela com uma voz tão minúscula que não era mais que um sussurro. — Fiquei muito bêbada e transei com um cara de quem eu nem sabia o nome. Na manhã seguinte, eu mal conseguia me lembrar da cara dele.

— O *quê*? — Larguei as mãos da mamãe. — Você está inventando isto. Você sabe quem ele é e está tentando protegê-lo porque ele é casado ou era mais velho que você, e eu entendo isso, mas...

— Não estou inventando — falou mamãe, engolindo em seco. — Quem me dera eu estivesse.

— Mas você não teria feito uma coisa dessas quando era adolescente. Você estava indo para a faculdade, estava estudando matérias adicionais.

— Eu estava fazendo tudo isso e saindo todas as noites, até pulando pela janela se estivesse de castigo. Eu fazia Ruby Davies parecer uma bandeirante. Eu ficava completamente alucinada quando saía, aí ficava com os namorados das minhas amigas só para provar que era mais bonita que elas. — Ela sacudiu a cabeça. — Mamãe e papai estavam perdendo a cabeça. Naquela noite de sábado, minhas amigas me disseram que escrota eu era, e acabei saindo para uma boate em Camden e havia esse cara...

— Você foi para a casa dele? Onde ele morava? — Era uma pergunta idiota porque, se mamãe estava dizendo a verdade e não conseguia realmente se lembrar da cara dele, não era como se tivesse sacado sua agenda e feito uma anotação útil com seu código postal.

— Eu não fui para a casa dele. Estava havendo uma festa e aconteceu lá, e isso é tudo o que eu posso lhe contar. — Mamãe fechou os olhos novamente e, quando os abriu, sua expressão estava determinada. — Há algumas partes sobre aquela noite que você não precisa saber, confie em mim.

Eu me sentia como se tivesse sido envolvida em gelo e, quando olhei para as minhas mãos, elas estavam manchadas e azuis como se estivéssemos no meio do inverno e o sol não estivesse alto no céu fazendo tudo no quarto brilhar em dourado. Tudo menos eu e mamãe, que estava encurvada, os cotovelos nos joelhos.

— Por que você não me contou? — Eu me retraí assim que as palavras saíram da minha boca. Era óbvio por que ela não havia me contado. — Por que falou que ele era francês? Deus, você deve ter rido de mim todas as vezes que eu estava arrancando os cabelos por causa do meu dever de francês.

— É claro que não! — disse mamãe. Ela estava começando a soar meio exasperada. — Olhe, eu sempre soube que teria que lhe contar sobre o seu pai...

— Só que não se lembra de absolutamente nada sobre ele!

— Eu sabia que você ia querer saber alguma coisa e esperava que quando você tivesse uns 7 ou 8 anos, eu encontrasse alguma forma de lhe contar... não a verdade... — Ela fez uma pausa. — Não sei o que eu ia lhe dizer. Mas você estava com 3 anos quando me perguntou pela primeira vez, e não parava de falar nisso. Você ia até homens na rua e perguntava se eles eram o seu pai. E uma noite eu estava lhe dando banho, e parece tão bobo agora, mas mamãe havia comprado um vidro de Chanel N° 5 de aniversário para mim e estava lá no beiral da janela do banheiro, e então eu disse que ele era francês e você também não parou de falar nisso. Sei que não é desculpa, Bea, mas eu tinha 17 anos quando a tive e 20 quando precisei decidir o que lhe dizer sobre o seu pai. Eu era muito jovem e fiz bobagem. Sinto muito.

Eu tinha certeza de que não ia chorar, que estava estarrecida demais para sentir qualquer coisa, mas as lágrimas começaram a escorrer pelas minhas bochechas porque a razão da minha existência, o motivo por eu ser carne e sangue e pele e ossos e ter um cérebro e uma imaginação e uma paixão pouco saudável por cebolas em conserva era uma trepada bêbada em uma festa. Tinha de haver algo além daquilo. *Eu* tinha de ser mais que aquilo.

— Você está bem, amor? — perguntou mamãe cuidadosamente, sem se mexer para tocar em mim, o que era melhor, porque eu teria dado um soco nela.

— Não, eu não estou bem — falei engasgando. — Eu sou toda errada e nada jamais vai fazer isso melhorar. Não fui planejada, não fui desejada. Estou aqui porque você bebeu cidra demais.

— Você foi... você *é* desejada. Quando descobri que estava grávida, pensei em fazer um aborto — falou mamãe, sua voz cheia de lágrimas de novo. — Tive até algumas reuniões com agências de adoção, mas ficava deitada na cama à noite e imaginava que podia senti-la dentro de mim, essa pessoazinha minúscula, e ficava pensando como você seria e qual iria ser a sua comida favorita e o que seria quando crescesse. E no final eu não podia esperar para conhecê-la. — Ela se inclinou para pegar a caixa de lenços de papel na minha mesinha de cabeceira e a passou para mim, tomando cuidado para seguir minha regra de não me tocar. — Quando você nasceu e eles a puseram nos meus braços, você parou de chorar e segurou o meu dedo, e eu nunca senti nada igual. Eu fiquei, tipo, tomada por amor. E sabe de uma coisa, Bea? Fico feliz por ter transado com um cara qualquer em uma festa porque, se não tivesse feito isso, eu não teria você.

Mamãe estava chorando de novo. Aos prantos. A única vez em que eu a vira chorar assim foi quando os avôs morreram, e eu estava chorando exatamente da mesma maneira, até meus soluços soavam iguais. Mas não podíamos reconfortar uma à outra porque éramos a causa da dor uma da outra. Senti como se minha cabeça fosse explodir, porque eu estava pranteando o pai que nunca, jamais iria conhecer. E chorava porque o motivo para eu ter sido posta neste planeta era uma série frágil de eventos que haviam acontecido em uma noite de sábado 18 anos atrás. E, na verdade, eu também estava chorando pela minha mãe, por ela ter a idade que eu tenho agora e estar grávida e assustada, mas por ser o tipo de garota de quem eu nunca seria amiga porque ela realmente parecia um protótipo da Ruby. E, mais que isso, eu estava chorando porque mamãe tinha razão: nós nunca seríamos as mesmas depois disso. Eu não conseguia enxergar como iríamos encontrar uma forma de voltarmos a ser amigas de novo.

Não sei por quanto tempo nós choramos. Mamãe parou antes de mim, e quando só o que eu tinha era um nariz melequento e soluços que pareciam mais exalações esfarrapadas, eu estava deitada encolhida com a mão da mamãe quente em volta do meu tornozelo, como se ela estivesse com medo de chegar mais perto para acariciar o meu cabelo ou me fazer assoar o nariz no lenço de papel ensopado que eu estava segurando com a mão fechada.

— Não me arrependo de ter tido você, nem por um segundo, mas não quero que você perca nada por causa das escolhas que fizer agora — disse ela afinal. — Quero que você seja tudo o que pode ser.

— Mas você não quer — cuspi. — Você quer que eu tenha a vida que você imaginou ter aos 17 anos. Não há espaço para o que eu quero. Eu não quero ser advogada. Não quero ir para Oxford ou Cambridge. Eu nem sei se quero ir para a universidade.

— Bea! — arfou mamãe antes que pudesse se conter. — É claro que você quer ir para a universidade.

— Bem, está vendo, lá vai você de novo. — Eu me sentei e engoli. Estava com dor de garganta por ter chorado tanto. — Eu tenho 17 anos e é claro que vou cometer erros. Tenho permissão para cometer erros. E agora percebo que tenho estado infeliz e chateada com você há séculos. Você age como se eu andasse por Londres tentando transar com qualquer coisa que use calças, quando eu nunca, jamais iria querer fazer algo assim. Para uma filha, eu sou maravilhosa.

— Tirando todo o negócio de fugir para Paris — disse mamãe secamente. — Está bem, está bem, entendi. As circunstâncias eram atenuantes.

— Para uma mãe adolescente, você meio que fez um bom trabalho com a minha criação, quando não está me tratando como criança — admiti de má vontade. — Tipo, quando eu estava na Europa, as coisas às vezes deram errado, mas consegui resolver. Um dos meus amigos teve o passaporte roubado, e eu precisei lidar com a polícia e a embaixada americana. E arrumei quartos de hotel para a gente e comprei bilhetes de trem e falei francês o tempo todo. — Abracei meus joelhos. — Não estou dizendo que a universidade está fora, mas talvez eu faça matérias do nível A internacional ou o Baccalaureate e me forme em uma universidade francesa, ou posso fazer faculdade de gastronomia.

— Você ainda está nessa de coisas francesas?

— É, ainda bem que você não estragou isso para mim também, ou realmente teríamos problemas — funguei. Era o ramo de oliveira mais minúsculo. Talvez um graveto arrancado de um ramo de oliveira e, quando mamãe fez um gesto para o espaço ao meu lado na cama, eu balancei a cabeça, e ela se aproximou e passou o braço em volta de mim — Adorei Paris. Eu não queria, não depois do que a vovó me contou, mas a cidade simplesmente me conquistou.

— O tempo todo em que você esteve em Paris, eu quis telefonar para você. Ficava dizendo para mim mesma que me sentia zangada demais, mas na verdade eu estava assustada porque sabia que teria que ter esta conversa — falou mamãe, enrolando uma mecha do meu cabelo em volta do dedo. — E é difícil discutir com você; normalmente você não fica zangada ou briga de volta. Pode ser muito intimidador. Eu sempre grito antes e penso depois.

— Tenho a sensação de que posso brigar um pouco mais no futuro — adverti. — Desde que as coisas estouraram em Málaga com a Ruby, eu virei uma pessoa diferente. Discuto e me defendo. E fico muito, muito irritada.

— Parece que você está finalmente virando uma adolescente. Eu tinha esperanças de que pulasse essa fase. — Mamãe suspirou. — É minha culpa. Às vezes eu ajo como se tivéssemos a mesma idade, e aí às vezes eu banco a mãe. Tenho sido inconsistente na sua criação.

Era um momento agora ou nunca.

— Você pode bancar a mãe o quanto quiser, mas não vou dar ouvidos quando me disser o que posso ou não posso vestir, quem eu posso ver, quem posso namorar... Jesus, você queria que eu tomasse pílula! Você decidiu ter um bebê aos 17 anos e, sinceramente, parece que era bem mais imatura que eu.

Deveria ter sido a deixa da mamãe para dar um ataque, só que ela não estava gritando, estava chegando ligeiramente para trás, o que me fez sentir pior do que se ela estivesse ameaçando me trancar em um convento.

— Você me odeia, não é? — perguntou, encolhendo-se para longe de mim com um olhar assombrado nos olhos.

Durante todo o tempo em que estivera em Paris, eu tinha certeza de que a odiava. Mas agora, enquanto estava sentada na minha cama, iluminada por trás pelo sol entrando pelas janelas, era diferente. Eu não estava em Paris, mas sentada bem ao lado dela, e ela era minha mãe e minha melhor amiga e confidente e emprestadora de roupas e fornecedora de dicas de maquiagem e de carona para o subterrâneo e minha companhia favorita para assistir a filmes muito cafonas e, é, às vezes ela era um gigantesco pé no saco.

— Eu não a odeio — fui capaz de dizer sinceramente. — Nem um pouquinho. Mas não gostei da verdadeira história da minha concepção. Faz com que eu me sinta... — Sacudi a cabeça. — Não sei como me sinto.

— Ele segurou meu cabelo para trás quando eu estava vomitando e esfregou as minhas costas — falou mamãe, e franziu as sobrancelhas enquanto olhava para o teto. — E ele estava usando uma jaqueta de couro, e tenho quase certeza de que deixou que eu a usasse quando estávamos indo para a festa. Não é muito, mas é alguma coisa, não é?

— Ele parece ser legal. Tipo, ele tomou conta de você. Não teria feito isso se só quisesse ir para a cama com você.

— E ele tinha que ser bonito — acrescentou mamãe firmemente.

— Você disse que não se lembrava de como ele era!

— É, mas sempre tive critérios muito altos. Ele definitivamente tinha que ser um gato; e sério, Bea, você deu sorte. Porque eu também sou bem gata, então você ganhou dose dupla de genes bonitos.

Era de muito mau gosto tentar fazer piada sobre meu pai biológico tendo em vista as últimas revelações, mas eu tive de apertar os lábios com muita força para me impedir de sorrir. Porque isso não era motivo de riso, era muito sério.

Decidi fungar desdenhosamente, mas foi mais uma fungada que se transformou em uma gargalhada.

— Acho que é um gene recessivo. — Eu ri, porque simplesmente não conseguia me conter.

— Ah, você vem de uma longa linhagem de mulheres gatas — falou mamãe, me cutucando com o cotovelo. E esse era o negócio. A linha entre mãe e amiga sempre ia ser indistinta entre nós. Dezessete anos pareciam um tempo muito grande quando eu tentava imaginar como a vida seria quando eu tivesse 34 e pensava em carros elétricos que flutuavam acima do chão e no Southend completamente submerso na água por causa do aquecimento global. Mas, sério, 17 anos não eram muita coisa. Tanto Kylie Minogue quanto Jennifer Aniston eram mais velhas que a mamãe, e Madonna era muito, muito mais velha. O bastante para ser a mãe da mamãe, na verdade, se tivesse ficado bêbada em uma festa quando tinha 17 anos.

Então a diferença de idade entre mamãe e eu sempre ia ser um problema e também algo meio maravilhoso, pensei, enquanto mamãe também começava a rir, aí nós duas começamos a nos empurrar com os cotovelos até que minhas risadas de repente se transformaram em soluços.

Mamãe se transformou de novo em mãe e enxugou minhas lágrimas com seus polegares antes de tirar outro lenço de papel da caixa, segurando-o no meu nariz e mandando eu assoar.

— Ah, Bea — suspirou ela, encostando a cabeça na minha. — Queria que houvesse algo que eu pudesse dizer que fizesse a dor sumir.

Ouvimos a porta da frente se abrir e dois pares de passinhos batendo contra o piso de parquê do hall, o murmúrio de vozes masculinas e então a porta se fechando de novo.

Ainda havia um milhão de perguntas que eu queria fazer a ela, mais coisas que precisávamos resolver, porém quando abri a boca não consegui pensar em uma única coisa para dizer. O encanto havia sido quebrado.

— Por que você não leva o Toph para dar uma volta? — sugeriu mamãe. — Pode ajudá-la a desanuviar a cabeça.

Eu poderia andar toda a extensão da Grande Muralha da China e minha cabeça ainda estaria cheia de pedras. Além disso, Toph iria querer saber como fora o papo com a mamãe, e eu não queria falar sobre isso. *Não podia* falar sobre isso porque, no instante em que tentasse, eu sabia que ia começar a chorar. Na atual situação, eu tinha de me concentrar seriamente em não chorar, só ficar sentada imóvel na cama.

— Mamãe, não posso ficar sozinha com o Toph neste momento — insisti. — Não posso contar nada disto a ele, porque só dizer isto em voz alta faz parecer tão escória, e eu não quero que ele me julgue, ou a você.

— Por que diabos ele a julgaria?

— Eu estou me julgando e com certeza estou julgando você — confessei, abaixando a cabeça enquanto sentia a queimação familiar esquentando minhas bochechas. — Não posso evitar.

— Bem, Bea, o pobre rapaz vai passar uma semana aqui — observou mamãe, levantando-se e alisando a blusa. — Vai ter que ficar sozinha com ele às vezes.

— Você mudou seu texto. — Fiz beicinho. — Se não tivéssemos tido essa conversa, você estaria insistindo para que tivéssemos um acompanhante o tempo inteiro... Podemos fingir que não tivemos uma conversa? Isto! E você não confia que nós fiquemos sozinhos juntos no caso de nossos hormônios jovens e violentos levarem a melhor e...

— James e eu vamos voltar ao trabalho amanhã, então você vai ter que lidar com ele mais cedo ou mais tarde. Provavelmente mais cedo. — Mamãe colocou as mãos nos quadris. — Qual é, Bea, você não acabou de aprender que é melhor fazer as coisas às claras?

— Não posso — lamentei. Bem na deixa, meus olhos começaram a se encher de água. *De novo.*

— Mas você disse que já era adulta agora e, sinto lhe dizer, garota, mas quando você é adulta, tem que lidar com todo tipo de merda com a qual preferiria não lidar.

— Mamãe, por favor. Preciso de tempo para botar minha cabeça em ordem. — Juntei as mãos e nem precisei tentar fazer olhar de cãozinho porque eles estavam transbordando de lágrimas. — Pelo menos não podemos todos sair hoje à tarde? Por favor.

— Certo, tudo bem — falou mamãe sem muito entusiasmo. Achei que tivesse um mês para usar a culpa maternal até o sabugo. Provavelmente era o momento perfeito para tocar no assunto de aulas de direção. — É melhor você entrar no chuveiro, e eu vou dar uma palavra com os meninos. Talvez possamos passar a tarde em Whistable, mas amanhã você vai estar por sua conta.

Capítulo 25

Chorei muito nos dias que se seguiram. Eu passava uma hora, talvez até duas, como se tudo estivesse normal, a não ser por esse sentimento incômodo que eu tentava ignorar. Aí eu me esquecia de que deveria ignorá-lo e o avaliava com atenção, e então me lembrava de tudo de novo. Cada vez que eu pensava que nunca saberia quem era o meu pai, era levada a mais outros pensamentos. E se ele fosse transmissor de alguma doença genética terrível e eu tivesse uma bomba-relógio escondida no meu corpo? Ou e se ele tivesse morrido em algum acidente esquisito e eu nunca, jamais fosse ter a chance mais minúscula de conhecê-lo? Ou e se tivesse sido outra mentira e mamãe não quisesse me contar a outra verdade, que meu pai estava na cadeia porque era um assassino em série ou um pedófilo. Então toda vez que baixava a guarda e analisava por que me sentia tão *errada*, eu tinha de pedir licença, encontrar o banheiro mais próximo e dar uma chorada rápida.

— O que está acontecendo com você? — dizia Toph toda vez que eu reaparecia. — Desde que chegamos em Londres, sua bexiga diminuiu.

Eu fazia alguma piada sobre minha bexiga não ser um tópico adequado de conversa e insistia para que voltássemos para as pessoas com as quais estávamos, porque Toph e eu não havíamos ficado sozinhos por mais de dez minutos nos últimos cinco dias, apesar de eu ter tido de convocar todo um elenco de figurantes para que isso acontecesse.

Eu me ofereci como voluntária para levar os gêmeos ao Zoológico de Londres. No dia seguinte, Vovó Minor nos acompanhou ao Tate, aí pela margem direita até o Tate Modern, terminando com um passeio rápido pela bamba Millennium Bridge até a Catedral de Saint Paul. No dia seguinte a esse, nós encontramos o Harry para fazer o *tour* pelo Cemitério Highgate. Houve passeios até o Gospel Oak Lido com a Polly, que não parou de falar sobre pôneis. O cinema com a Lydia. A furtiva ida para fazer compras em Oxford Street com a Ruth, cujos pais achavam estar em um seminário de estudos sobre a Bíblia. E as noites todas se misturaram em uma longa e indistinta série de churrascos, chopadas e festas em casa. Era exaustivo, mas pelo menos não me deixava muito tempo para permitir aquela horrível sensação de empuxo me arrastar para baixo.

Eu me sentia culpada por deixar o Toph de fora. Mas não era como se ele soubesse que estava sendo deixado de fora. Eu fazia com que ele se divertisse e mostrava o máximo de Londres que podia em nosso cronograma cheio. Além disso, ele gostava de conhecer gente, era tudo parte do negócio antropológico. Eu podia sentá-lo a uma mesa cheia de gente que ele não conhecia enquanto ia pegar bebidas e, quando voltava, Toph estava discutindo qualquer coisa, desde a diferença entre o chocolate americano e o inglês até os significados ocultos nos filmes da Disney. Ele até descobriu coisas sobre os meus amigos que eu nunca soubera, tipo que a Ruth tinha um namorado secreto na internet que havia conhecido em um fórum sobre *Doctor Who*, que Lydia estava economizando para fazer uma plástica no nariz e que o Harry estava começando a achar que não era gay, mas completamente desinteressado em sexo com qualquer um, quer tivesse peitos ou um pênis.

Então eu tinha certeza de que Toph estava se divertindo, mas pelo menos uma vez a cada duas horas ele perguntava:

— Tem certeza de que está bem? Você não parece você mesma.

— Mas eu sou eu mesma. Este é o meu eu de Londres.

Toph assentia e eu me convencia de que ele havia acreditado, mas as coisas não eram as mesmas entre nós. Aquela ligação, a forma como sabíamos o que o outro estava pensando antes mesmo de o outro pensar, parecia evaporar. Mas era só porque sempre havia outras pessoas em volta, se eu pudesse confiar em mim mesma para ficar sozinha com o Toph sem cair em prantos, estaríamos de volta ao clima bom em segundos.

O relaxamento das regras rígidas da mamãe era praticamente a única coisa boa no meu horizonte sem perspectivas. Os eventuais "Esse vestido não é um pouco curto demais?" ou "Vai haver álcool nessa festa à qual vocês vão?" apareciam, mas em geral ela estava tentando ficar fria e seguir a onda. Apesar de às vezes parecer que o esforço a matava lentamente, ela realmente estava tentando aliviar a patrulha da gravidez adolescente. Ou então estava puxando muito o meu saco.

— Toph vai voltar para casa no domingo. Quer convidar algumas pessoas para cá amanhã à noite? — falou ela quando eu e Toph chegamos na sexta-feira à noite.

— Quer dizer uma festa? — esclareci.

— Não uma festa. Uma reunião. Uma pequena *soirée* com uma lista de convidados muito selecionada. No jardim dos fundos. Podem usar a churrasqueira se a limparem direito depois, e eu forneço o álcool. — Ela fez uma pausa para se exibir um pouco. — Viu? Eu posso bancar a mãe descolada.

— E a mãe descolada da Bea vai estar no recinto para se assegurar de que suas amigas e seus amigos vão seguir a regra rígida de não se tocarem? — perguntou James enquanto acabava de preparar uma xícara de chá.

Mamãe o chicoteou com um pano de prato.

— Achei que poderíamos deixar os gêmeos na casa da mamãe durante a noite e então sair para jantar — disse ela. Seu plano diabólico era óbvio. Ia me agradar, sair para um encontro romântico com o James *e* ficar na cama até tarde na manhã de domingo. Apesar de ainda estar bem zangada com ela, eu só podia ficar maravilhada em como ela era sensacional.

— Você topa? — perguntei ao Toph. Dar uma festa em vez de ir a uma era uma situação repleta de todos os tipos de bombas de estresse em potencial, desde me assegurar de que ninguém vomitasse nas rosas da mamãe até saber o que fazer quando a churrasqueira começasse a soltar fumaça. Mas toda a preparação, o policiamento e oferecer uma festa seriam uma distração e, como um bônus, era algo para fazer no último sábado à noite do Toph em Londres que não envolvia jantares à luz de velas ou ficarmos sozinhos.

— Sim, claro — balbuciou Toph enquanto bebia um gole de chá. Eu podia ver que ele estava tentando não fazer uma careta, porque já confessara não entender qual era o grande lance com o chá. — Parece divertido.

— Não mais que vinte pessoas, Bea. E quero todo mundo fora daqui à meia-noite — insistiu mamãe.

Convidei o Harry, o irmãozinho emo do Harry, Barney, e sua namoradinha esquisita, Jeane. Lydia, Polly e Ruth, se ela conseguisse convencer seus pais de que não haveria comportamentos não cristãos. Lydia havia me pedido para convidar um garoto de quem ela estava a fim (o que era novidade para mim) que trabalhava na loja de animais na frente da Wilson's. Também convidei duas garotas da minha turma de francês a quem eu vivia encontrando em festas variadas, assim como seus respectivos namorados. Isso fazia a lista chegar a 13 pessoas, incluindo Toph e eu. Estava abismada ao perceber como era caída porque não conseguia produzir mais sete pessoas, quando a Vovó Minor telefonou para dizer que convidara Toby, que morava ao lado da casa dela. Vovó vinha tentando fazer com que fôssemos um casal havia anos, apesar de ele estar mais interessado em jogar World of Warcraft do que em respirar. E Toby só viria se pudesse trazer outro maníaco por WOW, Bones.

Concluí que 15 pessoas estava bom, mesmo sendo um número ímpar, e estava botando mais tabasco em um dos meus escabeches quando meu celular tocou.

Olhei para baixo e vi o nome da Ayesha no identificador de chamadas, e foi só a curiosidade que me fez atender.

— Então eu acho que você basicamente me odeia agora — falou ela depois do meu alô desconfiado.

— Na verdade, não pensei muito a respeito — disse eu sinceramente. — Mas agora que você mencionou...

— Bem, eu basicamente também me odeio, se isto a faz sentir-se um pouco melhor. De qualquer modo, por onde você andou?

Eu não consegui resistir:

— Ah, bem, depois que deixei Málaga, fui para Bilbao, aí Marselha e acabei passando uma semana em Paris.

— Fala sério! Sério, onde você esteve? — Ayesha deu um gemido sufocado. — Não, não foi por isso que eu liguei. Estou de castigo há duas semanas e não tive nada para fazer além de pensar e, depois que parei de querer matá-la pelo que você escreveu no quadro branco, pensei muito sobre você, sobre todas as coisas que costumávamos fazer e eu estraguei isso tudo, não foi?

— É, estragou — falei friamente. — Mas isso não chega nem perto da forma como você passou três meses fingindo ser minha amiga de novo para eu poder ser um Passe Livre para Málaga.

Ayesha respirou rápida e nervosamente. Acho que pensou que ligaria e pediria desculpas, e a velha, boa e confiável Bea a perdoaria.

— Olhe, Bea, eu tratei você como lixo e sinto muito.

— É? E suponho que a Ruby esteja ouvindo esta ligação pronta para acrescentá-la à lista de merdas que ela está fazendo no meu nome.

— Não falo com a Ruby desde que a vi pela última vez no aeroporto Stansted há mais de três semanas. O mesmo vale para a Chloe e a Emma. Para mim, elas não existem mais; você vai ver quando voltarmos às aulas. Então, como eu disse, por onde você andou?

— Como eu falei, estive em Paris. — Eu costumava poder contar tudo para Ayesha (não que tivesse muito o que contar), e era muito difícil desligar a parte do meu cérebro que ouvia sua voz e a reconhecia como uma amiga ao invés de inimiga. — Então, você queria mais alguma coisa?

— Entendo que esteja chateada comigo, mas eu nunca a ouvi soar tão *fria* antes. Nem mesmo naquele verão em que o esquisito do Toby perguntou se podia olhar dentro das nossas calças todos os dias.

— Não acredito que a minha avó me fez colocá-lo na lista de convidados desta noite. — Saiu antes que eu pudesse recolher de volta.

Ayesha não disse nada, mas fez um "Hum?" encorajador e então caiu em um silêncio de expectativa.

Olhei para o teto, mas não encontrei nenhuma inspiração na luminária ou na mancha criada no dia em que eu havia feito gulache e a assadeira explodira.

— Vou fazer esse negócio para o Toph hoje à noite... ele é um amigo com quem eu estava viajando. De qualquer modo, ele vai voltar para os Estados Unidos amanhã, então vou dar uma festinha de *bon voyage*. Não é nada de mais.

Ouvi Ayesha engolir em seco como uma louca.

— Um garoto americano? Você andou viajando pela Europa com um garoto americano? Preciso de detalhes.

Eu queria nunca ter começado aquilo.

— Por que você está agindo como se fôssemos amigas que contam coisas uma para a outra? Nós não somos..

— Então você nunca vai me perdoar, é isto? — perguntou Ayesha, e eu não sabia por que ela parecia tão triste diante da perspectiva. — Olhe, Bea, sei que fiz bobagem, mas você tem que admitir que quando a Ruby liga o charme na potência máxima, é quase impossível dizer não para ela.

Ayesha tinha razão. Houve alguns momentos em que a aprovação da Ruby significara tudo para mim, mas eu ainda conseguira enfrentá-la. E de uma forma realmente horrível da qual não tinha nenhum orgulho, eu ainda queria que Ruby e Ayesha achassem que eu era legal.

— Acho que você pode vir hoje à noite, se não for fazer nada — soltei. Assim que as palavras saíram da minha boca eu quis pegar minha faquinha de descascar e cometer haraquiri com ela.

— Está me convidando para a sua festa? — Ayesha gritou. — Então está tudo bem, não é? Somos amigas de novo?

— Não mesmo, significa que você está em condicional — falei firmemente. — E, se você aparecer com a Ruby e aquelas duas outras idiotas mais uma turma de garotos mal-educados, o que eu fiz com aquele quadro branco vai parecer fichinha. Entendeu?

— Entendi — gritou Ayesha de novo. — Mais uma vez eu tenho que perguntar, o que aconteceu com você?

Eu estava começando a ansiar por aqueles dias, há não muito tempo, quando nada de emocionante acontecia a não ser dentro da minha cabeça.

Capítulo 26

Eu costumava imaginar como seria dar minhas próprias festas. Eu estaria usando um vestidinho preto e me movimentado com desenvoltura por uma multidão cintilante de pessoas espirituosas, com uma taça de martíni na mão, dizendo coisas do tipo "Querida, conheça querida". Isso foi quando eu estava passando pela minha fase *Bonequinha de luxo.*

Mas naquela noite não havia martínis, pelo que fiquei grata, só garrafas de cerveja em um balde cheio de gelo e um grupinho de pessoas que se conheciam vagamente, então não tive de trabalhar muito para apresentá-las. A única pessoa que precisava ser apresentada era o Toph. Eu estava começando a sentir pena dele quando seus olhos se arregalaram assim que Ruth e Polly chegaram juntas.

— Não consigo me lembrar de quem é quem — sussurrou ele pelo canto da boca. E quando Toby (que havia se livrado da acne assumida e crescera uns vinte centímetros desde que eu o vira da última vez) chegou com um garoto muito alto e muito magro (que devia ser o Bones), Toph deu um suspiro profundo, que soou como se tivesse começado nas solas dos pés. — Eu os conheço? Já nos encontramos?

Pelo menos ele se lembrava do Harry e, quando Ayesha finalmente chegou meia hora depois de todo mundo (obviamente seu profundo remorso não era páreo para sua inabilidade de chegar a qualquer lugar na hora), ele estava grelhando hábil e alegremente filés, salsichas e camarões graúdos na churrasqueira. Enquanto Ayesha me seguia pelas portas francesas, todos os olhos (a não ser os do Toph) giraram em sua direção. E ficaram lá. Não que Ayesha parecesse muito incomodada. Seu olhar estava fixo no Toph, que ergueu os olhos brevemente na direção dela, mas agora estava virando filés com destreza.

— Ah, meu Deus — arfou ela. — Ele é uma delícia.

Toph realmente parecia bem delicioso. Estava usando uma camisa de boliche de mangas curtas com o nome bordado no bolso no peito (ele jogava boliche todas as quintas-feiras quando estava na faculdade; "cerveja barata, cachorro-quente picante e sapatos alugados, o que há para não gostar?"), jeans e um sorriso fácil enquanto conversava com Barney e Jeane. Não parecia pertencer a um quintal no norte de Londres com um bando de adolescentes, mas se encaixava mesmo assim.

— Ele tem dona — vociferei, porque Ayesha parecia ter se esquecido de que eu era a parte prejudicada e estava planejando me prejudicar de novo dando em cima do Toph.

— É claro que tem — Ayesha me assegurou rapidamente. — Não pode culpar uma garota por admirar a paisagem. Por falar nisso, gostei do cabelo. Fica muito bem em você.

— Obrigada — falei, passando a mão pelo cabelo. Mamãe conseguira arrumar uma hora para mim com seu cabeleireiro naquela tarde, então meu cabelo estava praticamente tosado atrás e as pontas estavam niveladas com o meu queixo. Eu usava o LBD emprestado da Erin com chinelos e, no geral, sentindo-me cinquenta por cento mais bonita e cem por cento mais confiante que da última vez em que vira Ayesha. — Então você conhece todo mundo, certo?

— É, mas aquele realmente é o Toby? Ele parece em forma, apesar de poder ser a iluminação. — Ayesha sorriu conspiratoriamente, e tive de usar todas as minhas forças para não sorrir de volta.

— Ah, meu Deus, o que *ela* está fazendo aqui? — Ruth estivera conversando com Toby e Bones sobre *Doctor Who*, que parecia ser seu tópico para conversar com rapazes. Lydia estava sentada com eles, sem dizer uma palavra como sempre, mas olhando com adoração para o garoto da loja de animais; agora ela estava correndo na nossa direção, o dedo apontado na direção da Ayesha.

— Não me diga que a convidou? Você está louca?

— Ela está aqui em condicional — disse eu, passando o braço em volta da Lydia, para poder detê-la caso tentasse fazer movimentos bruscos. — Está se comportando bem, não é, Ash?

Ayesha assentiu.

— Eu teria usado um cilício, Lids, mas está muito quente e a TopShop não tinha nenhum no meu tamanho.

Lydia explodiu de novo:

— Não acredito que você esteja fazendo piada! Não depois do que fez!

— Você nem sabe o que eu fiz porque não estava em Málaga com a gente — disse Ayesha ferozmente. — A Bea estava e, se ela pode me dar uma segunda chance, por que você está me atacando? Pelo amor de Deus, relaxe!

— Eu a estou atacando porque você é a maior escrota que já conheci. — Era mais do que a Lydia jamais dissera na presença de outras pessoas.

— Não, acho que você vai descobrir que a Ruby é mais escrota que eu — observou Ayesha.

— Está bem, segunda maior escrota, então.

— Bea, os filés estão prontos — disse Toph atrás de mim, e então sua mão estava no meu ombro, me aprumando, me acalmando. Eu encostei as costas no peito dele por um segundo, porque realmente precisava, aí fiquei ereta para poder separar Ayesha e Lydia antes que elas trocassem socos.

— Lids, pode me ajudar a começar a tirar as coisas da geladeira e, Ayesha, há mais bebidas na garagem, pode trazer algumas para cá?

Elas saíram resmungando em direções diferentes e eu me virei para agradecer ao Toph, mas ele já estava atrás da churrasqueira de novo.

Eu tivera essa vaga preocupação de que as pessoas iriam se separar nos grupinhos em que haviam chegado e ninguém ia interagir. Mas quando comecei a botar pratos de salada e pão francês na mesa grande que era um acessório permanente no nosso pátio, as pessoas simplesmente arrastaram suas cadeiras para botar em volta. Todo mundo elogiou meus escabeches e os tomates secos na salada de macarrão e me disse que eu devia participar do *Masterchef*, o que levou a uma conversa sobre desastres da culinária caseira, a falar sobre os pais, a um breve relato individual sobre o que estávamos fazendo nas nossas férias de verão. De vez em quando eu tentava atrair o olhar do Toph, mas ele nunca parecia olhar para mim quando eu estava olhando para ele.

Achei que ele se levantaria para me ajudar quando fui pegar o pudim para podermos trocar informações rapidamente enquanto estivéssemos na cozinha, mas ele não se moveu. Só continuou conversando com Lucy e Sachiko da minha turma de francês de nível A e seus namorados, que eram tão descolados quanto eu esperaria de duas garotas que usavam roupas da American Apparel e curtiam bandas das quais eu jamais ouvira falar.

Quando voltei para o pátio, ninguém estava interessado nos meus cupcakes. Em vez disso, estava ouvindo com atenção cada palavra da Ayesha.

— E aí a Ruby me chamou de piranha e eu fiquei toda, tipo, "Garota, por que você está falando sobre si mesma?", e então a Emma disse que a Chloe era a mais piranha de todas porque ela havia transado com todos os caras para quem qualquer uma de nós jamais havia olhado, e a Chloe falou "Não tenho culpa se os garotos gostam de mim", e Ruby disse "É, mas a culpa é sua por ser uma escória nojenta", e a Chloe começou a chorar e...

Coloquei meus cupcakes na mesa e tossi. Eu podia ter subido no tambor de água de chuva e feito um striptease, a julgar a atenção que as pessoas prestaram.

— Sobre o que está falando? — perguntei, andando até Ayesha para poder cutucá-la.

— Ah, só sobre o que aconteceu com a Ruby e as outras — disse Ayesha casualmente. Ela fez um gesto para a mesa. — Agora, onde eu estava? Ah, é...

— Na verdade, o que eu quero saber é o que a Bea fez para que vocês todas surtassem — falou Harry arrastado.

— Ninguém quer saber sobre isso — falei friamente, sentando-me e enfiando os cupcakes nas mãos da Polly e da Ruth para elas pegarem a deixa e começarem a passá-los pela mesa.

Houve um coro de vozes, todas clamando para saber o que tinha acontecido. Abri a boca para poder encerrar a conversa antes que acabasse mal, mas Ayesha chegou primeiro:

— Estão dizendo que a Bea não lhes contou sobre o quadro branco?

Fiquei sentada ali com a cabeça nas mãos enquanto Ayesha recontava toda a triste história. Quando Ayesha chegou na parte em que eu joguei suas roupas pela janela, Ruth e Polly bateram palmas de prazer e, depois de ela ter contado toda a triste saga do quadro branco, Harry andou até mim e beijou o topo da minha cabeça.

— Eu te amo — disse ele simplesmente, aí voltou para sua cadeira.

Eu podia ter passado sem a plateia, mas o que eu estava louca para saber era o que havia acontecido pós-quadro branco, quando eu roncava como uma louca no trem.

Ayesha ficou mais que feliz em completar as lacunas. Elas haviam voltado para o apartamento depois de tomar sol o dia inteiro e estavam rindo da Emma porque ela adormecera sem passar filtro solar. Aí viram o que havia sobrado de suas posses em uma pilha empoleirada na beira da rua, correram para cima e encontraram as garrafas do duty-free vazias.

Ruby quis ir atrás de mim naquele instante. Sério. Ela chegou até a porta da frente quando Chloe alertou para o meu bilhete.

Depois disso foi uma gritaria ininterrupta. Elas gritaram umas com as outras. Aí gritaram umas com as outras uma de cada vez, até Chloe, Emma e Ayesha se juntarem contra Ruby e a expulsarem à força do apartamento. Ela voltou com o zelador, que a deixou entrar para que pudessem continuar gritando. Ruby e Ayesha haviam até saído na porrada.

— Ela chegou a arrancar algumas das minhas extensões capilares mas eu rachei o lábio dela — relembrou Ayesha. Aí elas decidiram voltar para Londres, já que não aguentavam olhar para a cara umas das outras. Tinham até recebido uma advertência do comissário-chefe do avião de que, se não parassem de brigar, ele avisaria à polícia para esperá-las em Stansted.

Assim que chegaram em casa e seus pais se envolveram na história, a merda realmente foi jogada no ventilador. Ayesha ficara de castigo por três semanas, todas as mesadas foram cortadas, todos os equipamentos eletrônicos foram confiscados. Chloe foi mandada para ficar com sua tia em Basingstoke em vez de sair de férias com seus pais. Emma tinha sido espetacularmente reprovada no GCSE[1] que havia refeito porque fora espetacularmente reprovada na primeira vez, então seus pais estavam falando em mandá-la para uma escola realmente forte no interior. Só Ruby saiu ilesa, já que Michelle recusou-se a acreditar que sua querida menina havia feito alguma coisa errada.

Ayesha cruzou os braços.

— Então, isto é mais ou menos tudo.

---

[1] *General Certificate of Secondary Education*, exame classificatório para alunos no último ano do ensino médio (*N. da T.*).

— E agora você achou que podia voltar rastejando para nós? — disse Ruth inexpressivamente.

Ayesha encolheu os ombros.

— Mais ou menos. Mas também ver aquele quadro branco... Estava tudo lá, preto no branco, sabe? Um ano inteiro da minha vida jogado fora. Eu nunca devia ter me tornado a esparra da Ruby, sou muito melhor que ela.

— Podemos parar de falar sobre isto? — implorei, porque era como arrancar cascas de feridas e fazê-las doer de novo. — Eu fiz cupcakes!

— É, mas por que você não voltou para casa direto, Bea? — perguntou Natasha. — Você não foi à França ou algo assim?

— Ela continuou na Espanha por algum tempo — disse Toph. Era a primeira vez que ele falava em uma hora. Devia estar cheio de todo o drama adolescente. — Bea estava indo a Paris, mas adormeceu no trem e acabou em Bilbao em vez disso.

— Que foi onde conheci o Toph e seus amigos, que estavam mochilando pela Europa. — Eu esperava que o Toph pegasse a deixa e contasse uma de suas anedotas engraçadas sobre a viagem. Sua história sobre o pior ravióli do mundo feito com pedaços de atum semicongelados que ele comera em Sorrento era tão engraçada que eu espirrei Coca Diet pelo nariz quando ele me contou.

— Uau! — exclamou Ayesha. — Você conheceu seu pai? Como ele é? Eu estou tagarelando há séculos, e você está guardando essa informação. Conte!

— Não há nada para contar. — Saiu como um sussurro coaxado, e a única coisa que eu ia soltar eram lágrimas. — Só que... eu descobri... eu não...

— ...não ligou antes — disse Toph suavemente, pegando meu fio interrompido. — E ele estava fora da cidade por alguns meses.

Toph ainda não estava olhando para mim.

— Mas Paris foi bem legal. Nós nos divertimos muito, não foi?

— É, muito — Toph ecoou. — Então, alguém quer um cupcake? A Bea trabalhou como uma escrava na cozinha durante a tarde toda. Achei que ela fosse desmaiar por causa do calor a certa altura.

Aquilo não era bem verdade, apesar de eu ter precisado me sentar a um certo ponto, mas era o suficiente para mudar o assunto e fazer as pessoas comerem os meus cupcakes. Depois de termos tirado as coisas do jantar, botei meu iPod na caixinha para podermos ouvir Fleet Foxes enquanto Harry e Bones começavam um jogo de mímica.

Depois que acabei de encher a máquina de lavar louça, senteime ao lado do Toph, que estava empoleirado no murinho que separava o pátio do restante do jardim, as pernas compridas esticadas à sua frente.

— Ei — disse eu, cutucando experimentalmente seu braço, porque ele parecia tão distante sentado ali; não tocável, não meu. — Você está bem?

— Estou ótimo — respondeu ele inexpressivamente e com quase nenhum traço de ótimo.

— É chato demais com todo mundo falando sobre voltar às aulas e preencher seus formulários de admissão das universidades? — Eu apertei o braço do Toph com mais força. Não de uma forma dolorosa, mas de uma forma significativa.

Toph olhou surpreso para a minha mão, como se não tivesse percebido que ela estava ali.

— Não, é claro que não. Todos os seus amigos são muito legais.

— Eles meio que são, não é? — Olhei em volta do pátio, onde o jogo de mímica estava ficando mais alto e Ruth e Lydia conversavam com Sachiko e Lucy, o que nunca teria acontecido na escola. — Eu nem sabia que tinha tantos amigos. Acho que andar com vocês pela Europa melhorou minhas habilidades de socialização. Elas eram muito ruins antes.

Esperei para que Toph dissesse alguma coisa, porque era assim que se tinha uma conversa. Eu diria uma coisa, o Toph responderia e diria outra coisa para que eu respondesse, e assim nós continuaríamos. Só que ele não estava me dando nada com que eu pudesse trabalhar.

— Bem, obrigada por vir em meu socorro com a história toda do... quando ficou esquisito e eles queriam saber sobre o meu... quando estávamos em Paris. — Era estranho, porém, por mais que tentasse, eu não conseguia nem pensar na palavra com P, quanto mais dizê-la em voz alta.

Eu finalmente tinha toda a atenção do Toph.

— Quer dizer, o seu pai? — falou ele, e pareceu arrastar a palavra, o que significa que teve tempo suficiente para me ver estremecer.

— É, eu acho — murmurei.

— Então, você descobriu a história toda com a sua mãe? — perguntou Toph.

Eu tirei a mão do braço dele.

— É melhor eu ver se todo mundo tem bebida.

— Sabe, estou começando a me perguntar por que você começa a entrar em pânico quando temos que passar mais que cinco minutos sem mais alguém presente — observou Toph, colocando a mão no meu braço desta vez.

— Eu não entro em pânico — insisti estridentemente. — Tipo, estou entrando em pânico agora?

— Bem, agora que você mencionou, é, você está surtando completamente agora.

Eu tentava fazer com que meus traços parecessem calmos e não surtados quando Lydia veio trotando da cozinha.

— Tem alguém na porta — informou ela. — Estão, tipo, apertando a campainha sem parar.

Eu me levantei tão rápido que quase caí.

— É melhor eu ver quem é — gemi.

Enquanto entrava na cozinha, eu podia ouvir o barulho insistente e esperei que não fosse a Lilah, da casa ao lado. Ela parecia achar que ser a presidente do Comitê de Vigilância do bairro lhe dava os mesmos poderes que a Polícia Especial. Nem era tão tarde assim, só 22h30, e eu não estava tocando Fleet Foxes no máximo. Além disso, eles eram muito melódicos.

Abri a porta e senti meu coração dar um pulo.

— E aí, Bea — falou Ruby. — Sentiu a minha falta?

Capítulo 27

Na minha cabeça, a Ruby havia adquirido propriedades quase de Medusa, então ver uma garota pequena e magricela com cabelo escorrido no vão da porta foi meio uma decepção. Olhei para além dela e vi um bando de garotas da série escolar abaixo de nós: parecia que a Ruby havia precisado baixar seu padrão no quesito amigas.

— O que você quer? — perguntei, cruzando os braços. Por dentro, eu estava tremendo nos meus chinelos, conforme o bando da Ruby se juntava atrás dela como se fossem se lançar em cima de mim e entrar na casa.

— Bem, você não escreve, não telefona, não me convida para a sua festa idiota — disse Ruby friamente. — Então eu pensei em passar por aqui, ouvir suas novidades e pegar o dinheiro que você me deve.

Ruby ficou batendo com o pé enquanto eu vasculhava meu cérebro por qualquer débito pendente que podia ter contraído enquanto ela estava fingindo ser minha amiga. Não havia nenhum. Na verdade, era o contrário.

— E quanto ao dinheiro que *você me* deve pela birita, pelas corridas de táxi, pela comida e, oi, quanto à vez em que nós fomos ao Pizza Express e por acaso vocês todas esqueceram suas bolsas. Vamos considerar quites, está bem?

— Não vamos, não — vociferou Ruby, dando um passo para a frente. Não me movi do degrau. Eu tinha quase certeza de que podia ganhar da Ruby se realmente precisasse. Suas unhas eram roídas, então ela não podia arranhar; puxões de cabelo eram outro problema, mas, como ela sempre observara alegremente, eu tinha bem uns 15 quilos a mais que ela. — Meus óculos escuros Dior foram quebrados, e meu vestido Marc Jacobs, meu jeans Rock & Republic e todas as minhas blusas Miss Sixty foram roubados quando você os jogou da varanda. E, por falar nisso, você exagerou à beça!

— Você estava usando seus malditos óculos Dior quando saiu pela porta, assim como está usando seus jeans Rock & Republic agora...

— Não, estes são novos...

— Que se dane! Não vou lhe dar dinheiro nenhum. Estou feliz por ter jogado as suas coisas da varanda. Pense nisso como vingança por ter me tratado feito lixo. — Eu estava gritando agora, porque Ruby havia me dado o dom da raiva, e era um dom que não acabava nunca. As sobrancelhas dela se ergueram quando levantei a voz pela primeira vez, mas ela aguentou firme com um sorrisinho prepotente que eu queria arrancar do rosto dela com as mãos.

— Qual é! Você acha que só porque está dando uma festa caída para uns rejeitados sociais idiotas e cortou o cabelo, isso faz com que seja alguém. Mas você sempre vai ser uma pobre fracassada.

Ouvi a porta da varanda de dentro se abrir atrás de mim mas não ousei olhar em volta porque eu estava determinada a encarar Ruby até ela esmorecer. Era surpreendentemente fácil não piscar, não morder o lábio ou não desviar o olhar.

— A Ruby está aqui! — sussurrou alguém, e então Ayesha falou, aflita:

— Não olhem para mim! Eu não falo com ela há três semanas.

Senti uma mão apertar a minha cintura e esperei que fosse o Toph, mas era a Lucy.

— Eu tuitei antes de sair. Acho que a Ruby me segue no Twitter — murmurou ela em tom de desculpas.

Às vezes eu queria que a internet nunca tivesse sido inventada.

Pelo menos Lucy, Sachiko e Harry estavam me dando cobertura e os outros espiavam pela porta aberta, então eu não estava sozinha. Tive uma visão de todo mundo indo para a entrada da garagem e fazendo uma batalha de gangues estilo *Amor, sublime amor*, mas sem os números de canto e dança.

— Apenas vá embora — vociferei para a Ruby. — Ninguém quer você aqui.

— Devolva o meu dinheiro! — Ruby deu um passo bem para a minha frente e enfiou a mão na minha cara. Não fez contato, mas era uma declaração de que ela estava puxando briga. Eu teria adorado bater nela com muita força, mas não ia porque eu não tinha, tipo, 5 anos.

— Meu Deus, Ruby, cresça — falei com uma voz que latejava de crítica. — Vá dar seu ataquezinho de raiva em outro lugar.

Agora que eu tinha reforços, o bando de meninas de 16 anos com caras de malvadas havia chegado mais perto. Seus rostos de perto não eram tão maus, estavam mais para curiosos sobre aonde aquilo estava indo.

Estava indo bem mal, era como estava indo. Ruby estalou os dedos bem no meu rosto, por pouco não atingindo meu olho esquerdo. Ela estava fazendo o máximo para que eu perdesse a cabeça e, meu Deus, estava funcionando.

— Que pateta ridícula você é — provocou ela, dando um passo para trás para avaliar seu trabalho, enquanto tudo em mim berrava com o ímpeto de agarrar em volta de seu pescoço magricelo.

— Calma, fera — disse uma voz no meu ouvido, e a Lucy chegou para trás para que o Toph pudesse tomar seu lugar. Meu corpo amoleceu de alívio. Toph estava aqui, e ele faria com que tudo ficasse bem. Era o que ele fazia... quando eu deixava.

— Este é o seu novo namorado? — perguntou Ruby, seus olhos correndo pelo Toph enquanto ele ficava ali de pé. — O que há de errado com ele? Quero dizer, tem que haver algo de errado com ele, se está andando com você. Ou é algum outro gay que você está ajudando a disfarçar, como o Harry? Já desistiu, Bea?

— Volte para dentro — disse Toph baixinho.

Ruby não gostava de ser ignorada. Especialmente por garotos bonitos. E o Toph era tão bonito quanto aqueles garotos de cabelo liso que costumavam babar em cima dela naquelas noites infinitas de sábado. Mais bonito, na minha opinião.

— Ah, você ainda é virgem — concluiu Ruby. — Tem muito medo de engravidar como a sua mãe. Deus, aposto como ela gostaria de ter feito um aborto.

Houve um murmúrio excitado envolvendo os dois grupos de torcida, agora que Ruby jogara a cartada do Sua Mãe.

— Você realmente tem um problema... — começou Toph zangado, mas eu andei para a frente para poder pular do degrau e avançar na direção da Ruby. Acho que Ayesha tinha dito que eu havia virado sua inimiga e, depois que você virava sua inimiga, não perdia mais o título.

— Qual é o seu problema, Ruby? É totalmente incapaz de botar seus neurônios para funcionar antes de abrir a boca?

— Ah, você finalmente tomou coragem, não foi, Bea? — perguntou Ruby provocativamente, mas faltava acidez e, quando eu dei mais um passo para a frente, ela deu um passo para trás, como se estivéssemos dançando. Porque eu não tinha só mais 15 quilos que ela; naquele momento, eu era muito mais cruel.

— Eu sou patética? Uma fracassada? E estou dando uma festa caída com os meus amigos caídos, é? — Eu rosnei cada pergunta para Ruby, cujos olhos estavam disparando de um lado para o outro. — Bem, então o que isso faz de você? Você não tem nada para fazer no sábado à noite além de vir aqui com sua turma de menores de idade porque ninguém mais gosta de você ou quer andar com você. Eu diria que isto é a definição de patética no dicionário.

— Ah, diria, é? — Ruby eriçou-se, e eu deveria ter ficado prestes a fazer xixi nas calças porque agora eu estava cercada pelas amigas dela, mas só conseguia pensar no quanto a Ruby parecia pequena e assustada. Quando você tirava as etiquetas de grife e a atitude, não sobrava muita coisa.

— É, diria. Diferentemente de você, eu tenho coisas melhores para fazer no sábado à noite do que descer ao seu nível, porque você é incapaz de subir até o meu. — Apontei para o portão do jardim, da mesma forma imperativa com que Audrey Hepburn dirigiu George Peppard para a porta de seu apartamento minúsculo em *Bonequinha de luxo*. — Vá embora!

— Nós ainda não terminamos — sussurrou Ruby, mas estava indo embora. — Você ainda vai ver o final.

— Tanto faz. — Dei meia-volta e olhei fixamente para suas puxa-sacos, que haviam perdido o clima de gangue de garotas e estavam paradas no meu jardim parecendo bastante sem rumo. — Vamos, o show acabou. É hora de ir embora.

Elas começaram a se acotovelar pelo caminho, a não ser pela menorzinha, que era uma Ruby Próxima Geração perfeita. Ela estava de pé bem no meio do caminho, olhando para as janelas da sala de estar e então para a garrafa vazia de Bacardi Breezer em sua mão.

— Nem pense nisso — falei com os dentes cerrados, marchando até ela para poder agarrar o colarinho de seu casaco. — Sério. Eu faço pilates com a sua avó!

Eu as observei descer a rua. Quando chegaram na esquina, Ruby virou-se e gritou alguma coisa, mas suas palavras foram carregadas pela brisa.

— Isto foi impressionante — falou Harry enquanto eu subia pelo caminho até onde os outros estavam reunidos. — Você nem recorreu aos palavrões.

— Estou tão cheia daquela garota — disse, e era verdade. Chega de deixar qualquer um me fazer sentir indigna porque eles achavam que eu não era bonita o bastante, ou legal ou inteligente. Eu era melhor que isso.

Ayesha abriu caminho por entre a multidão.

— Estou tão orgulhosa de você — falou ela, jogando os braços em volta de mim, apesar de abraços serem uma violação de nossa trégua frágil. — Lucy e Sachiko ficaram tuitando o negócio todo em tempo real. Você é tipo uma microcelebridade.

— Não seja ridícula — disse eu, e pude sentir toda a briga escoando de mim. Teria sido bom se eles todos tivessem ido embora e fôssemos só o Toph e eu, para podermos nos enroscar no balanço coberto no quintal. Sem falar, só balançando. Mas todo mundo estava entrando na casa de novo e falando sobre mim e a Ruby e o que isso significaria quando voltássemos às aulas, e como aquela garotinha ruiva tinha ficado revirando os olhos geral cada vez que a Ruby abria a boca.

— Você está bem, Bea? Foi uma cena e tanto.

Fechei a porta da frente e me apoiei nela de forma a ficar de frente para o Toph.

— Eu estava bem quando a adrenalina estava bombando, mas agora eu me sinto como se alguém tivesse tirado todas as minhas entranhas.

— Você arrebentou — zombou ele, e eu percebi que já fazia algum tempo, uma semana na verdade, desde que vira aquele sorriso preguiçoso no rosto dele. — E "eu faço pilates com a sua avó" é a melhor frase de encerramento do mundo.

Eu desencostei da porta, o que não foi uma ideia tão boa assim porque os meus pés não queriam realmente me sustentar.

— Eu queria que você não fosse voltar para casa amanhã — falei, passando os braços em torno dele. Apesar das quantidades copiosas de chocolate que ele comera a semana inteira, Toph ainda estava tão reconfortantemente esguio quanto sempre.

— É? — Olhei para cima e vi o Toph me dando o velho franzir de sobrancelhas.

— É claro que sim! — falei, apertando-o com mais força, até perceber que era a única apertando e que o Toph não estava fazendo grandes coisas a não ser me deixar apertá-lo. Aí eu me lembrei de que estávamos prestes a discutir alguma coisa quando a Ruby tocara a campainha. Soltei o Toph porque um abraço de mão única não era muito divertido. — Eu jamais quis agir de uma forma tão estranha com você esta semana.

— Não é sua culpa — disse Toph, segurando minha bochecha com a palma da mão, e a fagulha entre nós pareceu mais forte do que parecia há dias. — A culpa é minha. Eu nunca deveria ter vindo a Londres com você. Foi, tipo, a pior das ideias.

— Não foi, não — protestei, erguendo o braço para tirar a mão do Toph do meu rosto para poder entrelaçar meus dedos aos dele, do jeito que fazia quando estávamos em Paris. — Nada mudou.

— É, tudo mudou — disse Toph, puxando-me para baixo para nós dois podermos nos sentar no pé da escada. — Você volta para casa, a vida real acontece. Eu entendo isso. Quando estávamos em Paris, nós dois estávamos tirando uma folga da realidade. Mas agora eu sinto como se tivéssemos esquecido como conversar um com o outro, conversar de verdade. Está faltando alguma coisa.

— Está bem, as coisas eram diferentes quando estávamos em Paris, mas o que eu sinto por você é o mesmo. — Tentei botar toda a minha paixão no que estava dizendo e até empurrá-la pelas pontas dos dedos enquanto segurava o joelho do Toph com uma garra convulsiva, mas ele estava sacudindo a cabeça.

— Não, não é — falou ele tristemente. — Você organizou essa semana louca de coisas para fazer porque queria me mostrar Londres, mas na terça-feira eu já estava tendo a sensação de que era algum plano elaborado que você criou para que nunca ficássemos sozinhos juntos, nunca pudéssemos conversar sobre qualquer coisa importante.

Eu deveria ter percebido que Toph seria capaz de ver através de mim como se minhas roupas e minha pele fossem completamente transparentes e ele tivesse uma visão clara do meu coração espancado e dolorido. Mas sua visão de raio-x só ia até certo ponto: ele podia ver o disfarce, mas não o porquê.

— Isso não é verdade — falei obstinadamente. — Eu só queria que você visse minhas coisas preferidas em Londres e conhecesse todos os meus amigos.

— Não minta para mim, Bea. Só não minta — disse Toph, descansando a mão em cima da minha para tirar a agressividade de suas palavras. — Olhe, nós tivemos um romance de férias, só isso. Um romance de férias intenso e maravilhoso, e devíamos tê-lo deixado em Paris.

— Então foi só isso para você? — perguntei com a voz entrecortada, escorregando a mão de debaixo da dele para poder passar os braços em volta de mim mesma. De repente eu estava com frio. O tipo de frio que faz com que seus ossos doam.

— Não na hora, não — admitiu Toph. — Mas é só o que pode ser. Você está aqui em Londres, e eu vou voltar para o Texas. E eu tenho minhas provas finais este ano e você tem aquela prova que é como um ENEM, mas não é...

— Nível A — forneci.

— É, isso. — Toph pegou meu queixo com a palma da mão e virou minha cabeça, então eu não tinha opção a não ser olhar para ele, e era muito estranho que ele conseguisse me encarar daquele jeito, como se eu fosse a razão para ele acordar todos os dias, e me dizer que havia acabado. — Olhe, eu namorei alguém durante cinco anos e ela era tudo para mim, mas não era nada comparado ao que senti por você em Paris. Nós enfiamos *vidas inteiras* naqueles dias, Bea.

— Você não pode dizer uma coisa dessas como parte do seu discurso de rompimento! — Eu me livrei da mão do Toph. — Se soubesse o que eu tenho passado esta semana, entenderia por que eu tenho agido assim. Não tem nada a ver com você. É por causa da... minha mãe... eu nem posso... — Eu nem havia conseguido cuspir as palavras e já estava chorando. E também não era um choro bonito, de menina, mas soluços melequentos de boca aberta.

— Eu sabia que a sua mãe tinha dito alguma coisa — fungou Toph. E eu queria que ele ficasse zangado, me dissesse que eu estava sendo idiota, me mostrasse algum sinal de que queria lutar pelo que nós tínhamos, mas ele estava sendo tão sensato, tão resignado. Eu sempre adorei como o Toph era aberto, sua expressão sempre tão desarmada, mas agora tudo nele estava fechado pelo olhar sombrio, de seus olhos a seus lábios franzidos. — Sabe, essa diferença de três anos às vezes parece ser de três décadas.

— Não, não parece — cuspi. — Não vou deixar você ir embora deste jeito. Você entendeu tudo errado.

— Então explique para mim — falou Toph — Você não pode, porque sabe que o que estou dizendo está certo.

— Não acabou — insisti. — O que tivemos em Paris; você não pode simplesmente desligar isso.

— Não acabou, mas não é o mesmo que era. Não pode ser — disse Toph apressadamente antes que eu entendesse errado. — Olhe, nós temos a internet e podemos falar pelo telefone. E é melhor você estar fazendo planos para economizar para a viagem de carro no verão que vem, mas, no momento, isso é tudo o que temos.

Eu não falei nada porque estava chorando, e a única coisa que podia me fazer sentir um pouco melhor era jogar meus braços em volta do Toph e enterrar minha cabeça no nicho quentinho entre seu ombro e seu pescoço para poder sujar sua camiseta de meleca e lágrimas e deixá-lo me abraçar. Era uma droga que ele pudesse me fazer sofrer tanto, mas quando seus braços estavam em volta de mim, ele era o único que podia fazer a dor passar.

— Shhh, shhh — sussurrou ele, me reconfortando. — Nós sempre vamos ter esta ligação especial, e não há oceano grande o bastante para poder destruí-la.

— Você acha? — Ergui a cabeça para poder esfregar o rosto com as costas de uma das mãos.

— Eu sei — falou Toph gravemente, e agora que eu podia ver que seus olhos estavam vitrificados por lágrimas não derramadas, aquilo me fazia sentir ligeiramente melhor. — Talvez daqui a dez anos a gente se encontre em algum lugar completamente aleatório e se apaixone de novo.

— Você pode estar casado — observei, mas meus lábios estavam se curvando em um sorriso fraco e aguado porque eu podia ver a gente se esbarrando em uma rua de Nova York ou em uma plataforma de ferroviária em Budapeste ou até mesmo em um elevador em um prédio de escritórios em Tóquio.

— Eu me separo dela — Toph me garantiu. — Prometo.

— Agora você só está sendo idiota — disse, mas aí estava me inclinando para a frente para poder passar meus braços em volta do pescoço do Toph e beijá-lo talvez pela última vez. Foi um beijo casto, de boca fechada, que pareceu uma parada completa.

Capítulo 28

Levou dez minutos para o Toph pegar o que havia sobrado do meu coração e quebrar tão absolutamente que jamais poderia ser colado novamente. Aí ele voltou para o jardim e agiu como se nada jamais tivesse acontecido.

Acompanhei todo mundo para fora de casa, limpei as coisas e enchi a máquina de lavar louça, escovei os dentes e vesti meu pijama, e pareceu tão estranho que eu pudesse simplesmente ir em frente com todas as coisas mundanas que formavam a minha vida quando sentia como se a minha vida tivesse acabado. Mas assim que apaguei a luz e me acomodei debaixo do meu edredom de verão, comecei a chorar.

Após dez minutos ficou óbvio que eu não ia parar de chorar e com certeza não ia dormir. Fazer um CD misto de cantores franceses para o Toph parecia uma boa forma de passar o tempo, mas só me fez chorar ainda mais; não há nada como uma canção sobre o amor perdido cantada por uma *jeune fille* de voz rouca para realmente aumentar a tristeza. Eu estava folheando meus CDs da Françoise Hardy quando houve uma batida de leve e mamãe enfiou a cabeça pelo vão da porta.

— Vou abaixar a música — eu disse, a voz grossa de lágrimas. Eu não tinha hora para dormir durante as férias, mas fazer um CD misto às duas da madrugada era forçar a barra. Em vez de pegar no meu pé, mamãe só entrou no quarto e sentou-se ao meu lado no chão.

— Eu sabia que havia alguma coisa errada com você no momento em que chegamos em casa — disse ela baixinho. — É por causa do seu pai?

— Não. — Eu não era capaz de falar mais nada, então só sacudi a cabeça.

— É a Ruby?

Desta vez, a sacudida de cabeça foi mais veemente.

Mamãe suspirou.

— Está bem, então acho que deve ser o Toph. Sei que você vai sentir saudades, mas os Estados Unidos não ficam tão longe. Bem, não com a internet e... Ah, Bea! — exclamou ela quando uma nova onda de lágrimas jorrou. — Querida!

Nós havíamos passado a semana circulando desconfiadamente uma à outra. Com mamãe tentando ser toda relaxada com as regras e eu tentando não tirar vantagem disso, e nenhuma das duas mencionando o papo que tivéramos, acabara sendo muito tenso, mas isso tudo se desfez quando deitei a cabeça em seu colo e chorei. Também houve muitos "E eu disse... E aí ele falou... mas eu disse..." enquanto eu tentava explicar o que havia acontecido.

Mamãe acariciou meu cabelo e fez sons solidários, mas não disse nada até eu ter acabado de falar e soluçar.

— Você tem que dizer ao Toph o quanto ele significa para você antes de ele ir embora — falou ela, enquanto me ajudava a me sentar. — E não quero que ele pense que eu a mandei se afastar dele. Também não fica bem para mim, Bea.

Dei uma risada engasgada.

— Não posso passar as últimas horas antes de o Toph entrar em um avião chorando por causa dele! Não quero que ele se lembre de mim assim.

Mamãe abraçou os joelhos.

— É como aquela parte de *Amélie*, não é? Bem no final, quando ela não consegue dizer ao Nino como se sente de verdade e está tentando fazer um bolo e está chorando...

— E aí ele bate à porta dela e, quando entra, beija sua testa...

— E suas bochechas.

— E suas pálpebras, e então ele a beija e ele sabe e ela sabe que ele sabe — suspirei. — O que Amélie faria?

— Bem, você não tem tempo de organizar uma caça ao tesouro com pistas fotográficas dadas por passantes prestativos — disse mamãe secamente. — Você pode lhe mandar um e-mail.

— Mas ele só vai recebê-lo quando tiver voltado ao Texas — gemi. — Ele tem que saber antes de entrar no avião.

Mamãe me deu um olhar de pena.

— Então escreva uma carta para ele — falou ela, revirando um pouco os olhos. — Era o que nós fazíamos antes de inventarem o iMac.

— Você acha que isso vai funcionar? — perguntei, em dúvida. — Eu podia entregar a ele junto com a caixa Nós Sempre Teremos Paris que estou montando.

— É, e as cinquenta libras em chocolate que você me fez comprar no Tesco's — mamãe me lembrou, enquanto se levantava com dificuldade. Ela deu um tapinha na minha cabeça. — Coloque o que está acontecendo aí no papel, e vamos ficar fora do seu caminho até amanhã de manhã para que você possa fazer um brunch para o Toph e lhe entregar a carta, está bem?

— Está bem. — Flexionei os dedos para alongá-los. — Vale a pena tentar.

Mamãe se inclinou para baixo e me beijou.

— E o James e eu ainda vamos poder ficar até tarde na cama, então tudo funcionou bastante bem.

Eu não conseguia me lembrar da última vez em que havia escrito adequadamente para alguém. Minha caligrafia estava tão enferrujada e eu me sentia tão insegura sobre o que queria dizer que as primeiras cinco tentativas acabaram na lata de lixo.

Ao final, fiz um show de slides das nossas fotos das férias para conseguir conjurar todo aquele sentimento de Paris de novo, que tinha tanto a ver com o Toph quanto com Paris e então, antes que pudesse pensar demais, peguei a caneta de novo.

Querido Toph,
Você entendeu tudo errado, sabe. Não foi só um romance de férias. Foi muito mais que isso.
Andei com medo de ficar perto de você por causa dessa ligação que nós temos e da forma como você sempre parece saber o que estou pensando. O negócio é que ando apavorada com os pensamentos na minha cabeça desde que voltamos a Londres. Sei que você acha que minha mãe me advertiu contra me apaixonar por garotos do Texas, mas simplesmente não é verdade. O que aconteceu foi que ela me contou quem meu pai realmente era. Ou não contou, porque ela não se lembra dele. Ela ficou muito, muito bêbada em uma festa quando tinha 17 anos e acabou transando com um cara cujo nome ela não sabia e de cuja cara não consegue se lembrar, e este é o meu pai. Eu digo que este é o meu pai, mas na verdade ele não é. Ele é só um pai fantasma.
Tenho me esforçado muito para não pensar nisso, e arrastá-lo por Londres e forçá-lo a passar tempo com um bando de estranhos foi uma ótima forma de não ter que lidar com isso. Quero mentir e dizer que eu o estava poupando e que você já teve que aguentar muito drama vindo de mim durante essas últimas semanas, mas a verdade é que não posso pensar nele e na noite em que fui concebida porque isso faz com que eu me sinta horrível. É como se eu sempre tivesse esse buraco vazio onde meu pai deveria estar e que eu enchi com essas fantasias elaboradas, e agora sei que nunca terei um pai para preencher esse buraco. Sempre vou ser meio vazia e oca porque agora tenho que deixar essas fantasias de lado.

Mas meio que tudo bem porque antes deste verão as histórias e fantasias na minha cabeça eram muito melhores que a tediosa vida real; até eu dormir no trem e, quando acordei, lá estava você. Foi como se tivesse acordado de um sono profundo e eu vi o mundo de uma nova maneira. Que eu não precisava mais sonhar porque a vida que estava vivendo era melhor que qualquer coisa que pudesse inventar. E essa vida tinha você nela, Toph.

Eu sei que, daqui a um ano, daqui a dez anos, ainda vou sentir a mesma coisa por você. Que só vê-lo parecendo um idiota com o seu boné de beisebol Eu ♥ Paris *faz com que eu precise recuperar o fôlego. Que ficar deitada na grama alta ao seu lado, sem nem falar, me faz sentir como se eu tivesse voltado para casa. Que os seus beijos me quebram em pedacinhos minúsculos e então me juntam novamente. Que o toque das suas mãos e a forma como você sorri e o olhar suave nos seus olhos quando eu estou falando são coisas de que preciso na minha vida.*

E eu entendo todo o bom-senso que você demonstrou sobre a diferença de idade e como os romances de férias sempre têm uma data de validade e relacionamentos a distância nunca dão certo. É, eu entendo. Mas às vezes o que você sente por outra pessoa não faz sentido, simplesmente é.

Eu tenho andado tão insegura em relação a muitas coisas, mas tenho certeza sobre nós. É como se minha própria existência fosse aleatória; em qualquer momento daquela noite minha mãe podia ter parado de beber ou seus amigos podiam ter aparecido e a levado para casa ou ela podia ter se lembrado de pedir a ele que usasse camisinha. Mas ela não o fez. Tipo, estava predeterminado que haveria uma Bea no mundo.

E a forma como nos conhecemos também foi aleatória. Se eu não tivesse dormido no trem. Se não tivesse virado à direita em vez de à esquerda e encontrado aquele café. Se você não tivesse puxado os mapas da bolsa quando puxou para eu ter um motivo para ir falar com vocês. Era como se o universo quisesse que nós nos conhecêssemos... e quem somos nós para dar as costas ao destino?

Podemos comentar as atualizações de status um do outro no Facebook e tuitar até nos fartarmos. Podemos até nos falar pelo telefone. Tudo bem. Ótimo. Mas eu não vou esperar dez anos até que nossos caminhos se cruzem de novo. Às vezes parece que a minha vida toda foi só esperar. Esperei pelo meu pai, e isso não acabou muito bem. E esperei para me apaixonar e ser a garota que sempre quis ser, e essa garota não espera que a vida aconteça, ela a faz acontecer. Então, no dia 17 de agosto do ano que vem, às dez horas (da noite, não do dia), eu vou estar na Pont Neuf. E se você ainda sentir a mesma coisa por mim, você vai me encontrar.

Amor

Bea xxx

Quando acordei na manhã seguinte, ainda estava sentada na minha cadeira, caída por cima da mesa, com a bochecha descansando em cima do teclado do meu computador.

Coloquei a mão no rosto e podia sentir as marcas das teclas afundando a minha pele, o que não era um bom visual quando eu queria estar reluzente para o Toph. Eu faria o brunch para ele e, enquanto ele estivesse comendo os waffles que pedira especialmente ontem à tarde, eu lhe entregaria a carta. E eu não iria chorar. Repito, não iria chorar.

Só quando saí do banheiro vi o pedaço de papel enfiado por baixo da porta. Achei que fosse mamãe me lembrando mais uma vez que ia ficar na cama até tarde pela primeira vez desde que os gêmeos haviam nascido, já que eles estavam dormindo na casa da Vovó Minor, mas aí vi meu nome escrito com um rabisco ruim de canhoto que não era dela.

Parecia que eu não era a única que havia passado metade da noite trabalhando na caligrafia.

Toph havia escrito:

Querida Bea

Sinto muito. Sou péssimo em despedidas. Eu sei que se a vir hoje de manhã, então todas as bobagens sobre romances de férias e diferença de idade não vão ter mais importância e eu vou lhe fazer todas essas promessas que não devo fazer.

Sei que você vai chorar, isso me corta por dentro porque odeio vê-la sofrendo. O que é pior é quando você tenta sorrir apesar de estar triste, essa é uma das coisas mais doces em você. Então estou indo para o aeroporto, mesmo que tudo dentro de mim queira ficar. Não apenas para um beijo de despedida ou para fazer planos para continuarmos em contato, mas porque parte de mim só quer ficar aqui com você para sempre.

Sabe, eu tenho esses sentimentos piegas e pouco másculos em relação a você, e não importa o quanto eu me esforce para pensar em um jeito de isso funcionar, não pode ser nada além daquela semana mágica em Paris.

Não fique zangada comigo por abandoná-la. É melhor assim. Você pode me contar o quanto me odeia pela internet, mas por favor não me odeie muito.

Porque eu meio que te amo.

Toph x

Irrompi no quarto da mamãe e do James sem parar para pensar se "ficar na cama até tarde" era na verdade eufemismo de mãe para transar. Felizmente não era. James estava roncando, e mamãe estava de cara para baixo no travesseiro.

— Mãe! — gritei. — Levante-se! Levante-se! Levante-se! Você tem que me levar ao aeroporto agora!

— Que por...? — James rolou enquanto mamãe dava um pequeno grunhido e puxava o edredom por cima da cabeça.

— Levante-se! — gritei de novo, subindo na cama e sacudindo os dois pelo ombro. — O Toph foi embora, e eu não lhe entreguei a minha carta! Ou a minha caixa Nós Sempre Teremos Paris ou os chocolates.

— Não pode enfiar no correio? — balbuciou James, sentando-se e olhando fixamente para mim. — Nós vamos ficar até tarde na cama.

— São dez da manhã, vocês já ficaram na cama até tarde — falei, sacudindo a mamãe com mais força. — Acorde!

— Quem foi embora?

— O Toph!

— Você entregou a carta para ele? — Mamãe sentou-se ereta.

— Não, e ele deixou isto para mim — disse eu, enfiando o bilhete do Toph nas mãos dela.

Mamãe jurava que não precisava de óculos de grau, mas teve de segurá-lo bem perto do rosto. Eu podia ver seus olhos indo da esquerda para a direita tão rapidamente que achei que ela fosse ter um aneurisma.

— Vou fazer um chá, então, que tal? — resmungou James, puxando as cobertas para trás. — Deus, o drama nesta casa nunca acaba.

— Nada de chá — disse mamãe cortantemente, entregando a carta de volta para mim. — Vamos para Heathrow já!

Capítulo 29

Nós não partimos para Heathrow naquele momento. Não depois que o James observou prestativamente que eram só 10h e que o voo do Toph só saía às 16h.

— Vai levar horas para chegar ao aeroporto pelo subterrâneo e aí ele vai ter que esperar séculos antes que seu voo seja chamado — disse James, enquanto se servia da segunda xícara de chá e abria a seção de esportes do *Observer.* — Então vocês duas podem parar de me lançar olhares de raiva.

Mamãe aguentou dez minutos antes de arrancar a xícara da mão do James.

— E se ele passar pela segurança assim que fizer o check-in? — perguntou ela, as mãos nos quadris. — Nós vamos *agora* ou eu juro que você vai dormir no sofá até o Natal.

Eu queria poder dizer que era como algo saído de um filme. Que o trânsito estava horrível e que eu chorava e torcia as mãos enquanto não parava de olhar para o relógio no painel do carro, mas só levamos noventa minutos para chegar a Heathrow. Até sabíamos qual terminal e voo, porque o Toph havia imprimido todos os detalhes no começo da semana. Assim que o James parou o carro, reclamando o tempo todo sobre as tarifas exorbitantes do estacionamento, eu fui correndo pela multidão de pessoas e quase tropeçando em suas malas e quebrando o pescoço enquanto isso.

Mamãe e James me alcançaram no balcão de check-in tentando explicar a um nazista uniformizado que eu não tinha passagem, mas precisava fazer uma pergunta muito importante para o pessoal com os computadores.

— Estou com meu passaporte — insisti, sacudindo-o no ar. Mamãe e James não sabiam que eu tinha levado meu passaporte no caso de o Toph já ter passado pela segurança e eu precisar de uma passagem para passar também. Uma passagem que eles teriam que comprar, porque eu estava completamente dura.

— Sinto muito, mas se você não tem uma passagem, não pode entrar na fila — falou o Senhor Quepe firmemente.

— Mas só preciso ver se alguém fez o check-in — implorei. — É uma questão de vida ou morte.

Ele olhou para mim com ceticismo.

— Não sei por quê, mas eu duvido.

Mamãe o encarou com seu olhar patenteado "Não se meta comigo ou com a minha filha". Acho que é um dos melhores.

— Já esteve apaixonado?

— Alguém me pergunta isso pelo menos uma vez por dia e sim, tenho um casamento feliz e não, a sua filha não pode entrar na fila sem uma passagem.

— James... — disse mamãe suplicantemente, e eu sabia que ela era totalmente a favor de comprar uma passagem para mim, mesmo que não estivesse cem por cento convencida de que o Toph me deixara com o hímen intacto.

James, no entanto, não era a favor.

— Tem certeza de que ela não pode falar com um dos seus colegas sem ter uma passagem? — perguntou ele, esperançosamente.

Não havia nada além do plano C. Eu caí em um choro bem alto. Toda a choradeira que eu tivera durante a semana anterior realmente havia valido a pena, porque eu nunca fora capaz de chorar quando queria antes.

— Bea, querida, está tudo bem — falou mamãe, esfregando as minhas costas. Ela estava pegando meio pesado, mas o homem deu esse suspiro profundo, ergueu a mão e então foi falar com alguém atrás de um dos balcões.

Eu ainda estava chorando um pouquinho quando ele fez sinal para me aproximar. Aí foi a mesma ladainha de antes, como se eu fosse alguma espécie de terrorista que ia burlar todo tipo de norma de segurança se eles me dissessem se o Toph havia feito o check-in ou não.

— Mas eu tenho uma carta para ele — falei para a mulher. — E chocolate inglês porque ele disse que o chocolate americano é uma porcaria e um monte de coisas francesas que eu sei que ele vai adorar, e eu *tenho* que vê-lo. Por favor.

Nunca era assim nos filmes. Eles corriam pelo Controle de Passaportes, alcançavam seu amor verdadeiro pouco antes de embarcar no avião e viviam felizes para sempre.

— Sinto muito, mas não posso divulgar se algum passageiro fez ou não fez o check-in — disse a moça atrás do balcão.

— Ele provavelmente não fez, porque seu voo ainda vai demorar séculos, mas eu preciso saber... Olhe, não pode só me dizer se alguém já fez o check-in no voo para Dallas...

A mulher estava cedendo, eu podia ver.

— Bem, você chegou cedo. Este voo só sai daqui a quatro horas.

— Não preciso de nomes, mas se um cara muito alto, mais ou menos desta altura, com cabelo meio castanho, meio louro que cai em seus olhos, que também são castanhos, castanho-dourados, do mesmo tom de leite condensado quando você o está transformando em doce de leite, e pode estar usando um boné de beisebol escrito *Eu ♥ Paris* e...

— Senhorita...

— E ele pode estar com uma cara muito cansada porque acho que não dormiu muito na noite passada e...

— Senhorita!

Eu parei de falar tão abruptamente que mordi a língua.

— Sinto muito, você estava dizendo...

— As únicas pessoas que fizeram check-in para esse voo foram uma família de seis pessoas. Não posso dizer mais que isso, sinto muito — disse ela com um sorriso largo.

— E ele tem que definitivamente fazer o check-in aqui antes de mais nada?

— Bem, ele pode usar um de nossos pontos automáticos de check-in, mas se você esperar perto do extintor de incêndio ali, pode vê-los, e o balcão de check-in e a escada rolante pela qual ele vai descer se pegou o subterrâneo.

Depois de dez minutos, mamãe e James atingiram seu limite de tédio e foram tomar café e ler os jornais e me deixaram sozinha.

A espera não foi tão ruim no começo. A área de check-in começou a encher, e eu podia observar as pessoas; comer com os olhos as malas Louis Vuitton dos passageiros da primeira classe e sorrir para a família enorme com as roupas africanas tradicionais e toneladas de crianças adoráveis a reboque. Mas, depois de meia hora, eu estava entediada. Entediada e em pânico porque havia tantas pessoas perambulando por ali, e se eu não visse o Toph? Toda vez que eu via um cara alto e esguio (todos os caras altos e esguios da Inglaterra pareciam haver se reunido no Terminal 3) meu estômago se revirava. Mas nenhum deles era o Toph.

Após uma hora de espera, tive uma câimbra no meu pé direito e precisava desesperadamente fazer xixi. Eu não podia nem olhar para alguém carregando uma lata de Coca. Mamãe e James voltaram para ver o que estava acontecendo, o que era precisamente nada, e eu os coloquei em dois locais separados de vigilância enquanto corria para o banheiro.

Quando voltei, James sugeriu que eu tentasse o celular do Toph, como se não tivesse feito isso centenas de vezes, e toda vez caísse diretamente na caixa postal, porque ele tinha de estar no subterrâneo. Ele tinha de estar.

Dispensei mamãe e James para que eles pudessem dar mais um passeio pelas lojas do aeroporto e voltei a esperar pelo Toph, que ainda não havia aparecido, apesar de outras pessoas agora estarem chegando para fazer o check-in para o voo para Dallas. Toda vez que ouvia um homem falar com um sotaque texano lento, meu corpo dava um pulo em sua direção e eu sabia que, mais uma hora, e eu não seria nada além de um desastre balbuciante e babão.

Um pouco mais de uma hora antes de o voo do Toph decolar, eu de repente vi um cara alto e esguio com um boné de beisebol descendo pela escada rolante. Aí uma multidão de pessoas irrompeu pela porta ao mesmo tempo, e eu o perdi de vista.

Fiquei pulando de um pé para o outro, sem saber se deveria me dirigir à escada rolante. Mas e se não fosse o Toph e eu não estivesse ali no momento preciso em que ele viesse de outra direção e decidisse usar o check-in automático?

Minha cabeça virou de um lado para o outro, como um cachorro com cabeça de mola louco, aí a multidão se abriu e *era* o Toph saindo da escada rolante. Comecei a erguer a mão e nessa fração de segundo ele me viu.

Tinha que ser um bom sinal que em um aeroporto lotado ele pudesse me encontrar em um mar de pessoas e só a mera visão de mim fizesse seu rosto vincar em um sorriso brilhante. Aí o sorriso sumiu e ele estava andando a passos largos na minha direção enquanto eu dava o primeiro passo hesitante que me levaria ao seu lado.

— O que você está fazendo aqui?

— Eu não podia deixar por isso mesmo!

Nós dois estávamos falando um por cima do outro.

Aí houve um silêncio ainda mais constrangedor.

— Por que você levou tanto tempo para chegar aqui? — perguntei finalmente e desejei que não tivesse saído tão mal-humorado e recriminador.

Toph esfregou a nuca.

— Bem, eu saí da sua casa cedo demais, então saltei do subterrâneo em Piccadilly e dei uma volta. Comprei isto. — Ele deu um puxão na cabeça e eu vi que estava usando um boné de beisebol *Eu ♥ Londres*. Em qualquer outro momento, eu teria começado a rir e lhe dito que estava ridículo. Mas era agora e...

— Você devia ter feito o check-in há, tipo, meia hora — soltei. — E não há tempo.

— Olhe, sinto ter fugido de você, mas eu não queria passar por uma grande cena de choro no aeroporto — disse Toph seriamente, e eu não havia imaginado que a minha longa espera terminaria assim, com nós dois parados a um metro um do outro.

— Eu não vou chorar — falei veementemente. Era verdade. Acho que tinha usado minha cota de lágrimas pelos próximos dois anos.

Toph olhou para os pés.

— Não estou falando de você.

— Você *tem* que ir fazer o check-in — disse eu, como se o único motivo para ter vindo fosse garantir que o Toph realmente entrasse no avião. — Mas, ouça, eu queria me despedir e... Droga! Estou esperando há horas e agora nem sei o que quero dizer.

— Não dissemos tudo ontem à noite? — perguntou Toph, e diminuiu a distância entre nós para poder enfiar uma mecha de cabelo atrás da minha orelha.

Não pude evitar de me aconchegar contra sua mão.

— Você disse muitas coisas ontem à noite, mas eu não tive realmente a chance de lhe dizer nada.

— O que você quer me dizer, Bea? — perguntou Toph baixinho.

— Tenho presentes para você — falei rapidamente. — Tipo, uma tonelada de chocolate Cadbury. Sério, uma tonelada inteira, e queria lhe dar a caixa Nós Sempre Teremos Paris que eu montei. — Entreguei a caixa de bolo da Laduree que continha uma cópia de *The dud avocado*, um CD do Serge Gainsbourg, um DVD de *Amélie* e o disco misto que eu havia feito na noite anterior, assim como um cartão-postal de *Acossado* e um globo de neve do Deux Moulins.

— Hum, valeu — disse Toph, aninhando a caixa contra o peito. Ele parecia meio decepcionado. Talvez eu não tivesse sido a única imaginando uma cena de despedida no aeroporto como as que aparecem no cinema. — É muito gentil da sua parte.

— Eu quero me despedir direito, mas não sei como fazer — falei, impotente. — Tenho essa sensação horrível de que você vai entrar no avião e que eu nunca mais o verei de novo, e vou gastar tanto as lembranças de nós dois que elas nem vão mais parecer reais.

Aí eu fiz o que deveria ter feito quando vi o Toph sair da escada rolante e passei os braços em volta dele, esmagando a minha caixa Nós Sempre Teremos Paris, mas não me importei porque o Toph estava me abraçando de volta e beijando minha testa e minhas pálpebras e a ponta do meu nariz, e eu achei que ele nem estava prestando atenção quando assistimos a *Amélie*.

— Sempre vai parecer real — falou Toph ferozmente. — E algum dia nós vamos fazer novas lembranças, só não agora porque...

— Não! — Provavelmente teria sido mais romântico se eu só tivesse colocado um dedo em cima dos lábios do Toph em vez de botar a mão toda por cima de sua boca. — Não quero ouvir a segunda parte do discurso de ontem à noite. Escrevi uma carta para você, está tudo na carta. — Vasculhei na bolsa e puxei o envelope, que parecia definitivamente amassado, e o entreguei ao Toph, que começou a abri-lo. — Aqui não! Espere até estar no avião, que você vai perder.

Toph olhou em volta e piscou lentamente conforme lembrava-se subitamente de onde estava e por que estava ali.

— Merda! Tenho que fazer o check-in! — Ele acariciou minha mão, meu braço, meu rosto, até eu pegar sua mão, apertá-la rápida e fervorosamente e então soltá-la.

— Você tem um avião para pegar — eu o lembrei, dando um passo para trás.

— Por favor, fique aqui até eu ter feito o check-in — implorou Toph. — Mesmo que eu só tenha dois minutos, quero passá-los com você.

Eu assenti e observei o Toph galopar até o galpão do check-in. Não tinha nenhum outro passageiro agora, eles provavelmente já haviam começado a embarcar, e ele teria 15 minutos, 20 no máximo, para chegar ao portão de embarque antes que fechasse.

Parecia que a mulher atrás do balcão estava dizendo exatamente a mesma coisa ao Toph, com uma bronca para acompanhar, porque ele abaixou a cabeça e deu um sorriso envergonhado. Fiquei feliz por ter esperado, feliz por ter esses últimos minutos para absorver a visão dele, porque isso seria só o que eu teria durante quase um ano. Ou talvez mais tempo que isso se ele lesse a carta mas não acreditasse em mim. Se não estivesse esperando por mim na Pont Neuf. Aí eu precisaria esperar talvez décadas, talvez nunca, para encontrá-lo de novo e fazer com que se apaixonasse por mim de novo.

Vi o Toph botar sua mochila na esteira de bagagens, pegar seu cartão de embarque e então ele estava se virando e andando até mim. O que era fofo, mas...

— Vá! — gritei, apontando para a escada rolante que levava ao terminal principal. — Vá! Você vai perder o voo.

— Eu não ligo — falou Toph conforme chegava mais perto, e então ele estava me arrebatando em seus braços e me inclinando para trás enquanto tomava meus lábios em um beijo que realmente era o final hollywoodiano de qualquer cena de despedida em aeroporto.

Tentei memorizar tudo a respeito do beijo: os braços do Toph apertados em volta de mim, o tremor de seus cílios contra a minha pele e sua boca mexendo-se na minha tão suavemente, tão lentamente que era meio devastador.

Aí houve centenas de beijinhos, cada um ficando menor e menor até estarmos ali só abraçados, mas os lábios mal se tocando.

— Eu tenho que ir — falou Toph com uma voz repleta de arrependimento. — Não quero, mas tenho.

— Leia a carta — disse eu, encontrando a força para me afastar. — Mas pode por favor ir e pegar seu avião?

— Depois de tudo isto, você nem vai dizer adeus? — Toph sorriu, mas era uma sombra de seu sorriso de sempre.

— Cheguei à conclusão de que não acredito em adeus — falei. Aí eu me estiquei para cima e beijei Toph em cada uma das bochechas, ao estilo francês. — *A bientôt!*

Toph franziu as sobrancelhas enquanto levava cinco segundos para entender.

— Até logo — disse ele, e eu não sabia se estava traduzindo o que eu havia acabado de dizer ou me fazendo uma promessa. — Bem, acho que é melhor eu ir.

— Faça isto — falei, enquanto ele começava a andar lentamente de costas na direção da escada rolante, virando-se apenas para subir nela.

Fiquei parada ali olhando para ele, acenando quando ele continuou se virando para trás para assegurar-se de que eu ainda estava ali. E mesmo quando ele sumiu de vista, eu fiquei ali olhando, olhando, olhando e esperando.

Epílogo

Onze meses, duas semanas e seis dias depois

É uma linda noite parisiense. Uma leve brisa de verão encrespa o Sena enquanto eu fico no meio da Pont Neuf e observo os barcos de passeio alegremente decorados com luzes descerem pelo rio devagar. Se escutar com atenção por cima do ruído do trânsito e do zumbido das conversas das pessoas à minha volta, posso até ouvir "*La vie en rose*" tocando do barco que acabou de emergir de debaixo da ponte.

Nada poderia ser tão especial quanto a primeira vez em que eu estivera na Pont Neuf, mas a segunda vez é quase tão boa. Para começar, eu sou uma parisiense honorária agora; de volta ao Shangri-La, não como hóspede pagante, mas como escrava da cozinha/camareira/recepcionista junior em troca de duzentos euros por semana, hospedagem e alimentação. Oficialmente é só para meu ano de folga antes de eu ir para a Universidade de Sussex para estudar francês porque, é, eu gabaritei minha prova de francês nível A, mas vou fazer meu Baccalaureate em janeiro com a vaga ideia de tirar um diploma em uma universidade francesa em vez disso.

Mamãe não está feliz com isso, o que não é novidade, mas tem menos a ver com engravidar do que com sair de casa. As coisas mudaram muito entre mim e a mamãe durante o último ano. Ainda morro de amores por ela, mas não somos tão íntimas como costumávamos ser. Eu fico triste, mas ainda não consigo perdoá-la completamente pela história do meu pai. Ainda me sinto esquisita e irritada por não ter pai, também, mas estou me acostumando a isso. Até transformei em uma redação sensacional para meu formulário de admissão na universidade, então de uma forma engraçada meu pai me ajudou a entrar na universidade tanto quanto a mamãe quando prendeu bilhetes em post-its pela casa toda com citações de *O grande Gatsby* e *O morro dos ventos uivantes*. Este ano eu aprendi que a vida não tem esses finais bonitos e arrumadinhos que você pode embrulhar com um laço. É mais bagunçado que isso.

Tipo, o negócio com a Ruby nunca foi resolvido. Quando voltamos às aulas, houve um mês dela espalhando boatos pelo Facebook e dando encontrões em mim com o ombro quando passávamos pelo corredor, mas eu a ignorei, assim como todo mundo fez. Durante os últimos meses na escola, todas as panelinhas se juntaram quando entramos na onda de estudar a sério, e nos sábados à noite todo mundo estava ocupado demais tentando aproveitar ao máximo suas poucas horas de liberdade para se preocupar com a Ruby.

Eu volto a mim com um sobressalto quando sou atingida por uma multidão de adolescentes alemães e suas mochilas fluorescentes. Verifico a hora no meu relógio: 21h53. Eu estremeço porque estou tão entusiasmada, seriamente entusiasmada com a ideia de ver Toph de novo; ouvir aquela voz melada arrastar o meu nome, ver seu rosto se iluminar quando ele olhar para mim e os beijos; quase me esqueci de como são seus beijos. Quase.

Mas há outras emoções não tão divertidas. Pânico e medo e uma resignação surda e suja porque na realidade, logisticamente, eu estou pedindo que o Toph compre uma passagem de avião extremamente cara no auge do verão para atravessar um oceano gigantesco para encontrar uma garota com quem ele passou três semanas um ano atrás. Quando penso nisso dessa forma, nem sei por que estou passando os olhos ansiosamente pelos grupos de pessoas perambulando pela ponte. E realmente não sei por que achei que seria uma boa ideia arrancar uma rosa vermelha do jardim do Shangri-La quando saí do hotel porque estou recebendo olhares divertidos e indulgentes das pessoas. Sei que em dez minutos, quando meus ombros estiverem caídos e as primeiras lágrimas escorrerem pelo meu rosto, os olhares vão ser ainda mais solidários. Deus, eu jamais consigo fazer nada do jeito simples, tenho que tomar um bolo na Pont Neuf, a ponte dos amantes.

21h56. Por mais que tente, eu não consigo imaginar o Toph vindo na minha direção em quatro minutos. Obviamente a revelação na minha carta não repugnou demais o Toph, porque continuamos em contato. Na verdade, quase não há dias sem falar um com o outro, mesmo durante meu exame de nível A e as provas finais dele. Toph assinava cada mensagem instantânea, cada e-mail, cada mensagem no Twitter com três Xs, o que eu considero beijos, como o saco de Hershey Kisses que chegou no meu aniversário (Toph tinha razão: o chocolate americano é uma porcaria). Também mantive contato com a Jess e a Erin, e a viagem de carro não aconteceu. Erin está estagiando com algum fotógrafo badalado em Nova York, e a Jess está trabalhando na Gap para tentar pagar uma pequena parte de seu empréstimo estudantil. Talvez no último minuto, Aaron, Michael e Bridge estejam viajando de carro e tenham levado o Toph junto e eu não sei por que o Toph não me contou... Meu coração dá mais um pulo contra meu esterno porque eu *sei* que o Toph não vem.

21h59. Espio através do trânsito para poder ver o outro lado da ponte. Mas nós estávamos do lado de cá naquela noite, eu tinha certeza. A não ser que eu tivesse me confundido porque cheguei na ponte pela margem esquerda esta noite. Eu giro 360 graus enquanto não consigo decidir se atravesso a rua ou fico onde estou.

22h01. Fico presa dando informações para um casal de suecos, meus olhos indo de um lado para o outro enquanto falo para o caso de eu não ver o Toph.

22h05. É claro, ele sempre se atrasa. Eu não havia passado grande parte do verão passado correndo para estações ferroviárias para pegar trens com apenas alguns segundos de sobra? E são só cinco minutos e o Toph nunca andou de metrô sem supervisão. Só porque está cinco minutos atrasado não significa que ele não vem.

22h10. Toph não vem. Garotos que são tão gatos e inteligentes e engraçados quanto o Toph não passariam um ano presos a uma garota que ainda está descobrindo o que quer ser quando crescer. Alguma outra garota devia tê-lo conquistado a essa altura. Uma garota de Austin que talvez até more no quarteirão dele e não tenha questões não resolvidas com o pai.

Penso em jogar minha rosa na água e deixar que o Sena a leve embora. Vou dar mais cinco minutos para o Toph, aí vou voltar ao Shangri-La para pegar Claudette e os outros a caminho do Phillipe para que possam me ajudar a afogar minhas mágoas.

22h15. Não faz sentido ficar na Pont Neuf em meu LBD idiota com minha rosa idiota e uma expressão idiota de esperança no rosto.

Cansei de esperar. Dou um passo decidido para a frente, então outro e outro e estou definitivamente andando na direção do metrô e saindo da ponte, sem olhar para a esquerda ou a direita para os amantes enroscados em cada um dos bancos da Pont Neuf. É uma completa mentira quando as pessoas dizem que o mundo ama os amantes. Eu os odeio.

Quando chego ao final da ponte, não consigo não dar um último olhar inútil por cima do ombro. Eu não precisava ter me dado o trabalho. Só há pessoas, e nenhuma delas é o Toph. Aí eu olho de novo porque tenho certeza de que posso ver algo subindo e descendo em meio às cabeças na multidão, algo branco com um borrão vermelho. A multidão se abre para deixá-lo passar e, conforme chega mais perto, eu vejo que é um boné de beisebol com um coração... e está na cabeça do Toph.

Odeio ainda mais a multidão agora enquanto abro caminho por entre ela para chegar até o Toph, gritando "*Excusez-moi!*" em todas as direções.

Conforme eu surjo do meio de dois homens corpulentos, Toph me vê, um sorriso enorme de orelha a orelha enquanto ele meio que levanta a mão e só leva segundos para eliminarmos a distância entre nós, mas eles duram tanto quanto horas até eu jogar meus braços em volta do pescoço dele e meus pés saírem do chão quando ele me ergue e me gira.

Apesar de os meus braços estarem cheios de Toph e ninguém jamais ter parecido tão feliz *assim* em me ver, de repente eu me sinto tão tímida que não sei o que dizer e enterro a cabeça no pescoço dele.

Toph está tagarelando o suficiente por nós dois.

— Sinto muito por ter me atrasado — diz ele, enquanto me coloca em pé de novo, os olhos fixos em um ponto acima do meu ombro como se estivesse com medo de olhar para mim, no caso de eu ser um sonho, porque é assim que eu me sinto agora e o motivo de estar olhando para um dos postes, em vez de para o Toph. — Vim direto do aeroporto, e tivemos que ficar voando durante séculos até termos um lugar para pousar e aí eu fiquei todo confuso no metrô e nem sabia se você estaria aqui e tive que parar e comprar isto para você...

Toph me entrega uma rosa vermelha que combina perfeitamente com a que eu arranquei do jardim do Shangri-La.

— Caramba — digo, e então não consigo dizer mais nada porque só quero olhar para Toph. Ele está com o rosto vermelho, suando e, quando eu estava com meu nariz em sua clavícula, ele não estava com um cheiro muito limpo, mas todo o restante é igual: o olhar caramelo suave em seus olhos, o sorriso que sempre parece ser só para mim. Eu ainda o amo. Na verdade, acho que o amo mais do que amava, como se o ano separados tivesse tornado esse amor mais profundo e arraigado.

Não sei se o Toph sente a mesma coisa quando olha para mim, os olhos passando dos meus chinelos para os meus joelhos trêmulos e para meu sutiã tamanho médio forçando contra meu LBD, até ele chegar no meu rosto. Certamente ele não poderia olhar para mim desse jeito se fosse tudo um terrível engano?

— Ei — falo hesitantemente.

— Ei — diz ele.

E então ele me beija.

Glossário para Les Coisas Francesas Iradas

O seu guia para as coisas iradas e Français...

Livros

The Dud Avocado, de Elaine Dundy

Sally Joy Gorce é uma menina americana excêntrica morando em Paris em 1958. Seus dias e noites são um redemoinho caótico de amantes inadequados, apartamentos caindo aos pedaços, bares escuros e ir tomar café da manhã usando vestido de baile.

Bom dia, tristeza, de Françoise Sagan

Tudo bem, é em português! Cecile, de 17 anos, é tudo o que você espera da heroína de um romance francês; ela é incuravelmente romântica, adora flertar e está extremamente exausta.

Filmes

O fabuloso destino de Amélie Poulain

Certamente um dos melhores, mais encantadores, mágicos e românticos filmes jamais feitos. Amélie, uma garçonete tímida com o cabelo curto mais perfeito do mundo, vive em Montmartre e realiza atos de gentileza espirituosa com as pessoas à sua volta.

Acossado
É um daqueles filmes *da nouvelle* vague francesa sobre os quais nossa heroína Bea está sempre falando. Também tem uma trama meio fraca, mas Jean-Paul Belmondo é um gato imoral e gostoso e Jean Seberg vai fazer com que você queira sair e cortar o cabelo bem curtinho.

Cinderela em Paris
Não é tanto um filme francês quanto um filme passado na França. Audrey Hepburn é uma jovem estudiosa atraída para Paris por Fred Astaire para ser modelo de vestidos Givenchy e realizar grandes números de canto e dança.

Música
Baby Pop, de France Gall
Gravada em 1966, Baby Pop é uma música animada de um disco recheado de canções pop perfeitas com duração de três minutos que você vai querer tocar alto e dançar em seu quarto, mesmo que não consiga entender uma palavra do que ela está cantando.

Les Chansons d'Amour, de Françoise Hardy
Françoise, com sua voz rouca, era um grande ícone de estilo e moda na França nos anos 1960 e até gravou uma música com o Blur durante seu retorno há alguns anos. *Les Chansons d'Amour* é um disco com os maiores sucessos de suas canções de verão que nos fazem sentir bem.

Swinging Mademoiselles: Groovy French Sounds from the Sixties
Faz exatamente o que diz na caixa!

Este livro foi composto na tipologia Berling LT
Std em corpo 11/15,5, e impresso em
papel off-white no Sistema Cameron da
Divisão Gráfica da Distribuidora Record.